Greta Milán

CHRISTMAS AT TIFFANY'S

GRETA MILÁN

Christmas AT TIFFANY'S

Ravensburger

HINWEIS
Dieses Buch enthält Themen, die potenziell belastend sein können.
Auf Seite 350 befindet sich eine entsprechende Ausführung.

ACHTUNG: Diese enthält Spoiler für die gesamte Handlung.

MIX
Papier | Fördert gute Waldnutzung
FSC® C111262

1 3 5 4 2

Originalausgabe

Dieses Werk wurde vermittelt durch die
Michael Meller Literary Agency GmbH, München.

Umschlaggestaltung: Romy Pohl unter Verwendung von Fotos
von Shutterstock (© boykung, Flaffy, Roma Likhvan)

Lektorat: Tamara Reisinger
www.tamara-reisinger.de

Printed in Germany

ISBN 978-3-473-58639-4

ravensburger.com

Für meine Familie

Prolog

»Hallo, Allison«, begrüßte mich die freundliche Kundenberaterin, kaum dass ich den Tiffany's Store am Rockefeller Center betreten hatte.

Ich schluckte nervös. »Hallo, Chloe.«

Seit ich eine eigene Kreditkarte besaß, war ich hier Stammkundin, und dieser Laden zählte zu meinen absoluten Lieblingsgeschäften auf der 5th Avenue, denn im Gegensatz zum Flaggschiff des weltberühmten Juweliers an der Ecke der 57. Straße war dieser Concept Store klein und familiär. Außerdem gefiel mir das geschmackvolle Innendesign, das im Wesentlichen aus gläsernen Verkaufstischen, verschachtelten Holzregalen und einer Marmorwand bestand, die von dem Türkisblau des Labels durchzogen war. Im Gegensatz dazu strahlten die matten Seitenwände eine ungeheure Ruhe aus und setzten die Zitate berühmter Hollywood-Ikonen geschickt in Szene. Einfach alles war bis ins kleinste Detail aufeinander abgestimmt – von den eleganten vergoldeten Vitrinenrahmen über das illuminierte Unternehmenslogo bis hin zu den ebenso türkisblauen Schmuckschatullen in den Regalen.

Mein Magen krampfe sich voller Wehmut zusammen, während ich mich in dem Store umsah. Ich würde es vermissen, hier einzukaufen.

Chloe beugte sich ein Stück über den Verkaufstresen und lenkte meine Aufmerksamkeit zurück auf sich. Ihre blauen Augen musterten mich sorgenvoll. »Ist alles okay?«

Gar nichts war in Ordnung. Trotzdem zwang ich mich zu nicken. »Ja, danke.«

Ihre Miene zeigte deutlich, dass sie mir nicht glaubte. Das war etwas, das ich schon immer an ihr gemocht hatte. Sie war authentisch und aufrichtig, und im Gegensatz zu anderen Beraterinnen hielt sie sich mit ihrer ehrlichen Meinung nie zurück. Dazu liebte sie es viel zu sehr, das perfekte Accessoire für ihre Kundschaft zu finden. Wir hatten uns schon oft nett unterhalten, wenn ich hier gewesen war. Sie war bloß ein paar Jahre älter als ich und arbeitete nicht nur bei Tiffany's, weil sie den Job mochte, sondern weil sie auch davon träumte, sich eines Tages als Schmuckdesignerin selbstständig zu machen.

Ihre Lippen hoben sich zu einem verschwörerischen Grinsen. »Ich habe etwas, das Sie aufmuntern wird. Es ist gerade erst reingekommen.«

Sie wollte sich abwenden, um besagte Aufmunterung zu holen, doch ich hielt sie auf. Im Store waren noch drei weitere Kunden, für deren Ohren das folgende Gespräch sicher nicht bestimmt war. Mein Herz begann zu rasen. »Chloe, könnten wir wohl allein miteinander sprechen, bitte?«

Überraschung huschte über ihr Gesicht, doch sie hatte sich schnell wieder im Griff. »Natürlich. Folgen Sie mir.«

Sie führte mich zwischen zwei Glastischen hindurch in ein Separee, das nur den exklusivsten Kunden vorbehalten war. Zwei hübsche Sofas im Louis-quatorze-Stil, die mit türkisblauem Samt bespannt waren, standen sich einander gegenüber, und die hintere Wand war zu einer voll beleuchteten Glasvitrine umgebaut worden, in der nur ganz erlesener Schmuck präsentiert wurde.

»Möchtest du etwas trinken?«, fragte Chloe, während sie auf eines der Sofas deutete. Unter uns verzichteten wir schon seit Monaten auf die Etikette.

»Ein Wasser wäre toll«, krächzte ich, weil meine Kehle plötzlich staubtrocken war.

»Kommt sofort.« Sie huschte davon, während ich versuchte, meinen viel zu schnellen Puls wieder unter Kontrolle zu bringen. Ich straffte die Schultern und atmete mehrfach tief durch, sorgsam darauf bedacht, meine mühsam errichtete Fassade aufrechtzuerhalten.

Als Chloe wenig später mit einer Flasche Voss und zwei Gläsern auf einem silbernen Tablett zurückkehrte, fühlte ich mich einigermaßen stabil und in der Lage, diese Sache hier durchzuziehen. Allerdings geriet mein Puls erneut ins Taumeln, als Chloe mir gegenüber Platz nahm und mich mit aufrichtiger Sorge betrachtete. Sie schien intuitiv zu spüren, dass sie heute keinen Umsatz mit mir machen würde.

»Also, was kann ich für dich tun«, fragte sie, als ich keinen Ton hervorbrachte.

Stocksteif saß ich da und starrte sie an. Ich konnte sehen, wie verwirrt sie gerade war, weil sie das Bild der sonst so selbstbewussten Upper-East-Side-Prinzessin nicht mit der Frau ihr gegenüber in Einklang bringen konnte. Ich trug zwar immer noch Designerklamotten – ein geblümtes Sommerkleid von Ralph Lauren und Gucci-Sandalen –, und mein Make-up war tadellos, aber etwas in mir war zerbrochen, und ich … ich konnte es nicht reparieren. Niemand konnte das.

Meine Sicht verschwamm, und ich biss mir heftig auf die Unterlippe, um mich durch den Schmerz von den Tränen abzulenken, die in mir aufstiegen.

Chloe schnappte leise nach Luft und wollte aufstehen, doch ich hielt sie zurück. Wenn sie jetzt zu mir rüberkam, um mich zu trösten, würde mir ihre Freundlichkeit den Rest geben. Wahrscheinlich würde ich nie wieder aufhören zu weinen.

Gott, ich war wirklich jämmerlich!

In dem Versuch, mich zusammenzureißen, zog ich wenig damenhaft die Nase hoch und öffnete meine Birkin Bag, die ich in den verkrampfen Händen hielt. Dann holte ich fünf Schachteln in dem für das Tiffany's charakteristischen Türkisblau heraus und legte sie auf den Glastisch zwischen uns. »Ich möchte diese Sachen gern zurückgeben.«

Chloe runzelte die Stirn, ehe sie sich nach vorn beugte und einen Deckel nach dem anderen aufklappte. Mir blutete das Herz, als ich die Kostbarkeiten betrachtete. Es waren zwei Ketten, ein Armband und zwei

Damenuhren in limitierter Auflage – und ich liebte jedes dieser Stücke heiß und innig.

Andächtig strich Chloe über einen in Platin eingefassten Diamantanhänger. »Du willst all diese Schmuckstücke zurückgeben?«

Ja, gut, von wollen konnte keine Rede sein. Aber mir blieb keine Wahl. Ich nickte knapp.

»Warum?«, fragte Chloe leise.

Noch vor vierundzwanzig Stunden hätte ich ihr vermutlich gesagt, dass es sie nichts anging, warum ich welche Entscheidungen traf. Aber ihr Ton war so mitfühlend, dass vollkommen andere Worte aus mir herauspurzelten. »Ich bin pleite.«

Sie blinzelte, als hätte sie Mühe, die Bedeutung meiner Worte zu erfassen. Das konnte ich durchaus nachvollziehen. Schließlich war der Name Harford weit über Manhattans Grenzen hinaus bekannt. Er stand für Immobilien im Wert von mehreren Milliarden Dollar, und sie gehörten alle demselben Mann: Winston Harford, meinem Vater.

Schwer vorstellbar, dass dessen einzige Tochter, die einen entsprechenden Status in der High Society genoss, plötzlich keinen Cent mehr besaß. Aber tatsächlich hatte ich all meine Zelte innerhalb der letzten vierundzwanzig Stunden abgebrochen. Und ich meinte wirklich alle.

Unweigerlich tauchte vor meinem geistigen Auge das Bild der zerschnittenen Kreditkarten auf dem Esstisch auf, direkt daneben mein iPhone und die Schlüssel zu dem Penthouse, das in den letzten einundzwanzig Jahren mein Zuhause gewesen war. Abgesehen von ein paar Klamotten, Schuhen und meinen Collegelehrbüchern hatte ich nichts mitgenommen.

Nun befanden sich meine wenigen Habseligkeiten in zwei Koffern, die in einem winzigen Hotelzimmer auf meine Rückkehr warteten. Ich würde sie nicht auspacken, sondern mir gleich morgen eine neue Unterkunft suchen, denn auch das billigste Hotel kostete in Manhattan ein Vermögen, und auf Dauer konnte ich mir das unmöglich leisten. Vielleicht gab es noch freie Zimmer in den Verbindungshäusern oder etwas Annehmbares in den Studentenwohnheimen direkt auf dem Campus.

Irgendeinen Ort, wo ich neu anfangen konnte.

Vorausgesetzt, Chloe nahm den Schmuck zurück und zahlte mich bar aus.

Ein Kloß bildete sich in meiner Kehle, und ich musste mehrfach schlucken, ehe ich weitersprechen konnte. »Die Sache ist die …«, setzte ich an und nestelte nervös am Riemen meiner Tasche. »… ich will nicht länger von meinem Vater abhängig sein, sondern auf eigenen Beinen stehen, und dafür brauche ich ein finanzielles Polster. Ich wäre dir also wirklich sehr dankbar, wenn du einen Weg findest, diese Käufe zu stornieren.«

Chloe betrachtete mich schweigend. Dann stand sie doch auf, setzte sich zu mir und ergriff meine kalte Hand. »Was ist passiert, Ally?«

Ally.

So hatte mich noch nie jemand genannt. Es klang vertraut, freundschaftlich.

Erneut brannten Tränen in meinen Augen, und diesmal war ich nicht in der Lage, sie zurückzuhalten.

Vermutlich sollte es mich nicht überraschen, dass Chloe sich fragte, warum ich vor einem Leben im Luxus floh, während mein Vater vermutlich nur ein genervtes Augenrollen aufbringen würde, sobald er meine Sachen auf dem Esstisch fand. Ich musste zugeben, dieser Schritt war tatsächlich drastisch. Aber mein Entschluss stand fest. Ich konnte und wollte nicht zurück. Nicht nachdem …

Ein Schluchzen löste sich aus meiner Kehle.

Gott, das war ja so demütigend.

»Schon gut«, murmelte Chloe leise und strich mir behutsam über den Handrücken.

Ich schüttelte den Kopf. Gar nichts würde wieder gut werden. Mit tränenverschleiertem Blick musterte ich unsere Hände. Der Wunsch, mich

Chloe anzuvertrauen, wurde geradezu übermächtig. Das überraschte mich ein wenig. Schließlich kannte ich sie kaum. Andererseits war sie die einzige Person in ganz New York, die stets nett zu mir gewesen war, ohne scheinheilig zu sein. War es so verkehrt, wenn ich nach all dem Drama eine Freundin in ihr suchte?

»Da ist dieser Kerl«, brachte ich schließlich krächzend hervor. Sein Name war Tristan Sterling, doch ich sprach ihn bewusst nicht aus. Immerhin zählte die Sterling Company zu den Top 10 der New Yorker Bauunternehmen, und Mrs Sterling war eine gern gesehene Stammkundin bei Tiffany's. Die gute Frau war ziemlich empfindlich, wenn es um die Beschmutzung ihres feinen Rufes ging. Ich wollte Chloe nicht in Schwierigkeiten bringen.

»Wir kennen uns schon seit Jahren«, fuhr ich fort, und ein bitteres Lachen brach aus mir hervor. »Ich dachte, wir wären Freunde. Aber wie sich herausgestellt hat, wollte er mir bloß an die Wäsche.«

Chloe sog scharf Luft ein. »Hat er etwa …?«

»Nein«, unterbrach ich sie sofort. »So weit ist es nicht gekommen. Ich habe ihn … gestoppt.«

»Gestoppt?«, hakte Chloe mit einem Hauch von Misstrauen nach – vermutlich, weil ich nicht unbedingt den kämpferischsten Eindruck auf sie machte. Ich war eins siebenundsechzig, und die wenigen Muskeln, die ich besaß, waren eher fein definiert. Offen gestanden wirkte ich vielmehr wie eine Ballerina, die schon der kleinste Windhauch umpusten konnte, was auch der Grund dafür war, dass ich seit fünf Jahren einen Selbstverteidigungskurs besuchte.

Diesmal war das Lächeln, das an meinen Mundwinkeln zupfte, aufrichtig. »Ein gezielter Schlag in den Solarplexus und ein Tritt zwischen die Beine haben ihn in seine Schranken verwiesen.«

Ich sah ihn immer noch vor mir, wie er sich auf dem Boden krümmte und die Hände, die mich eben noch gierig betatscht hatten, schützend vor seine kümmerlichen Eier hielt. Er hatte mit geröteten, schreckgeweiteten Augen zu mir aufgesehen. Sein Blick war unfokussiert gewesen, nicht nur aufgrund der Schmerzen, sondern auch wegen der zahlreichen Drinks, die er bei der Party konsumiert hatte. In seinem bleichen Gesicht hatte sich absolute Fassungslosigkeit abgezeichnet. Denn niemand ließ ihn abblitzen. Schließlich zählte er genau wie sein älterer Bruder Gideon zu den begehrtesten Junggesellen der Upper East Side.

Übelkeit ballte sich in meinem Magen zusammen, als ich an all die Frauen dachte, die die berüchtigten Sterling-Brüder in den letzten Jahren abgeschleppt hatten. Ihr Verhalten war dabei immer herablassend und absolut widerlich gewesen. Trotzdem hatten sie unzählige Herzen gebrochen. Und ich hatte tatenlos zugesehen.

Nun bekam ich die Quittung dafür.

»Hoffentlich hast du ordentlich zugetreten!«, stieß Chloe hervor. Sie drückte unbewusst meine Hand vor Zorn. »Du solltest dieses Schwein anzeigen. Niemand, absolut niemand, sollte mit so einer Aktion ungestraft davonkommen.«

Der Ansicht war ich auch. Denn obwohl es nicht zum Äußersten gekommen war, hatte ich mich wahnsinnig verletzlich gefühlt. Gleich am nächsten Morgen hatte ich mich an meinen Vater gewandt. Ich wollte einen Anwalt einschalten, zur Polizei gehen und diesem Scheißkerl eine Lektion erteilen. Aber Tristan war mir zuvorgekommen und hatte meinen Vater überzeugt, dass rechtliche Schritte absolut überflüssig waren. Schließlich wäre eine *Allianz* unserer Familien viel lukrativer für alle Beteiligten. Also hatte mein Vater mich verkauft.

Einfach so.

Als wäre ich nicht seine Tochter, sondern lediglich ein Objekt, das zu seinem Vorteil herumgereicht wurde. Die beiden hatten dagestanden und mir aufgezählt, welche Vorteile eine offizielle Beziehung mit sich bringen würde, während ich ihnen am liebsten vor die Füße gekotzt hätte.

Weitere Tränen benetzten meine Wangen. Ich kam mir so unendlich dumm vor. Mein ganzes Gesicht brannte vor Scham, während ich abermals den Kopf schüttelte.

»Keine Anzeige«, flüsterte ich. »Ich will das alles einfach nur hinter mir lassen.«

Chloe schwieg lange. Sicher war ihr klar, dass ich ihr längst nicht alles erzählt hatte. Aber diesmal hakte sie nicht weiter nach, sondern drückte ein weiteres Mal meine Hand. »Ich würde dir wirklich gern helfen, aber die offizielle Rückgabefrist ist leider abgelaufen. Ich muss das mit meiner neuen Chefin sprechen. Sie hat die Filiale erst vor ein paar Wochen übernommen. Vielleicht kann sie ein Auge zudrücken.«

Ich nickte dankbar. »Okay.«

Sie ließ mich allein und gab mir damit die Gelegenheit, mich ein wenig zu sammeln. Hastig wischte ich mir über das Gesicht und atmete mehrfach tief durch, um meine verstopfte Nase freizukriegen. Als ich gerade in meiner Handtasche nach einem Feuchttuch suchte – etwas, das man in einer Stadt wie New York grundsätzlich immer gebrauchen konnte, auch wenn man keine Kinder hatte –, kehrte Chloe mit einer älteren Frau im Schlepptau zurück.

Obwohl ihre Haut glatt war, war sie sicher über fünfzig Jahre alt. Sie trug einen schwarzen, maßgeschneiderten Nadelstreifenanzug, der mit einer Perlenkette und passenden Ohrringen des Hauses aufgewertet wurde. Eine dicke Strähne ihrer aschblonden Kurzhaarfrisur fiel ihr in die Stirn und lenkte meinen Blick auf ihre stark geschminkten Augen. Sie waren von einem kühlen Blauton, musterten mich jedoch überraschend sanft.

»Miss Harford«, begrüßte sie mich und streckte mir die Hand entgegen. »Ich freue mich, Sie endlich kennenzulernen.«

Das würde sie in fünf Minuten sicher nicht mehr sagen, wenn ich sie bat, mir einen fünfstelligen Umsatz zurückzuzahlen.

Ich rang mich zu einem Lächeln durch, das sich reichlich verkrampft anfühlte. »Gleichfalls, Miss …?«

Sie lachte leise. »Ich bin Maurine.«

Natürlich. Alle Kundenberaterinnen bei Tiffany's stellten sich ausschließlich mit ihrem Vornamen vor.

Es war mir unangenehm, meinen Wunsch auch vor Maurine vorzutragen. Aber diesmal schaffte ich es mit ein bisschen mehr Würde und ohne Nervenzusammenbruch.

Die Filialleiterin begutachtete den Schmuck sorgfältig, dann nickte sie zu meiner Erleichterung. »Die Stücke sind alle in tadellosem Zustand, und von Chloe weiß ich, dass Sie schon seit vielen Jahren Stammkundin sind. Insofern können wir eine Ausnahme machen, denke ich.«

Vor Erleichterung hätte ich beinahe laut aufgeschluchzt. »Ich danke Ihnen.«

Maurine nickte. »Wenn Sie mir Ihre Kreditkarte aushändigen, werde ich alles Notwendige veranlassen.«

Meine Freude verpuffte. »Oh! Ich hatte gehofft, Sie könnten mir den Betrag in bar zurückzahlen.«

Zum ersten Mal zeigten sich Fältchen auf Maurines glatter Stirn, als sie die fein gezupften Brauen zusammenzog. »Ich fürchte, das wird leider nicht möglich sein.«

»Wieso denn nicht?«, fragte ich entgeistert.

»Weil es klare Vorgaben hinsichtlich des Rückerstattungsprozederes gibt«, erklärte Maurine. »Die Beträge werden ausschließlich auf das Konto des Käufers zurückgebucht.«

Aber all meine Konten liefen auf meinen Vater, verdammt!

Die Filialleiterin warf mir einen vielsagenden Blick zu. »Damit sollen Betrugsfälle oder unerfreuliche Konfliktsituationen vermieden werden.«

Ich ließ den Kopf hängen. »Ich verstehe.«

»Es steht Ihnen natürlich frei, den Schmuck anderweitig zu verkaufen«, sagte Maurine und schaffte es, ihre Stimme absolut wertungsfrei zu halten. »Allerdings müssten Sie immense Verluste hinnehmen.«

»Nein!« Chloe schaute so bestürzt drein, als würde ich ihr das Herz brechen, wenn ich diesen Vorschlag auch nur in Erwägung zog. »Wer weiß, wo diese Kostbarkeiten dann landen?«

Frustriert biss ich mir auf die Unterlippe. Sie hatte ja recht. Mir gefiel es auch nicht, meine Schätze einem Pfandleiher zu überlassen oder sie bei eBay zu verhökern, zumal ich sicher nur einen Bruchteil dessen erhalten würde, was der Schmuck eigentlich wert war. Aber mir blieb gar nichts anderes übrig, wenn ich nicht in einer Woche auf der Straße sitzen wollte.

»Ich muss das tun.« Mit zittrigen Händen verstaute ich die Schmuckschatullen wieder in meiner Handtasche, ehe ich mich erhob und den beiden höflich zunickte. »Vielen Dank für Ihre Zeit. Ich werde dieses Geschäft sehr vermissen.«

Maurine legte den Kopf schief. »Tatsächlich?«

»Natürlich.« Ich lachte wehmütig. »Es hat mich immer sehr glücklich gemacht, hier zu sein. Die *Blue-Book*-Kollektion ist der Wahnsinn.«

»Was gefällt Ihnen denn so daran?«, erkundigte Maurine sich interessiert.

Machte sie Witze? Ich wusste nicht mal, wo ich anfangen sollte. Mein Magen kribbelte. Schon sah ich die auserlesenen Schmuckstücke in all ihrer Pracht vor mir.

»Offen gestanden haben es mir die Edelsteine ziemlich angetan. Ich liebe diese intensiven Farben. Jean Schlumberger hat ein außergewöhnliches Talent, unkonventionelle Designs zu kreieren und dabei die Eleganz von Tiffany's in jedes einzelne Schmuckstück einzuarbeiten. Wobei ich auch die Looks von Paloma Picasso sehr mag, weil sie dezenter sind. Im Alltag sind sie ein bisschen praktischer als die aufwendigen Colliers und deshalb …«

Ich stutzte, als sich Maurines Lippen zu einem Lächeln verzogen. Dann kroch mir Hitze in die Wangen. »Entschuldigung. Jetzt habe ich mich hinreißen lassen.«

Chloe kicherte. »Das war echt beeindruckend, Ally.«

Ally. Schon wieder dieser Spitzname. Ich stellte fest, dass ich ihn mochte.

»Ich meine, ich wusste ja, dass du auf Schmuck stehst«, fuhr Chloe aufgeregt fort. »Allerdings war mir nicht klar, dass du genauso besessen bist wie ich.«

»Schon ein bisschen«, räumte ich verlegen ein.

»Wenn das so ist«, sagte Maurine langsam, »gibt es vielleicht doch etwas, das ich für Sie tun kann.«

Kapitel 1

Gedankenversunken starrte ich auf die schwarzen Buchstaben, die sich scharf von der türkisblauen Wand abhoben.

New York is always hopeful.

Dorothy Parker mochte recht haben. Trotzdem fühlte ich mich nicht besonders hoffnungsvoll, auch wenn meine Situation nicht mehr ganz so ausweglos war wie vor einem halben Jahr. Nachdenklich strich ich über das kühle Glas unter meiner Handfläche. Direkt darunter befanden sich hübsch arrangiert diamantbesetzte Colliers, Edelstahluhren mit feinstem Leder, Ringe in verschiedenen Goldnuancen, Armbänder, Ketten und Charms. Nur wenige Zentimeter entfernt und doch unerreichbar. Weil ich jetzt *hinter* dem Verkaufstresen im Tiffany's stand und nicht mehr davor.

Zugegeben, es gab nun wirklich miesere Arbeitsplätze. Aber ich konnte nicht leugnen, dass es immer auch ein bisschen wehtat, wenn ich ein kleines Tütchen seinem neuen Besitzer überreichte und zusah, wie ein weiterer Schatz den Laden verließ. Außerdem glichen meine Schichten tagtäglich einem Spießrutenlauf, weil meine Kollegen nicht vergessen hatten, dass ich vor gar nicht allzu langer Zeit einfach über sie hinweggesehen hatte, als würden sie nicht existieren.

Bethany und Vanita waren am schlimmsten. Sie hatten sich von Anfang an keine besondere Mühe gegeben, ihr Getuschel zu verbergen. Und auch die meisten Jungs vom Security-Team musterten mich mit unverhohlener Skepsis. Als würde ich mir bei der ersten Gelegenheit ein Schmuckstück unter den Nagel reißen und aus dem Laden flüchten.

Alles in allem nicht gerade schmeichelhaft. Andererseits hatte ich es wohl auch nicht besser verdient. Hinzu kam, dass es mir schwerfiel, mich anderen zu öffnen. Natürlich war ich freundlich und hilfsbereit. Aber ich wollte nie wieder den Fehler begehen, einem anderen Menschen zu vertrauen. Ich hatte meine Lektion endgültig gelernt.

»Hey.« Chloe legte mir den Arm auf die Schulter und beugte sich zu mir, bevor sie mit gesenkter Stimme sagte: »Du starrst schon wieder Löcher in die Luft.«

Verdammt, sie hatte recht.

Ich verzog das Gesicht, ehe ich ihr ein gequältes Lächeln schenkte. »Das war ein langer Tag.«

Chloe war die einzige Person, die sich von meiner Zurückhaltung nicht beirren ließ. Stattdessen schien sie die unheimliche Gabe zu besitzen, direkt in mein Inneres zu blicken.

Manchmal machte mir das Angst. Doch dann beruhigte ich mich mit dem Gedanken, dass Chloe von Natur aus aufmerksam und selbstlos war. Immerhin hatte sie mir nach Maurines spontanem Jobangebot vorgeschlagen, bei ihr einzuziehen, und mir ein Zimmer in ihrem Apartment in West Harlem untervermietet. Es war kleiner als mein ehemaliger Kleiderschrank, aber es reichte für ein Bett, eine Kommode und ein schmales Bücherregal.

Ja, mein Reich war auf eine Sardinenbüchse geschrumpft. Aber es gehörte ganz allein mir, und ich konnte es kaum erwarten, mich dort zu verkriechen. Der Gedanke an mein kuschliges Bett ließ mich müde blinzeln.

Chloe warf mir einen vorsichtigen Blick zu. »Vielleicht solltest du doch ein paar Kurse auf die nächsten Semester verschieben.«

Sofort schüttelte ich den Kopf. Ich konnte es mir nicht leisten, noch ein Semester dranzuhängen. Früher hatte ich mich kein bisschen darum geschert. Ich war eine verwöhnte Traumtänzerin gewesen, die zwischen Shoppingtouren, Partys und dem Campus hin und her geschwebt war, ohne weiter als bis zum nächsten Wochenende zu denken. Doch das war inzwischen vorbei. Meine Studiengebühren waren noch für ein Jahr bezahlt. Danach hatte ich entweder meinen Abschluss in der Tasche oder ich stand mit leeren Händen da, wenn ich keinen exorbitanten Kredit aufnehmen wollte.

»Du siehst fix und fertig aus«, stellte Chloe nun besorgt fest. »Du kippst noch um, wenn du so weitermachst.«

»So schlimm ist es auch wieder nicht«, widersprach ich matt und massierte meinen Nacken, um wieder etwas wacher zu werden.

Meine Mitbewohnerin schnaubte. »Fassen mir mal kurz zusammen: Du stehst um sechs Uhr morgens auf, um zu büffeln, rackerst dich anschließend sieben Stunden am College ab, arbeitest danach hier bis zum Abend …«

»Jeden zweiten Sonntag und montags nicht«, warf ich ein.

Chloe verdrehte lediglich die Augen. »… und lernst hinterher noch bis in die Nacht hinein.«

Ich zuckte betont gleichmütig mit den Schultern. »Die meisten Studenten haben Nebenjobs.«

»Aber die versuchen nicht, ihre Regelstudienzeit um ein ganzes Jahr zu verkürzen. Das ist absoluter Wahnsinn, Ally.«

Ich knipste mein strahlendstes Verkäuferinnenlächeln an. »Ich nenne es ambitioniert.«

Seufzend schüttelte Chloe den Kopf. »Ich hoffe wirklich, du weißt, was du tust.«

Das wusste ich leider keineswegs – was vor allem daran lag, dass ich Betriebswirtschaft stinklangweilig fand. Der Studiengang war nicht meine eigene Wahl gewesen. Mein Vater hatte darauf bestanden, um mich optimal auf meinen Platz im Familienunternehmen vorzubereiten, und ich hatte mich nicht gewehrt, weil es mir schlichtweg egal gewesen war.

Inzwischen sah die Sache ein bisschen anders aus. Ich hatte nicht vor, je einen Fuß in das Unternehmen meines Vaters zu setzen, aber wenn ich mein Studium jetzt abbrach, hatte ich dreieinhalb Jahre vergeudet und keinerlei berufliche Perspektive. Mit dem Abschluss konnte ich vielleicht in einem anderen Unternehmen Fuß fassen. Ich musste das also jetzt durchziehen, auch wenn ich tatsächlich am Ende meiner Kräfte war.

»Es sind doch bald Weihnachtsferien«, sagte ich in dem Versuch, Chloe abzulenken und mich selbst aufzumuntern. »Da kann ich einen Gang zurückschalten.«

Vielsagend schaute meine Freundin auf den stylischen Kalender, der das Holzregal neben uns schmückte. Ein filigraner Silberring kreiste den 17. November ein. »Das ist noch eine halbe Ewigkeit bis dahin.«

Das lag wohl im Auge des Betrachters. Für mich waren sieben Wochen nicht ansatzweise genug, um all die Aufgaben zu erledigen, die mein Lehrplan vorsah. Trotzdem musste ich das irgendwie hinkriegen. »Ich schaffe das.«

Keine Ahnung, wen ich damit mehr überzeugen wollte. Aber zumindest bei Chloe schien es zu wirken. Sie lächelte sanft. »Natürlich tust du das. Trotzdem muss ich darauf bestehen, dass du dir hin und wieder eine kleine Auszeit gönnst.«

Sofort wurde ich misstrauisch. »Ach ja?«

Sie nickte eifrig. »Ich will gleich mit ein paar Leuten ins Valerie's. Komm doch mit. Es wird bestimmt lustig.«

Unbehaglich verlagerte ich das Gewicht. Die Bar zählte zu den liebsten Anlaufstellen meiner ehemaligen Clique. Irgendwer lungerte mit Sicherheit auch heute Abend dort rum und gönnte sich einen Cocktail zur Afterhour, und ich hatte keine Lust, einem von ihnen über den Weg zu laufen. Aber ich wollte Chloe auch nicht die Vorfreude versauen, indem ich sie auf die Snobs aufmerksam machte, die sich dort unter die Gäste mischten.

»Tut mir leid«, sagte ich daher. »Heute ist schon Mittwoch, und ich muss noch bis Samstagmorgen diese Hausarbeit fertig schreiben, deshalb …« Ich ließ den Satz verklingen, weil ich Chloe ansehen konnte, dass sie mir diese lahme Ausrede sowieso nicht abkaufte.

Ein resignierter Ausdruck trat auf ihre feinen Züge. »Okay.«

Sofort bekam ich ein schlechtes Gewissen. »Ein anderes Mal, in Ordnung?«

In einer anderen Bar, in einem anderen Leben.

Chloe nickte, aber so ganz gelang es ihr nicht, ihre Enttäuschung zu verbergen. »Klar.«

Sie ging nach hinten, und ich schnappte mir die Liste, um mich auf den Kassensturz vorzubereiten. Froh über die Ablenkung ging ich akribisch die Verkäufe an diesem Tag durch, und wie immer atmete ich erleichtert auf, als die Einnahmen mit den gebuchten Beträgen übereinstimmten. Eine halbe Stunde später wünschte ich den Securitys am Eingang einen schönen Abend und trat hinaus in den eiskalten Abend.

»Und du willst ehrlich nicht mitkommen?«, hakte Chloe nach, die mir gefolgt war.

Ich schüttelte den Kopf, während ich mir meinen langen Schal mehrfach um den Hals wickelte. »Sorry, nein. Aber hab viel Spaß. Wir sehen uns später.«

Chloe ließ es sich nicht nehmen, irgendetwas von *Spaßbremse* zu brummen, ehe sie mir einen Kuss auf die Wange drückte und mitten im Gewusel aus Touristen und New Yorkern in Richtung 57. Straße verschwand.

Als sie fort war, holte ich tief Luft. Weiße Wölkchen stiegen vor mir empor, und ich vergrub mein Gesicht bis zur Nasenspitze in der weichen Wolle des Schals. Anschließend zog ich mir eine Beanie über den Kopf und schlenderte in die entgegengesetzte Richtung.

Ich hatte keine Angst, dass mich jemand erkannte. Nicht mehr. Wenn man in New York unsichtbar sein wollte, dann wurde man unsichtbar. So einfach war das. Inmitten von all den Passanten fiel ich mit meinem dunkelblauen Trenchcoat kein bisschen auf, zumal die meisten Leute ihre Aufmerksamkeit ohnehin auf die Boutiquen oder die bezaubernde Dekoration der Channel Gardens gerichtet hatten.

Seit Anfang der Woche waren die Brunnen, die sich durch die Anlage erstreckten, mit Tannenzweigen abgedeckt. Hunderte kleine Lichter schimmerten nun in dem satten Grün, und auf der Brunnenkante bliesen illuminierte Engel aus Draht in bronzene Fanfaren. Am Ende der Passage, direkt am Fuße des Rockefeller Centers, erhob sich dunkel und auch ein bisschen bedrohlich, eine knapp achtzig Fuß hohe Norwegische Fichte. Sie war letzten Freitag mit viel Aufhebens aus Maryland hergebracht worden, und seither waren unzählige Leute damit beschäftigt, die Lichterketten auf den langen Ästen anzubringen, damit der Baum pünktlich am ersten Dezember in den schönsten Farben erstrahlte.

Unweigerlich dachte ich daran, wie ich vor einem Jahr zur Vorweihnachtszeit durch die Geschäfte flaniert war. Jedes Mal hatten meine Kreditkarten geglüht, weil ich an keinem noch so unbedeutenden Accessoire hatte vorbeigehen können. Ich gab es ungern zu, aber ein Großteil der Tücher, Schals und Handschuhe war im Anschluss an meine exzessiven Einkaufsbummel mitsamt der Tüte in meinem Kleiderschrank gelandet, und ich hatte nie wieder an sie gedacht.

Früher hatte ich mir nie Sorgen um Geld gemacht, geschweige denn über steigende Mieten oder Stromkosten. Haushaltsführung war praktisch ein Fremdwort für mich gewesen. Ich konnte weder Wäsche waschen noch anständig mit Reinigungsmitteln umgehen. Genau genommen hatte ich es kaum geschafft, mir eine Tasse Tee zu kochen, ohne die halbe Küche abzufackeln. Für so etwas hatte Dad Leute eingestellt, die mich rund um die Uhr bedienten.

Und dann hatte das alles plötzlich aufgehört.

Anfangs hatte ich mir noch eingeredet, ich würde schon irgendwie zurechtkommen. Aber die Realität hatte mich recht schnell auf den Boden der Tatsachen geholt. Ich bekam immer noch heiße Wangen, wenn ich an meine ruinierten Seidenblusen dachte, die ich versehentlich gekocht hatte, oder an Chloes Staubsauger, den ich erledigt hatte, weil ich einfach *alles* aufgesaugt hatte, was mir im Weg war. Ich musste zugeben, in jenen Momenten hatte ich mir sehnsüchtig unsere Haushaltshilfe herbeigesehnt. Es hatte eine ganze Weile und mehrere Anläufe gebraucht, bis ich das Klo putzen konnte, ohne mich übergeben zu wollen, und verinnerlicht hatte, dass eine gewisse Ordnung im Küchenschrank durchaus Sinn ergab. O ja, ich war eine verwöhnte Tussi gewesen. Der Inbegriff eines Upperclass-Püppchens, das Daddys Kohle schamlos zum Fenster rauswarf.

Während ich gedankenversunken die Auslage von Kate Spade musterte, fragte ich mich nicht zum ersten Mal, ob ich die Reaktion meines Vaters auf die Sache mit Tristan vielleicht sogar provoziert hatte. Immerhin war mein Lebensstil weit davon entfernt gewesen, tiefgründig zu sein.

Nach Moms Tod hatte sich mein Vater nie die Mühe gemacht, eine Beziehung mit mir aufzubauen. Und da ich es nur so kannte, blieb alles um mich herum oberflächlich.

Oberflächliche Bekanntschaften.

Oberflächliche Affären.

Oberflächliche Partys.

Scheiße. Mein ganzes verdammtes Leben war eine Aneinanderreihung von oberflächlichen Ereignissen gewesen. Kein Wunder, dass Dad nicht mal mit der Wimper gezuckt hatte, als er die Gelegenheit bekam, meine *Schulden* mitsamt den Zinsen einzutreiben und mich gewinnbringend zu verkuppeln.

Bevor ich es verhindern konnte, stiegen mir Tränen in die Augen. Was war denn heute nur los mit mir?

Trotzdem, es war nicht richtig gewesen, mich nur aufgrund einer lukrativen Verbindung an Tristan zu verschachern wie ein Zuchtrind. Mein Vater hätte mich beschützen und diesem Mistkerl eine Lehre erteilen müssen.

Ich wandte mich abrupt vom Schaufenster ab. Warum quälte ich mich überhaupt mit diesen Gedanken? Das musste an der Jahreszeit …

Rums.

Mit voller Wucht rannte jemand in mich hinein und fegte mich beinahe von den Füßen. Ich stolperte zur Seite. Für den Bruchteil einer Sekunde sah ich mich schon der Länge nach auf den Asphalt klatschen. Doch da packte dieser jemand meinen Oberarm und zog mich mit einem energischen Ruck zu sich.

»Oh! Merde!«, ertönte eine tiefe Stimme, die zweifellos einem Mann gehörte, gefolgt von einem seltsamen Knacksen. Sofort wurden meine Sinne überflutet von einem krachsüßen und zugleich säuerlichen Geruch, der in einem scharfen Kontrast zu der breiten Brust stand, die mir die Sicht verdeckte.

Verwirrt wich ich zurück. Die Hand um meinen Arm verschwand, und ich senkte den Blick, um diesen seltsamen Duft zu lokalisieren. Der Typ hielt eine zersplitterte Glasphiole in der Hand. Er musste sie zerbrochen haben, als er mich gepackt hatte. Zum Glück trug er Lederhandschuhe. Andernfalls hätte das wohl ein paar üble Verletzungen gegeben.

»Sorry«, stammelte ich, obwohl der Kerl ja streng genommen mich übersehen hatte. Er schien das allerdings anders zu sehen, denn er stieß ein entrüstetes Schnauben aus.

Ruckartig hob ich den Kopf. Seine Augen waren dunkelbraun und erinnerten mich irritierenderweise an flüssige Schokolade, obwohl sein Blick hart war. Er war etwa in meinem Alter. Braune Locken standen ihm verwuschelt vom Kopf ab und überdeckten seine Ohren. Seine Lippen waren zu einem dünnen Strich zusammengepresst. Zweifellos war er sauer auf mich. Dabei hatte ich ja nun wirklich nichts falsch gemacht.

Ich zog eine Braue hoch. »Das wäre jetzt ein guter Moment, um dich ebenfalls zu entschuldigen.«

Seine Stirn zerfurchte sich, und ein fragender Ausdruck trat in seine Miene. Mir fiel ein, dass er auf Französisch geflucht hatte. Wahrscheinlich verstand er kein Wort.

Um mich deutlicher auszudrücken, zupfte ich an meinen Schal, dessen Vorderseite getränkt war mit dieser dubios riechenden Flüssigkeit, die sich vermutlich in der Glasphiole befunden hatte. Der Duft war jetzt noch intensiver, und ich verzog leicht angewidert das Gesicht.

»O Gott! Was ist das?«, stieß ich hervor, bevor er etwas sagen konnte, und wischte hektisch über meinen Schal. Leider machte ich es damit nur noch schlimmer, weil ich diesen süßen Mist jetzt auch noch auf meinem Mantel verteilte. »Das riecht wie … wie verbrannte Kornblumen, die mit Zitronensaft gelöscht wurden.«

Ein alter Mann, der gerade an uns vorbeilief, schien derselben Meinung zu sein, denn er bekam einen Hustenanfall und beschleunigte sein Tempo. Auch andere Passanten schauten sich irritiert um, als suchten sie nach der Quelle dieses befremdlichen Geruchs. Sobald sie uns bemerkten, machten sie einen großen Bogen um uns und setzten ihren Weg eilig fort.

Plötzlich fing der Typ an zu lachen. Es war ein raues, warmes Lachen, dessen Klang tief in meiner Brust vibrierte.

Na schön. Offenbar verstand er mich doch.

»Du hast recht«, sagte er und seufzte frustriert. »Das sollte eigentlich ein grandioses Parfüm sein. Aber es riecht grauenvoll, n'est-ce pas?«

»Nein«, widersprach ich sofort, weil ich ihn bestimmt nicht hatte beleidigen wollen.

Der Typ legte den Kopf schief. Jede Härte war nun aus seinem Blick verschwunden. Stattdessen hob er nun seinerseits eine Augenbraue. Es war offensichtlich, dass er mir nicht glaubte.

»Ich meine, *grauenvoll* riechen Dinge, die absolut widerlich sind«, wiegelte ich ab. »Wie zum Beispiel die Gäste-WCs im Starbucks auf der 87. oder faule Eier oder fermentierter Fisch. Der riecht wirklich abartig. Es gibt sogar Clips im Internet, in denen man zusehen kann, wie Leute versucht haben, etwas davon zu essen, ohne zu kotzen, und …«

O Gott! Was redete ich denn da?

Entsetzt klappte ich den Mund zu, während meine Wangen vor Verlegenheit aufloderten. Ehrlich, ich hatte keinen Schimmer, was plötzlich in mich gefahren war.

Aber der Typ schien sich köstlich zu amüsieren. Belustigung tanzte in seinen Augen, und sein linker Mundwinkel zuckte verräterisch. »Eigentlich gilt Surströmming als Delikatesse.«

»In Europa vielleicht.«

Wieder lachte er leise, während er nickte. Seine Aufmerksamkeit kehrte zu der zerbrochenen Glasphiole in seiner Hand zurück. Er hielt sie etwas höher. »Es ist also nicht so schlimm wie fermentierter Fisch?«

Meine Nase kribbelte, und ich musste all meine Konzentration aufbringen, ihm nicht direkt ins Gesicht zu niesen. Ich reckte das Kinn ein bisschen, um die kalte New Yorker Luft einzuatmen. Sofort legte sich der intensive, süßlich-saure Duft, und ich blinzelte überrascht, weil ich ihn in konzentrierten Dosen gar nicht so unangenehm fand. »Definitiv nicht.«

Neugierig lehnte er sich vor. »Und auf einer Skala von eins, Surströmming, bis zehn, absolute Perfektion?«

»Sechs«, antwortete ich ehrlich und war selbst erstaunt, dass meine Bewertung doch so positiv ausfiel. »Wenn man nicht damit ertränkt wird.«

Er nickte wieder, während er mich eingehend betrachtete. Seine braunen Augen hatten irgendetwas an sich, das es mir fast unmöglich machte, wegzusehen. Da war dieses ehrliche Interesse – nicht an der Upperclass-Prinzessin, die ich einst gewesen war, sondern nur an mir. An Ally.

»Warum keine zehn?«, hakte er nach.

Ich blinzelte. »Was?«

»Was stört dich an dem Duft?«, präzisierte er seine Frage und kam mir noch näher. Als wollte er keine meiner Reaktionen verpassen. »Ist die florale Komponente zu dominant oder ist eher die Zitrusnote das Problem?«

Ich war so verdattert, dass es mir glatt die Sprache verschlug. Schweigend starrte ich ihn an, während ich zu begreifen versuchte, warum ihm ausgerechnet meine Meinung so wichtig war.

Er schien meine Überforderung zu bemerken, denn mit einem Mal hoben sich seine Lippen zu einem charmanten Lächeln. »Vielleicht sollten wir noch einmal von vorn anfangen.« Er zeigte mit der freien Hand auf mich. »Nicht weglaufen, ja?«

Verdutzt sah ich zu, wie er zu einem Mülleimer in der Nähe eilte, die Glasphiole hineinwarf und sich auf dem Rückweg geistesabwesend die Handschuhe an seinem Mantel abwischte. Als er bemerkte, dass er dadurch die feuchten Tropfen großzügig auf dem Stoff verteilte, riss er erschrocken die Augen auf.

Ich konnte mir ein Lachen nicht verkneifen. »Das war nicht besonders clever.«

Schmunzelnd zuckte er mit den Schultern. »So bist du wenigstens nicht die Einzige, die nach verkohlten Kornblumen stinkt.«

»Das ist wirklich sehr solidarisch von dir.«

»Ja, so bin ich.« Erneut ließ er ein charmantes Lächeln aufblitzen, während er sich den rechten Handschuh von den Fingern zupfte. Dann streckte er mir die Hand entgegen. »Ich heiße Lucien.«

Zögernd musterte ich die dargebotene Hand, ehe ich mir einen Ruck gab und sie ergriff. Seine Finger wärmten meine eiskalte Haut. Es fühlte sich schön an. »Ally.«

»Freut mich, dich kennenzulernen, Ally«, sagte er langsam, während er mit sanftem Druck meine Hand schüttelte. »Darf ich dich als Wiedergutmachung für mein Missgeschick auf einen Kaffee einladen?«

Sofort verflog das angenehme Gefühl und machte Beklommenheit Platz. Ich zog meine Hand zurück und steckte sie in meine Manteltasche, bevor ich den Kopf schüttelte. »Nein, vielen Dank.«

Er wirkte aufrichtig enttäuscht, und obwohl es keinen rechten Sinn ergab, empfand ich ebenfalls Bedauern. Unwillkürlich fragte ich mich, warum ich so heftig auf ihn reagierte.

»Ein anderes Mal vielleicht?«

Ich rang mich zu einem entschuldigenden Lächeln durch und trat einen Schritt zurück. »Das geht nicht.«

»Weil dein Freund zu den übertrieben eifersüchtigen Typen zählt?«

Verwirrt schüttelte ich den Kopf. »Nein, ich bin Single.«

Als würde ihn meine Antwort zufriedenstellen, grinste er schief und präsentierte mir dabei zum ersten Mal ein hübsches Grübchen, das sich tief in seine rechte Wange bohrte.

Meine Güte! Dieser Kerl war wirklich unglaublich charmant. Wahrscheinlich wickelte er die Frauen in Scharen um den Finger.

Seine Augen funkelten, während er mich abwartend musterte. Offensichtlich hoffte er, dass ich meine Meinung doch noch änderte. »Wir könnten auch einen Happen essen gehen«, schlug er nun vor und zeigte auf den frei geräumten Platz hinter sich. Nächste Woche würde dort der berühmte Ice Rink für das Schlittschuhlaufen am Rockefeller Center öffnen. Aber im Moment war das Areal noch leer, weshalb man das dahinter liegende Restaurant gut erkennen konnte. »Die Burger im Rock Center Café sind der Wahnsinn.«

Da hatte er leider recht. Wie aufs Stichwort grummelte mein Magen, um seine Zustimmung zu signalisieren, und mir lief das Wasser im Mund zusammen. Ich verbrachte öfter meine Pausen mit Chloe im Rock Center Café. Zumindest am Anfang des Monats. Gegen Ende reichte es meistens nur für den Bagel-Store um die Ecke.

Inzwischen war mir auch ziemlich kalt, weil wir schon eine ganze Weile hier standen. Trotzdem war es vermutlich keine gute Idee, meine Pläne für den Abend spontan zu ändern. »Es geht wirklich nicht«, murmelte ich, weil ich der Versuchung kaum mehr widerstehen konnte. »Tut mir leid.«

»Natürlich.« Lucien runzelte die Stirn. »Aber darf ich fragen, warum?«

»Was warum?«

»Du hast meine Einladung abgelehnt, was dein gutes Recht ist. Insofern verstehe ich nicht, wieso dir das leidtut.« Er schmunzelte. »Ich meine, wenn du mich für einen Trottel hältst, dann war es doch absolut richtig von dir, mir einen Korb zu geben.«

»So ein Quatsch!«, stieß ich hervor, bevor ich mich zurückhalten konnte. »Ich halte dich nicht für einen Trottel. Ich kenne dich doch gar nicht.«

Ergeben hob er die Hände. »Und du willst mich auch nicht kennenlernen.«

So, wie er das sagte, klang er absolut vorurteilsfrei. Und plötzlich kam ich mir unsagbar blöd und oberflächlich vor. Ich verabscheute Leute, die andere in Schubladen stopften, ohne sich überhaupt die Mühe gemacht zu haben, sich näher mit ihnen zu befassen. Früher war ich genau so gewesen, aber so wollte ich einfach nicht mehr sein.

»Okay«, platzte ich heraus. »Gehen wir etwas essen.«

»Echt?« Er musterte mich aufmerksam. »Ich will dich zu nichts zwingen oder so. Bist du dir wirklich absolut sicher, dass du das hundertprozentig willst?«

Trotzig reckte ich das Kinn. »Ja.«

»Wenn das so ist …« Ein triumphierendes Funkeln trat in seine Augen, ehe er einen Schritt beiseitetrat und eine Verbeugung andeutete. »Nach dir, Ally.«

Kapitel 2

Wir legten den kurzen Fußweg zum Rock Center Café schweigend zurück, während ich zu begreifen versuchte, wie ich überhaupt in diese Situation hineingeraten war. Mein letztes Date lag deutlich mehr als ein halbes Jahr zurück, und zu behaupten, ich wäre aus der Übung, war weit untertrieben. Inzwischen war ich eine vollkommen andere Frau und längst nicht mehr so kontaktfreudig wie früher, auch wenn ich nicht ohne eine gewisse Verwirrung feststellte, dass meine selbst auferlegte Zurückhaltung für Lucien nicht zu gelten schien.

Ich warf ihm einen verstohlenen Blick zu. Er wirkte absolut entspannt, wie er neben mir durch die Menschenmenge spazierte. Aber wenn man ganz genau hinsah, konnte man das schnelle Pochen seiner Halsschlagader deutlich erkennen. Machte ich ihn etwa nervös?

»Du sagst ja gar nichts mehr«, stellte ich fest, während wir den Platz überquerten.

Mit einem verlegenen Grinsen strich er sich eine dunkle Locke aus der Stirn. »Offen gestanden habe ich Angst, dass du es dir doch noch mal anders überlegst, wenn ich jetzt was Falsches sage.«

»Oh.« Dieses Geständnis war so unerwartet süß, dass sich mein Bauch flatternd meldete. Ich ignorierte das Gefühl und schob es auf den Hunger. Wurde Zeit, dass ich etwas in den Magen kriegte.

Als wir das Café erreichten, hielt Lucien mir die Tür auf, und ich schlüpfte an ihm vorbei ins Innere. Der krachsüße Duft, mit dem mein Schal getränkt war, vermischte sich mit den Gerüchen von gebratenem Fleisch, fruchtigen Torten und Kaffee. Im Gegensatz zur vielfältigen Speisekarte war die Einrichtung des Cafés geradezu schlicht. Die Wände waren in einem zarten Gelbton gehalten und harmonierten perfekt mit den cremeweißen, gepolsterten Stühlen. Nahezu alle Tische waren besetzt, und die Leute unterhielten sich lachend oder aßen einen Snack. Gläser klirrten, ein Kleinkind weinte und aus einem versteckten Lautsprecher drang ein Popsong aus den Neunzigern. Ganz am Ende des Raums entdeckte ich Stacy, eine der Stammkellnerinnen, mit der ich mich schon öfter nett unterhalten hatte. Sie war Ende dreißig und trug wie der Rest des Servicepersonals die klassische Restaurantuniform bestehend aus einer weißen Bluse und einer schwarzen Jeans.

Weil es für mich inzwischen zur Routine geworden war, checkte ich alle Gäste, ob sich vielleicht jemand Bekanntes unter ihnen befand. Natürlich war das nicht der Fall, denn dieses Restaurant war eine Touristenattraktion und damit in der High Society der Upper East Side verpönt. Die alte Allison hätte niemals einen Fuß über die Türschwelle gesetzt. Die neue Ally liebte den Laden.

Lucien trat hinter mich, und obwohl mein Trenchcoat gut gefüttert war, konnte ich die Wärme, die von ihm ausging, in meinem Rücken spüren. Mir wurde gleich noch ein bisschen wärmer.

»Wie wäre es dort?«, fragte er und zeigte auf einen Tisch für zwei Personen direkt vor dem riesigen Fenster, das einen schönen Blick auf den beleuchteten Platz bot.

Ich nickte zustimmend. Lucien ließ mir erneut den Vortritt, schaffte es beim Tisch aber irgendwie, sich an mir vorbeizuschieben, um mir den Stuhl zurechtzurücken. Als ich meinen Trenchcoat öffnete, fiel mir auf, dass uns einige Gäste naserümpfend beobachteten.

Auch Lucien entging das nicht. Doch im Gegensatz zu mir schien ihn das Getuschel, das nun einsetzte, nicht aus der Fassung zu bringen. Stattdessen platzte ein amüsiertes Glucksen aus ihm heraus. »Ich wette, die Leute wundern sich, warum wir beide riechen wie abgefackelte Kornblumen.«

Verlegen rutschte ich auf den Stuhl, zog mir den Trenchcoat von den

Schultern und beobachtete, wie er sich im Stehen den Mantel abstreifte. Sein Anblick brachte mich kurz aus dem Konzept. Zwar war mir zuvor schon aufgefallen, dass er recht kräftig gebaut war, aber seine Kleidung überließ nichts der Fantasie. Wie eine zweite Haut umschmeichelte der dünne Pullover seine breiten Schultern und die muskulöse Brust. Seine Beine steckten in lässigen Jeans, die seinen hübschen Hintern vorzüglich zur Geltung brachten. Nachdem er den Mantel über die Stuhllehne geworfen hatte, suchte er meinen Blick und ertappte mich prompt beim Starren.

Hitze kroch mir in die Wangen, während ich angestrengt überlegte, worüber wir gerade noch gesprochen hatten. Da erinnerte mich der Geruch meines Schals an meinen unfreundlichen Kommentar, nachdem wir zusammengestoßen waren. »Tut mir leid. Das war gemein von mir.«

Lucien nahm mir gegenüber Platz, ehe er den Kopf schüttelte. »Du hast nur laut ausgesprochen, was du gedacht hast.«

Schon komisch. Die meisten Menschen, die ich kannte, reagierten eher angepisst auf Kritik. Aber Lucien schien mir meine Worte nicht im Mindesten nachzutragen. Irgendwie fand ich diesen Charakterzug erfrischend. »Trotzdem hätte ich mich taktvoller ausdrücken können.«

Lucien schmunzelte. »Aber so weiß ich wenigstens, dass die rauchige Basisnote für eine Frau gar nicht geht.«

Jetzt erst ging mir ein Licht auf, warum er so genau wissen wollte, wie ich über dieses seltsame Parfüm dachte. »Du hast diesen Duft kreiert, stimmt's?«

»Ist das eine Fangfrage?« Amüsiert sah er mich an. »Du stehst doch nicht auf und gehst, wenn ich zugebe, dass ich diesen brutalen Angriff auf deinen Geruchssinn zu verantworten habe, oder?«

Ich lachte. »Nein, versprochen.«

Nachdenklich wuschelte er sich durch die Haare, was ein beeindruckendes Muskelspiel in seinem Oberarm hervorrief. »In dem Fall bekenne ich mich schuldig.«

»Du bist also Parfümeur?«

»Noch nicht«, antwortete er und nahm die Speisekarte zur Hand. »Im Moment studiere ich Biochemie an der Columbia und mache ein Praktikum bei Noélle, um schon mal – Achtung Wortspiel – in den Beruf reinzuschnuppern.«

Er freute sich so sehr über seinen Gag, das ich schon wieder grinsen musste. »Noélle scheint mir ein ziemlich guter Anfang für so eine Karriere zu sein.«

Überrascht ließ er die Karte sinken. »Du kennst das Label?«

O ja, und wie ich es kannte. Ich war gelinde ausgedrückt beeindruckt, dass er dort einen Praktikumsplatz hatte ergattern können. Noélle war kein riesiger Konzern, zählte dafür aber zu den teuersten Luxusmarken, die in der Parfümindustrie zu finden waren. Und wir redeten hier von *richtig* teuer. Allein die Flakons waren ein Vermögen wert. Dazu die Kombination aus äußerst seltenen Duftstoffen, und schon wirkten Dior und Co. wie Discountschnäppchen. Ich hatte mir vor zwei Jahren selbst mal so ein Fläschchen zugelegt – aus Prestigegründen und weil der Flakon so hübsch war. Aber wie viele andere Dinge verstaubte das Parfüm inzwischen im Penthouse meines Vaters.

Ich überlegte, Lucien davon zu erzählen, entschied mich aber dagegen, weil das unweigerlich Fragen aufgeworfen hätte. Also hielt ich meine Antwort vage. »Ich habe schon von Noélle gehört, ja. Macht dir die Arbeit dort Spaß?«

Lucien wackelte mit dem Kopf. »Noch nicht so sehr, wie ich es mir wünschen würde.«

»Warum?«, hakte ich neugierig nach.

»Das Praktikum dient dazu, jeden Bereich des Unternehmens kennenzulernen. Bisher war ich in der Verwaltung, im Vertrieb und aktuell bin ich im Marketing, was bedeutet, dass ich den lieben, langen Tag das PR-Team dabei unterstütze, die angesagteste Party des Jahres vorzubereiten.«

Jetzt, wo er es erwähnte, fiel mir wieder ein, dass Noélle nur einmal im Jahr ein neues Parfüm auf den Markt brachte und zu diesem Anlass eine exklusive Gala veranstaltete. Im letzten Herbst hatte ich sogar eine Einladung erhalten. Allerdings hatte ich es damals vorgezogen, mit meiner Clique ein verlängertes Wochenende auf Mauritius zu verbringen und mich ein wenig vom Unistress zu erholen. Das waren noch Zeiten gewesen.

Ich rang mich zu einem Lächeln durch. »Partyplanung klingt doch gar nicht so schlecht.«

»Trotzdem interessiert mich die Produktentwicklung mehr«, erwiderte Lucien und wirkte mit einem Mal ganz euphorisch. »Ich war schon einmal kurz in der Abteilung. Die Labore sind erstklassig ausgestattet, und es gibt da diesen Tresor, in dem unglaublich seltene Duftstoffe aufbewahrt werden. Außerdem arbeitet das Unternehmen an neuen Destillationsverfahren zur Reinstoffgewinnung und zur Konservierung.«

Gespielt entsetzt riss ich die Augen auf. »Okay, Grenouille, jetzt machst du mir schon ein bisschen Angst.«

Es überraschte mich nicht, dass er meine Anspielung auf den Protagonisten von Süskinds Roman *Das Parfüm* verstand. »Keine Sorge. Ich bin vielleicht ehrgeizig, aber nicht besessen, und ich würde definitiv nicht über Leichen gehen, um den perfekten Duft zu kreieren.«

Vielsagend hob ich eine Braue. »Genau das würde ein Psychopath auch behaupten.«

Lucien lachte. »Ehrlich, ich bin harmlos. Ich schwöre es.«

Das bezweifelte ich. Zwar hielt ich ihn nicht für einen geistesgestörten Frauenmörder, aber das Funkeln in seinen Augen verriet mir, dass er sich seines Charmes durchaus bewusst war. Er war auf jeden Fall gefährlich.

»Du bist also auf der Suche nach dem perfekten Duft?«, wechselte ich sicherheitshalber das Thema.

Sofort wurde er wieder ernst, und ein frustrierter Ausdruck erschien in seinem Gesicht. »Jepp. Aber wie du am eigenen Leib erfahren musstest, bisher mit mäßigem Erfolg.«

Ich runzelte die Stirn. »Vielleicht, weil etwas, das *allen* gefällt, gar nicht existiert.«

»Sicher hängt vieles vom subjektiven Geschmack eines Menschen ab«, räumte er ein. »Aber theoretisch ergibt sich eine perfekte Formel, wenn sämtliche Parameter zu einem harmonischen Ganzen zusammenfließen. Ich will diese Hypothese nächstes Semester in meiner Masterarbeit beweisen.«

Wie er so begeistert davon sprach, sah er ein bisschen aus wie ein Kind im Bonbonladen. Was ich irgendwie süß fand.

Nerdig, aber süß.

»Hast du die magische Formel schon gefunden?«, fragte ich.

»Es gibt nicht nur eine, sondern Hunderte Möglichkeiten, je nachdem, welche Parameter einkalkuliert werden. Ich habe erst heute eine neue Variante im Uni-Labor ausprobiert. Allerdings reicht die Qualität der Duftstoffe dort nicht mal ansatzweise an die von Noélle heran. Irgendwas muss bei der Konservierung schiefgelaufen sein. Jedenfalls riecht Nummer 453 jetzt ganz anders als heute Nachmittag.«

Meine Brauen schossen in die Höhe. »Das war dein 453. Versuch?«

Er nickte und warf mir einen verlegenen Blick zu. »Ob du es glaubst oder nicht, für mich war es ziemliches Glück, dass wir vorhin zusammengestoßen sind. Ich war nämlich gerade auf dem Weg, um den Chef-Parfümeur von Noélle abzufangen. Der Typ hätte mich niemals in sein Heiligtum gelassen, wenn ich ihm das …« Zerknirscht gestikulierte er zwischen uns hin und her. »… präsentiert hätte, und damit hätte ich meine Masterthesis wahrscheinlich vergessen können.«

Ich klappte den Mund auf, um ihm zu sagen, dass seine Kreation wirklich nicht so schlimm war, wie zuerst gedacht. Aber da tauchte Stacy neben uns auf. »Hallo, was kann ich euch bringen?«, fragte sie und kritzelte konzentriert unsere Tischnummer auf einen winzigen Block.

»Hey, Stacy«, grüßte ich die gestresste Kellnerin, die mich bisher noch gar nicht bemerkt zu haben schien.

Irritiert schaute sie mich an, ehe sich ein freundliches Lächeln auf ihrem Gesicht ausbreitete. Kleine Fältchen gruben sich in ihre Augenwinkel und ließen sie noch sympathischer wirken. »Oh, Ally! Jetzt hätte ich dich fast übersehen. Tut mir leid, Herzchen. Du merkst ja, was hier los ist.«

»Nicht schlimm«, versicherte ich ihr sofort. »Wie geht's Zac und Brady?«

»Sie treiben mich wie üblich in den Wahnsinn.« Reine Liebe war in ihrem Gesicht zu lesen, ehe sie theatralisch die Augen verdrehte. »Fünfjährige.«

»Die sind am schlimmsten«, stimmte Lucien todernst zu, was Stacys Aufmerksamkeit auf ihn lenkte.

Überraschung flackerte in ihrer Miene auf, wahrscheinlich, weil ich noch nie mit einem Mann hier aufgetaucht war. Als sie bemerkte, dass er nur scherzte, kicherte sie. Allerdings kam sie nicht dazu, etwas zu erwidern, denn in dem Moment beugte sie sich über den Tisch und schnupperte. »Was ist das für ein Geruch?«

»Wir haben ein neues Parfüm ausprobiert«, erwiderte Lucien in unschuldigem Ton. »War aber nicht so der Kracher.«

»Hmm.« Stacy schnüffelte weiter, während sie den Kopf hin und her drehte. Dann sah sie Lucien an. »Ich finde ihn gar nicht so schlecht. Allerdings ist er ein bisschen zu feminin für dich. Wenn ich du wäre, würde ich auf weniger Blümchen setzen, um eine tolle Frau zu beeindrucken.«

Lucien bekam knallrote Ohren, und ich presste die Lippen zusammen, um nicht lauthals loszulachen.

»Danke für den Tipp«, murmelte er, während Stacy mir zuzwinkerte.

Sie hatte sichtlich ihren Spaß dabei, meinen Begleiter auf den Arm zu nehmen. Es störte sie plötzlich kein bisschen, dass zwei Tische neben uns ein älterer Mann ungeduldig winkte, um etwas zu bestellen. Stattdessen war sie nun voll auf Lucien konzentriert. Sicher überlegte sie bereits, ob er einen weiteren Spruch vertragen konnte. Wenn sie einmal in Fahrt war, gab es für sie oft kein Halten mehr.

Ich beschloss, Lucien zu erlösen, und bat um das Clubsandwich und ein Wasser, weil das preislich zwar immer noch weit über New Yorks Durchschnitt lag, aber zumindest kein allzu tiefes Loch in meinen Sparstrumpf riss.

»Für mich das Gleiche, bitte«, sagte Lucien erleichtert und reichte ihr die Speisekarte. Schon hetzte Stacy zum nächsten Tisch.

»Doch kein Burger?«, zog ich ihn auf und gab mir nun keine Mühe mehr, meine Belustigung zu verbergen.

»Ich hätte sogar Salat bestellt, wenn wir sie dadurch losgeworden wären«, raunte er mir zu und spähte durch das Lokal zu Stacy, die inzwischen mit dem älteren Mann diskutierte. »Sie ist ein bisschen Furcht einflößend.«

»Sie meint es nicht böse. New Yorker haben einfach einen ganz eigenen Sinn für Humor.«

Sein Blick zuckte zurück zu mir, und Tausende Fragen schienen sich in seinem Kopf zu bilden. Ich war mir sicher, dass ich sie nicht alle beantworten würde. Aber ein erschreckend großer Teil von mir wollte es.

Zum ersten Mal seit langer Zeit.

»Du bist nicht aus New York, oder?«, fragte ich, um ihn von mir und mich selbst von dieser verwirrenden Erkenntnis abzulenken.

Gut möglich, dass Lucien mich durchschaute. Doch er ließ es mir durchgehen und schüttelte den Kopf. »Meine Zwillingsschwester und ich wurden in Marseille geboren. Wir sind erst vor ein paar Jahren hergezogen, nachdem sich unsere Eltern scheiden ließen.«

Ganz schön viele Informationen auf einmal.

Erst war ich ein bisschen überrumpelt von so viel Offenheit. Dann wurde mir klar, dass Lucien mir hier verschiedene Ansätze bot, das Gespräch in eine Richtung zu lenken, in der ich mich wohlfühlte.

»Du hast eine Zwillingsschwester?«

»Donnie.« Diesmal war es an ihm, ähnlich wie Stacy theatralisch die Augen zu verdrehen, während tiefe Zuneigung aus seiner Stimme sprach. »Sie ist eine echte Nervensäge. Nie will sie auf die Ratschläge ihres großen Bruders hören.«

»Wie viele Sekunden bist du denn älter als sie?«, fragte ich belustigt.

Er reckte stolz das Kinn vor. »Einen Monat.« Als er meinen irritierten Gesichtsausdruck sah, grinste er schief. »Ich wurde am 30. November um 23:58 Uhr geboren. Donnie kam acht Minuten später auf die Welt, also erst am 1. Dezember. Damit bin ich offiziell einen Monat älter als sie.«

»Also, wenn das so ist, sollte sie deine Ratschläge wirklich ernster nehmen.«

»Meine Rede!« Lucien klopfte sich auf die muskulöse Brust, was meine Aufmerksamkeit kurz in völlig falsche Bahnen lenkte.

Ich blinzelte. »Seid ihr euch ähnlich, du und Donnie?«

»Kein bisschen.« Lucien lachte leise in sich hinein. »Sie ist sprunghaft und impulsiv und lebenshungrig. Ich hingegen lebe meine Experimentierfreude lieber im Labor aus.« Er runzelte auf hinreißende Weise die Stirn. »Das klang jetzt schon wieder schräg, oder?«

Unweigerlich dachte ich an die Sterling-Brüder und die Leute aus meinem alten Freundeskreis, die allesamt nie einen Hehl daraus gemacht hatten, in welchem Bereich sie am liebsten experimentierten. Es war immer nur um Sex gegangen. Beklommen zuckte ich mit den Schultern. »Ist mal was anderes.«

Stacy kehrte mit unserer Bestellung an den Tisch zurück, und sogleich machte Lucien sich erfreut über sein Sandwich her. Während er kaute, musterte er mich neugierig.

Meine Magen verkrampfte sich vor Nervosität. Früher waren derartige Blicke einfach an meinem Selbstbewusstsein abgeprallt. Aber die Upperclass-Prinzessin, der mal die Welt zu Füßen lag, gab es nicht mehr. Jetzt war ich irgendjemand anderes. Jemand, der mit zu viel Aufmerksamkeit nicht besonders gut zurechtkam. Obwohl aus Luciens Miene nur ehrliches Interesse sprach, fiel es mir dennoch schwer, mich zu entspannen.

Lucien schien das zu spüren. Zumindest löcherte er mich nicht mit Fragen, sondern knüpfte einfach an unser ursprüngliches Thema an. Er erzählte mir, wie gewaltig New York anfangs auf ihn gewirkt hatte, und ich konnte ihn mir gut als schlaksigen Zwölfjährigen vorstellen, der von der schieren Masse an Menschen beinahe erschlagen wurde, während seine quirlige Schwester in dem Chaos förmlich aufblühte.

Er hatte einen einnehmenden, jungenhaften Charme, und ich mochte es, dass er sich selbst offenbar nicht allzu ernst nahm. Je länger ich ihm zuhörte, umso mehr vergaß ich meine innere Anspannung. Nachdem er mir von seiner Highschoolzeit in Queens erzählt hatte, gelangten wir wieder bei seinem Studium an, und ich erkundigte mich, ob er abseits von seinem Labor einen Lieblingsplatz auf dem Campus hatte. Wir hatten unsere Sandwiches längst gegessen, und ich hatte kaum bemerkt, wie schnell die Zeit verflogen war.

»Wahrscheinlich findest du das jetzt ziemlich öde, aber ich mag den Morningside Park«, antwortete er, während er mit den Fingerspitzen sachte an einer Falte in der Tischdecke zupfte. »Besonders im Morgengrauen, wenn die Nacht die Luft geklärt hat und alles irgendwie pur und unberührt duftet. Weißt du, was ich meine?«

Ich lächelte, denn das tat ich allerdings. »Ja. Meine Fakultät liegt ganz in der Nähe des Parks.«

In seine Augen trat ein triumphierendes Funkeln, nachdem ich mit dieser Information rausgerückt war. »Du studierst auch an der Columbia?«

Ich nickte. »Betriebswirtschaft.«

Überraschung huschte über sein Gesicht. Die wirtschaftliche Fakultät zählte zu den besten des Landes. Ich sollte glücklich darüber sein, dort studieren zu dürfen. Immerhin stiegen die Absolventen in der Regel in leitenden Positionen in globalen Konzernen ein. Leider konnte ich mich bis heute nicht wirklich für dieses Privileg erwärmen, denn ich hatte dieses Studium nur begonnen, weil die Alternative darin bestanden hätte, gleich in der Firma meines Vaters zu arbeiten.

Neugierig legte Lucien den Kopf schief. »Weißt du schon, in welche Richtung du später gehen willst?«

»Nicht mal ansatzweise«, erwiderte ich und griff nach meinem Glas, um die Bitterkeit fortzuspülen, die ich plötzlich auf meiner Zunge schmeckte. Ich wusste selbst nicht genau, warum ich Lucien das anvertraute. Aber bei ihm schien dieses Geständnis sicher zu sein.

»Du findest es sicher noch heraus«, sagte er sanft.

Ich wünschte, ich hätte seine Zuversicht teilen können. »Ja.« Ein angespanntes Lächeln hob meine Lippen. »Kann ja auch nicht jeder so genau wissen, was er mit seinem Leben anfangen will.«

»Das klingt viel einfacher, als es ist.« Sein Ton war mit einem Mal überraschend ernst. »Schließlich jage ich seit Jahren demselben Traum nach. Ständig frage ich mich: Was ist, wenn es nicht klappt? Was, wenn ich scheitere? Kann ich mich mit weniger zufriedengeben?«

Verdattert starrte ich ihn an. Ich hatte noch nie erlebt, dass jemand mir gegenüber derart unverblümt seine Zweifel preisgab. In meinem ehemaligen Freundeskreis war das ein Zeichen von Schwäche, und Schwäche wurde verachtet. Selbst Chloe, die ihr Herz auf der Zunge trug, weigerte sich, solche Gedanken laut auszusprechen. Als könnte ihr Traum, eines Tages eine erfolgreiche Schmuckdesignerin zu werden, zerplatzen, sobald sie sich selbst infrage stellte.

Auf einmal kehrte sein schiefes Grinsen zurück. »Mon Dieu! Ich klinge wie ein Typ, der davon träumt, ein berühmter Popstar zu werden, n'est-ce pas?«

»Na ja, Parfümeure sind ja schließlich auch Künstler. Aus meiner Sicht besteht da kaum ein Unterschied.«

Sein Mundwinkel zuckte. »Das sagst du nur, weil du mich noch nie singen gehört hast.«

Ich war froh, dass er wieder zu seiner Leichtigkeit zurückkehrte. Deshalb spielte ich mit und riss schockiert die Augen auf. »Soll das heißen, du kannst nicht singen?«

»Nope.«

»Das glaube ich dir nicht.«

»Ehrlich wahr«, gab er bedauernd zurück.

Ich seufzte schwer. »Dann muss ich dich jetzt leider verlassen. Tut mir leid. Ich wollte dir ja wirklich eine Chance geben. Aber unter diesen Umständen sollte ich wirklich …«

Plötzlich lehnte er sich vor und sang leise *Non, je ne regrette rien*, den berühmten Chanson von Edith Piaf, den ich *ausschließlich* am Text erkannte.

Ich zuckte zusammen. »Wow! Du hast nicht übertrieben.«

Die Leute am Nachbartisch drehten sich um und warfen uns entsetzte Blicke zu. Doch Lucien ließ sich davon nicht beeindrucken, er breitete die Arme aus und sang einfach weiter.

Nach der ersten Strophe konnte ich mein Lachen nicht mehr zurückhalten. »Sag mal, willst du mich loswerden?«

Sofort hielt er inne. »Eigentlich war das eher der verzweifelte Versuch, dich am Gehen zu hindern.«

»Indem du mir beweist, dass du die außergewöhnliche Fähigkeit besitzt, ein Lied zu singen, ohne dabei auch nur einen einzigen Ton zu treffen?«

Wieder grub sich dieses süße Grübchen in seine Wange. »Ich hatte gehofft, die Sprache reißt es raus.«

Zugegeben, ganz spurlos gingen die französischen Worte, die er mit seiner rauchigen Singstimme vorgetragen hatte, nicht an mir vorbei. Sie berührten etwas tief in meinem Inneren. Hinzu kam dieses verschmitzte Lächeln, das meinen Magen kribbeln ließ.

Lieber Himmel! Es sah nicht so aus, als könnte ich diesem Kerl auf lange Sicht widerstehen – und dennoch nickte ich, als Stacy zu uns an den Tisch trat und uns fragte, ob wir noch etwas bestellen wollten.

Kapitel 3

Eine ältere Frau rümpfte die Nase, als ich dicht gefolgt von Lucien in die Subway einstieg. Erst war ich irritiert, doch dann fiel mir ein, dass wir beide ja noch immer recht ungewöhnlich rochen. Ich selbst nahm das Parfüm, das überall auf mir haftete, nur noch dezent wahr.

Was ganz offensichtlich nicht stimmte.

Obwohl es inzwischen fast Mitternacht war, waren unzählige Plätze in dem Zugabteil besetzt, und nicht wenige Leute drehten verdutzt den Kopf in unsere Richtung, sobald Luciens Parfüm ihre Sinne kitzelte.

Nicht zum ersten Mal, seit wir das Rock Center Café verlassen hatten, war ich froh, dass Lucien denselben Nachhauseweg hatte wie ich. Er fuhr allerdings noch ein ganzes Stück weiter nach Washington Heights im Norden Manhattans.

Als er mir gegenüber Platz nahm, waren seine Wangen gerötet, und ich war mir ziemlich sicher, dass das nicht an der Kälte, sondern an der Reaktion der anderen Fahrgäste lag. Seine Verlegenheit war irgendwie niedlich. Gleichzeitig konnte ich ihm ansehen, dass er sich das Hirn darüber zermarterte, was bei seiner Kreation schiefgelaufen war.

»Vielleicht solltest du es mit Rosen versuchen«, schlug ich vor, weil ich plötzlich das Bedürfnis hatte, ihm zu helfen.

Er blinzelte überrascht. »Rosen? Ist das nicht ein bisschen unspektakulär?«

Ich zuckte mit den Schultern. »Das kommt vermutlich auf die Sorte an.«

Neugierig legte er den Kopf schief. »Denkst du da an etwas Bestimmtes?«

»Madame Anisette«, erwiderte ich und konnte nicht verhindern, dass meine Mundwinkel nach oben wanderten, als die Rose vor meinem geistigen Auge erblühte. Ich sah die filigranen blassrosa Blütenblätter genau vor mir, ebenso wie ihr zarter Duft in meiner Nase kitzelte.

»Ist das deine Lieblingsblume?«, fragte Lucien mit einem sanften Lächeln.

Ich wartete auf den Stich, der jedes Mal mein Herz durchzuckte, wenn ich an sie dachte. Doch diesmal blieb er aus. »Ja.«

»Und warum?«, hakte Lucien nach.

»Sie erinnert mich an meine Mutter«, antwortete ich und stellte erstaunt fest, dass es längst nicht mehr so wehtat von ihr zu reden. »Bevor sie gestorben ist, hatten wir auf der Terrasse einen wunderschönen Rosengarten. Es war unser eigenes, kleines Paradies mitten in New York.«

»Das hört sich toll an.«

Ich nickte. »Das war es.«

Erneut fühlte ich mich seltsam verletzlich unter Luciens forschendem Blick. Aber nachdem wir uns stundenlang unterhalten hatten, jagte mir das viel weniger Angst ein als zuvor. Vielleicht lag das daran, dass Lucien im Gegensatz zu den anderen Männern, die ich kannte, kein Problem damit hatte, sein Inneres nach außen zu tragen. Zumindest hatte ich nicht das Gefühl, dass er mir etwas vorspielte. Stattdessen war er auf seine verschrobene, lustige und charmante Art einfach echt, und ich fühlte mich mit jeder Minute mehr zu ihm hingezogen.

»Danke«, sagte er schließlich leise, doch in seinen braunen Augen war so viel mehr zu lesen. Er bedankte sich nicht nur für den Tipp, sondern auch für das Vertrauen, das ich ihm gerade entgegengebracht hatte.

Mein Magen kribbelte. Ich schaffte es erst, unseren Blickkontakt zu unterbrechen, als auf Höhe des Central Parks drei junge Männer einstiegen, die mich mit ihrem lauten Gelächter ablenkten.

»Alter!«, stieß einer der Typen hervor und guckte sich mit glasigen Augen um. »Was stinkt hier so bestialisch?«

Sein Kumpel gluckste. »Erinnert mich an diesen Stripclub, in dem wir neulich waren. Die hatten da auch so Duftbäumchen hängen, wisst ihr noch?«

Der dritte im Bunde nickte begeistert. »Hab gerade einen hammergeilen Flashback.«

Mit einem Stöhnen vergrub Lucien das Gesicht in den Händen – er hatte wirklich schöne Hände.

Ich lachte leise. »Nimm es nicht so schwer. Der Ansatz war gar nicht so übel.«

Missmutig spähte er zwischen seinen Fingern hindurch. »Ist das ein Versuch, mich aufzumuntern?«

»Ich denke schon.«

Langsam ließ er die Hände sinken. »Hat dir schon mal jemand gesagt, dass du absolut grauenhaft darin bist?«

»Bisher nicht.«

Er schaute finster drein, doch seine zuckenden Mundwinkel verrieten seine Belustigung. »Ehrlich, Ally. So geht das nicht. Du musst dich viel positiver ausdrücken.«

Ich hob eine Braue. »Tatsächlich?«

Seine Augen funkelten, während er eifrig nickte. »Versuch es doch mal mit ein paar Komplimenten. Jeder kreative Geist braucht Bestätigung.«

Da ich der Versuchung nicht widerstehen konnte, lehnte ich mich mit einem gekonnten Augenaufschlag vor, stützte den Ellenbogen auf mein Knie und bettete das Kinn auf meine Handfläche. »Lucien«, schnurrte ich. »Du bist so talentiert und klug und …«

»Vergiss witzig nicht.«

»Das natürlich auch«, räumte ich ein. »Und charmant und …«

»Wie steht's mit sexy?«, unterbrach er mich erneut. »Ist sexy drin?«

»Auf jeden Fall.« Ich grinste breit. »Aber vor allem bist du …«

Er beugte sich gespannt vor. »Ja?«

»Du bist …«

»Nun, sag schon!«

Ich ließ ihn noch kurz zappeln, bevor ich sagte: »… eine verkohlte Blumenwiese.«

Seine Mundwinkel fielen herab, und ich brach in schallendes Gelächter aus.

»Dabei hast du so gut angefangen«, murmelte er und schüttelte in gespielter Frustration den Kopf.

»Mach dir nichts draus«, sagte ich, sobald ich mich beruhigt hatte. »Nummer 454 wird sicher ein Volltreffer.«

Sein Lächeln ließ meinen Magen erneut kribbeln. »Meinst du?«

»Ganz bestimmt.« Ich grinste frech. »Solange du nicht wieder die armen, unschuldigen Blümchen abfackelst.«

Wir alberten noch eine ganze Weile herum, und es freute mich, dass ich es offenbar geschafft hatte, ihn von seinen Sorgen abzulenken. Als die automatische Ansage wenig später verkündete, dass wir uns in Kürze meiner Haltestelle in West Harlem näherten, verblasste meine gute Laune jedoch. »Da muss ich aussteigen.«

Lucien nickte. »Es war wirklich schön, dich kennenzulernen, Ally.«

»Das fand ich auch«, erwiderte ich ehrlich. Und ja – da war durchaus ein leises, unwillkommenes Gefühl der Enttäuschung, weil er sich weder nach meiner Nummer erkundigte, noch fragte, ob wir uns wiedersehen würden. Stattdessen saß er auf seinem Platz und lehnte sich vollkommen entspannt zurück.

Der Zug bretterte in die U-Bahnstation, wo gleißendes Licht den Bahnsteig erhellte und Luciens Gesicht anstrahlte.

Es kostete mich einige Mühe, meine Mundwinkel oben zu halten. »Komm gut nach Hause.«

Wieder nickte er. »Du auch.«

Ich murmelte einen Abschiedsgruß, stand auf und eilte zur nächsten Tür, die sich zischend öffnete. Mit mir stiegen ein paar weitere

Leute aus und strömten zum Ausgang. Ich folgte ihnen in gemäßigterem Tempo, während ich gegen den Drang ankämpfte, mich nach Lucien umzudrehen.

Seltsamerweise wollte ich nicht sehen, wie er auf Nimmerwiedersehen davonfuhr. Andererseits war das definitiv besser für mich und mein Herz.

»Wusstest du, dass ein Mensch über eine Billion Gerüche wahrnehmen kann?«

Entgeistert wirbelte ich herum. Lucien stand, die Hände tief in den Hosentaschen vergraben, ein Stück hinter mir und musterte mich mit einem unsicheren Lächeln, während die Subway davonschoss.

Mein Herz machte einen Satz. »Nein, das wusste ich noch nicht.«

Langsam kam er näher. Sein Grinsen wurde ein bisschen selbstgefällig, aber es war nicht überheblich. »Dann ist es ja gut, dass ich ausgestiegen bin.«

»Ja, das … das war sehr aufmerksam von dir. Vielen Dank.«

Mit funkelnden Augen ging er an mir vorbei und lief nun rückwärts vor mir her. »Tja, so bin ich. Deshalb sehe ich es auch als meine Pflicht an, dich sicher nach Hause zu begleiten. Immerhin ist es meine Schuld, dass du so spät noch unterwegs bist.«

»Da hast du wohl recht«, erwiderte ich und schlenderte gemächlich zum Ausgang.

Die Gegend war nicht die feinste, aber seit ein paar Jahren erlebte das Viertel eine Renaissance, und ich fühlte mich hier zunehmend wohler. Es gab unzählige neue Geschäfte, Jazzbars und Soulfood-Restaurants, und schon jetzt leuchteten Lichterketten in den kargen Laubbäumen oder schmückten die Fenster.

Wir hatten es beide nicht eilig, die kurze Strecke bis zu dem Apartmenthaus zurückzulegen, in dem ich mit Chloe wohnte. Dennoch kam der Hauseingang viel zu schnell in Sicht. »Da wären wir.«

Lucien grinste frech. »Bittest du mich noch mit rauf?«

Wahrscheinlich fragte er das nur, weil er nicht wollte, dass der Abend endete. Dennoch sorgten seine Worte dafür, dass meine Zweifel mit voller Wucht zurückkehrten, und mir wurde klar, dass hier etwas passierte, was ich eigentlich gar nicht hatte zulassen wollen. Ich hatte keine Ahnung, wie Lucien es so schnell geschafft hatte, meine Mauer zu durchdringen. Aber es jagte mir plötzlich eine Heidenangst ein.

»Nein«, platzte ich heraus. Es klang härter, als beabsichtigt.

Sein Grinsen verblasste. Er fluchte leise auf Französisch. »Tut mir leid. Das … Ich wollte nicht aufdringlich sein.«

Ich nickte steif. »Schon gut.«

Nervös fuhr er sich durch die dunklen Locken. »Hör mal, Ally. Was ich damit eigentlich sagen wollte, ist… Ich hatte wirklich eine tolle Zeit mit dir, und ich möchte am liebsten noch stundenlang mit dir reden.« Er räusperte sich. »Es wäre schön, wenn wir das bald wiederholen.«

Er hatte recht. Es war toll. Wir hatten viel zusammen gelacht und uns großartig verstanden. Wäre das ein Date gewesen, hätte es nicht besser laufen können. Genau deshalb zögerte ich.

Da hellte sich seine Miene auf, und er riss hektisch am Reißverschluss seines Mantels, bevor er einen Briefumschlag aus der Innentasche zog. »Nächsten Samstag findet die Release-Gala für das neue Parfüm von Noélle statt«, erklärte er und hielt mir den Umschlag entgegen. »Ich würde mich sehr freuen, wenn du kommst.«

Entgeistert starrte ich auf das schwere Papier, das mit silbernen Ornamenten veredelt war. In der Mitte stand in gestochen scharfer Schrift: *Hiver* by Noélle.

»Das ist eine Blanko-Einladung. Schreib einfach Ally Barbeau drauf. Ich setze den Namen auf die Gästeliste.«

Es klang so einfach, so verlockend. Trotzdem zögerte ich.

»Du musst dich nicht sofort entscheiden«, fuhr Lucien fort, weil ich keinen Ton herausbrachte. »Denk einfach drüber nach, ja?«

Endlich schaffte ich es, den Umschlag entgegenzunehmen. »Okay.«

»Okay.« Kurz schien es, als wollte er sich vorbeugen und mir einen Kuss auf die Wange geben. Doch dann trat er einen Schritt zurück. »Ich hoffe sehr, dass wir uns dort sehen. Gute Nacht, Ally.«

»Gute Nacht«, murmelte ich und schaute ihm mit klopfendem Herzen hinterher. Erst als er sich ein paar Meter entfernt hatte, rief ich noch einmal nach ihm.

Als hätte er darauf gewartet, schaute er über die Schulter.

»Was bedeutet Barbeau?«, fragte ich.

Ein schiefes Grinsen trat auf seine Lippen. »Kornblume.«

Ich lachte auf. Doch bevor ich noch etwas erwidern konnte, drehte er sich um und ging davon.

Reglos wartete ich, bis er in der Nacht verschwunden war. Dann erst spürte ich die Eiseskälte deutlicher und setzte mich hastig in Bewegung, um ins Warme zu kommen.

Das Apartment lag im zweiten Stock und war still und dunkel. Offenbar war Chloe noch nicht nach Hause gekommen.

Aus Gründen, über die ich lieber nicht näher nachdenken wollte, ließ ich den duftenden Schal an meinem Hals und hängte nur meinen Mantel an die Garderobe, bevor ich ins Wohnzimmer ging. Es war nicht besonders groß, aber Chloe hatte das Beste aus dem Raum herausgeholt. Gleich neben der Tür befand sich eine offene Küchenzeile, die sich durch einen kleinen Tresen vom Wohnbereich abgrenzte. Vor dem Fenster stand eine Werkbank, an der Chloe für gewöhnlich ihren Schmuck herstellte. Die Materialien und Werkzeuge lagerten in unzähligen Schachteln und Schubladen, und auf dem Stuhl stapelten sich Versandkartons für Bestellungen in ihrem Onlineshop.

Ich ließ mich auf das gemütliche Ecksofa in der Mitte des Wohnzimmers fallen, das mit bunten Kissen bedeckt war, legte die Beine auf dem Couchtisch ab – etwas, das ich im Penthouse meines Vaters nie gewagt hätte – und starrte leicht überfordert auf den schwarzen Flachbildfernseher auf dem gegenüberliegenden TV-Board.

Eigentlich hätte ich schon seit Stunden hier sitzen und meine Hausarbeit über den Wirtschaftskreislauf in einer offenen Volkswirtschaft schreiben sollen, während ich Lucky Charms direkt aus dem Karton futterte und nebenbei eine Actionkomödie auf Netflix lief. Stattdessen hatte ich Lucien kennengelernt. Diesen verstörend liebenswürdigen Franzosen mit seinem frechen Grinsen, den funkelnden schokoladenbraunen Augen und diesem selbstironischen Sinn für Humor.

Was für eine schrecklich-schöne Alternative.

Seufzend senkte ich das Kinn, woraufhin meine Nase mehr von dem Duft auffing, der noch immer in meinem Schal hing. Schon fluteten Erinnerungen an unser Gespräch meinen Geist, und ich musste unwillkürlich lächeln. Ob Lucien gerade dasselbe tat?

Ich war so in Gedanken versunken, dass ich erschrocken zusammenzuckte, als die Haustür aufflog. Sekunden später rauschte Chloe mit hochroten Wangen zur Tür herein und ließ sich neben mir aufs Sofa plumpsen.

Sie strahlte mich an. »Hey, Partymuffel.«

Wie üblich überging ich den freundlichen Kosenamen. »Hey. Hattest du Spaß im Valerie's?«

»Ja, es war toll! Holly und Karen haben ein paar Sportler aufgerissen, die wir beim Billard abgezogen haben. Du hast echt was verpasst.« Sie schnitt eine Grimasse. »Allerdings werde ich mir wohl für den Rest des Monats kein Ben & Jerry's mehr leisten können, weil ich mir auf dem Heimweg ausnahmsweise ein Uber gegönnt habe. Es war einfach zu kalt für die Subway.«

Vielsagend hob ich eine Braue. »Dir ist schon klar, dass deine Argumentation hinkt, oder? Schließlich werden die Züge auch beheizt.«

Chloe winkte ab, hielt dann jedoch plötzlich inne. Stirnrunzelnd lehnte sie sich zu mir herüber und schnupperte. »Warum riechst du wie ein Regenbogeneinhorn?«

Ich lachte. »Woher weißt du, wie ein Regenbogeneinhorn riecht?«

»Okay, ich weiß es nicht. Aber wenn mich jemand fragen würde, würde ich eindeutig auf dich verweisen. Das duftet himmlisch. Nach Blumen und Zuckerwatte und Gummibärchen und … Oh!« Plötzlich sprang sie auf, flitzte in die Küche und kehrte gleich darauf mit gerösteten Mandeln zurück. Sie warf sich eine davon in den Mund und hielt mir kauend die Tüte hin. »Auch was?«

Ich ließ mich tiefer in das Polster sinken und schüttelte den Kopf. »Nein danke.«

»Okay«, meinte Chloe und aß noch zwei weitere Mandeln, bevor sie mich wieder ansah. »Erzählst du mir jetzt, woher dein neues Odeur stammt und warum du deine Hausarbeit einfach links liegen lässt, obwohl du mich deswegen versetzt hast?«

Beklommen biss ich mir auf die Unterlippe. Chloe und ich hatten schon unzählige Abende auf diesem Sofa verbracht und uns unterhalten, und meist ging es dabei um ihre Männergeschichten. Ich sprach nie von mir. Nicht dass es irgendetwas zu berichten gegeben hätte. Schließlich hatte ich nach der Sache mit Tristan absolut kein Interesse mehr an Dates. Allerdings war meine Überzeugung heute gehörig ins Wanken geraten. Deshalb konnte ich einen Rat vermutlich gut gebrauchen.

»Ally?« Chloe ließ die Tüte sinken und musterte mich nachdenklich. »Ist alles in Ordnung?«

Dass die Sorge um mich ihre gute Laune verdrängte, gefiel mir nicht. Allerdings zeigte es auch, dass sie es wirklich ernst meinte.

Ich schluckte schwer. »Ich hab jemanden kennengelernt.«

Chloes Augen wurden kugelrund. »Was?«, rief sie. »Wann? Wo? Und *wie*? Und überhaupt.«

»Jetzt flipp nicht gleich aus«, erwiderte ich halb erschrocken, halb belustigt. »Wir sind zufällig zusammengestoßen, und dabei hat er aus Versehen ein Parfüm über mich verschüttet.

»Ihr seid zusammengestoßen?«, erwiderte Chloe fassungslos.

»Das habe ich doch gerade gesagt.« Skeptisch sah ich sie an. »Warum?«

Chloe blinzelte. »Hast du auch nur den Hauch einer Ahnung, wie oft so etwas im echten Leben passiert?«

»Keine Ahnung. Ein paarmal?«

»Nie!«, schrie sie aufgeregt, woraufhin ich erneut zusammenzuckte. »Das ist Schicksal, Baby!«

»Quatsch.« Ich lachte nervös, weil mich die Vorstellung leicht stresste. »Wir leben in New York. Hier werden ständig Leute angerempelt. Das ist überhaupt keine große Sache.«

Meine Freundin schüttelte entschieden den Kopf. »Es besteht ein gewaltiger Unterschied zwischen anrempeln und zusammenstoßen.«

Ich verdrehte die Augen. »Ach, wirklich?«

»Natürlich.« Chloe warf sich eine weitere Mandel in den Mund. »Anrempeln bedeutet: Geh mir aus dem Weg, du Nervensäge! Kopf runter, Schulter vor und Bäm!« Nicht gerade zärtlich stupste sie gegen meine Schulter.

»Lass das!«, knurrte ich.

Aber Chloe ignorierte mich. »Zusammenstoßen hingegen ...« Ihr Gesicht nahm einen verträumten Zug an, und sie seufzte verzückt. »Zusammen stoßen nur Menschen, die zusammen *gehören*. Wie Anna und William in *Notting Hill* oder wie Lucy und Jack in *Während du schliefst*. Gott! Ich liebe diesen Film! Können wir den mal wieder anschauen?«

»Welchen jetzt?«

»Beide!«

Klar, blöde Frage. Ich verzog das Gesicht, was Chloe natürlich nicht entging.

»Magst du sie etwa nicht?«, fragte sie enttäuscht.

Ich zuckte mit den Schultern. »Keine Ahnung, ich kenne sie nicht.«

Sie schnappte nach Luft. »Bitte was? Wie um Himmels willen konnte das an dir vorbeigehen?«

»Romantische Filme waren noch nie mein Ding«, erwiderte ich und mied ihren Blick, damit sie nicht merkte, dass das nur die halbe Wahrheit war. Tatsache war nämlich auch, dass ich als kleines Mädchen durchaus ein Faible für märchenhafte Geschichten gehabt hatte. Aber dann war Mom gestorben, und Dad hatte mir eingebläut, dass wir in einer oberflächlichen, materialistischen Welt lebten, in der selbst Leute aus elitären Kreisen Kanonenfutter wurden, sobald wir uns angreifbar machten. Also hatte ich aufgehört, an Happy Ends zu glauben, und mich von allem distanziert, was mich berührte. Die Ironie dabei war nur, dass mir am Ende trotzdem das Herz gebrochen wurde.

»Ich kann nicht glauben, dass du bisher ein ganzes Filmgenre gemieden hast. Ich dachte, das wäre nur eine Phase«, sagte Chloe, die immer noch nicht verkraftet zu haben schien, dass ich kein Fan von RomComs war. »Kennst du wirklich keinen einzigen romantischen Film?«

»Zählt *Titanic*?«, fragte ich kleinlaut und verheimlichte, dass ich die Hälfte des Films verschlafen hatte, weil ich die Liebesgeschichte zwischen Rose und Jack eher uninteressant fand. Ich war erst wieder aufgewacht, als die Leute im Film schon scharenweise in den eiskalten Atlantik sprangen, um sich zu retten, und bis heute erschloss sich mir nicht, warum sich die beiden Hauptfiguren nicht einfach zusammen auf diese dämliche Tür gequetscht hatten. Ernsthaft. Darauf hätten doch locker zwei Personen gepasst, und mit den beiden Schwimmwesten unter dem provisorischen Floß wären sie auch nicht untergegangen. Aber egal.

»*Titanic* ist ein *Drama*«, klärte Chloe mich entgeistert auf. »Keine romantische Komödie wie *Notting Hill*.«

»Aber ich habe gelacht«, hielt ich dagegen und tippte mir nachdenklich gegen das Kinn. »Ich weiß nicht mehr genau bei welcher Szene, aber ich glaube, es hatte mit einer Axt und Handschellen zu tun.«

Chloe stöhnte – diesmal ganz eindeutig vor Verzweiflung. »Okay, daran arbeiten wir noch. Kommen wir zum eigentlichen Thema zurück: der schicksalhafte Zusammenstoß mit dem geheimnisvollen Unbekannten.«

»Du deutest ein bisschen zu viel in die Sache rein.«

Chloe musterte mich skeptisch. »Sicher?«

»Ja.« Nein, ganz und gar nicht.

Beklommen rieb ich mir über die Stirn, doch dann erzählte ich meiner Freundin die ganze Story. Als ich fertig war, war ich leider immer noch kein bisschen schlauer.

Chloe hingegen klebte praktisch an meinen Lippen. »Bitte sag mir, dass du ihn wiedersehen wirst.«

»Ich weiß es nicht. Wir haben keine Nummern getauscht. Also gibt es für mich im Grunde nur eine Möglichkeit, ihn wiederzusehen …« Meine Hand zitterte ein bisschen, als ich nach der Einladung griff, die ich neben mir auf das Sofa gelegt hatte. Ich hielt sie Chloe entgegen. »Er hat mich gebeten, am Samstag hierhin zu kommen.«

Stirnrunzelnd nahm sie mir das Kuvert ab, klappte es auf und schrie. Nicht nur ein bisschen, sondern wie am Spieß.

Ich zuckte zusammen und hielt mir die Ohren zu, während meine Freundin vom Sofa aufsprang. »O mein Gott! O mein Gott! O mein Gott!«

»Hey!«, brüllte ich irgendwann zurück und sah sie fassungslos an. »Jetzt beruhige dich endlich.«

Nach Luft schnappend ließ sich Chloe zurück aufs Sofa plumpsen. »Ich kann mich nicht beruhigen, Ally. Weißt du, was das hier ist?«

»Eine Einladung zur Release-Gala für das neue Parfüm von Noélle.« Ich schnaubte. »Aber so wie du dich benimmst, könnte man meinen, es handelt sich um eine Einladung zur Oscar-Verleihung.«

»So kommt es mir auch vor«, erwiderte Chloe und schüttelte voller Unglauben den Kopf. »Hast du überhaupt mitbekommen, wie sehr diese Veranstaltung in den letzten Wochen gehyped wurde?«

Offen gestanden hatte ich das nicht, denn ich mied die sozialen Medien schon seit Monaten. Anfangs hatte ich mich noch gelegentlich über meinen Laptop auf den einschlägigen Plattformen eingeloggt. Aber in sämtlichen Posteingängen hatten Nachrichten von Tristan gelauert. Es gefiel ihm nicht, dass ich einfach von der Bildfläche verschwunden war, aber statt mich um Verzeihung zu bitten, forderte er Erklärungen und Antworten.

Weder das eine noch das andere hatte ich ihm gegeben. Deshalb war ich auch schon bald von Soraya, Felice und Kristen mit Nachrichten bombardiert worden, die ich ebenfalls ignoriert hatte, weil ich mich zu sehr schämte.

»Fast die gesamte New Yorker A-Prominenz hat sich angekündigt, dazu unzählige Stars und Sternchen aus dem Musik- und Filmbusiness«, fuhr Chloe aufgeregt fort und wedelte mit der Einladung vor meiner Nase herum. »Ich meine, das einzige Event, dass das noch toppen kann, ist die MET-Gala.«

Verdammt, darüber hatte noch gar nicht richtig nachgedacht.

»Und sieh dir nur die Location an.« Chloe quietschte aufgeregt. »Die öffentliche Bibliothek. Ist das nicht cool?«

»Klar«, erwiderte ich geistesabwesend, da ich gedanklich noch bei der Gästeliste verharrte.

»Ich war noch nie dort«, plapperte Chloe weiter. »Aber die Kulisse ist einmalig. Da wurde Carrie Bradshaw von ihrem Mr Big vor dem Traualter sitzen gelassen.«

»Ich habe keine Ahnung, von wem du da redest.«

»Hallo?« Chloe musterte mich, als würden mir ein paar Gehirnzellen fehlen. »*Sex and the City* ist Kult, Frau! Der Lifestyle, die Klamotten, die Suche nach der großen Liebe.« Sie schüttelte missbilligend den Kopf. »Ich fasse es nicht, dass das an dir vorbeigegangen ist.«

»Natürlich habe ich schon davon gehört«, wiegelte ich ab. Ganz hinterm Mond lebte ich ja nun auch nicht. »Aber ich habe weder den Film noch die Serie gesehen.«

»Darum kümmern wir uns später.« Chloe grinste von einem Ohr zum anderen. »Und weißt du, was das Allerbeste an dieser Einladung ist? Abgesehen davon, dass du Lucien wiedersiehst, natürlich.«

Ich schüttelte stumm den Kopf, während sie mir erneut die Einladung vors Gesicht hielt und auf die kleine Zahl tippte, die unter einer feinen Linie für meinen Namen zu lesen war. »Da steht *plus Eins*. Ich kann mit dir mitkommen.«

Shit!

Chloes blaue Augen leuchteten vor Glück. »Stell dir das nur mal vor, Ally. Wir beide, umgeben von Glanz und Gloria. Das wird der Wahnsinn! Wir werden so viel Spaß haben. Und dann triffst du deinen schnuckeligen Franzosen wieder, und ich kann vielleicht ein paar wertvolle Kontakte knüpfen, die meine Bekanntheit auf ein völlig neues Level heben. Nicht dass ich mich beklagen will oder so. Mein Shop läuft ja gerade ziemlich gut. Ich habe inzwischen schon drei Bestellungen pro Woche. Aber wenn ich ein paar VIPs von meinen Kreationen überzeugen kann und sie meinen Schmuck auf ihren Kanälen promoten, wäre das tausendmal besser als jede bezahlte Werbung.«

Chloe redete weiter von all den Möglichkeiten, die solche exklusiven Kontakte für ihre Karriere als Schmuckdesignerin bedeuteten, während ich gegen eine Welle der Übelkeit ankämpfen musste. Wenn die Release-Gala in diesem Jahr derart stark gehyped wurde, ließen sich Tristan und die anderen womöglich auch dort blicken.

Allein die Vorstellung, ihm erneut gegenüberzustehen, sorgte dafür, dass sich mir der Magen umdrehte. Ein kleiner Teil von mir – der mutige, optimistische Teil – wollte Lucien wirklich gern wiedersehen und alle Vorsicht fallen lassen. Aber da gab es auch noch diesen anderen Teil in mir, der wesentlich skeptischer war – sowohl was Lucien als auch was Tristan betraf. Er war überzeugt, dass es besser für mich, mein Herz und meinen Seelenfrieden war, auf dieses Event zu verzichten.

Ausdruckslos sah ich meine Freundin an, die sofort verstummte, als sie meinen Gesichtsausdruck registrierte.

»Ich glaube nicht, dass ich zu dieser Gala gehen werde, Chloe«, sagte ich.

»Was?«, stieß sie fassungslos hervor. »Das kann nicht dein Ernst sein.«

Als ich nichts erwiderte, ließ sie die Einladung sinken. »Aber … aber *wieso*?«

Kurz überlegte ich, ihr eine Ausrede aufzutischen. Andererseits kannte sie einen Teil der Geschichte ohnehin schon. Ich zog die Beine an und schlang die Arme um die Knie. »*Er* wird vermutlich da sein.«

Zuerst schien sie nicht zu begreifen, wen ich meinte. Doch dann verhärteten sich ihre Züge. »Verdammt.«

Ein bitteres Lachen entwich meiner Kehle. »Jepp.«

Chloe biss sich auf die Unterlippe. Sie schien hin- und hergerissen zu sein. »Wenn du *vermutlich* sagst, dann heißt das, du weißt es nicht sicher, richtig?«

Ich verzog das Gesicht. »Lass es bitte gut sein.«

»Ja, schon klar.« Chloe zögerte erneut, aber da sie nun mal äußerst direkt war und ihr Herz auf der Zunge trug, konnte sie nicht still bleiben. »Die Sache ist nur die: Du hast mir vor ein paar Minuten erzählt, wie viel Spaß du mit Lucien hattest. Ich weiß, dass du ihn wiedersehen willst. Ich sehe es dir an der Nasenspitze an, die schon wieder in deinem Schal steckt.«

Ertappt wich ich zurück und warf ihr einen finsteren Blick zu. »Das Risiko ist zu hoch.« Allerdings wusste ich selbst nicht, auf welches Risiko ich mich gerade bezog: Lucien wiederzusehen und mich womöglich komplett in ihn zu verknallen oder Tristan zu treffen. Aber letztlich spielte es ohnehin keine Rolle, da ich in beiden Szenarien übel verletzt werden könnte. Mein Entschluss stand fest.

Erschöpft rappelte ich mich vom Sofa hoch und schaute auf Chloe hinab, die mir mit großen, traurigen Augen die Einladung hinhielt. Ich nahm das Kuvert an mich, ging damit zu ihrem Arbeitsplatz und kritzelte meinen neuen Namen auf die Linie. Anschließend kehrte ich zu Chloe zurück. »Hier, behalte sie. Vielleicht haben ja Karen oder Holly Lust, dich zu begleiten.«

Unglücklich schüttelte Chloe den Kopf und hob abwehrend die Hände. »Diese Einladung gehört dir. Ich kann sie nicht annehmen.«

»Natürlich kannst du das. Dieses Event ist wichtig für dich.«

»Für dich auch.« Sie lächelte sanft. Da war kein Vorwurf oder Neid in ihrer Miene zu erkennen, sondern nur Mitgefühl und Verständnis. »Das ist der Sprung ins kalte Wasser, vor dem du dich fürchtest. Er ist längst überfällig, Ally Barbeau.«

Kapitel 4

Drei zermürbende Tage später grübelte ich immer noch darüber nach, ob Chloe recht hatte und es an der Zeit war, eine Runde im Eiswasser planschen zu gehen. Entschieden hatte ich mich allerdings immer noch nicht.

Nachdem ich am Morgen eine ziemlich miserable Hausarbeit an meinen Professor gemailt hatte, war ich zum Tiffany's gehetzt, wo ich den restlichen Samstag damit verbringen durfte, andere Menschen mit dem schönsten Schmuck der Welt glücklich zu machen. Inzwischen war es später Nachmittag, und im Tiffany's herrschte immer noch reger Betrieb. Deshalb übersah ich auch beinahe die beiden jungen Frauen, die soeben hereingekommen waren.

Mein Herz machte einen Satz, und ich zog den Kopf ein. »Könntest du kurz für mich übernehmen?«, bat ich Chloe, als die beiden geradewegs auf uns zuliefen.

Da Chloe diese Bitte nicht zum ersten Mal hörte, richtete sie sich etwas auf, sodass ich hinter ihr in Deckung gehen konnte. »Klar.«

Ich wandte ihnen den Rücken zu und gab vor, die Schachteln im Wandregal neu zu arrangieren. Zum Glück erkannten sie mich nicht mit meinem eleganten Haarknoten im Nacken und dem Tiffany's-Outfit, das alle Angestellten trugen. Sie sahen nur, was sie sehen wollten. Und die *Arbeiterklasse* zählte eindeutig nicht dazu.

»Hi.« Sorayas kühle Stimme ließ meinen Nacken kribbeln. Aber da es zu auffällig war, jetzt die Flucht zu ergreifen, zwang ich mich, stehen zu bleiben, während Chloe ihre Aufmerksamkeit auf sich zog. »Willkommen! Suchen Sie etwas Bestimmtes?«

»Eine Kette«, erwiderte Soraya knapp. »Platin mit einem blauen Stein.«

Sofort erschien vor meinem inneren Auge eine traumhaft schöne Kreation mit einem birnenförmigen Aquamarin, der von funkelnden weißen Diamanten im Brillantschliff umgeben war. Die Kette war Teil meiner Lieblingskollektion. Chloe schien die gleiche Idee zu haben, denn sie öffnete die untere Schublade und holte ein Samtkissen heraus. »Hier hätten wir eine zauberhafte Kette aus der *Soleste*-Serie.«

»Hmm«, machte Soraya in ihrer typisch abgeklärten Art. Dabei wusste ich, dass die Kette genau ihrem Geschmack entsprach. So, wie ich sie kannte, würde sie nachher nicht nur die Kette kaufen.

»Ich weiß nicht recht«, meinte Kristen. »Das Blau passt überhaupt nicht zu deinen Augen.«

Blödsinn. Sorayas Augen waren von einem eisigen Blau, genau wie der Aquamarin. Sie bildeten einen unglaublichen Kontrast zu ihrem dunklen Teint und den langen schwarzen Haaren. Dessen war Soraya sich auch durchaus bewusst.

»Entweder bist du farbenblind oder neidisch, weil mir einfach alles steht«, erwiderte sie in scherzhaftem Tonfall, obwohl sie es bitterernst meinte.

Ganz unrecht hatte sie nicht. Kristen hatte nicht unbedingt ein geschicktes Händchen, wenn es um die Wahl ihres Outfits ging. Meistens kombinierte sie schrille Designerklamotten mit noch schrilleren Accessoires. Je teurer, umso besser. Das Problem war nur: Nichts harmonierte miteinander, schon gar nicht mit ihrem leuchtend roten Haarschopf. Das hatte ihr schon oft den ein oder anderen spöttischen Kommentar der Sterling-Brüder und der anderen Jungs eingebracht, was sie mit beeindruckender Beharrlichkeit ignorierte.

»Also eigentlich ist Allison diejenige von uns, die *alles* tragen kann«, schoss Kristen zurück, weil sie ganz genau wusste, dass sie Soraya damit treffen konnte.

Doch Soraya schnaubte bloß abfällig. »Das ist Ansichtssache. Erinnerst du dich noch an das Kleid, das sie auf der Silvesterparty getragen hat? In diesem goldenen Stofffetzen sah sie aus wie eine Edelprostituierte.«

Kristen kicherte, während ich mit den Zähnen knirschte. Fürs Protokoll: Die beiden sprachen über ein Minikleid mit Goldstaub-Effekt von Saint Laurent, und es hatte jedes meiner relevanten Körperteile großzügig bedeckt. Ich hatte darin keineswegs ausgesehen, als wäre ich leicht zu haben, sondern wie ein toughes Bond-Girl. Kurz fragte ich mich, wie die beiden wohl reagieren würden, wenn ich mich einfach umdrehen und sie mit einem freundlichen Lächeln daran erinnern würde, dass Soraya das Kleid ebenfalls hatte tragen wollen, aber nicht hineingepasst hatte. Aber dann wäre die alte Allison zurück – und die war ein Miststück. So wollte ich nie wieder sein.

»Also, was ist jetzt mit der Kette?«, fragte Kristen, nachdem sie sich beruhigt hatte. »Nimmst du sie oder wollen wir weiter? Ich brauche noch ein neues Outfit für den Strand, mit dem ich die Jungs am Wochenende in den Wahnsinn treiben kann.«

Blut rauschte in meinen Ohren. So laut, dass ich Sorayas Antwort nicht mehr hörte. Unbemerkt huschte ich in den hinteren Bereich des Stores, um mich kurz in die Umkleidekabine zurückzuziehen und etwas zu sammeln. Wenn Kristen und die anderen dieses Wochenende wieder nach Mauritius flogen, konnten sie nicht parallel in Manhattan sein. Damit wäre der Weg zur Gala frei. Ich könnte für einen Abend in die schillernde Welt der Upper East Side zurückkehren, Chloe unterstützen und Lucien wiedersehen.

Sofort blitzten in meiner Erinnerung seine braunen Augen auf und dieses schalkhafte Funkeln, das jedes seiner Worte zu begleiten schien. Aber es war nicht nur die Fröhlichkeit, die mich an ihm fasziniert hatte, sondern auch seine verletzliche Seite. Er war so voller Gegensätze: Unbekümmert und nachdenklich. Charismatisch und zurückhaltend. Stark und einfühlsam. Hinzu kamen sein Humor, sein scharfer Verstand und sein – das konnte ich nicht leugnen – gutes Aussehen. Und er war Franzose, Herrgott noch mal!

Ich wollte ihn wirklich gern treffen.

Gleichzeitig schrie alles in mir, dass so ein Traumtyp irgendeinen Haken haben musste. Und zwar einen gewaltigen. Wahrscheinlich tat ich mir keinen besonders großen Gefallen, wenn ich seine Einladung annahm, denn dann würden wir noch mehr reden und lachen und vielleicht sogar tanzen. Und weiter?

Mein Mund wurde trocken, als ich an seine Lippen dachte.

Ich würde ihn küssen wollen.

»Merde«, knurrte ich, als ich in die Umkleidekabine trat. Sie war nicht besonders groß, dafür aber hell und freundlich eingerichtet. Die rechte Seite war gesäumt mit türkisen Spinden, während die hintere Wand mit einer farblich passenden Ornamenttapete und einem großen Spiegel ausgestattet war. Links befanden sich hinter zwei schlichten grauen Paravents Nischen zum Umziehen. Aus einer kam Jesse gerade heraus und knöpfte sich auf dem Weg zu seinem Spind seine schusssichere Weste zu.

»Oh, hey!«, grüßte er freundlich, als er mich bemerkte, und ließ ein kleines Lächeln aufblitzen. Jesse war Mitte zwanzig, fast zwei Meter groß und bestand schätzungsweise zu zweihundert Pfund aus reiner Muskelmasse. Er erinnerte mich an Thor, nur dass seine blonden Haare deutlich kürzer waren.

»Hi, Jesse.« Gedankenversunken trat ich zu meinem Spind, öffnete ihn und holte eine Flasche Wasser aus meiner Handtasche. Da bemerkte ich im Augenwinkel, dass er mich nachdenklich musterte.

Empörung braute sich in mir zusammen und ließ die Grübeleien über einen gewissen Franzosen in den Hintergrund rutschen. Jesse war erst vor ein paar Wochen zum Security-Team gestoßen, und bisher hatte er nicht den Eindruck gemacht, als würde er das Misstrauen der anderen mir gegenüber teilen. Aber wie es schien, hatte ich mich geirrt. Er sah aus, als wollte er jeden Moment meine Tasche nach einem gestohlenen Schmuckstück durchwühlen.

Ich zog eine Braue in die Höhe. »Kann ich helfen?«

Jesse blinzelte. »Nein«, sagte er schnell.

»Warum guckst du dann so?«

Mit einem verlegenen Grinsen zuckte er mit den Schultern. »Ich bin bloß überrascht, dass du meinen Namen kennst.«

Oh.

Ich spürte, wie meine Wangen heiß wurden. »Natürlich kenne ich ihn. Wir arbeiten doch schon seit Wochen zusammen.«

»Sicher.« Er gluckste leise. »Aber abgesehen von einem Hallo und Tschüss redest du ja nicht besonders viel mit mir oder den anderen, außer mit Chloe natürlich.«

»Das … das war aber nicht böse gemeint«, stotterte ich, weil ich damit nun wirklich nicht gerechnet hatte.

»Schön zu hören.« Mit einer lässigen Handbewegung schlug Jesse seinen Spind zu und wandte sich zum Gehen. An der Tür hielt er jedoch noch einmal inne. »Hör mal, wenn du Lust hast, dann verbring doch mal eine Pause mit uns im Aufenthaltsraum. Es ist echt gemütlich dort, und die anderen sind gar nicht so übel. Vielleicht gibst du uns einfach eine Chance?« Er grinste. »Dann muss ich mir auch keine Sorgen mehr machen, dass du oder Chloe euch den Tod holt, wenn ihr bei der Schweinekälte draußen auf den Steinbänken sitzt.« Mit diesen Worten verschwand er im Flur, während ich benommen zurückblieb.

Ich hatte mit meiner Zurückhaltung niemanden vor den Kopf stoßen wollen, aber wie es schien, hatte ich damit die Vorurteile über die arrogante Upperclass-Prinzessin nur noch verstärkt. Die Vorstellung beschämte mich, und ich stieß die Tür zu meinem Spind gröber zu als notwendig. Frust breitete sich in mir aus, weil ich mir in vielerlei Hinsicht selbst im Weg stand. Eigentlich war ich immer der Ansicht gewesen, dass es klüger war, die Leute auf Abstand zu halten, da mich auf diese Weise niemand mehr verletzen konnte. Aber vielleicht hatte ich es damit ein bisschen übertrieben.

Als ich wenig später in den Store spähte, waren Soraya und Kristen zum Glück verschwunden. Chloe stand noch immer am selben Platz, unterhielt sich nun aber mit Bethany, die gerade ein Collier zurück in die Vitrine räumte. Wie sie dort plauderten und lachten … Es wirkte so leicht und sorglos.

Ich gab mir einen Ruck und wollte mich zu ihnen gesellen, doch kaum hatte Bethany mich entdeckt, verhärteten sich ihre Gesichtszüge. Sie schloss die Vitrine und ging wieder zu ihrem angestammten Platz auf der anderen Seite des Stores. Ich unterdrückte ein Seufzen, während Jesse mir von der Tür aus aufmunternd zuzwinkerte. Zweifellos hatte er die Situation mitbekommen und wollte mir dadurch zeigen, dass nicht alle Bethanys Haltung teilten.

»Uh«, raunte Chloe mir zu. »Hat unser Security-Küken gerade mit dir geflirtet?«

»Er will bloß nett sein«, wiegelte ich ab.

»Ganz sicher?« Chloe lehnte sich zu mir herüber. »Mir scheint, du hast gerade einen Lauf, was heiße Typen angeht.«

Ich zog eine Braue nach oben. »Du findest Jesse *heiß*?«

Zu meiner Überraschung färbten sich ihre Wangen rosa. Doch sie winkte ab, als wäre das keine große Sache. »Ich bitte dich. Jede Frau mit Augen im Kopf kann seine Vorzüge auf den ersten Blick erkennen.«

Da mochte sie recht haben. Jesse war verdammt gut aussehend. Aber Lucien gefiel mir besser.

»Entschuldigung?«

Chloe und ich wandten uns der jungen Frau zu, die vor der Verkaufstheke stand. Ihr langes feuerrotes Haar glänzte im Licht des Stores. Sie trug lässige Jeans und einen bunt gemusterten Wollpullover, der unter ihrem Mantel hervorlugte.

Mit einem Wahnsinnslächeln, das durch ihren dunkelroten Lippenstift noch entwaffnender wirkte, sah sie uns an. »Ich könnte etwas Hilfe gebrauchen.«

»Natürlich«, sagte ich sofort und lächelte ebenfalls. Nicht, weil es mein Job war, sondern, weil sie einfach eine unheimlich sympathische Ausstrahlung besaß. »Was kann ich für Sie tun?«

Aufgeregt verstärkte sie den Griff um den Riemen ihrer Vintage-Handtasche, die über und über mit Bandbuttons übersät war. »Ich bin auf der Suche nach einem Verlobungsring.«

Damit hatte sie nun auch Chloes Interesse. »Für einen Herrn oder eine Dame?«

Ihr Gesicht nahm einen verträumten Ausdruck an. »Für den wundervollsten Mann der Welt.«

Oha, da war aber jemand richtig verknallt.

Ich lächelte breiter. »Wir haben eine wundervolle Auswahl an Herrenringen«, sagte ich und holte drei Samtschatullen aus einer Schublade, obwohl ich mir nicht ganz sicher war, ob sie sich das auch leisten konnte. Denn abgesehen von der bunten Farbmischung unterschied sich ihr Outfit nicht wesentlich von meinen Freizeitklamotten – und ich konnte mir diesen Schmuck hier definitiv nicht mehr leisten. Schnell schüttelte ich den Gedanken ab. Ich wollte nicht mehr nur oberflächliche Schlüsse ziehen.

Als ich die Schatullen aufklappte, in denen jeweils neun Ringe lagen, leuchteten die Augen der Frau auf. Doch dann schien sie der Anblick der kleinen Kostbarkeiten zu überfordern. »Was würden Sie empfehlen?«

»Was für ein Typ Mann ist er denn?«, fragte Chloe.

»Oh, er ist charismatisch und maskulin, und er hat wirklich Klasse.« Sie lächelte versonnen. »Sie wissen schon, die Art von Klasse, in der ein Mann zu Stift und Papier greift, um seiner Freundin einen Liebesbrief in den Koffer zu schmuggeln, weil sie nach Washington muss. Ich bin gerade erst von dort zurückgekommen. Aber auf dem Flug hierher hatte ich gewissermaßen eine Erleuchtung. Tja, und deshalb bin ich nun hier.«

Nun ja, das waren viele Informationen. Leider war keine sonderlich hilfreich für die Auswahl. Aber wir waren schließlich Profis im Verkaufen von Schmuck.

Die Frau kicherte, als hätte sie meine Gedanken gelesen. »Tut mir leid. Wenn ich aufgeregt bin, neige ich zum Plappern.«

»Das geht mir genauso«, erwiderte Chloe verständnisvoll und deutete auf die Ringe. »Machen Sie sich keine Sorgen. Wir finden schon etwas Hübsches.«

»Welchen Kleidungsstil bevorzugt er denn in seiner Freizeit?«, erkundigte ich mich. »Ist er eher für schlichte Eleganz oder hat er eine Vorliebe für extravagante Designs?«

Sie biss sich auf die Unterlippe. »Beides, denke ich.«

War ja klar. »In dem Fall würde ich eher zu einem gradlinigen Ringdesign raten, denn das passt zu beiden Stilen.«

Ich zeigte ihr einige Schmuckstücke aus Platin und Weißgold aus der *Essential Collection*, die sich in der Regel großer Beliebtheit erfreuten. Leider schien die junge Frau nicht sonderlich angetan.

»Hmm, ich weiß nicht recht«, sagte sie und runzelte die Stirn. »Diese Ringe sind wirklich zauberhaft. Aber sie sind vielleicht ein bisschen *zu* schlicht. Wissen Sie, was ich meine?«

»Ich denke schon.« Behutsam hob ich einen breiten Ring aus Sterlingsilber vom Samtkissen. Seine Oberfläche war mit geometrischen Formen ausgearbeitet, wodurch sich ein eindrucksvoller Effekt ergab. »Hier hätten wir etwas Komplexeres.«

Ihre Augen leuchteten auf. »Ja, das ist besser. Allerdings gefällt mir das Material nicht. Verstehen Sie mich bitte nicht falsch. Prinzipiell ist Silber toll. Aber es ist eben bloß der zweite Platz, und ich möchte ihm doch zeigen, dass er meine Nummer eins ist.«

»Diesen Ring hätten wir auch in 18 Karat Gold da«, erwiderte ich und zeigte auf die Sammlung, die sie bisher kaum beachtet hatte.

»Oh!« Sichtlich begeistert beugte sie sich über einen roségoldenen Ring mit tiefen Einkerbungen. »Der da ist wirklich hübsch. Darf ich?«

»Natürlich.« Ich hob den Ring behutsam aus dem Samtbett und überreichte ihn ihr, woraufhin sie ihn auf ihren zierlichen Daumen steckte.

»Glauben Sie, er wird Ja sagen, wenn ich ihm damit einen Antrag mache?«, fragte sie, obwohl es im Grunde keine Rolle spielte, was wir antworteten. Ihr war deutlich anzusehen, dass sie sich bereits entschieden hatte.

»Definitiv«, erwiderte Chloe trotzdem im Brustton der Überzeugung. »Aber wenn ich mir die Bemerkung erlauben darf, Sie sehen so verliebt aus, dass der Ring nicht entscheidend sein wird.«

Das war vielleicht auch besser so. Denn unter uns gesagt passte der Ring kein bisschen zu der blassen Haut und dem kühlen Steinring, den unsere Kundin am Mittelfinger trug.

Doch das schien sie nicht zu stören. Stattdessen erhellte sie den ganzen Store mit ihrem glücklichen Strahlen. »Ich bin so verrückt nach diesem Mann«, schwärmte sie und schaute von ihrer Hand zu uns auf. »Er hat mich mit seinem unvergleichlichen Charme sofort in seinen Bann gezogen.«

Prompt blitzte vor meinem inneren Auge Luciens schiefes Grinsen auf. Mit ihm war es mir genauso gegangen. Doch im Gegensatz zu meiner Kundin hatten mich die intensiven Gefühle, die er in mir auslöste, nicht erfreut, sondern erschreckt.

»Eigentlich sollte ich noch viel länger in Washington bleiben«, fuhr sie fort. »Aber ich habe es keinen Tag mehr ohne ihn ausgehalten.«

»Das klingt wundervoll.« Chloe stieß ein verzücktes Seufzen aus. »Ich wünschte, ich hätte auch mal so viel Glück.«

»Es ist wirklich nicht leicht, in dieser Stadt einen anständigen Kerl zu finden«, pflichtete die junge Frau ihr bei.

»Das stimmt leider.« Chloe rümpfte die Nase. »Entweder haben sie eine Bindungsphobie oder sie sind mit ihrem Job verheiratet oder sie nutzen einen schamlos aus. Es ist zum Verrücktwerden.«

Die junge Frau kicherte. »Genau deshalb habe ich beschlossen, lieber gleich Nägel mit Köpfen zu machen.«

»Wissen Sie schon, wie Sie ihn fragen wollen?«, fragte Chloe.

»O ja, ich habe mir überlegt, dass mein Geburtstag der perfekte Anlass dafür ist. Es wäre das schönste Geschenk, das er mir machen könnte.«

Mutig, das musste ich ihr lassen. Wenn die Sache in die Hose ging, würde sie schließlich nie wieder einen Geburtstag feiern können, ohne an diesen Rückschlag zu denken. Ich fragte mich, ob sie das bedacht hatte.

Chloe hingegen war hingerissen vor Begeisterung. »Das ist so was von romantisch.«

»Ich bin froh, dass Sie das sagen.« Sie zuckte verlegen mit den Schultern. »Wissen Sie, wir kennen uns erst drei Monate. Aber ich bin mir zu hundert Prozent sicher, dass er der Richtige ist.«

»Wenn das so ist, sollten Sie es auf jeden Fall wagen«, meinte Chloe, die ganz offensichtlich ein paar Schnulzen zu viel gesehen hatte. Dann schaute sie mich vielsagend an. »Manchmal lohnt es sich, ein Risiko einzugehen.«

Ich zuckte zusammen und warf ihr einen Blick zu, der deutlich sagte, dass sie gerade dabei war, eine Grenze zu überschreiten. Schließlich war ich Risiken eingegangen, indem ich mein komplettes Leben hinter mir gelassen und neu angefangen hatte. Wollte sie mir wirklich vorwerfen, dass ich nun zögerte, erneut mit dieser Welt konfrontiert zu werden oder einem Fremden mein Herz zu öffnen?

»Oh, eine Skeptikerin.« Das Lächeln der Frau wurde warm und äußerst verständnisvoll, während sie mir den Ring zurückgab. »Früher war ich ganz genauso. Frei und unabhängig. Immer darauf bedacht, bloß niemanden zu nah an mich heranzulassen.«

Lieber Himmel! Sie redete, als ob sie Mitte siebzig wäre, nicht Mitte zwanzig.

»Was hat sich verändert?«, fragte ich, bevor ich mich zurückhalten konnte.

Sie zuckte mit den Schultern, als wäre die Antwort offensichtlich. »Wahre Liebe.«

Chloe seufzte – schon wieder.

Meine Zweifel ließen sich hingegen nicht so leicht abschütteln. »Es freut mich, dass Sie Ihre Liebe gefunden haben.«

Zu meiner Überraschung beugte sie sich über den Tresen, legte ihre Hand auf meine und drückte sanft zu. »Das werden Sie auch. Sie müssen ihr nur eine Chance geben.«

Sie meinte es sicher nur gut in ihrer eigenen Verliebtheit. Dennoch wurde mir ein wenig unbehaglich zumute. Denn natürlich dachte ich jetzt schon wieder an Lucien. Hätte er das Potenzial, meine große Liebe zu werden? Könnte ich ihm mein Herz anvertrauen, ohne Gefahr zu laufen, dass es erneut gebrochen wurde? Wollte ich das überhaupt?

Ich war mir nicht sicher. Was ich allerdings ziemlich deutlich spüren konnte, war dieses aufgeregte Flattern in meinem Bauch, wann immer Lucien meine Gedanken streifte. Vielleicht war es doch zu voreilig gewesen, mich von meiner Angst leiten zu lassen und die Gala gar nicht ernsthaft in Betracht zu ziehen. Ein weiteres Treffen könnte mir zumindest Klarheit geben, ob ich ein realistisches Bild von Lucien gezeichnet hatte oder ob ich ihn durch falsche Erinnerungen grundlos auf ein Podest stellte.

Das Kichern unserer Kundin riss mich aus meinen Überlegungen. »Mir scheint, da ist jemand ganz besonders aufmerksam.«

Irritiert folgte ich ihrem Blick und stellte fest, dass Jesse unsere kleine Gruppe von der Tür aus konzentriert beobachtete.

Chloe gluckste. »Da fühlt man sich gleich viel sicherer, nicht wahr?«

Das hatte unsere Kundin definitiv nicht gemeint. Voller Hoffnung strahlte sie mich an. »Vielleicht ist er ja *Ihr* Mr Right?«

Langsam wurde mir das zu viel. Ich freute mich wirklich über ihr Liebesglück. Das hieß aber noch lange nicht, dass ich mich gern verkuppeln ließ. Deshalb schüttelte ich mit einem höflichen Lächeln den Kopf. »Wir sind bloß Kollegen.«

Enttäuschung flackerte in ihrer Miene auf. »Aber er ist süß.«

Donnerwetter! Diese Frau war wirklich hartnäckig.

»Das ist er«, sagte Chloe, bevor sie noch mal auf die Samtschatullen zeigte, um mir aus dem Kreuzverhör zu helfen. »Möchten Sie noch weitere Ringe sehen?«

Zum Glück lehnte die Frau ab. »Nein danke, ich denke, dieser Ring ist genau der richtige.«

»Wunderbar.« Ich lächelte erfreut. »Wünschen Sie eine Gravur?«

»Unbedingt.«

Natürlich. Ich angelte nach dem Notizblock, während Chloe ihr für den bevorstehenden Antrag alles Gute wünschte und sich verabschiedete, um eine ältere Dame zu beraten.

Die junge Frau überlegte kurz, dann schrieb sie in geschwungenen Lettern eine Zeile auf: *Syracuse & Ondine – a fairytale.*

Nun ja, ich hatte schon Seltsameres gelesen. Trotzdem packte mich die Neugier und ich überlegte, sie zu fragen, was es bedeutete. Nachdem ich bereits unzählige Details über sie wusste und sie mir sogar Tipps in Sachen Mr Right gegeben hatte, waren wir ja ohnehin praktisch Busenfreundinnen.

»Nach diesem superromantischen Film«, klärte sie mich da auch schon ohne Bitte auf.

Super. Mein Spezialgebiet.

Ich lächelte entschuldigend. »Leider kenne ich den Film nicht.«

Pure Fassungslosigkeit erschien in ihrem Gesicht. Sie sah mich an, als hätte ich ihr gerade einen Mord gestanden. »Sie müssen ihn unbedingt schauen.«

»Worum geht es denn?«, erkundigte ich mich der Höflichkeit halber, obwohl ich nicht vorhatte, ihrem Rat zu folgen.

Sofort kehrte ihre Begeisterung zurück. Sie legte sich ergriffen die Hand aufs Herz. »Es geht um einen irischen Fischer namens Syracuse, der in seinem Netz eine junge Frau – Ondine – findet. Seine kleine, schwerkranke Tochter hält sie für eine Wassernymphe, die Wünsche erfüllt. Deshalb nimmt Syracuse sie auf, und natürlich verliebt er sich unsterblich in sie, und am Ende wird alles gut.« Sie machte eine wegwerfende Handbewegung. »Na ja, zwischendurch kommt raus, dass sie doch keine echte Nymphe, sondern eine osteuropäische Drogenschmugglerin auf der Flucht ist. Aber Syracuse rettet sie vor der Abschiebung, indem er sie heiratet.«

Wow! Das klang ja wirklich *superromantisch*.

Schon schoss mir die Frage durch den Kopf, ob sie ebenfalls in zwielichtigen Kreisen verkehrte. Aber als sie mir ihre Kreditkarte reichte und ohne mit der Wimper zu zucken den Ring bezahlte, entschied ich, lieber die Klappe zu halten und zu hoffen, dass die Namensähnlichkeit die einzige Überschneidung mit dieser fragwürdigen Liebesgeschichte war.

Nachdem ich ihr versprochen hatte, dass der Ring schon nächste Woche abholbereit war, verabschiedete sie sich herzlich und verließ den Store.

Nachdenklich sah ich ihr hinterher, als Chloe an meine Seite zurückkehrte.

»Wieder eine Kundin glücklich gemacht«, meinte sie und strich sich eine braune Haarsträhne hinters Ohr.

»Denkst du, er wird ihren Antrag annehmen?«

»Keine Ahnung.« Chloe schürzte die Lippen. »Drei Monate sind schon eine verdammt kurze Zeit. Andererseits finde ich es echt beeindruckend, dass sie bereit ist, dieses Risiko einzugehen.«

Beklommen verschränkte ich die Arme und beobachtete ein älteres Pärchen, das vor dem Wandregal stand und eine Silberschale mit königsblauer Emaille-Glasur inspizierte. Die beiden schienen sich vollkommen einig zu sein. Unwillkürlich fragte ich mich, ob das auch die

Zukunft von Ondine und ihrem Syracuse war. »Sie wird ins kalte Wasser springen.«

»Jepp«, antwortete Chloe. Sie hatte einen neuen Herrenring aus dem hinteren Verkaufsraum geholt, den sie nun auf den frei gewordenen Platz legte. Sorgfältig arrangierte sie die Ringe neu.

Mein Magen krampfte sich zusammen, und ich erkannte, dass ich Ondine um ihren Mut beneidete. Ich hatte keine Ahnung, was meine eigene Zukunft bringen würde. Einst hatte ich geglaubt, mir läge die ganze Welt zu Füßen – und dann war diese Welt in Tausende Scherben zerbrochen.

Was ich in den Bruchstücken gefunden hatte, hatte mir nicht gefallen. Aber wenn ich ganz ehrlich zu mir selbst war, gefiel mir auch nicht wirklich, wer ich heute war. Eine Frau, die voller Misstrauen war und deren Entscheidungen von Furcht diktiert wurden.

Der ältere Mann und seine Frau sahen einander an und nickten lächelnd, bevor sie sich gleichzeitig zu Bethany umdrehten, um die Schale zu kaufen.

»Chloe?«, sagte ich leise.

»Ja?«

Mein Puls beschleunigte sich, obwohl ich äußerlich vollkommen gefasst blieb. »Lust, heute Abend auf eine Gala zu gehen?«

Kapitel 5

Das Schwarzman Building der New York Public Library befand sich direkt am Bryant Park. Die marmorne Fassade des barocken Prachtbaus war mit geriffelten Säulen, kunstvollen Skulpturen sowie unzähligen weiteren Details geschmückt, und der Fuß der Treppe wurde von zwei riesigen Löwen flankiert. Zu jeder Jahreszeit saßen die Leute auf den Stufen und beobachteten das bunte Treiben auf der 5th Avenue. Aber heute, am Abend der Release-Gala, war die Treppe leer und mit einem silbergrauen Teppich ausgelegt. Eine LED-Installation erhellte den Weg nach oben zum Eingang, und Scheinwerfer strahlten die riesigen Banner an, die an der Außenwand fixiert waren. Darauf stand im selben Schriftstil wie auf der Einladung »*Hiver* by Noélle«. Silber auf Weiß schien das Motto des Abends zu sein.

Unzählige Schaulustige und Reporter hatten sich außerhalb der Absperrbänder versammelt, um einen Blick auf die eintreffenden Promis zu werfen und vielleicht sogar ein Interview oder ein Autogramm zu ergattern.

»Ich flippe dezent aus«, murmelte Chloe, die neben mir auf dem Rücksitz des warmen Übers saß und die Kulisse auf sich wirken ließ.

Mir ging es ganz ähnlich. Aber nicht, weil ich solche Events zum ersten Mal besuchte, sondern weil Lucien irgendwo da drin war und vielleicht sogar schon ungeduldig auf mich wartete.

Wir waren ziemlich spät dran, weil wir beide bis um sieben Uhr arbeiten mussten, und obwohl wir anschließend direkt nach Hause gehetzt waren, um uns umzuziehen, hatten wir durch den zähen Samstagabendverkehr weitere zwei Stunden gebraucht, um es zur Gala zu schaffen.

»Hast du die Einladung?«, fragte Chloe, während sie weiterhin nach draußen starrte.

Das Herz rutschte mir kurz in die Hose, bevor ich mich daran erinnerte, dass ich sie in meine schwarze Clutch gepackt hatte, die jetzt auf meinem Schoß ruhte. »Ja.«

»Sehr gut«, erwiderte Chloe, machte aber ebenfalls keine Anstalten, auszusteigen.

Es war ein bisschen paradox, dass wir beide den ganzen Nachmittag voller nervöser Energie gewesen waren und unser Styling in aller Hast erledigt hatten, nur um jetzt wie festgewachsen im Uber zu verharren. Erst als sich die Fahrerin umdrehte und ungeduldig eine Braue in die Höhe zog, kam Bewegung in uns.

Chloe stieß die Tür auf, und ich folgte ihr, während sie sich über ihr Kleid strich. Wir hatten lange darüber diskutiert, was sie heute Abend tragen würde. Ursprünglich hatte sie eines ihrer Cocktailkleider anziehen wollen. Aber die Leute der Upper East Side beeindruckte man nicht in einem Kleid von der Stange. Wenn sie sich als aufstrebende Schmuckdesignerin verkaufen wollte, brauchte es ein bisschen mehr als das. Deshalb hatte sie meine Leihgabe schließlich doch angenommen. Und nun schmiegte sich ein traumhaft schönes karmesinrotes Kleid von Oscar de la Renta an ihren Körper. Es war das einzige edlere Stück, das ich bei meinem überstürzten Auszug in meinen Koffer geschmissen hatte. Einfach, weil es zu hübsch war, um es zurückzulassen.

Chloe war zwar ein ganzes Stück größer als ich. Aber da ich bei solchen Anlässen für gewöhnlich meterhohe Absätze trug, passte ihr das Kleid trotzdem. Es war schmal geschnitten, trägerlos und der mit unzähligen Kristallen bestickte Ausschnitt lenkte den Blick sofort auf die Kette an ihrem Hals. Natürlich handelte es sich um eine Eigenkreation: eine abstrakte Figur aus mehreren hauchdünnen Silberfäden, die geschickt ineinander verschlungen und mit kleinen Brillanten besetzt waren. Passend dazu hatte Chloe ein Paar hübsche Ohrringe kreiert, die von ihren Ohrläppchen herabbaumelten.

Aufgeregt strich sie sich eine braune Haarsträhne zurück, die sich aus ihrer Hochsteckfrisur gelöst hatte. In ihren Augen schimmerte so viel Hoffnung, dass ich mit einem Mal froh war, mich hierfür entschieden zu haben. Egal, wie es mit Lucien laufen würde, meiner Freundin ermöglichte dieser Abend eine echte Chance.

Ich lächelte sie aufmunternd an, während das Uber hinter uns davonrauschte. »Du siehst großartig aus. Wie eine erfolgreiche Schmuckdesignerin.«

Chloe kicherte. »Ich fühle mich eher wie eine Prinzessin.«

»Dann lass uns mal einen Ball aufmischen.« Weil die Kälte bereits bis in meine Knochen kroch, zog ich den Wintermantel zusammen. Darunter trug ich ein ärmelloses, knielanges Etuikleid mit einem engen Rundhalsausschnitt. Es war vergleichsweise schlicht, aber kornblumenblau. Schließlich sollte niemand behaupten, ich hätte keinen Sinn für Humor. Davon abgesehen machte eine mehrreihige Kette, die Chloe mit verschiedenen Metallperlen verziert hatte, die fehlende Raffinesse des Kleides wett. Passend dazu trug ich ein filigranes Armband.

Die Absätze meiner weißen Riemchensandalen klackerten kurz auf dem Asphalt, bevor sie von dem silbergrauen Teppich verschluckt wurden. Sofort trat uns ein Security entgegen, der uns nach einem Blick auf die Einladung durch die Absperrung ließ.

Kamerablitze zuckten durch die Nacht, während wir die Treppen erklommen. Wahrscheinlich fragten sich alle, wer wir waren und warum ausgerechnet wir das Glück hatten, eine Einladung zur Release-Gala zu ergattern. Ich konnte es ihnen nicht verdenken. Allerdings wäre mir ein anderer Ort deutlich lieber gewesen, um Lucien wiederzusehen. Leider kam mir der Gedanke erst jetzt.

Mein Herz pochte mit jedem Schritt lauter in meiner Brust, doch ich ignorierte meine heftige Reaktion und trat so entschlossen wie möglich durch die geöffneten Türen ins warme Foyer, wo uns das Empfangskomitee bereits erwartete.

»Guten Abend«, grüßte mich eine hübsche Brünette in einem silbernen Abendkleid. »Ihr Name bitte.«

»Allison …« Ich unterbrach mich selbst. »Ally Barbeau.«

Konzentriert ging sie die digitale Liste auf ihrem iPad durch, und ihre Miene hellte sich auf, als sie mich fand. Sie bat Chloe ebenfalls um den Namen, bevor sie uns einen schönen Abend wünschte und zur Garderobe durchwinkte.

Nachdem wir unsere Mäntel abgegeben hatten, wagten wir uns weiter ins Innere der Bibliothek vor. Ich war schon einmal vor ein paar Jahren hier gewesen, als Schulfreunde von mir ihren sechzehnten Geburtstag feierten, und genau wie damals überwältigte mich die Erhabenheit des altehrwürdigen Gemäuers.

Auf der linken Seite waren mit weißen Hussen überzogene Stehtische und eine Bar aufgebaut, hinter der drei Bartender in silbernen Smokings eifrig Cocktails mixten. Zusätzlich huschten in ebenso silbernen Abendroben einige Kellnerinnen zwischen den Gästen umher, die hübsch arrangierte Horsd'œuvres anboten.

Im Zentrum des Festsaals stand, angestrahlt von vier Scheinwerfen, eine riesige weiß mattierte Glasröhre. Auch auf ihr prangte in schnörkellosen silbernen Lettern der Name des neuen Duftes. Nur für den Fall, dass man vergessen hatte, welche Party man hier feierte.

Mit etwas Abstand dazu waren vier meterhohe Drahtkonstruktionen im Saal installiert worden. Sie sahen aus wie silberne Bäume, deren schneeweiße Blätter aus feinster Juwelierseide bestanden. Wie es schien, waren diese mit *Hiver* parfümiert, denn sie verströmten den Duft von Ambra, Bergamotte und Zedernholz. Es war ein frischer Duft mit einer dezenten blumigen Note, belebend und sinnlich zugleich.

»Ich könnte mir vorstellen, dass es so im Himmel riecht«, raunte Chloe mir zu.

Ich nickte benommen, während meine Aufmerksamkeit weiter zur rechten Seite des Saales wanderte. Auf einer überschaubaren Bühne sang eine schwarzhaaarige Frau in einem eng anliegenden, funkelnden weißen Kleid eine Coverversion von Adeles Hit *Rolling in the Deep*. Ihre warme Stimme bildete einen perfekten Kontrast zu dem kühlen Interior und Lichtkonzept.

Nicht weit entfernt von der Bühne gab es in einer Ecke eine weitere Bar. Allerdings standen auf dieser Seite des Saals keine Stehtische, sondern weiße Ledersofas, die eher ein Loungeambiente erzeugten. Unzählige Gäste saßen dort beieinander, plauderten und lachten.

Wie auf Autopilot scannte ich die Gesichter. Ein paar kamen mir bekannt vor. Allerdings zählte keiner von ihnen zu meinem ehemaligen Freundeskreis. Weder die Sterling-Brüder noch einer der anderen schien heute Abend hier, sondern tatsächlich am Strand zu sein, was mich ehrlich erleichterte. Blieb nur die Frage, wo Lucien war. Ob er auch in so einem silbernen Anzug steckte?

»O mein Gott«, piepste Chloe und zerrte an meinem Arm, um meine Aufmerksamkeit zurück zu den Stehtischen auf der linken Seite zu lenken. »Ist das da drüben Shawn Mendes?«

»Vielleicht.« Ich zuckte mit den Schultern. »Keine Ahnung.«

Ihre Wangen wurden tiefrot. »Sollen wir mal rübergehen?«

Ich bezweifelte, dass sie den populären Musiker von ihren Fähigkeiten als Schmuckdesignerin überzeugen würde. Aber das schien sie im Moment ohnehin nicht zu interessieren. Sie war voll im Fan-Modus, also nickte ich nur.

»Aber vorher brauchen wir Champagner«, entschied sie und packte meine Hand mit festem Griff.

Da es sicher nicht schaden konnte, ihre und auch meine Nerven ein wenig zu beruhigen, ließ ich mich von ihr durch die Menge ziehen. Dabei musterte ich jede Person, die meinen Weg kreuzte. Doch von Lucien fehlte jede Spur. Wo steckte er nur? War er doch nicht hier?

Verunsichert trat ich an die Bar und ließ mir von einem freundlichen Typ in den Vierzigern ein Glas Champagner einschenken. Die Kohlensäure prickelte auf meiner Zunge, während die herbe Note meine Geschmacksknospen zusammenzog.

»Heilige Scheiße«, murmelte Chloe. »Das Zeug ist ja der Hammer.«

Ich nickte geistesabwesend, während ich gegen einen Flashback ankämpfte. Jeder meiner Sinne schien sich daran zu erinnern, dass das hier früher mal meine ganze Welt gewesen war. Ich hatte vor Selbstsicherheit nur so gestrotzt und keine Scheu gehabt, Smalltalk mit Fremden zu führen, die wie ich zu dem erlauchten Kreis der Upper East Side gehörten. Auch jetzt prostete mir ein Gentleman zu, als würden wir uns bereits kennen. Aber das taten wir nicht. Abgesehen von einigen bekannten Gesichtern aus der Unterhaltungsbranche entdeckte ich lediglich ein paar Leute, mit denen ich auf die Trinity School gegangen war. Unter ihnen war auch Pandora van Ahn.

Mein Magen rebellierte, und plötzlich schmeckte der Champagner bitter auf meiner Zunge. Pandora war eines der Mädchen gewesen, das alles dafür gegeben hätte, ein Teil unserer Clique zu sein. Doch wir hatten sie auflaufen lassen, bis Felice und Gideon über die Gerüchteküche erfahren hatten, dass sie noch Jungfrau war. Also hatten sie gewettet, wer sie als Erstes ins Bett kriegt.

Schon damals hatte ich geahnt, dass das Ganze in einem Fiasko enden würde. Doch ich hatte nichts dagegen unternommen, sondern nur genervt die Augen verdreht. Auch danach hatte ich schweigend zugesehen, wie meine Freunde das Mädchen erst wochenlang umschwärmten, nur um sie am Ende vor der versammelten Schulgemeinschaft zu demütigen. Für Pandora war es Liebe gewesen, für Gideon nicht mehr als ein Fick.

Heute war es mir unbegreiflich, wie ich das hatte zulassen können. Aber die traurige Wahrheit war, dass ich es zu jener Zeit als unter meiner Würde angesehen hatte, mich in diese dummen Spielchen einzumischen.

Reue schnürte mir die Kehle zu, und für einen Moment vergaß ich, warum ich hergekommen war. Ich wollte nur noch so schnell wie möglich wieder verschwinden. Bevor ich allerdings dem Bedürfnis nachgeben konnte, setzte sich Pandora in Bewegung und schlenderte auf mich zu. Sie trug eine sündhaft teure Abendrobe aus violettem Satin und hatte das blonde Haar nach oben gesteckt. Ihr Lächeln war süß, fast schon freundlich. Doch ihre Augen waren kalt wie Eis.

»Allison«, sagte sie steif und beugte sich vor, um mir Küsse auf die Wangen zu hauchen. »Wie nett, dich zu sehen. Wie geht es dir?«

Ich wollte nicht lügen, sondern mich für den Mist entschuldigen, den ich und die anderen ihr angetan hatten. Aber ihr Blick zeigte deutlich, dass es dafür längst zu spät war. Also nickte ich nur. »Gut. Danke.«

»Hi, ich bin Chloe«, sagte meine Freundin.

Pandora schenkte ihr keine Beachtung. Stattdessen betrachtete sie mit unverhohlener Belustigung mein Kleid. »Ich habe Gerüchte gehört. Über die verschwundene Prinzessin der Upper East Side. Aber wie es scheint, ist lediglich deine Garderobe verloren gegangen.«

Nach allem, was unsere Clique damals mit ihr abgezogen hatte, war der Spott mehr als gerechtfertigt. Streng genommen verdienten wir sogar Schlimmeres als das. Deshalb ignorierte ich ihren Seitenhieb und wechselte das Thema. »Du studierst jetzt in Harvard?«

Gelangweilt zuckte sie mit den Schultern. »Nur ein Semester lang. Dann hatte ich keine Lust mehr. Es macht mehr Spaß, hier zu feiern.«

Ich erkannte das fleißige, ehrgeizige Mädchen, das davon geträumt hatte, eines Tages Schriftstellerin zu werden, kaum in der jungen Frau wieder, die jetzt vor mir stand und lustlos ihr Martiniglas schwenkte. Da war keine Leidenschaft, kein Feuer. Nur Abgeklärtheit. Das hatten wir ihr angetan.

»Es tut mir leid«, platzte ich nun doch heraus, bevor ich mich zurückhalten konnte, und schüttelte betrübt den Kopf. »Was Gideon damals …«

»Spar es dir, Allison.« Mit einem Mal war ihr Ton so scharf, dass er Glas hätte schneiden können. Aber genauso schnell kehrte ihr Lächeln zurück. »Es gibt keinen Grund, alte Geschichten aufzuwärmen. Alles ist genauso gekommen, wie es kommen musste.«

Ich versuchte noch, zu begreifen, wovon zum Teufel sie da redete, als neben ihr plötzlich eine Frau auftauchte.

»Allison!« Felice grinste breit, und ich zuckte zusammen. »Habe ich also richtig gesehen.«

Anspannung machte sich in mir breit. Von all meinen vermeintlichen Freundinnen war Felice diejenige, die am sorglosesten mit den Gefühlen anderer umging. Sie legte einen Arm um Pandoras Schultern. »Unglaublich, dass du sie überhaupt erkannt hast, Baby«, sagte sie zu Pandora, während sie mich gut gelaunt musterte. »Deine Haare sind viel länger als früher. Aber wenn du mich fragst, könnten sie mal wieder eine Pflegespülung vertragen. Sie sehen irgendwie stumpf aus.«

Nur gerade so widerstand ich dem Impuls, mir ins Haar zu greifen.

»Blödsinn! Ihre Haare sehen großartig aus«, mischte Chloe sich unvermittelt ein.

Langsam glitt Felice' Blick zu ihr, dann lachte sie auf. »Ist das nicht das Kleid, das du zum Abschlussball getragen hast, Allison?«

Hitze flammte in meinen Wangen auf. Pandora hatte ich derartige Bemerkungen durchgehen lassen, weil meine Clique sie aufs Übelste bloßgestellt hatte. Ich verstand zwar nicht, warum sie und Felice plötzlich derart vertraut miteinander umgingen. Aber sie hatten ganz sicher nicht das Recht dazu, meine Freundin zu verspotten.

»Habt noch einen schönen Abend«, sagte ich kühl, nahm Chloe beim Ellenbogen und führte sie weiter in Richtung Saalmitte.

Unter einem der gigantischen Duftbäume blieb Chloe stehen. »Das war ziemlich unhöflich.«

Seufzend rieb ich mir über die Stirn. »Tut mir leid. Sie wollten mich verletzen, nicht dich.«

»Ist klar.« Chloe legte den Kopf schief. »Willst du mir erzählen, was das Ganze zu bedeuten hatte?«

Ich stieß ein bitteres Lachen aus. »Nein, wirklich nicht.«

»Okay«, sagte sie nur und trank einen Schluck Champagner. Damit war das Thema für Chloe – die mich tatsächlich noch nie bedrängt hatte – abgeschlossen, wofür ich ihr unendlich dankbar war.

»Miss Harford.«

Beinahe ängstlich drehte ich mich um und entspannte mich, weil ich Mrs Dingsley erkannte. Sie besaß eine Galerie in der Park Avenue, die ich früher häufig besucht hatte. Wir hielten kurz Smalltalk, ehe ich ihr Chloe vorstellte.

»Sie ist Schmuckdesignerin«, fügte ich hinzu, als Mrs Dingsleys Kennerblick auf Chloes Kette verweilte.

»Dieses Stück ist wirklich außergewöhnlich.«

Chloe strahlte. »Danke sehr.« Als wäre ich eine Stoffpuppe, zog sie meine Hand heran und präsentierte stolz das Armband, das sie ebenfalls angefertigt hatte.

Ich unterdrückte ein Grinsen. So ein Verhalten war nicht gerade üblich in diesen Kreisen. Aber das schien Mrs Dingsleys Interesse glücklicherweise nicht zu schmälern. Sofort vertieften sich die beiden in eine angeregte Unterhaltung über Kunst- und Schmucktrends, während ich mich verstohlen nach Lucien umsah.

Inzwischen waren wir etwa eine halbe Stunde hier. Doch ich hatte ihn immer noch nirgends entdeckt, was meine Entschlossenheit erneut ins Wanken brachte. Seit ich mich entschieden hatte, zur Release-Gala zu kommen, hatte ich mir in den schillerndsten Farben ausgemalt, wie wir uns in der Menge sahen, lächelnd aufeinander zu liefen und zu einem Tanz zusammenfanden.

Offensichtlich hatte ich zu viel Zeit mit meiner romantikversessenen Freundin verbracht, denn ich war kaum in der Lage gewesen, den Endorphinrausch unter Kontrolle zu halten, wann immer ich mir die Szene vorgestellt hatte. Und jetzt rächte sich diese hibbelige Vorfreude, denn mit jeder weiteren Minute, in der ich vergeblich nach Lucien Ausschau hielt, musste ich gegen die aufsteigende Enttäuschung ankämpfen. Andererseits war Lucien im Marketingteam, und den reibungslosen Ablauf dieser Veranstaltung sicherzustellen, zählte im Moment bestimmt mit zu seinem Job. Vielleicht war er irgendwo hinter den Kulissen?

»Entschuldigt mich bitte«, murmelte ich und machte mich auf den Weg, um nach ihm zu suchen.

Aufregung peitschte ein weiteres Mal in mir hoch, als ich betont gelassen durch die Menge schlenderte. Ich checkte die Bars, das Foyer, die Garderobe und schließlich spazierte ich auch vor den Waschräumen umher. Doch von Lucien war auch eine weitere halbe Stunde später keine Spur zu sehen.

Ich überlegte gerade, jemanden vom Organisationsteam zu fragen, als mir eine breite Männerbrust in einem schicken Smoking den Weg versperrte. Sofort begann mein Herz zu rasen, und ein Lächeln zupfte an meinen Mundwinkeln, während ich langsam den Kopf hob. Doch dann zersplitterte meine Freude in Tausende Teile.

Vor mir stand nicht Lucien, sondern Tristan.

Kapitel 6

»Hallo, Allison.«

Tristans Stimme war samtweich, trügerisch. Sie vermittelte einem das Gefühl, in warmer Milch zu baden. Aber da ich ihn kannte, wusste ich, dass das bloß Fassade war. Wie üblich war sein Kinn glatt rasiert, makellos. Sein dunkelblondes Haar saß genauso perfekt wie der maßgeschneiderte Anzug. Er stand aufrecht vor mir, eine Hand lässig in die Hosentasche geschoben und mit einem breiten Lächeln auf den Lippen. Man hätte meinen können, dass er sich ehrlich freute, mich zu sehen. Doch ich sah die Wut in seinen blauen Augen.

Weil ich ihn abgewiesen hatte.

Meine Muskeln spannten sich an, und am liebsten wäre ich vor ihm zurückgewichen. Alles in mir schrie danach, den wenigen Abstand zwischen uns zu vergrößern. Erinnerungen stürzten auf mich ein. Ein Mund, der meinen Hals hinabwanderte. Eine ungeduldige Hand, die sich unter mein Kleid schob. Ein Griff, der immer fester wurde. Und geflüsterte Worte, schwer vom Alkohol und doch getränkt mit Verlangen. *Komm schon, Allison. Stell dich nicht so an. Du willst es doch auch.*

Noch heute fiel es mir schwer, es mir einzugestehen. Aber die Wahrheit war, dass ich mich an jenem Abend inmitten all dieser Leute entsetzlich allein gefühlt hatte. Also hatte ich Tristans Kuss geduldet und zugelassen, dass er mich in ein leeres Zimmer zog.

Ich hatte geglaubt, bei ihm könnte ich der Einsamkeit für eine Weile entfliehen. Wir waren immerhin schon seit Jahren befreundet, hatten allen möglichen Mist zusammen erlebt, verkehrten in denselben Kreisen. Außerdem war Tristan attraktiv. Warum also nicht?

Doch je mehr Zeit verstrichen war, umso mehr hatte ich mich wie eine leblose Puppe gefühlt, und je größer seine Begierde wurde, umso spürbarer wuchs die Leere in mir. Was wir in diesem Zimmer getan hatten, hatte sich entsetzlich falsch für mich angefühlt. Doch erst als er an meinem Höschen zog, hatte ich ihn aufgehalten.

Tristans warmes Lachen riss mich jäh in die Gegenwart zurück, und eine Gänsehaut kroch über meinen Nacken. Erneut wollte ich den Abstand zwischen uns vergrößern. Damit hätte ich allerdings Schwäche signalisiert, und das hätte Tristan sofort ausgenutzt. Also schob ich das Gefühl der Beklommenheit, das sein Anblick in mir auslöste, beiseite, hob das Kinn und sah ihn mit unerschrockener Miene an.

Meine Reaktion schien ihn zu amüsieren. »Hat es dir die Sprache verschlagen?«

Leider ja. Aber ich weigerte mich, das zuzugeben. »Ich wüsste nicht, was wir zu bereden hätten.«

Seine Miene verfinsterte sich. »Du schuldest mir eine Erklärung. Wo zur Hölle bist du gewesen?«

Er klang wie ein zorniger Vater. Der Witz war nur, dass mein Vater diesen Satz niemals über die Lippen gebracht hätte.

Ich schnaubte abfällig. »Das geht dich nichts an, Tristan.«

»Es geht mich sehr wohl etwas an. Schließlich sind wir Freunde.«

»Freunde?« Wut brandete mit solcher Heftigkeit in mir auf, dass ich kurz davor war, ihm ins Gesicht zu springen. Ich hielt mich daran fest. Denn Wut war besser als Angst. »Oh, nein. Wir sind keine Freunde«, spie ich ihm entgegen. »Freunde verhalten sich anders. Sie haben Respekt voreinander. Und vor allem akzeptieren sie ein *Nein.*«

Tristan hatte tatsächlich die Nerven, die Augen zu verdrehen. »Was hast du denn erwartet? Ich bin auch bloß ein Mann, und du bist nun mal verflucht heiß.«

»Das gibt dir nicht das Recht, dich mir aufzudrängen«, fauchte ich und erhob dabei unbeabsichtigt meine Stimme.

Eine Warnung flackerte in Tristans Blick auf. »Herrgott noch mal, jetzt krieg dich wieder ein. Ich hatte nie die Absicht, dich zu irgendetwas zu zwingen. Du weißt selbst, dass ich das überhaupt nicht nötig habe.«

Dennoch hatte er nicht aufgehört, als ich ihn darum gebeten hatte. Stattdessen war er noch zudringlicher geworden.

Mein Magen zog sich vor Übelkeit zusammen. Wahrscheinlich rastete ich nur deshalb nicht aus, weil mir in diesem Moment wieder einfiel, wie diese Szene für Tristan ausgegangen war. Ich verbarg meine Abscheu hinter einer spöttischen Maske. »Das Einzige, was ich weiß, ist, dass du absolut jämmerlich ausgesehen hast, als du zu Boden gegangen bist. Ich hoffe, ich habe keinen bleibenden Schaden hinterlassen.«

Einen anderen Mann hätte diese Bemerkung vielleicht aus der Fassung gebracht. Aber Tristan kannte mich zu gut, und er beherrschte dieses Spiel wie kein anderer. Seine Lippen hoben sich erneut zu einem teuflischen Grinsen. »Du kannst gern nachsehen, wie es meinem Schwanz inzwischen geht.«

»Du bist widerlich.«

Er lachte leise. »Mach dich locker, Allison. Das war ein Witz.«

Da war ich mir nicht so sicher. Allerdings sparte ich es mir, Tristan darüber aufzuklären, dass sein Sinn für Humor auch schon mal besser war. Er würde es sowieso nicht einsehen. Männer wie er gaben grundsätzlich nicht nach.

Ich wandte mich ab, um ihn einfach stehen zu lassen, erstarrte jedoch mitten in der Bewegung, als ich Lucien neben einem der riesigen Metallbäume entdeckte. Er unterhielt sich mit der Frau, die uns zuvor am Eingang begrüßt hatte. Dabei schauten die zwei auf das iPad in ihrer Hand, und ihm fiel eine widerspenstige Strähne seines dunklen Haares in die Stirn. Geistesabwesend strich er sie beiseite, hob den Kopf und schaute sich suchend um. War es möglich, dass er mich in der Menge suchte?

Mein Puls beschleunigte sich, als wollte mein Herz seine Zustimmung signalisieren, während ich noch Mühe hatte, den charismatischen Gentleman mit dem frechen Studenten in Einklang zu bringen, mit dem ich vor drei Tagen zusammengestoßen war. Er sah total anders aus als in meiner Erinnerung. Den schwarzen Smoking hatte ich erwartet, nicht aber den angespannten Gesichtsausdruck.

»Kennst du den Kerl?«, fragte Tristan, der meinem Blick gefolgt war. Sein Tonfall war schroff. Zweifellos gefiel es ihm nicht, dass ich ihm nicht meine ungeteilte Aufmerksamkeit schenkte.

Ich klappte gerade den Mund auf, um Tristan zu sagen, dass es ihn nichts anging, ob ich Lucien kannte, als sich Luciens Miene plötzlich veränderte. Zuerst hob sich sein Brustkorb, als würde er scharf Luft holen. Er wirkte fast ein bisschen überrascht. Doch dann erstrahlte sein ganzes Gesicht vor Freude. Seine Augen begannen zu leuchten, und ein hinreißendes Lächeln erschien auf seinen Lippen.

Genauso hatte ich mir seine Reaktion auf mich erhofft. Das Problem war nur: Er sah nicht *mich* auf diese Weise an, sondern eine andere Frau. Viel konnte ich nicht von ihr erkennen, abgesehen von einem umwerfenden Kleid aus jadegrüner Seide und roten Haaren, in denen ein mit Smaragden besetzter Haarreif funkelte. Ohne zu zögern, warf sie sich in seine Arme – und er fing sie auf.

Mir wurde schlecht.

Ich schüttelte den Kopf, weil ich nicht glauben konnte, was ich da sah. Gleichzeitig versuchte ich, eine Erklärung für die Szene zu finden. Schließlich konnte der Schein oft trügen. Die beiden konnten auch einfach bloß gute Freunde sein, die sich lange nicht gesehen hatten, oder …

»Das ist Lucien Millet«, klärte Tristan, der mein Kopfschütteln natürlich vollkommen falsch verstanden hatte, mich in gelangweiltem Tonfall auf. »Und dieser scharfe Rotschopf ist seine Freundin. Olivia oder Odette oder so.«

»Du kennst die beiden?«, krächzte ich, während ich sie weiterhin anstarrte.

Tristan gab ein abschätziges Schnaufen von sich. »Wir sind uns schon ein-, zweimal begegnet.«

Ich schluckte. Dann stimmte es also: Lucien war mit dieser Frau zusammen. Aber warum hatte er mich angelogen? Das ergab doch keinen Sinn. Es war seine Idee gewesen, ins Rock Center Café zu gehen, und er hatte mich auch zum Ball eingeladen, weil er mich wiedersehen wollte. Er hatte mir das Gefühl gegeben, dass er mich wirklich gern kennenlernen wollte – und ich hatte es genossen, mit ihm zu reden und zu lachen. Warum sollte er derart mit meinen Gefühlen spielen?

Die Frau zog den Kopf zurück, legte Lucien die Hand auf die Wange und lachte. Dabei konnte ich einen Blick auf ihr Seitenprofil erhaschen, und diesmal sackte mir der Magen tatsächlich bis in die Knie.

Denn die Frau hieß weder Olivia noch Odette, sondern Ondine.

Ondine Collins. Zumindest hatte dieser Name heute Nachmittag auf ihrer Kreditkarte gestanden, als sie bei mir einen Verlobungsring gekauft hatte. Was hieß, dass sie nicht nur Luciens Freundin war, sondern auch beabsichtigte, ihn zu heiraten. Lucien war die Liebe ihres Lebens, und nun wurde mir auch klar, warum er gerade so überrascht gewirkt hatte. Schließlich hatte Ondine mir selbst erzählt, dass er noch gar nicht mit ihrer Rückkehr rechnete. Sie hatte ihn überraschen wollen, und offensichtlich war ihr das gelungen.

Tristan schnippte ungeduldig vor meinem Gesicht herum, und endlich schaffte ich es, mich von dem Anblick der beiden Turteltauben loszureißen. Das selbstgefällige Lächeln war in sein Gesicht zurückgekehrt. »Holen wir uns etwas zu trinken«, sagte er und deutete zur Bar hinter sich.

Es war keine freundliche Frage, sondern eine Aufforderung. Nicht dass es einen Unterschied gemacht hätte. Aber obwohl ich gerade echt einen Drink gebrauchen konnte, war Tristan der letzte Mensch, den ich in meiner Nähe haben wollte.

»Wenn du glaubst, dass wir nach dieser Nummer jemals wieder fröhlich Champagner schlürfen und über andere Leute herziehen werden, dann liegst du falsch«, erwiderte ich kühl und trat nun doch einen Schritt zurück. »Wir beide sind fertig miteinander.«

Ein Muskel zuckte an seinem Kiefer. Zweifellos gefiel ihm nicht, dass ich ihn schon wieder abblitzen ließ. Doch er war noch nicht bereit, mich gehen zu lassen. »Du hast das alles vollkommen falsch verstanden, Allison. Ich wollte dich nicht nur für eine Nacht, und ich habe auch keine Freundschaft mehr mit dir im Sinn.«

Wahnsinn! Seine Ignoranz schien keine Grenzen zu kennen.

Angewidert verzog ich das Gesicht. »Es ist mir egal, was du willst. Ich will weder das eine noch das andere.«

Seine Nasenflügel blähten sich. »Allison, bedenke, wie perfekt wir füreinander sind.«

Ich lachte schnaubend. Mein Vater und Tristan hatten stundenlang versucht, mich mit Argumenten von dieser *Allianz* zu überzeugen. Aber egal, wie viele Schleifchen sie um das Paket gewickelt hatten, im Kern ging es doch nur um dasselbe: mehr Geld, mehr Macht, mehr Einfluss. Das war die Schattenseite dieser glamourösen Welt – und ich wollte kein Teil mehr davon sein. Deshalb hatte ich mich auch vor einem halben Jahr abgewendet, und genau das sollte ich jetzt auch tun.

Bevor ich es verhindern konnte, glitt mein Blick zurück zu Lucien, der immer noch in das Gespräch mit Ondine vertieft war. Er schien mich über ihre unverhoffte Anwesenheit total vergessen zu haben. Fassungslos schüttelte ich den Kopf. Es war ein Fehler gewesen, hierherzukommen. Ich hatte mutig sein und auch mal etwas riskieren wollen. Dabei hätte ich wissen müssen, wie es laufen würde. Schließlich hatten sich die Regeln in dieser Gesellschaft nicht geändert, nur weil ich ihr den Rücken zugekehrt hatte.

Meine Kehle zog sich zusammen, und mit einem Mal fiel mir das Atmen schwer.

Ich wollte nur noch hier raus.

Ohne mich von Tristan zu verabschieden oder auch nur im Geringsten auf ihn zu achten, wandte ich mich ab und marschierte zum Ausgang. Ich nahm mir weder die Zeit, Chloe zu suchen, noch meinen Mantel bei der Garderobe abzuholen. Stattdessen rannte ich einfach hinaus in die Eiseskälte und begrüßte die unzähligen Nadelstiche, die mir in die Haut fuhren.

Draußen war immer noch ein Pulk von Leuten versammelt, die einen Blick auf die prominenten Gäste erhaschen wollten. Fast konnte ich die Enttäuschung in einigen Gesichtern sehen, weil nur ich es war, die auf wackeligen Beinen die Stufen hinablief. Ich schickte ein Dankgebet in den Himmel, weil ich am Fuß der Treppe eine Reihe quietschgelber Taxis entdeckte, und eine Minute später saß ich auf der warmen Rückbank.

Falls der Taxifahrer traurig darüber war, dass ich kein Promi war, so zeigte er es nicht. Stattdessen bat er mich freundlich um meine Adresse, und schon fuhren wir nach West Harlem.

Um meine Gedanken irgendwie beschäftigt zu halten, zählte ich im Geiste die leuchtenden Weihnachtsmotive, die schon jetzt für eine vorweihnachtliche Stimmung auf der Madison Avenue sorgten. Es waren erstaunlich viele. Lichterketten hingen in den kargen Bäumen, Schaufenster waren festlich dekoriert und überall standen beleuchtete Engel, Schneemänner und Rentiere. Den Menschen, die zu dieser späten Abendstunde über die Gehwege schlenderten, schien es zu gefallen, denn nicht wenige schauten sich mit verzaubertem Gesicht um oder bewunderten die Auslagen in den Geschäften.

Lange konnte mich dieser Anblick leider nicht ablenken, da mein schlechtes Gewissen wie am Spieß brüllte. Ich hatte die Nerven verloren und meine Freundin einfach auf der Gala sitzen lassen. Was für eine egoistische Aktion. Ich kramte mein Handy hervor, um sie anzurufen, und atmete erleichtert aus, als sie nach einem Moment dranging.

»Ally, hey, wo bist du?«, fragte sie über die Geräuschkulisse der Gäste hinweg. »Ich wollte dich längst suchen, aber Mrs Dingsley, die ich inzwischen Thelma nennen darf, hat mir wahnsinnig tolle Leute vorgestellt. Und rate mal was?« Sie machte eine kurze Pause, ließ mich aber gar nicht zu Wort kommen. »Sie lieben meinen Schmuck. Ist das zu glauben?«

Obwohl ich todunglücklich war, lächelte ich. »Natürlich lieben sie ihn. Er ist ja auch grandios.«

»Gleich will Thelma mir noch ein paar Freundinnen ihrer Nichte vorstellen, die ziemlich gut in den sozialen Medien vernetzt sind. Ist das nicht irre? Oh, Ally! Ich bin so froh, dass du mich mitgenommen hast. Das kann ich nie wiedergutmachen.«

Ich räusperte mich. »Eigentlich wüsste ich da schon etwas.«

»Wirklich?« Die Hintergrundgeräusche klangen ein bisschen ab. Wahrscheinlich hatte Chloe sich in einen der hinteren Gänge zurückgezogen. »Was denn?«

Da ich ihr unmöglich erklären konnte, dass ich nicht nur Tristan begegnet war, sondern auch das Treffen mit Lucien geplatzt war, weil ihn seine zukünftige Verlobte spontan überrascht hatte, redete ich mich lieber heraus. »Chloe, es tut mir so leid. Ich habe wahnsinnige Kopfschmerzen. Ich schätze, die Aufregung war etwas viel für mich.«

»O nein! Das ist ja furchtbar«, erwiderte sie bestürzt. »Bist du bei den Toiletten? Warte, ich bin ganz in der Nähe. Ich habe Tabletten dabei. Damit geht es dir sicher gleich besser, und …«

»Ich bin schon auf dem Heimweg, Chloe.«

Meine Freundin schwieg, und ich massierte meine Schläfe, in der ich nun tatsächlich ein ziemlich ätzendes Pochen spürte.

»Ich werde den Taxifahrer bitten, umzukehren«, fuhr ich fort. »Es sei denn, du möchtest noch bleiben.«

»Ich weiß nicht«, erwiderte Chloe unsicher. »Wäre das denn in Ordnung für dich?«

Erleichterung durchflutete mich. »Alles, was du willst. Hauptsache, du bist mir nicht böse.«

»Bin ich nicht. Ehrlich!« Chloe holte tief Luft. »Aber was ist mit Lucien? Hast du ihn gefunden?«

Ich unterdrückte ein frustriertes Schnaufen. »Ja.«

Voller Hoffnung quietschte Chloe auf. »Und? War es genauso schön wie am Mittwoch?«

Meine Augen begannen zu brennen. Ich war so enttäuscht, dass ich kurz davor war, in Tränen auszubrechen. Da hatte ich tagelang mit mir gehadert, und dann stellte sich heraus, dass Lucien nur mit mir gespielt hatte. »Lass uns morgen in Ruhe über alles reden, ja? Mir brummt wirklich der Schädel.«

»Oh! Ja, natürlich. Dann ruh dich aus, sobald du zu Hause bist. Im Badezimmer sind noch Aspirin.«

»Mache ich. Danke, Chloe. Hab noch einen schönen Abend.« Ich war froh darüber, dass sie mir nicht böse war und dass sich diese Gala wenigstens für sie zu einem Erfolg zu entwickeln schien. Seufzend steckte ich mein Handy zurück in meine Handtasche und starrte zum Fenster hinaus, während ich mir sehnlichst wünschte, ich wäre genauso glücklich wie meine Freundin. Leider empfand ich nichts als Ernüchterung.

Kapitel 7

Chloe fiel aus allen Wolken, als ich ihr am nächsten Tag von Lucien und Ondine erzählte.

Eigentlich hatte ich gar nicht vorgehabt, mein Elend derart detailliert vor ihr auszubreiten. Aber ich hatte die Nacht kaum ein Auge zugetan, und mein Versuch, mich mit Putzen abzulenken, hatte nicht funktioniert. Die Wohnung war jetzt zwar blitzeblank, aber meine Gedanken waren immer noch ein einziges Durcheinander, sodass ich diesen ganzen Mist beim besten Willen nicht für mich behalten konnte.

Meine Freundin zögerte nicht und packte mich mit einem Kübel Eis aufs Sofa. Mir war immer noch schlecht von gestern, und eigentlich wartete ein ganzer Berg von Hausarbeiten auf mich. Aber da ich mich darauf ohnehin nicht konzentrieren konnte, ließ ich meinen Laptop links liegen und stopfte lieber die krachsüße Karamellmasse in mich rein, während Chloe neben mir saß und mit stummer Fassungslosigkeit meinem Bericht lauschte. Die Sache mit Tristan verschwieg ich ihr, weil ich mich mit ihm nicht noch zusätzlich befassen wollte. Stattdessen erzählte ich ihr bloß, dass jemand aus meinem alten Bekanntenkreis Lucien und Ondine ebenfalls kannte und die beiden ein Paar waren. Ich konnte praktisch zusehen, wie die Romanze im Kopf meiner Freundin in winzig kleine Stücke zersplitterte.

»Ich verstehe das nicht«, sagte sie, sobald ich mit meiner peinlichen Flucht geendet hatte. »Warum sollte Lucien sich so um dich bemühen, wenn er eigentlich eine Freundin hat?«

Das war die entscheidende Frage, nicht wahr? Ich hatte mir die ganze Nacht den Kopf darüber zerbrochen, aber leider nur eine wenig schmeichelhafte Antwort gefunden. »Weil er einer von den Kerlen ist, die gern mehrere Eisen im Feuer haben.«

Chloe runzelte die Stirn. »Das passt kein bisschen zu dem Mann, den du mir beschrieben hast.«

»Wenn wir ganz ehrlich sind, sieht man es den wenigsten Kerlen an, wie sie in Wahrheit gestrickt sind. Das ist doch das Problem.« Ich zuckte mit den Schultern, obwohl es mir alles andere als gleichgültig war. »Ondine hat uns selbst erzählt, dass sie noch eine Woche in Washington hätte bleiben sollen. Warum also nicht noch schnell einen kleinen Seitensprung einschieben?«

»Aber ihm muss doch klar gewesen sein, dass du für so was nicht zu haben bist«, wandte Chloe ein und reckte sich, um mit ihrem Löffel eine Ladung Eis aus dem Eimer zu schaufeln.

»Vielleicht steht er auf Herausforderungen.« Ich dachte daran, wie Luciens Augen geleuchtet hatten, als er von seiner perfekten Formel gesprochen hatte. Deren Umsetzung war auch eine Herausforderung für ihn, und er liebte es, sich ihr zu stellen. Warum sollte das nicht auch für Frauen gelten? Das schien mir zumindest eine vernünftige Erklärung zu sein.

»Wenn das wirklich so ist, ist er ein Arschloch«, entschied Chloe. »Und er hat dich gar nicht verdient.«

Rational gesehen war ich da ganz bei ihr. Leider schien mein Herz diese Meinung nicht zu teilen. Es schmerzte. Und zwar mehr, als ich erwartet hatte.

Wir verbrachten auch den restlichen Sonntag auf dem Sofa, und abends bestellten wir etwas beim Thailänder. Chloe war derart betrübt über den enttäuschenden Ausgang der Gala, dass sie mir die Fernbedienung überließ und nicht mal murrte, als ich mir die neuste Staffel von *Crimi-*

nal Minds reinzog, eine Serie, die sie zutiefst verachtete. Nicht, weil sie schlecht gemacht war, sondern weil Chloe die thematische Anlehnung an reale Verbrechen äußerst verstörend und Furcht einflößend fand.

Aber, so bescheuert es auch klang, es half mir, meine Traurigkeit zu verdrängen und die Enttäuschung in Wut umzuleiten. Und das war zumindest besser als dieser dumpfe Schmerz in meinem Brustkorb.

Als ich mich am nächsten Morgen auf den Weg zum Campus machte, fühlte ich mich einigermaßen stabilisiert. Ich hatte einen Großteil meiner negativen Gefühle zu einem hübschen kleinen Wutknäuel zusammengebündelt, das ich tief in meiner Seele vergraben hatte, und war relativ optimistisch, den Tag an der Columbia heil zu überstehen.

Was allerdings nur bedingt klappte.

Wahrscheinlich wäre es besser gelaufen, wenn ich die Vorlesungen halbwegs interessant gefunden hätte. So aber erwies es sich als ziemlicher Kraftaufwand, betriebswirtschaftlichen Zusammenhängen zu folgen und obendrein in Stochastik zu brillieren. Nachdem ich das letzte Seminar in Wirtschaftsmathematik – schnarch – am Montagabend endlich hinter mich gebracht hatte, kroch ich praktisch aus dem Hörsaal. Mein Kopf war bis unter die Schädeldecke gefüllt mit Informationen, die ich für den Rest meines Lebens vermutlich nie wieder brauchen würde, da ich ohnehin nicht in das Immobiliengeschäft meines Vaters einsteigen würde. Leider hatte ich aber auch noch keinen Plan, was ich stattdessen tun sollte.

Klar, ein Abschluss an der Columbia Business School konnte sich durchaus sehen lassen und öffnete mir viele Türen. Nur sah ich mich definitiv nicht in einer leitenden Managementfunktion.

Ich seufzte frustriert, während ich aus dem Gebäude trat. Es war schon wieder dunkel draußen und eiskalt, was meine Laune nicht unbedingt hob. Wieder einmal wünschte ich mir, ich hätte ebenfalls einen Traum, dem es nachzujagen galt. So wie Lucien …

Ich blinzelte, als ich vor mir die Silhouette eines jungen Mannes bemerkte, die ihm erschreckend ähnelte. Mein Puls schnellte in die Höhe, obwohl es unmöglich er sein konnte, der da lässig an einem Fahrradständer lehnte, die Hände tief in den Manteltaschen vergraben und den Blick auf den Eingang gerichtet.

Lieber Himmel! Jetzt sah ich schon Gespenster.

Genervt über mich selbst setzte ich meinen Weg in Richtung Subway Station fort. Ich musste mir diesen Kerl endlich aus dem Kopf schlagen. Es war schlimm genug, dass ich auf seine Masche vom süßen Franzosen reingefallen war. Da verdiente er es sicher nicht, dass ich auch nur einen weiteren Gedanken an ihn verschwendete.

»Ally!«

Abrupt blieb ich stehen und starrte den Kerl an, den ich eben noch für eine Erscheinung gehalten hatte. Er schlenderte langsam auf mich zu, und als sein Gesicht von der Straßenlaterne erhellt wurde, begann mein Magen zu flattern.

Seine dunklen Augen ruhten auf mir, während sich sein Mundwinkel zu diesem typischen schiefen Grinsen hob. »Ich hatte eigentlich gehofft, dass ich wenigstens einen Tanz kriege, bevor du dich heimlich vom Ball stiehlst, Cinderella.«

Der Kerl hatte ja wirklich Nerven, hier aufzuschlagen und mir Vorwürfe zu machen. Ich biss die Zähne aufeinander, um die Beschimpfungen zurückzuhalten, die mir auf der Zunge lagen. Ich würde hier keine Szene machen und ihm damit verraten, wie sehr mich die Tatsache verletzte, dass er eigentlich vergeben war.

Sein Lächeln verblasste, als er meinen Gesichtsausdruck bemerkte. Er wuschelte sich durch die Haare. Früher hätte ich es für eine nervöse Geste gehalten, aber nun wusste ich es besser. Es war bloß eine geschickte Taktik, um mich weichzukriegen. Doch darauf fiel ich nicht mehr rein.

»Wir scheinen uns bei der Gala irgendwie verpasst zu haben«, fuhr er fort und zuckte hilflos mit den Schultern. »Das fand ich echt schade.

Und da ich sowieso gerade in der Nähe war, dachte ich, ich hole dich von der Uni ab.«

Offenbar hatte ich seinen Ehrgeiz unterschätzt, denn sonst wäre ich besser vorbereitet gewesen. Nachdem ich damals sämtliche Brücken hinter mir abgerissen hatte, war ich wochenlang völlig paranoid über den Campus gehetzt. Schließlich wusste Tristan ebenfalls, wo ich studierte. Aber er hatte sich nie die Mühe gemacht, mir einen persönlichen Besuch abzustatten – im Gegensatz zu Lucien.

Plötzlich ärgerte ich mich maßlos über mich selbst, weil ich ihm im Café so viel über mich erzählt hatte. »Das hättest du nicht tun müssen.«

Er runzelte die Stirn, als verstünde er nicht, wo mein Problem lag. »Aber ich wollte dich wiedersehen. Und da du zur Release-Gala gekommen bist, dachte ich, du willst das auch.«

Natürlich hatte ich das gewollt – weil ich ihm voll in die Falle getappt war. Schön dämlich. Mein Herz krampfte sich zusammen, als sich die Enttäuschung zurück an die Oberfläche kämpfte. Doch ich klammerte mich mit aller Macht an meiner Wut fest und stieß ein abfälliges Schnaufen aus. »Tja, deine Tanzkarte schien mir ziemlich voll zu sein.«

»Was meinst du?«, fragte er verwirrt. »Ich habe nicht getanzt. Ich war fast den ganzen Abend lang damit beschäftigt, die Interviews oben in der VIP-Lounge zu führen. Eigentlich hätte das eine Society-Journalistin machen sollen, aber sie ist plötzlich krank geworden. Da ich im Vorfeld die Fragen mit ihr und den Gästen abgestimmt habe, wurde ich spontan vor die Kamera gesetzt.«

Tja, nun, das erklärte zumindest, warum er einen klassischen schwarzen Smoking getragen hatte und nicht auffindbar gewesen war. Aber es änderte leider auch nichts daran, dass er anschließend ein glückliches Wiedersehen mit seiner Freundin gefeiert hatte, während ich wie eine Idiotin dastand und sie aus der Ferne beobachtete. »Wie auch immer«, knurrte ich und setzte mich wieder in Bewegung. »Ich muss jetzt los.«

Hektisch trat Lucien einen Schritt zur Seite, um sich mir in den Weg zu stellen. »Warte doch mal, Barbeau. Warum bist du denn so sauer?«

Empörung braute sich in mir zusammen. »Ist das dein Ernst?«

Zu meiner Verwirrung glomm Frust in Luciens Augen auf. »Wenn ich wüsste, was los ist, würde ich wohl kaum fragen, non?«

»Jetzt hör endlich auf, den Ahnungslosen zu spielen«, fauchte ich und zeigte anklagend mit dem Finger auf ihn. »Ich habe dich gesehen. Dich *und* sie.« Zittrig holte ich Luft und ärgerte mich zugleich darüber, wie verletzt ich klang. »Ich weiß über Ondine Bescheid, okay?«

Sogar mehr, als mir lieb war.

Lucien blinzelte. Sein Mund klappte auf und wieder zu – und dann fing er plötzlich an zu lachen.

Was für ein Arschloch.

Obwohl ich es wirklich nicht für möglich gehalten hatte, fühlte ich mich mit einem Mal noch gedemütigter. Meine Wangen wurden heiß, und ich zog den Kopf ein, bevor ich mich ohne ein weiteres Wort umdrehte und in die entgegengesetzte Richtung davonmarschierte. Dann würde ich eben den Bus nehmen, auch wenn es deutlich länger dauerte als mit der Subway.

»Ally!« Schritte erklangen hinter mir, und ich überlegte, ebenfalls die Beine in die Hand zu nehmen. Aber leider war Lucien ziemlich schnell, und bevor ich irgendetwas tun konnte, hatte er mich eingeholt und lief nun rückwärts vor mir her. Wahrscheinlich, weil meine Körpersprache deutlich signalisierte, dass ich ihn umwalzen würde, wenn er erneut versuchen würde, mich aufzuhalten. Ich war zwar mehr als einen Kopf kleiner als er, aber wütend genug allemal.

»Du bist eifersüchtig.«

Mein Blick zuckte hoch in sein Gesicht, und ich stellte fest, dass er äußerst zufrieden wirkte.

»Ich bin *nicht* eifersüchtig«, blaffte ich, obwohl sich ein kleiner Teil in mir gerade vor Lachen in die Ecke schmiss. »Ich mag es nur nicht, an der Nase herumgeführt zu werden.«

Lucien besaß die Nerven, neugierig den Kopf schief zu legen. »Und wie kommst du darauf, dass ich das getan hätte?«

»Oh, bitte!« Ich verdrehte die Augen. »Du hast mich um ein Abendessen im Rock Center Café gebeten, stundenlang mit mir geredet und mich anschließend nach Hause gebracht. Und zu guter Letzt hast du mir eine Einladung zu einer exklusiven Gala geschenkt. So etwas tut man nicht, wenn man *keine* Absichten bei einer Frau hat.«

»Das stimmt wohl«, erwiderte Lucien ernst, bevor er mit den Schultern zuckte. »Ich dachte mir schon, dass du mich durchschaut hast.«

Entrüstet blieb ich stehen und starrte ihn an. »Hast du dich eigentlich je gefragt, wie Ondine sich fühlt, wenn sie herausfindet, was du hinter ihrem Rücken abziehst?«

Lucien betrachtete mich eingehend. »Na ja, meistens weiß sie es. Wir sind sehr ehrlich miteinander.«

»Was?« Keine Ahnung, warum mich das überhaupt überraschte. Schließlich waren polyamoröse Beziehungsmodelle nun wirklich kein neuer Hype. Außerdem hatte die männliche Fraktion unserer Clique oft genug darüber diskutiert, wie toll es doch wäre, nicht nur eine, sondern gleich zwei oder drei Freundinnen zu haben. Allein wegen der Abwechslung wäre das schon lohnend, hatten sie gemeint. Ich schnaubte. »Das ist echt schön für euch. Aber ich hoffe, dir ist klar, dass Ondine eine Nummer-Eins-Frau ist, die ihren Freund sicher nicht teilt.« Zumindest in diesem Punkt war ich mir absolut sicher. Sonst würde sie ihm wohl kaum mit Mitte zwanzig einen Verlobungsring an den Finger stecken.

Überraschung huschte über Luciens Gesicht. »Ihr kennt euch persönlich?«

Wieder sah ich die hübsche Rothaarige vor mir, wie sie mich überglücklich anstrahlte. Nur, weil es wirklich das Allerletzte wäre, Lucien über ihre Pläne zu unterrichten, zuckte ich beiläufig mit den Schultern.

»Sagen wir einfach, ich kenne Frauen wie sie, und ich kenne Männer wie dich. Das reicht mir schon.«

Lucien schürzte die Lippen. »Steckst du Menschen immer so schnell in Schubladen?«

Ich zuckte zusammen, weil er damit leider einen Nerv traf. Ich versuchte zwar, mir diese blöde Eigenschaft abzugewöhnen. Allerdings war das nicht immer einfach, wenn man in einer Tour vor den Kopf gestoßen wurde. »Nicht mehr.«

»Ach wirklich?« Seine Brauen schossen in die Höhe. »Warum hast du mich dann nicht einfach gefragt, was Ondine mir bedeutet?«

Irritiert sah ich ihn an. Zum einen hegte ich sicher nicht die Absicht, mich vor Lucien lächerlich zu machen, indem ich ihn auf seine Freundin ansprach, und zum anderen wusste ich ohnehin von Tristan, dass die beiden liiert waren. »Warum hätte ich das tun sollen? Eure Beziehung ist doch für alle offensichtlich.«

»Du meinst die Vertrautheit? Die Zuneigung? Die Liebe?«, zählte Lucien auf, während ich plötzlich gegen den Impuls ankämpfen musste, mir die Ohren zuzuhalten.

Ich freute mich ja für die beiden. Aber ich musste wirklich nicht hören, wie glücklich sie waren. Vielen Dank auch.

Betreten senkte ich den Blick. Meine Wut schien mir zwischen den Backsteingebäuden der Columbia University abhandengekommen zu sein, jetzt fühlte ich mich nur noch erschöpft und niedergeschlagen. »Genau, das alles.«

»Ich schätze, so fühlen die meisten Geschwister«, meinte Lucien leichthin und lehnte sich ein Stück vor, als wollte er mir ein Geheimnis anvertrauen. »Es gibt ja Leute, die behaupten, dass es bei Zwillingen noch krasser ist. Aber wie ich dir schon erzählt habe, treibt Donnie mich auch oft genug in den Wahnsinn. Insofern bin ich mir bei dieser Theorie nicht sicher.«

Oh. Mein. Gott.

Der ganze Campus begann, sich zu drehen, als Luciens Worte langsam in mein Bewusstsein sickerten.

»Ondine ist Donnie?«, krächzte ich und wagte es nicht, ihm in die Augen zu schauen. Mein ganzes Gesicht glühte praktisch vor Scham. Da konnte selbst der kalte Novemberabend nichts mehr retten.

Lucien wippte auf den Füßen vor und zurück. »Jepp.«

Benommen schüttelte ich den Kopf. Ich hatte mir Donnie als freches Mädchen mit dunkelbraunen Locken und funkelnden Schokoladenaugen vorgestellt, die ähnliche Gesichtszüge wie ihr Zwillingsbruder besaß. Aber die junge Frau, die bei mir den Ring gekauft hatte, wirkte mindestens drei Jahre älter als er, hatte leuchtend rote Haare, grüne Augen und einen anderen Nachnamen. Gegensätzlicher ging es wirklich kaum, weshalb ich natürlich auch nicht auf die Idee gekommen war, es könnten Geschwister sein, die dort mitten in der New York Library öffentlich ihre Zuneigung bekundeten.

Ich schluckte schwer. »Ein Bekannter von mir hat behauptet, sie wäre deine Freundin …« Und ich war so blöd gewesen, ihm sofort zu glauben. Ich hatte noch nicht mal den Hauch eines Zweifels an Tristans Worten gespürt. Dabei hätte ich wissen müssen, dass dieser Mistkerl vor nichts zurückschreckte. Lucien hingegen hatte überhaupt keinen Grund, mir etwas vorzumachen.

Diese Erkenntnis sorgte dafür, dass ich mir sehnlichst ein Loch in den Boden wünschte, in das ich hineinspringen könnte. Trotzdem nahm ich all meinen Mut zusammen und sah Lucien an. »Es tut mir leid.«

Obwohl er jedes Recht gehabt hätte, mich für diese Szene zum Teufel zu jagen, schien er kein bisschen sauer zu sein. Stattdessen war sein Blick voller Wärme. »Das muss es nicht. Es war ein Missverständnis.«

Eins, das ich hätte vermeiden können, wenn ich ihn einfach gefragt hätte. Aber offensichtlich war mein Vertrauen in die Männerwelt irrational erschüttert. Überfordert trat ich von einem Fuß auf den anderen. »Ich hätte dich nicht vorschnell verurteilen dürfen.«

»Und ich bin einfach nur froh, dass wir das geklärt haben.« Lucien lächelte. »Außerdem weiß ich jetzt mit Sicherheit, dass du mich magst, Barbeau.«

Stimmt. Ich mochte ihn. Und zwar mehr, als ich in meiner aktuellen Lage gebrauchen konnte. Mein Leben war auch so schon kompliziert genug.

»Ich … ich sollte besser gehen«, murmelte ich.

Luciens Mundwinkel fielen herab. Mit einem gequälten Stöhnen fuhr er sich erneut durch die dunklen Locken, die sogleich in sämtliche Richtungen abstanden. »Diese Fluchtnummer ist wirklich dein Ding, oder?«

Das ließ sich nicht leugnen. Deshalb versuchte ich es gar nicht erst.

Lucien atmete tief durch, als müsste er sich innerlich wappnen. »Okay, ich lege jetzt die Karten auf den Tisch, und wenn du danach immer noch gehen willst, dann werde ich dich nicht aufhalten, versprochen.«

Seine Worte ließen meinen Puls in die Höhe schnellen. »Okay.«

»Ich mag dich, Ally«, sagte er geradeheraus, was mich nun doch ein wenig schockte. Ein Kribbeln schoss durch meinen Magen. »Nachdem wir am Rockefeller Center zusammengekracht sind, war ich wie im Rausch, und das lag leider nicht an Nummer 453, sondern an dir. Ich finde dich toll, und ich würde dich gern besser kennenlernen, obwohl das Timing eine echte Katastrophe ist, weil ich mit der Vorbereitung für meine Masterthesis und der Entwicklung meines Parfüms unheimlich viel zu tun habe.« Seine Stimme war warm und aufrichtig und sein Lächeln beinahe schüchtern. »Vielleicht könnten wir uns einfach ab und zu treffen und schauen, wohin das Ganze führt? Zwanglos und ohne Stress.«

Das klang … verdammt verlockend.

Schon wieder spürte ich, wie Lucien mich mit seinem Charme einwickelte. Gleichzeitig meldete sich meine Angst mit voller Wucht zurück. Ich hatte drei Tage mit mir gehadert, ob ich überhaupt zur Release-Gala gehen sollte, mit dem Ergebnis, dass ich den gesamten Sonntag todunglücklich auf dem Sofa verbracht hatte und heute auch reichlich ferngesteuert durch die Gegend gelaufen war. Wenn Lucien nach ein paar Tagen schon so eine Macht über mein Herz hatte, wie würde es dann erst sein, wenn ich ihn noch enger mit meinem Leben verknüpfte? Andererseits war ich in der festen Absicht zu dem Ball gegangen, auch mal etwas zu wagen. Klar, ich war auf die Schnauze gefallen. Aber dafür konnte Lucien nichts. Diesen Kummer hatte ich mir selbst eingebrockt. Schon allein deshalb sollte ich uns vielleicht doch noch eine Chance geben. Schließlich konnte ich die Anziehung zwischen uns nicht leugnen, und die Wahrheit war, dass ich ihn ebenfalls besser kennenlernen wollte.

Aufregung durchflutete mich, doch ich ließ mich nicht davon mitreißen. Ein zögerliches Lächeln trat auf meine Lippen. »Kann ich dich als Wiedergutmachung für dieses dumme Missverständnis nächste Woche auf einen Kaffee einladen?«

»Sehr gern.« Ehrliche Freude blitzte in seinen Augen auf und wärmte mir das Herz. Dann kehrte sein freches Grinsen zurück. »Ein Versöhnungskuss ist vermutlich nicht drin, oder?«

Ich sah ihm an, dass er das nicht ernst meinte, weshalb ich mich unwillkürlich fragte, wie er wohl reagieren würde, wenn ich ihn spontan küsste. Allein die Vorstellung brachte meinen Körper zum Vibrieren. Und zwar jede einzelne, verdammte Zelle. Trotzdem schüttelte ich amüsiert den Kopf. »Keine Chance.«

Er stieß einen übertrieben leidgeprüften Seufzer aus. »Quel dommage.«

Ein Teil von mir war geneigt, ihm zuzustimmen.

Kapitel 8

Chloe saß an ihrem Schreibtisch, als ich nach Hause kam. Ihr Blick war zunächst mitfühlend, wahrscheinlich, weil sie dachte, dass ich noch immer an der Release-Gala zu knabbern hatte. Als sie jedoch meinen Gesichtsausdruck bemerkte, runzelte sie die Stirn. »Warum lächelst du so seltsam?«

Ich biss mir auf die Unterlippe, konnte aber spüren, dass meine Mundwinkel noch immer deutlich nach oben zeigten. »Lucien ist heute bei der Uni aufgetaucht.«

Sofort ließ sie ihre Sachen fallen und beamte sich regelrecht zu mir, um mich aufs Sofa zu ziehen. »Erzähl mir alles.«

Noch immer ein wenig ungläubig schüttelte ich den Kopf. »Ondine ist seine Zwillingsschwester.«

Chloe blinzelte. »Sie ist seine Schwester?«

»Ja.« Ich verzog das Gesicht. »Anscheinend hat mein Bekannter etwas verwechselt.«

Oder auch nicht. Mit etwas Abstand betrachtet war es eigentlich ziemlich offensichtlich, dass Tristan mein Interesse an Lucien bemerkt hatte und die vertraute Zweisamkeit zwischen den Geschwistern ausgenutzt hatte, weil er wusste, dass ich aus Prinzip die Finger von vergebenen Männern ließ. Meine Freunde hatten sich oft genug über diese *Macke* lustig gemacht.

»Verstehe ich das richtig?«, sagte Chloe langsam und wechselte in den Schneidersitz. »Sie sind zwar Zwillinge, sehen sich aber weder ähnlich, noch haben sie denselben Nachnamen?«

»Genau.« Ich zog die Beine an und legte die Arme um meine Knie.

»Ihre Mutter hat vor ein paar Jahren wieder geheiratet. Damals hat Ondine beschlossen, den Namen ihres neuen Stiefvaters anzunehmen. Lucien wollte aber weiterhin wie sein Vater heißen, weil sie immer ein gutes Verhältnis hatten.«

»Darauf soll mal jemand kommen.« Chloe warf mir einen spöttischen Blick zu. »Ich wette, du hast vor Verlegenheit kein Wort herausgebracht.«

»Ich wollte lieber ganz im Erdboden versinken«, erwiderte ich und nestelte an einem Faden, der sich aus der Naht meiner Jeans gelöst hatte. »Ich schätze, an Luciens Stelle wäre ich ziemlich angepisst gewesen, wenn er mich einfach vorschnell verurteilt hätte. Aber er war sehr verständnisvoll und will mich trotzdem näher kennenlernen.«

»Das ist … Also, das ist ja …« Gespielt entrüstet stemmte Chloe die Hände in die Hüften. »… eine Frechheit.«

Lachend schnappte ich mir ein Kissen und warf es nach ihr. »Ach, halt die Klappe.«

Chloe nahm das Kissen und presste es an ihre Brust, während sie verzückt mit den Wimpern klimperte. »Du scheinst den süßen Franzosen ganz schön um den Finger gewickelt zu haben.«

»Tja, das beruht offensichtlich auf Gegenseitigkeit«, murmelte ich, bevor ich wieder ernst wurde. Die Gefühle, die Lucien in mir auslöste, jagten mir immer noch eine Scheißangst ein. Hilflos sah ich meine Freundin an. »Ich weiß nicht, ob ich schon bereit dafür bin, mich auf jemanden einzulassen.«

Sie lächelte mir ermutigend zu. »Dann solltest du es einfach rausfinden, meinst du nicht?«

»Vermutlich.«

Chloe wackelte mit den Augenbrauen. »Wann seht ihr euch wieder?«

»Wir sind Mittwochmittag vor meiner Schicht verabredet.«

»Mitten am Tag?«, fragte Chloe ungläubig. »Wie bei einem Businessmeeting?«

Verlegen wich ich ihrem Blick aus. »Ich dachte, das wäre vielleicht unverfänglicher.«

Meine Freundin wirkte regelrecht entsetzt – vermutlich hatte sie sich etwas Romantischeres vorgestellt.

Mir brach der Schweiß aus, und einen Moment überlegte ich, das Ganze doch lieber abzusagen. Lucien und ich hatten unsere Nummern getauscht, bevor wir uns voneinander verabschiedet hatten. Ich könnte einfach das Handy nehmen und ihm eine Nachricht schicken. Schon wäre die ganze Aufregung vorbei. Ein Teil von mir wollte das, aber der andere klopfte mir vehement auf die Finger.

Bevor ich mich noch weiter in meinen Gedanken verlieren konnte, streckte Chloe die Hand aus und tätschelte mein Knie. »Hör mal. Ich weiß, dass du viel durchgemacht hast, nachdem dich dieser Typ bedrängt hat. Aber du bist stark und mutig, und nicht jeder Mann ist ein Arschloch.«

»Ich weiß«, erwiderte ich leise.

»Gib dem Ganzen einfach eine Chance, in Ordnung?« Kleine Herzchen leuchteten in ihren veilchenblauen Augen auf. »Am Ende wirst du vielleicht sogar wieder glücklich.«

Das Konzept »Glücklich-Sein« hörte sich befremdlich an, und ich fragte mich, wann ich zum letzten Mal wirklich glücklich gewesen war. Gleichzeitig schämte ich mich für den Gedanken. Ich hatte ein Leben im Überfluss geführt, von dem andere nur träumten. Ich hatte alles gehabt. Trotzdem hatte ich oft im Penthouse meines Vaters gesessen und das bunte Treiben vierundfünfzig Stockwerke unter mir beobachtet, während mich die Einsamkeit beinahe erdrückt hatte.

»Ich zeige dir, was ich meine«, sagte Chloe und schnappte sich entschlossen die Fernbedienung.

Ich stöhnte auf, als das Intro von *Notting Hill* über den Bildschirm flimmerte. »Willst du mir etwa eine Gehirnwäsche verpassen?«

Chloe lachte vergnügt auf. »Aber so was von. Du wirst sehen, wenn du diesen Film gesehen hast, dann weißt du, wie der Hase läuft.«

Mehr als ein missmutiges Brummen brachte ich beim besten Willen nicht zustande. Dennoch war ich widerwillig fasziniert, als die Protagonisten in dem Film aufeinandertrafen und sich die Romanze zwischen ihnen entfaltete.

Als sich die Story schließlich ihrem dramatischen Höhepunkt zuneigte, klebte ich praktisch am Bildschirm, und zu meiner unermesslichen Schande musste ich ein paar Tränchen wegblinzeln, als die beiden sich vor laufender Kamera zueinander bekannten und dabei über das ganze Gesicht strahlten.

Sie definierten Glück neu, und ich musste zugeben, dass ich einen Anflug von Neid verspürte. Ich wollte auch eine solche Liebe erleben und bedingungsloses Vertrauen genießen. Allerdings gab es immer noch einen beachtlichen Unterschied zwischen einem Hollywoodstreifen und der Realität. Davon abgesehen war es ja auch möglich, dass Lucien im Laufe der Zeit feststellte, dass ich doch nicht so toll war, wie er anfangs glaubte.

Die Vorstellung löste ein unangenehmes Ziehen in meiner Magengegend aus, und egal, wie viel Mühe ich mir gab, es ließ einfach nicht nach. Wenn überhaupt, wurde es nur noch schlimmer, je näher unser Treffen rückte.

Ich tat mein Möglichstes, um mich nicht von meiner Angst vor Zurückweisung überwältigen zu lassen. Gleichzeitig ließ ich mein Handy nie aus den Augen, für den Fall, dass Lucien sich meldete. Er tat es nicht. Entsprechend nervös war ich, als ich mich schließlich am Mittwoch auf den Weg machte, um ihn zu treffen.

Wir hatten uns um eins im Starbucks verabredet, was hieß, dass ich exakt eine Stunde Zeit hatte, bevor meine Schicht im Tiffany's begann. Lucien wiederum hatte seine Mittagspause bei Noélle etwas nach hinten verschoben, damit wir uns überhaupt sehen konnten.

Ich erreichte das Café zehn Minuten früher als geplant, was gut war, da ich mich so ein bisschen akklimatisieren konnte. Schweiß klebte mir im Nacken, weil ich so schnell durch die Kälte gelaufen war, und unzählige Eindrücke bombardierten meine Sinne, als ich die Tür aufzog.

Um diese Zeit war der Laden gut besucht, und eine bunte Mischung aus Touristen und Einheimischen besetzte die meisten Tische. Zu den Gesprächen der Leute gesellten sich das Rattern der Espressomaschine und das Klirren von Geschirr. Dennoch hatten der herbe Duft des Kaffees und der Geruch von Weihnachtsgewürzen, die in der Luft hingen, eine beruhigende Wirkung auf mich.

Ich lockerte den Schal um meinen Hals, reihte mich in die Warteschlange ein und musterte nachdenklich das Angebot. Normalerweise stand ich total drauf, mir meinen Wunschkaffee nach Aroma, Koffeingehalt, Milchanteil und Bechergröße zusammenzustellen. Allerdings hatte ich keine Ahnung, wie Lucien seinen Kaffee bevorzugte. An unserem ersten gemeinsamen Abend hatte er sich einen Espresso zum Dessert bestellt. Also trank er schon mal Kaffee. Aber vielleicht mochte er keine Milch oder hätte um diese Uhrzeit lieber einen Tee?

»Hi, was darf es für dich sein?«, fragte die freundliche Barista, während ich etwas überfordert die Tafel hinter ihr anstarrte.

Ich wünschte wirklich, Lucien würde in diesem Moment zur Tür hereinkommen. Doch da er noch nicht zu sehen war, bestellte ich einfach, was ich für richtig hielt. Anschließend steuerte ich mit dem Tablett in der Hand einen Tisch am Fenster an, der gerade frei geworden war.

Als ich Platz genommen hatte und mir den warmen Mantel von den Schultern zog, kam Lucien in den Laden. Allein, ihn zu sehen, löste einen kleinen Kick in meinem Inneren aus. Wie üblich war sein Haar verstrubbelt. Außerdem schien er sich gestern nicht mehr rasiert zu haben, denn ein paar Stoppeln bedeckten sein Kinn.

Ein Lächeln umspielte seine Lippen, als er sich näherte. »Hey, Barbeau. Wartest du schon lange?«

»Nein.« Ein wenig unsicher deutete ich auf die Tassen. »Ich wusste nicht, was du willst. Deshalb habe ich einen Gingerbread Mocca mit Sojamilch und einen Zimt-Latte bestellt. Und hier wären noch ein White-Chocolate-Brownie, Karottenkuchen und ein Antipasti-Sandwich. Aber ich kann auch etwas anderes holen, wenn du das nicht magst.«

Er wirkte fast ein bisschen schockiert. »Wow. Du musst ja wirklich ein wahnsinnig schlechtes Gewissen haben.«

Meine Wangen gingen in Flammen auf. »Das auch.«

Schmunzelnd ließ er sich auf den Stuhl mir gegenüber fallen. »Das wäre nicht nötig gewesen. Aber vielen Dank.« Er musterte mich neugierig. »Was möchtest du lieber?«

Ich zuckte mit den Schultern. »Du hast die Wahl. Mir ist das ganz egal.«

Okay, gut, das war gelogen. Ich fand Sojamilch absolut widerlich. Aber mit ordentlich Zucker ging es sicher.

Lucien lachte leise, bevor er nach dem Gingerbread Mocca griff. »Ich nehme den hier.«

»Echt?« Das klang vielleicht ein bisschen zu erleichtert. »Hast du eine Laktoseunverträglichkeit oder so was?«

»Überhaupt nicht. Du siehst nur so aus, als wärst du eher ein Zimt-Mädchen.«

Entgeistert sah ich ihn an und versuchte zu entscheiden, ob ich es gut oder schlecht fand, dass ich für ihn ein offenes Buch zu sein schien. Ich war es gewohnt, dass mich die Leute für verschlossen hielten und mich nur schwer einschätzen konnten. In der High Society galt diese Unnahbarkeit als erhaben. Meine Kollegen hingegen fanden meine Reserviertheit eher arrogant und abgehoben, und ich hatte mir vorgenommen, daran zu arbeiten. Bisher hatte ich damit allerdings noch nicht viel Erfolg gehabt.

»Wie kommst du mit deinem perfekten Duft voran?«, erkundigte ich mich und legte die Hände um die warme Tasse, um nicht nervös herumzufummeln.

Lucien verzog das Gesicht. »Gar nicht. Die Release-Gala hält uns noch ziemlich in Schach. Wir sind den ganzen Tag dabei, Clips zu schneiden, Pressemitteilungen zu verfassen und Blogbeiträge zu checken.«

Mir fiel wieder ein, dass er mit den Stars vor der Kamera gesessen hatte. »Kann man dich auch online bewundern?«

Seine Wangen röteten sich ein wenig. »Die Interviews wurden gestern Abend hochgeladen.«

»Kommen sie denn gut an?«, fragte ich und machte mir im Geiste eine Notiz, sie mir später anzuschauen.

»Besser als erwartet.« Er warf mir einen spöttischen Blick zu. »Die meisten Zuschauer fanden es ziemlich erfrischend, dass ich den Leuten nicht so in den Hintern gekrochen bin. Unter uns gesagt musste ich die Hälfte der VIPs erst mal googeln.«

»Wen?«

»Cynthia Montgommery zum Beispiel.« Er runzelte die Stirn. »Hast du gewusst, dass es eine Fernsehshow gibt, in der sich ein Mann und eine Frau hinter einer Trennwand so lange unterhalten, bis sie bereit sind, sich zu verloben?«

Ich grinste, weil Lucien echt niedlich aussah, wenn er so verstört dreinschaute. »Meine Freundin Chloe liebt diese Sendung. Aber ich kenne sie nur von ihren begeisterten Berichten.«

Lucien schüttelte den Kopf. Das Konzept der Show schien ihm unbegreiflich zu sein. »Warum macht man so was?«

»Ich habe absolut keine Ahnung«, erwiderte ich und pustete in meine Tasse, bevor ich einen Schluck probierte. Süßer, cremiger Kaffee mit einem Hauch Zimt benetzte meine Zunge. Lecker. »Spontan fallen mir nur zwei Gründe ein: wegen der Gage oder weil man sich verzweifelt nach einem Partner sehnt. Es soll ja Leute geben, die dafür ein paar peinliche Momente vor einem Millionenpublikum in Kauf nehmen.«

Lucien starrte mich an, und mein Lächeln verrutschte.

»Habe ich etwas Falsches gesagt?«, fragte ich verunsichert.

»Nein.« Er schluckte. »Du hast da nur etwas Schaum auf der Lippe.«

Seinen Blick auf meinem Mund zu wissen, stellte seltsame Dinge mit mir an. Adrenalin schoss durch meine Adern, und mit einem Mal fühlte ich mich wagemutig und frei. Ich wollte mich vorlehnen und …

Erschrocken wischte ich mir über die Lippen. Diese Anziehung zwischen uns war wirklich beängstigend. »Also hat Cynthia bei dieser Show mitgemacht?«, fragte ich um Ablenkung bemüht.

Lucien blinzelte. »Ja. Aber der Bräutigam hat ihr vor dem Traualtar einen Korb gegeben.«

Mitgefühl schwappte in mir hoch. »Das muss schrecklich für sie gewesen sein.«

Mit einem beiläufigen Nicken lehnte Lucien sich zurück. Aber seine Bewegung wirkte verkrampft. Als müsste er sich wie ich zwingen, den Abstand zwischen uns zu vergrößern. »Das habe ich auch gesagt.«

Klar hatte er das. Er schien einfach immer die richtigen Antworten parat zu haben. War der Kerl überhaupt echt?

»Wen hast du sonst noch interviewt?«, fragte ich weiter.

Falls Lucien mein schwaches Ablenkungsmanöver durchschaute, so kommentierte er es nicht weiter, sondern zählte mir die Namen der Stars und Sternchen auf, mit denen er oben in der Lounge gesessen hatte. Was insgesamt eine ansehnliche Sammlung war. Doch ihn beeindruckte das offenbar kein bisschen.

»Wie gefällt dir eigentlich *Hiver*?«, wollte er wissen, bevor er in das Antipasti-Sandwich biss. Ich hatte zuvor dankend abgelehnt und lieber den Karottenkuchen genommen.

»Ich mag den Duft«, antwortete ich ehrlich.

Er grinste mit vollem Mund. »Aber etwas hat dir gefehlt?«

Nachdenklich stocherte ich in meinem Karottenkuchen herum. Ich hätte vermutlich ein bisschen begeisterter klingen sollen. Andererseits gab es keinen Grund, Lucien etwas vorzumachen. Deshalb nickte ich. »Im Grunde hat das Parfüm alles, was sich eine Frau wünschen könnte. Aber es hinterlässt keinen bleibenden Eindruck. Es ist, als würde man einen Sonnenuntergang aus dem 54. Stock betrachten. Für den einen kurzen Moment ist es überwältigend. Aber hat man erst mal Hunderte davon gesehen, stellt man fest, dass sie im Grunde doch alle gleich sind. Es nimmt einen nicht mehr ganz so sehr gefangen. Weißt du, was ich meine?«

»Äh, nein.« Lucien lachte. »Nicht so richtig.« Er musterte mich neugierig. »Hast du denn Hunderte Sonnenuntergänge dort oben erlebt?«

Scheiße. Warum hatte ich das gesagt?

Panik wallte in mir auf, die ich hinter einem hohlen Kichern verbarg. »Das war bloß ein Beispiel. Eine Metapher für etwas, das auf den ersten Blick besonders ist, aber nach ein paar Wiederholungen eben nicht mehr.« Meine Schultern sanken herab, als das Gefühl der Beklommenheit zurückkehrte. Lucien hatte gesagt, dass er mich mochte. Aber was, wenn sein Interesse an mir abebbte, weil er merkte, dass ich ebenfalls nichts Besonderes war?

»Ich mag Sonnenaufgänge sowieso lieber«, sagte Lucien plötzlich und schob sich das letzte Stück Brot in den Mund. Er wirkte gelöst und gut gelaunt, wie zuvor. Allerdings bezweifelte ich, dass ihm meine Unsicherheit entging. »Mal abgesehen davon, finde ich es sehr interessant, dass du das so siehst. Meine Formel kommt nämlich zu dem gleichen Ergebnis.«

»Wirklich?«

Schon war er voll in seinem Element. »Ein Parfüm besteht aus dreißig, vierzig, manchmal sogar siebzig unterschiedlichen Aromen. Wir nehmen immer zuerst die Kopfnote eines Parfüms wahr. Deshalb ist sie meistens recht intensiv. Da ist *Hiver* unglaublich ausgewogen in der Duftstoffzusammenstellung. Die Herznote verbleibt oft mehrere Stunden auf der Haut. Sie stellt den eigentlichen Duftcharakter dar. Hier hat meine Formel schon ein leichtes Ungleichgewicht bei *Hiver* ergeben. Aber richtig krass wird es bei der Basisnote. Da stimmt im Grunde gar nichts mehr, obwohl sie eigentlich das Fundament eines Duftes bildet, auf dem die anderen beiden Noten aufbauen.«

Auch wenn es mich selbst überraschte, fand ich seine Analyse erstaunlich faszinierend. Aber was mich noch mehr in den Bann zog, war Luciens stolzer Gesichtsausdruck.

»Also hätte man *Hiver* deiner Meinung nach noch besser machen können?«, fragte ich.

Er nickte. »Vom theoretischen Standpunkt aus betrachtet? Ja. Definitiv.«

»Und hast du das auch dem Leiter der Produktentwicklung gesagt?«

Lucien verdrehte die Augen. »Graham Sinclair würde nicht im Traum auf die Idee kommen, auf einen unerfahrenen Studenten zu hören.«

»Das ist aber schade«, erwiderte ich.

Gleichmütig winkte Lucien ab. »Es wäre eh zu spät gewesen. Als ich die Zusammensetzung des Prototypen in die Hände bekommen habe, war die Produktion schon im vollen Gange. Ich hätte ihn damit nur verprellt. Außerdem wollte ich nicht zu übereifrig rüberkommen.« Er warf mir einen schuldbewussten Blick zu. »Das passiert mir manchmal.«

»Was du nicht sagst«, erwiderte ich belustigt.

Luciens Brauen schossen in die Höhe. »Höre ich da einen Hauch von Sarkasmus heraus?«

Gott, diese braunen Augen machten mich fertig. Ich konnte einfach nicht wegsehen, während meine Wangen verkrampften, weil ich genauso breit lächelte wie Lucien.

»Es ist noch ein Brownie übrig«, sagte er auf einmal, ohne das süße Gebäckstück eines Blickes zu würdigen.

»Iss ihn ruhig.«

Langsam schüttelte er den Kopf. »Wir sollten ihn teilen. So macht man das unter … Freunden.«

Waren wir das jetzt? Freunde?

Es fühlte sich nicht so an. Trotzdem nickte ich. »Okay.«

Lucien nahm das Messer und schnitt den Brownie in vier gleich große Stücke.

Ich zog eine Braue in die Höhe. »Erwartest du noch jemanden?«

Lachend nahm er eins der kleinen Stücke und warf es sich in den Mund.

Ich tat es ihm nach. Allerdings spießte ich mein Stück lieber mit der Gabel auf, mit der ich zuvor den Karottenkuchen verputzt hatte. Als die süße, klebrige Masse in meinem Mund landete, stöhnte ich verzückt auf.

»Du findest *das* gut?«, fragte Lucien. »Dann solltest du mal im Laden meiner Maman vorbeischauen. Wenn du erst ihre Eclairs probiert hast, willst du nie wieder etwas anderes essen.«

»Ist sie Konditorin?«, erkundigte ich mich.

Lucien schüttelte den Kopf. »Nicht nur. Sie führt ein Delikatessengeschäft mit allen möglichen französischen Spezialitäten. Ehrlich gesagt bin ich froh, dass das Délicieux in Queens liegt. Sonst würde ich inzwischen durch die Gegend rollen. Wenn du willst, nehme ich dich irgendwann mal dahin mit.«

Um seine Mom kennenzulernen?

Beinahe verschluckte ich mich an dem zweiten Browniestück. Zum Glück ersparte mir das Klingeln meines Handys eine Antwort. Da es auf der Welt abgesehen von Chloe, Lucien und meiner Chefin nur noch eine Handvoll Leute gab, die diese Nummer hatten, beschloss ich, kurz nachzusehen.

Es war Chloe. Ich runzelte die Stirn. Eigentlich wusste sie, dass ich in diesem Moment mit Lucien zusammensaß. Deshalb verstand ich nicht, warum sie mich gerade jetzt unbedingt sprechen wollte. Erst als ich die Uhrzeit auf dem Display bemerkte, wurde mir klar, warum.

»Verdammt!« Ich schoss von meinem Stuhl hoch, angelte nach meinem Mantel und warf Lucien einen bedauernden Blick zu. »Ich habe total die Zeit vergessen. Eigentlich müsste ich seit zehn Minuten bei der Arbeit sein.«

»Oh!«, erwiderte Lucien und sah nun ebenfalls auf die Uhr, nur um gleich darauf zusammenzuzucken. »Merde!«

Nachdem er sich das letzte Browniestück in den Mund geworfen hatte, stürmten wir beide gleichzeitig zur Tür raus. Dort deutete Lucien nach links. »Ich muss da lang.«

»Und ich dort«, erwiderte ich und zeigte in die andere Richtung.

Für den Bruchteil einer Sekunde versanken wir erneut in den Augen des anderen. Dann lehnte Lucien sich vor und hauchte mir einen unendlich zarten Kuss auf die Wange. »Das war wirklich schön, Barbeau. Lass uns das bald wiederholen, ja?«

Ich nickte benommen, während mein Herz vor Freude ausrastete. Lucien schenkte mir ein letztes, atemberaubendes Lächeln, ehe wir uns voneinander lösten und in entgegengesetzte Richtungen davonhasteten.

Kapitel 9

»Wann meldet sich ein Mann für gewöhnlich nach einem Date?«, fragte ich Chloe, die soeben hinter den Paravent geschlüpft war, um ihre Arbeitskleidung gegen wärmere Klamotten einzutauschen. »Gibt es da irgendeine bestimmte Frist oder so?«

Ich versuchte, lässig zu klingen. Aber in Wahrheit beschäftigte mich die Frage, seit ich aus dem Starbucks gestürmt war. Den ganzen Nachmittag über hatte ich mich zwingen müssen, vorn im Verkaufsraum zu bleiben und nicht heimlich in die Umkleide zu schleichen, um schnell mein Handy zu checken. Jetzt war es kurz nach acht Uhr abends, und mein Display zeigte exakt null Nachrichten und null verpasste Anrufe an.

Das war kein gutes Zeichen, oder?

Chloe kicherte hinter dem Paravent. »Du meine Güte, Ally, du klingst, als hättest du noch nie ein Date gehabt.«

Dates hatte es schon gegeben. Nur war es mir anschließend egal gewesen, ob sich der Kerl noch einmal meldete oder nicht. Ich schnitt eine Grimasse. »Sagen wir einfach, mein Erfahrungsschatz ist etwas begrenzt, was den zeitlichen Ablauf betrifft.«

»Sei nicht so ungeduldig«, sagte Chloe belustigt. »Lucien wird sich sicher bald melden. Schließlich habt ihr euch doch super unterhalten, oder nicht?«

»Schon.« Beklommen rieb ich mir über die Stirn. »Aber vielleicht habe auch nur ich das so gesehen.«

»Blödsinn!«, erwiderte Chloe und trat hinter der Trennwand hervor. Sie hatte ihr Kostüm gegen ein hübsches Glitzeroberteil und knallenge Jeans eingetauscht. »Wahrscheinlich hat er einfach noch zu tun.«

»Klar.« Missmutig zog ich meinen Wollpullover hervor und stülpte ihn mir über den Kopf, während Chloe ihren Spind öffnete. Sie nahm einen Kleiderbügel heraus und hängte sorgfältig ihr Kostüm auf, damit es über Nacht keine Falten schlug.

»Wenn du nicht warten willst, bis er sich meldet, dann ruf du ihn doch an«, schlug sie vor und wackelte mit den Augenbrauen. »Wir leben schließlich nicht mehr im Mittelalter.«

Erschrocken schüttelte ich den Kopf. »Auf keinen Fall.«

»Warum denn nicht?«

Ich musste nicht mal nachrechnen. »Es ist kaum sechs Stunden her, seit wir uns voneinander verabschiedet haben. Das wäre viel zu aufdringlich.«

Chloe lachte auf. »Und was, wenn er genau dasselbe denkt und sich nur deshalb nicht meldet?«

In dem Fall standen uns wohl noch einige zermürbende Stunden bevor. Nachdenklich drehte ich einen Wollfaden zwischen den Fingerspitzen, der sich gelöst hatte. »Er hat gesagt, er will es locker und entspannt angehen. Ganz ohne Zwang.«

Meine Freundin stöhnte auf, als hätte sie Schmerzen. »Was hätte der arme Kerl auch sonst sagen sollen? Du bist nicht gerade besonders aufgeschlossen, wenn es darum geht, neue Freundschaften zu schließen.«

»Das stimmt doch gar nicht«, erwiderte ich kleinlaut.

»Oh, bitte!« Chloe schnaubte. »Wie viele deiner Kommilitonen haben dich in diesem Semester eingeladen, bei ihren Lerngruppen mitzumachen?«

Ich senkte den Blick. »Drei oder vier.«

»Und zu wie vielen bist du gegangen?«

Die Frage war rein rhetorisch gemeint, denn wir kannten beide die Antwort. Meine Wangen wurden heiß. »Ich musste arbeiten.«

»Natürlich«, erwiderte Chloe gedehnt. »An der Uni knüpfst du keine Kontakte, weil du einen Job hast, und im Job hast du keine Zeit für deine

Kollegen, weil du lernen musst. Das ist schon ein kleiner Teufelskreis, findest du nicht?«

»Ich gebe ja zu, dass meine Sozialkompetenz ein bisschen gelitten hat«, räumte ich ein. »Aber ich will das ändern.«

Chloe hob eine Augenbraue. »Wirklich?«

Ich nickte eifrig. »Ja.«

Ein triumphierendes Funkeln trat in ihre Augen. »Dann wird es dich sicher freuen zu hören, dass ein paar von uns heute in der Mittagspause beschlossen haben, gleich noch in den Irish Pub zu gehen.«

Mein Mund klappte auf, doch sofort hob Chloe mahnend die Hand.

»Ah, ah, ah«, sang sie. »Du hast mir gerade erklärt, dass du an deiner Sozialkompetenz arbeiten willst, schon vergessen?«

Alles in mir sträubte sich, diesen Abend umgeben von lauter fröhlichen Menschen zu verbringen. Aber Chloe hatte recht. Das war eine gute Gelegenheit, mich besser in das Team einzufügen und ihnen zu zeigen, dass ich nicht die arrogante Tussi war, die sie in mir sahen. Davon abgesehen wartete zu Hause ohnehin bloß ein Skript über Makroökonomie, auf das ich mich wahrscheinlich sowieso nicht konzentrieren könnte, weil ich ständig auf mein blödes Handy starrte.

»Okay«, stimmte ich zu, und Chloe quietschte vor Freude auf.

»Du wirst sehen, das wird toll!« Sie wirbelte herum und kramte ein bisschen Make-up aus ihrem Spind, bevor sie vor den Spiegel trat und begann, sich die Wimpern zu tuschen.

Verunsichert sah ich an mir herab. Besonders ausgehtauglich war mein Outfit nicht. Unter meinem dicken Wollpullover trug ich noch immer die türkise Bluse, die das Label vorgab. Dazu eine schwarze Stoffhose und Leder-Stiefeletten, die ich vor ein paar Wochen günstig in einem Secondhandladen ergattert hatte. Insgesamt kein Vergleich zu den Designerkleidchen, in denen ich früher mit meiner Clique durch die Bars gezogen war. Aber ein Irish Pub hätte ohnehin niemals zu unseren Anlaufstellen gehört.

»Die anderen sind schon vorgegangen«, informierte Chloe mich, nachdem sie ihre Lippen mit einem knallroten Lippenstift nachgezogen hatte.« Sie warf ihrem Spiegelbild einen Luftkuss zu, ehe sie sich umdrehte. »Wollen wir?«

Ich atmete tief durch. »Klar.«

Nachdem wir unsere Jacken angezogen hatten, verließen wir den Store durch den Haupteingang. Dort war Neill gerade dabei, den Sicherheitscheck durchzuführen. Der ältere Mann, der meistens die Nachtschichten übernahm, wünschte uns einen schönen Abend, bevor er das Tiffany's hinter uns verriegelte.

Wie üblich vergrub ich mein Gesicht sofort bis zur Nasenspitze in meinem Schal, der inzwischen nur noch ganz leicht nach verkokelten Kornblumen roch. Während wir durch die Eiseskälte in Richtung 47. Straße gingen, war Chloe bester Laune, aber als sie kurz ihre E-Mails am Handy las, leuchtete ein Megawatt-Lächeln in ihrem Gesicht auf.

»O mein Gott!«, stieß sie hervor und hüpfte aufgeregt vor mir herum. »Heute sind fünf Bestellungen über meinen Onlineshop eingegangen. Kannst du das glauben?«

Ja, das konnte ich allerdings. Chloes Schmuckstücke waren kreativ und extravagant. Ich war mir sicher, dass ihr eine große Karriere als Schmuckdesignerin bevorstand.

Lachend zog ich sie in eine Umarmung. »Das ist fantastisch. Herzlichen Glückwunsch.«

»Danke.« Sie trat wieder neben mich, und wir setzten unseren Weg fort. »Ich wünschte wirklich, ich hätte das Kapital, um den richtig teuren Scheiß einzukaufen. Stell dir nur mal vor, wie die Armbänder mit lupenreinen Diamanten funkeln würden.«

»Sie sehen auch so toll aus«, versuchte ich, Chloe zu beruhigen, die sich ständig Sorgen machte, ihr Schmuck wäre nicht gut genug, weil sie aus Budgetgründen auf günstigere Materialien zurückgreifen musste.

Sie seufzte. »Vielleicht sollte ich es doch noch mal mit einem Kredit versuchen.«

Das hatte sie schon vor Monaten probiert. Doch die Banken hatten ihre Anträge allesamt abgewiesen, weil ihnen das Risiko zu hoch war.

Ich dachte an meine eigenen Rücklagen, die sich noch immer in vier türkisblauen Schachteln in meinem Kleiderschrank befanden. Bisher hatte ich nur ein Armband verkauft, um die ersten Wochen über die Runden zu kommen, bis ich im Store eigenes Geld verdient hatte. Den Rest hatte ich zwar für Notfälle gebunkert, aber für Chloe war ich durchaus bereit, alles auf eine Karte zu setzen. Was sie auch wusste.

»Ich kann dir das Geld leihen«, sagte ich leise. »Mein Angebot steht nach wie vor.«

»Nein danke.« Entschieden schüttelte sie den Kopf. »Du wirst deinen Schmuck nicht für mich verkaufen.«

»Genau genommen gehört er ja gar nicht mir, sondern meinem Vater.« Ich verzog das Gesicht zu einer zynischen Grimasse. »Er würde eine gute Investition sicher zu schätzen wissen.«

»Und was ist, wenn ich dir das Geld nicht zurückzahlen kann?«, fragte Chloe mit leicht panischem Blick. »Ich stehe erst am Anfang meiner Karriere, und es kann so viel schiefgehen. Ich will nicht, dass unsere Freundschaft darunter leidet.«

Wärme erfüllte mein Herz, weil ich ihr wichtiger war als das Geld. Ich wollte ihr gern sagen, dass sie sich keine Sorgen machen musste. Aber das wäre eine Lüge gewesen. Auf der Welt gab es unglaublich viele talentierte Künstler. Egal, ob es sich dabei um eine Schmuckdesignerin, einen Parfümeur, Schauspieler oder Musiker handelte, sie alle träumten von ihrem großen Durchbruch. Aber das Business war hart, und nur den Wenigsten war dieser Erfolg tatsächlich vergönnt. Alles, was ich tun konnte, war, meine Freundin zu ermutigen, an ihrem Traum festzuhalten.

Vor dem Irish Pub, den wir inzwischen erreicht hatten, blieb ich stehen und sah Chloe ernst an. »Ich glaube an dich, Chloe. Eines Tages wirst du eine gefragte Schmuckdesignerin sein und ganz Manhattan wird dir zu Füßen liegen.«

Ein verräterischer Glanz trat in ihre Augen. Doch dann verzog sie die Lippen zu einem verschmitzten Lächeln. »Was? Nur Manhattan? Nicht die gesamten Vereinigten Staaten?«

»Die ganze Welt«, korrigierte ich uns beide belustigt.

Chloe reckte stolz ihr Kinn vor. »Natürlich.«

Ich öffnete die Tür und deutete eine Verbeugung an. »Nach dir, Glitter Girl.«

Kichernd betrat Chloe den Pub, und ich folgte ihr in das laute Gedränge. Für einen Mittwochabend war der Laden erstaunlich gut besucht, und Irish Folk tönte aus den Boxen hinter der lang gezogenen Bar. Einige Leute saßen an den Tischen, andere standen einfach in der Gegend herum und unterhielten sich.

Etwas weiter hinten gab es zwei Dartautomaten und einen Billardtisch, den das Tiffany's-Team in Beschlag genommen hatte. Vanita und Bethany lieferten sich gerade ein Battle mit Jesse, während Ed mit stoischer Miene an seinem Bierglas nippte. Er war wie ein Felsbrocken inmitten eines tosenden Meeres.

»Komm!«, rief Chloe mir über ihre Schulter hinweg zu, bevor sie sich durch die Menschenmenge arbeitete.

Ich folgte ihr etwas zögerlich, während ich aus reiner Gewohnheit die Gäste abcheckte. Wie erwartet befand sich niemand aus meinem alten Bekanntenkreis in dem Pub, bei dessen Anblick Soraya ohnehin nur die Nase gerümpft hätte.

Jesse schien sich richtig zu freuen, als er uns kommen sah. Sein ganzes Gesicht begann zu strahlen, wohingegen Bethany und Vanita lediglich einen genervten Blick tauschten. Ich versuchte, mich nicht davon verunsichern zu lassen, und winkte in die Runde. »Hallo, Leute.«

»Ally, hey.« Ed klang ebenfalls nicht sonderlich begeistert. Deshalb überraschte es mich ein bisschen, als er Chloe und mich fragte, was wir trinken wollten.

»Was für eine Frage, Eddie«, erwiderte Chloe und klopfte dem Hünen kräftig auf die Schulter, der sich jedoch keinen Millimeter bewegte. Lediglich eine seiner weißblonden Haarsträhnen löste sich minimal aus der Masse und fiel ihm in die Stirn. »Wir nehmen ein Guinness, richtig, Ally?»

Offen gestanden war ich keine Biertrinkerin. Wenn überhaupt, dann griff ich auf Partys eher zu einem Glas Martini oder zu Cocktails. Aber da ich nicht zu anspruchsvoll erscheinen wollte, nickte ich. »Guinness wäre toll. Danke. Soll ich mitkommen und dir beim Tragen helfen?«

Ein überraschter Ausdruck huschte über Eds Züge, ehe er mit seiner Bärenpranke abwinkte. »Nicht nötig. Bin gleich zurück.«

Nachdenklich sah ich ihm hinterher. Ich fragte mich, warum er so erstaunt gewirkt hatte. Es war ja schließlich nicht so, als hätte ich ihm noch nie meine Hilfe bei etwas angeboten.

Oder?

Ich grübelte immer noch, als Vanita den Queue ansetzte und die weiße Kugel anvisierte. Der konzentrierte Ausdruck auf ihrem Gesicht ließ ihre indischen Wurzeln etwas schärfer hervortreten. Sie war eine wirklich hübsche Frau in den Zwanzigern, die ihre Traditionen ehrte, und auch wenn sie in ihrer Freizeit auf einen Sari verzichtete, so war ihr Oberteil über der schwarzen Jeans doch farbenprächtig und bestickt mit feinen Ornamenten, die perfekt zu ihren Augen passten. Das lange schwarze Haar fiel ihr dick und glänzend über die Schulter.

Jesse hatte sich lässig an einen Barhocker gelehnt. Er schien Vanita zuzusehen, aber ich wurde das Gefühl nicht los, dass sein Interesse eher auf Chloe lag, die sich neugierig über den Billardtisch beugte. Darauf lagen sechs volle und zwei halbe Kugeln und mittendrin die schwarze Acht.

»Welche habt ihr?«, fragte Chloe, doch weder Bethany noch Vanita kamen dazu, etwas zu sagen, weil Jesse sofort antwortete.

»Ich habe die Vollen.« Seine Wangen röteten sich ein wenig, als Chloe vom Tisch auf- und ihn ansah. »Aber irgendwie klappt es heute nicht so ganz.«

Chloe schob die Ärmel ihres Glitzeroberteils ein Stück nach oben. »Brauchst du ein bisschen Glück?«

Ein Funkeln trat in Jesses Augen. »Wer braucht das nicht?«

»Was ist mit dir, Ally?«, fragte meine Freundin, an der Jesses unbeholfener Flirtversuch einfach abprallte.

Als Jesses breite Schultern vor Enttäuschung herabsanken, schüttelte ich schnell den Kopf. »Spielt lieber allein. Ich bin furchtbar schlecht im Billard.«

Bethany, die ihr Kostüm ebenfalls gewechselt hatte und jetzt ein hübsches blaues Strickkleid trug, kicherte. Dabei wippte ihr blonder Pferdeschwanz fröhlich hin und her »In der Upper East Side wird wahrscheinlich lieber im Casino gezockt.«

Wie sehr ich mir wünschte, ich hätte ihr widersprechen können. Aber leider stimmte es, was sie sagte. Wenn ich mich mit meiner Clique zu einem *Spieleabend* getroffen hatte, waren wir meistens ins Empire gefahren, wo wir bis zum Morgengrauen Geld verspielten, das uns nicht gehörte. Niemand hatte sich je über die Verluste beklagt. Der Kick war es uns wert gewesen, auch wenn man den sicher billiger hätte haben können.

Als ich jetzt an all die Verschwendung dachte, brannte mein Inneres vor Scham. Dennoch wich ich Bethanys herausforderndem Blick nicht aus, sondern lächelte sie freundlich an. »Ehrlich gesagt finde es hier besser.«

»Ach, wirklich?«, fragte Vanita ungläubig, bevor sie mit Wucht den Queue nach vorn stieß, woraufhin die Kugeln über das Grün rollten. Eine weitere Halbe landete im Seitenloch. Zufrieden stemmte sie den Queue auf den Boden und stützte sich am Tisch ab. »Du findest es hier schöner als in einer Luxuslounge?«

»*Schön* ist vielleicht nicht das richtige Wort«, räumte ich ein. »Aber man kann sich besser unterhalten und kennenlernen. Bisher sind wir ja noch gar nicht richtig dazu gekommen.«

Erneut tauschten meine Kolleginnen einen Blick, während ich vor Aufregung die Luft anhielt. Jesse und Chloe nickten mir aufmunternd zu, aber es war Bethanys und Vanitas Urteil, das darüber entschied, wie dieser Abend verlaufen würde. Wenn sie mich abblitzen ließen, würde das Ganze hier sehr peinlich werden.

Bethany war deutlich anzusehen, dass ihr die Frage auf der Zunge lag, wessen Schuld es wohl war, dass wir bisher kaum ein Wort miteinander gewechselt hatten. Doch zu meiner Erleichterung lenkte Vanita ein und schenkte mir ein spöttisches Grinsen.

»Ich hatte mal ein Date auf der Pferderennbahn«, sagte sie. »Wir haben die ganze Zeit über den Zustand der Gäule diskutiert. Am Ende haben wir beide hundert Mäuse verloren, aber der Typ hatte so schlechte Laune, dass er sich danach direkt vom Acker gemacht hat. Ich musste mit dem Bus nach Hause fahren.«

Chloe lachte. »Das ist ja furchtbar.«

»Es war mir auf jeden Fall eine Lehre«, erwiderte Vanita belustigt und gab den Queue an Jesse weiter, der schweigend zugehört hatte. »Also, merk es dir, mein Großer. Geh nie mit einer Frau zu einer Wettveranstaltung, wenn du sie für dich gewinnen willst.«

»Oder trag deinen Verlust mit Fassung«, fügte Bethany hinzu.

In dem Moment kehrte Ed mit einem Tablett voller Guinness zurück und stellte es auf dem Stehtisch ab. Er schien einen Teil des Gespräches mitbekommen zu haben, denn er verkündete frei heraus: »Ich habe meine Frau in Las Vegas geheiratet.«

Ich blinzelte überrascht, da ich gar nicht gewusst hatte, dass er überhaupt verheiratet war.

Chloe war natürlich sofort dabei. »So richtig mit Elvis als Trauzeuge und allem Drum und Dran?«

Ed nickte, und ein feines Lächeln trat auf seine Züge. »Wir sind mit achtzehn durchgebrannt.«

»Das ist ja so schön«, schwärmte Chloe, während Bethany die Stirn runzelte.

»Nichts für ungut, Eddie, aber was soll daran schön sein, ohne Familie und Freunde zu heiraten?«, fragte sie.

Chloe schnaubte. »Man heiratet aus Liebe und nicht wegen anderen Leuten oder aus taktischen Gründen.«

Obwohl ich es nicht wollte, tauchten plötzlich die Gesichter von meinem Vater und Tristan vor mir auf, die beide unermüdlich von den Vorteilen dieser Verbindung gesprochen hatten. Wahrscheinlich hatte mein Vater im Geiste bereits einen Ehevertrag für mich aufgesetzt.

»Himmel, Chloe!« Ergriffen legte Jesse sich die Hand aufs Herz. »Ich wusste gar nicht, dass du so romantisch bist.«

Sie verdrehte die Augen, während sie ihm den Queue abnahm. »Das hat nichts mit Romantik zu tun, sondern mit gesundem Menschenverstand. Wenn man vorhat, sich für den Rest seines Lebens an eine andere Person zu binden, sollte man sie zumindest richtig, richtig gernhaben. Andernfalls geht man sich früher oder später an die Gurgel. Stimmt's, Ed?«, fragte sie, ehe sie den Queue anlegte und die weiße Kugel anvisierte.

Natürlich richteten sich nun sämtliche Blicke auf Ed, der sich verlegen am Hinterkopf kratzte. »Also, ich mag meine Frau schon recht gern.«

Bethany lachte. »Meine Güte! Überwirf dich nur nicht vor Lobeshymnen.«

»Also, ich finde, das war schon recht emotional für Eds Verhältnisse«, wagte ich einzuwerfen und erntete zu meiner Freude aufrichtiges Gelächter. Auch Ed grinste.

Amüsiert nahm Jesse ein Bier vom Tisch. »Tief in deinem Inneren bist du eben doch ein Schmusebär, nicht wahr?«

Mit einem Mal wurde Eds Miene finsterer als finster. »Meine Frau ist die Einzige, die mich Bärchen nennen darf.«

Allein die Vorstellung, wie irgendjemand den bulligen Security mit so einem Spitznamen bedachte, löste eine weitere Lachsalve aus, die quer durch den Pub hallte. Zahlreiche Leute drehten sich neugierig in unsere Richtung. Allerdings schien sich niemand daran zu stören.

Jesse reichte mir das Bier, das ich dankend annahm, während Chloe mal eben zwei Volle auf einmal versenkte. Das Spiel war trotzdem nicht mehr zu retten. Aber darum ging es auch gar nicht.

Je mehr Zeit verstrich, umso klarer wurde mir, dass ich es hier mit einer völlig anderen Gruppendynamik zu tun hatte. In meiner alten Clique war Konkurrenzdenken omnipräsent. Jeder trug einen Kampf mit jedem aus. Wer hatte die besten Sprüche auf Lager? Welche Frau trug das schönste Kleid? Welcher Kerl schaffte die meisten Drinks? Wer hatte an diesem Abend die vorzeigbarste Eroberung zu verbuchen? Immer war es nur darum gegangen, andere zu übertrumpfen. Aber hier wollte man nicht gemeinsam die Zeit mit manipulativen Spielchen totschlagen, sondern einfach Spaß haben. Wenn Jesse jede Kugel danebenhaute, machte ihn deswegen niemand fertig. Klar wurde er ordentlich aufgezogen, aber nie persönlich angegriffen.

Und sie alle hörten einander zu.

Bethany hatte eine kranke Mutter, um die sie sich neben der Arbeit kümmerte. Vanita hatte sich für ein Austauschprogramm beworben und hoffte darauf, bald ein Jahr nach London zu gehen. Ed schob jede Woche Überstunden, weil er seiner Frau eine Kreuzfahrt schenken wollte. Und dann war da noch Jesse, der Chloe praktisch nicht aus den Augen ließ, was diese wiederum überhaupt nicht zu bemerken schien. Stattdessen wirbelte sie um den Billardtisch herum, und nach zwei weiteren Partien hatte sie mich so weit, dass ich der Versuchung nicht länger widerstehen konnte und ebenfalls mitspielte.

Inzwischen hatte ich fast das zweite Glas Guinness geleert. Aber nicht der Alkohol ließ mich übermütig werden, sondern die Tatsache, dass mich meine Kollegen in ihren Kreis aufgenommen hatten, obwohl ich mir im letzten halben Jahr entschieden zu wenig Mühe gegeben hatte, sie besser kennenzulernen. Selbst Bethany schien ihre Vorbehalte gegen mich abgelegt zu haben, denn sie hüpfte sofort von ihrem Stuhl hoch, als wir die Teams neu zusammenstellten.

»Ich spiele mit Ally.« Sie grinste breit. »Wollen doch mal sehen, was unsere Upper-East-Side-Prinzessin so draufhat.«

Innerlich zuckte ich etwas zusammen, obwohl ihr anzusehen war, dass sie bloß einen Witz machte.

»Ich setze eine Runde aus«, kündigte Vanita an, und da Ed ohnehin lieber in Ruhe sein Guinness trank, blieben nur noch Jesse und Chloe.

Hätten nur Jesse und ich gespielt, hätte die Partie vermutlich noch die ganze Nacht lang gedauert, weil wir keine einzige Kugel ins Loch manövrieren konnten. Dafür sorgten ausschließlich Chloe und Bethany. Aber das war in Ordnung. Wir hatten trotzdem unseren Spaß.

Als wir eine weitere Stunde später beschlossen, die Runde aufzulösen, war ich tatsächlich ein wenig traurig, denn der Abend hatte mir nicht nur die erhoffte Ablenkung gebracht, sondern mir wirklich gut gefallen.

»Siehst du!«, meinte Chloe triumphierend, sobald wir in die Subway in Richtung West Harlem stiegen. »Ich hatte recht. Du hast dich amüsiert.«

»Ja.« Da sich meine Füße nach diesem endlos langen und aufregenden Tag bleischwer anfühlten, ließ ich mich auf die nächste Bank fallen. »Danke, dass du mich überredet hast mitzukommen.«

Chloes Blick fiel auf meine Hände, die ich in die Handtasche auf meinem Schoß krallte. Sie verdrehte die Augen. »Ach, nun sieh schon nach.«

Ich biss mir auf die Lippen, um mein Grinsen zu kaschieren, riss den Reißverschluss auf und kramte mein Handy hervor.

Null verpasste Anrufe. Keine neuen Nachrichten.

Enttäuschung zerrte an meinem Magen. »Immer noch nichts.«

»Ich finde, du solltest aufhören, dich zu quälen, und ihm eine Nachricht schicken.«

»Aber es ist schon nach elf«, wandte ich zögerlich ein.

»Na und? Er ist sicher noch wach.« Neugierig neigte Chloe den Kopf. »Hast du eigentlich ein Foto von ihm?«

Ich wollte den Kopf schütteln, doch dann fiel mir wieder ein, dass es ja durchaus Bilder von ihm gab. Da ich selbst überaus gespannt war, öffnete ich die YouTube-App und suchte nach den Interviews, von denen er mir erzählt hatte. Sofort spuckte die Suche einige Clips aus, und ich klickte wahllos einen an.

Chloe beugte sich über mich und atmete scharf ein. »Ist das Cynthia Montgommery?«

»Ja. Sie war auch bei der Gala«, erklärte ich, während ein Intro über das Reality-Sternchen lief. »Lucien hat mir erzählt, dass sie oben in der VIP-Lounge war, wo auch die Interviews geführt wurden.«

»Es gab eine VIP-Lounge?«, fragte Chloe schrill. »Verdammt. Wenn ich das eher gewusst hätte.«

Das Intro endete, und ein neues Bild wurde eingeblendet. Darauf zu sehen waren zwei Sessel, die schräg zueinander standen. Im linken saß Cynthia in einer atemberaubenden Designerrobe und rechts grüßte Lucien mit seinem verschmitzten Lächeln in die Kamera. Er sprach ruhig und flüssig, aber gewisse Gesten schien er auch vor der Kamera nicht lassen zu können. Mehrfach fuhr er sich durch die Haare oder rieb sich über das Knie.

»Du meine Güte«, murmelte Chloe. »Seine Nervosität ist irre niedlich, und dann dieses freche Funkeln in den Augen. Kein Wunder, dass du derart von der Rolle bist.«

»Du denkst, er ist nervös?«, fragte ich erstaunt.

Sie warf mir ihren berühmten Ist-das-dein-Ernst-Blick zu, ehe sie sich wieder auf den Clip konzentrierte, in dem Cynthia gerade feststellte, dass Lucien die Show, die sie berühmt gemacht hatte, gar nicht kannte.

Er stieß ein atemloses Lachen hervor. »Natürlich habe ich schon davon gehört. Wer hat das nicht? Aber gesehen habe ich die Show bisher noch nicht.«

»Oh, oh, da fühlt sich aber jemand ertappt«, murmelte Chloe amüsiert. »Wahrscheinlich betet er im Stillen, dass sie nicht aufsteht und davonmarschiert.«

»So lacht er in meiner Gegenwart auch manchmal«, gestand ich leise.

»Und da wunderst du dich wirklich, warum er sich nicht meldet?« Chloe schüttelte den Kopf. »Ich wette, er ist einfach nur unsicher.«

»Meinst du?«

Chloe verdrehte nur die Augen, während Cynthia in dem Interview davon erzählte, wie sie von ihrem Bräutigam abgewiesen wurde. Lucien schien vor lauter Mitgefühl vergessen zu haben, dass eine Kamera auf ihn gerichtet war.

»Das muss furchtbar gewesen sein«, sagte er, und sein sanfter Tonfall verzauberte offenbar nicht nur mich. Chloe seufzte leise auf, während in Cynthias Augen Interesse aufflackerte.

»Ich habe immer nur Pech mit den Männern«, meinte sie und lehnte sich ihm ein Stück entgegen. »Vielleicht sollte ich mein Glück bei dir versuchen?«

Erneutes atemloses Lachen. »Ich fühle mich geehrt. Aber ich bin bereits vergeben.«

Gut, dass wir das vor zwei Tagen geklärt hatten. Sonst wäre ich spätestens jetzt der Verzweiflung nahe gewesen.

»Ganz sicher?«, hakte Cynthia nach.

»O ja. Sie ist definitiv etwas Besonderes.«

Plötzlich war Cynthia diejenige, die die Fragen stellte. »Wie habt ihr euch kennengelernt?«

Lucien zögerte. »Wir … äh … wir sind zusammengestoßen.«

Mein Herz setzte aus, während Chloe scharf Luft holte.

»Zusammengestoßen?«, fragte Cynthia nach.

»Genau.« Lucien lächelte geheimnisvoll, und ich war froh, dass ich schon saß, weil ich sonst umgekippt wäre. »Aber genug von mir. Verrate uns doch, was du von *Hiver* hältst? Magst du den Duft?«

Selbstverständlich geriet Cynthia sofort ins Schwärmen über das einzigartige Parfüm, während Lucien mit einem Mal ganz rastlos wirkte. Er verlagerte mehrfach das Gewicht, als wollte er am liebsten aufstehen und gehen. Zu diesem Zeitpunkt hatte er noch nicht gewusst, ob ich zur Release-Gala gekommen war.

Ich wünschte, ich wäre doch geblieben.

»Er hat von dir gesprochen«, flüsterte Chloe ehrfürchtig.

»Ja.« Mein Lachen klang nun ebenfalls ein bisschen atemlos. »Es sei denn, es ist eine nervige Angewohnheit von ihm, andere Frauen über den Haufen zu rennen.«

»Das glaubst du jetzt nicht wirklich, oder?«

»Natürlich nicht.«

Der Lautsprecher knackte, und unser Halt wurde durchgesagt. Hastig schob ich das Handy in meine Handtasche und stand auf.

»Du musst ihm schreiben, Ally«, beschwor Chloe mich, als die Subway in den Bahnhof rauschte. Schon wieder glitzerten kleine Herzchen in ihren blauen Augen. »Das, was er da gesagt hat, war genauso schön wie im Film.«

Ich seufzte leise, denn im Grunde konnte ich ihr nur recht geben.

Schweigend stiegen wir aus und gingen in gemächlichem Tempo zum Ausgang. Die ganze Zeit über versuchte ich, eine Entscheidung zu treffen, und kaum waren wir an der frischen Luft, schaltete ich meinen Verstand aus, zog mein Handy wieder hervor und tippte eine Nachricht an Lucien.

Chloe quietschte vor Aufregung. »Was hast du geschrieben?«

»Hey.«

Ihr Lächeln fiel in sich zusammen. »Hey?«

»Hätte ich noch ein Emoji dazupacken sollen?«, fragte ich unsicher.

Chloe schlug sich die Hände vors Gesicht. »O mein Gott, Ally. Du hast echt keine Witze gemacht, als du sagtest, dass du keine Erfahrung in so was hast, oder?«

Panik machte sich in mir breit. »Was hätte ich denn noch schreiben sollen? Ich habe ihm doch schon gesagt, dass ich unsere Mittagspause im Starbucks schön fand und dass ich hoffe, dass wir das bald wiederholen.«

»Na, du hättest ihn ja auch etwas fragen können, um eine Reaktion zu provozieren und dein Interesse an ihm zu zeigen, zum Beispiel wie es ihm geht oder ob er noch einen schönen Nachmittag hatte oder wie es heute in der Firma lief oder …«

»Ist ja schon gut. Ich hab's kapiert.« Angespannt starrte ich auf das offene Chatfenster und grübelte, was ich ihm noch schreiben könnte. Doch bevor ich dazu kam, etwas zu tippen, schrillte plötzlich das Klingeln meines Handys durch die Nacht. Vor Schreck hätte ich es beinahe fallen lassen.

»Geh ran!«, drängte Chloe mich aufgeregt. »Bestimmt ist er das.«

Aufgeregt überprüfte ich das Display. »Anonymer Anrufer.«

Chloe winkte ab. »Wahrscheinlich hat er bloß seine Rufnummer unterdrückt. Jetzt mach schon! Erzähl ihm irgendwas Schönes.«

Mein Herz stimmte ihr mit tosendem Beifall zu. Ich atmete einmal kurz durch, während mir Tausende mögliche Themen durch den Kopf rauschten. Dann nahm ich das Gespräch an. »Hallo?«

»Hallo, Allison.«

Das breite Grinsen, das eben noch dabei gewesen war, sich in meinem Gesicht auszubreiten, erstarrte. Genau wie mein ganzer Körper.

Das war nicht Lucien.

Natürlich nicht. Warum sollte er auch mit unterdrückter Nummer anrufen?

Meine Nackenhaare stellten sich auf, als ein trügerisch sanftes Lachen erklang. Der Soundtrack meiner Albträume.

»Freust du dich denn gar nicht, meine Stimme zu hören?«

»Woher hast du diese Nummer?«, stieß ich hervor und gab mir keine Mühe, freundlich zu klingen.

»Das war gar nicht so einfach«, erwiderte Tristan aalglatt. »Aber zum Glück habe ich ein paar Kontakte auf der Release-Gala nutzen können. Du weißt ja, wie das läuft.«

Und wie ich das wusste. Ich konnte praktisch vor mir sehen, wie er gelangweilt die Augen verdrehte. Wahrscheinlich erzählte er mir gleich noch in allen Einzelheiten, wen er flachgelegt hatte, um an meine Nummer zu kommen. Allerdings hatte ich sie niemandem gegeben. Mein Blick zuckte zu Chloe, die nun besorgt die Stirn runzelte.

»Spar dir die Details«, fauchte ich in das Telefon. »Und ruf mich nie wieder an.« Bevor dieser Vollidiot noch etwas sagen konnte, legte ich auf und schaltete das Handy aus. Ich bezweifelte, dass ihn das auf Dauer davon abhalten würde, mich zu kontaktieren. Aber ich hatte jetzt keine Nerven für ihn. Stattdessen sah ich meine Freundin an.

»Chloe«, sagte ich langsam und versuchte, jeglichen Ärger aus meiner Stimme herauszuhalten. »Hast du auf der Gala irgendjemandem meine Handynummer gegeben?«

»Was? Nein, ich …« Plötzlich stutzte sie und wurde blass. »Das heißt, doch, da gab es dieses Wahnsinnsgewinnspiel, bei dem man eine Luxusreise in die Schweizer Alpen gewinnen konnte. Ich dachte, eine bessere Gelegenheit kriege ich nicht, um dir zu zeigen, wie dankbar ich dir für den Abend bin.« Zerknirscht verzog sie das Gesicht. »Ich habe Mist gebaut, oder?«

Was sollte ich da sagen? Ich zitterte noch immer vor Entsetzen, weil Tristan mir schon wieder einen Schritt näher gekommen war.

»Es tut mir leid«, sagte Chloe leise. »Das war dieser Scheißkerl, oder? Wenn ich geahnt hätte, dass er dadurch an deine Nummer gelangt, hätte ich sie niemals in das Formular eingetragen. Ich hatte angenommen, ein Unternehmen wie Noélle nimmt das Thema Datenschutz besonders ernst, wenn man bedenkt, wer alles auf der Gästeliste stand.«

»Das Unternehmen tut das ganz sicher«, erwiderte ich frustriert und versuchte, meinen Zorn zu dämpfen. Schließlich hatte Chloe nur mit den besten Absichten gehandelt, und es war nicht ihre Schuld, dass Tristan offenbar keine Mühe gehabt hatte, eine Mitarbeiterin von Noélle um den Finger zu wickeln.

»Es tut mir echt leid, Ally«, wiederholte meine Freundin.

»Schon gut. Lass uns einfach nach Hause gehen.« Mit einer fahrigen Geste deutete ich auf den Fußweg, und erst jetzt fiel mir auf, wo wir waren.

Vor genau einer Woche um diese Zeit war ich mit Lucien hier entlangspaziert. Wir hatten über die Leuchtfiguren in den Hauseingängen gelacht und überlegt, welche Motive noch fehlten, um die Weihnachtsdekoration zu vervollständigen. Da erregte ein leuchtender Hirsch meine Aufmerksamkeit. Er war letzte Woche noch nicht da gewesen.

Kurz überlegte ich, mein Handy wieder einzuschalten, ein Foto von der kitschigen Figur zu machen und es Lucien zu schicken.

Doch ich tat es nicht. Zu groß war meine Angst, dass Tristan mich erneut anrief.

Kapitel 10

Am nächsten Morgen packte ich gerade in aller Eile meine Unterlagen zusammen, als mein Handy den Eingang mehrerer Nachrichten verkündete. Diesmal erschrak ich nicht, denn ich wusste, dass sie von der Collegeleitung kamen, die jeden Morgen aktuelle Mitteilungen in den Verteiler jagte. Ein Hoch auf die Ivy League.

Ich unterdrückte ein Gähnen. Letzte Nacht hatte ich nicht geschlafen, sondern stundenlang gegrübelt. Ein Teil von mir wollte unbedingt wissen, ob Lucien geantwortet hatte, aber der andere Teil hatte Angst, dass Tristan erneut anrief.

Leider war mir erst um vier Uhr morgens eingefallen, wie ich das Problem mit Tristan beheben konnte. Dabei war die Lösung denkbar einfach. Ich hatte also mein Handy wieder eingeschaltet, mit klopfendem Herzen die vier verpassten Anrufe überprüft und anschließend eine spezielle App aktiviert, mit der ich fremde Nummern blockieren konnte. Nachrichten von Nummern, die ich nicht eingespeichert hatte, landeten nun im Spam, und Anrufe wurden direkt auf die Mailbox weitergeleitet. Sollte Tristan die doch vollquatschen.

Lucien hatte sich auf meine wahnsinnig eloquente Nachricht nicht gemeldet, was mich auch noch um den restlichen Schlaf gebracht hatte. Deshalb war ich gegen fünf Uhr aufgestanden, hatte mir einen Kaffee gemacht und mir Makroökonomie vorgenommen. Es grenzte an ein Wunder, dass ich dabei nicht doch eingeschlafen war. Trotzdem war ich nun ziemlich spät dran, wenn ich noch rechtzeitig im Hörsaal sein wollte.

Chloe – die Glückliche – lag noch selig in ihrem Bett, als ich unser

Apartment verließ und durch die beißende Kälte zur Bushaltestelle hetzte. Draußen war es immer noch dunkel. Aber auf der Amsterdam Avenue herrschte bereits rege Betriebsamkeit. Ich schaffte es gerade noch zum vollgestopften Linienbus, der mich zur wirtschaftlichen Fakultät bringen würde.

Sobald ich festen Stand unter den Füßen hatte, zog ich mein Handy hervor, um die College-Mitteilungen zu lesen. Da bemerkte ich ein weiteres Chatfenster, und mein Herz machte einen Satz.

Lucien hatte mir vor zehn Minuten geschrieben.

Hey.

Ich lachte. Sonderlich clever stellten wir uns wohl beide nicht an. Es sei denn natürlich, er zog mich gerade auf. Ich beschloss, es drauf ankommen zu lassen, und tippte.

Guten Morgen.

Eine Sekunde später klingelte mein Handy. Lucien.

Ich verbiss mir ein Lächeln und nahm das Gespräch an. »Hallo?«

»Guten Morgen«, sagte Lucien, und diesmal rann ein sanftes Kribbeln durch meinen Magen. »So früh schon auf den Beinen?«

»Ich bin gerade auf dem Weg zur Uni. Und du?«

»Auf dem Weg ins Büro.« Er räusperte sich, als wäre er nervös. »Sorry, dass ich mich gestern nicht mehr gemeldet habe. Ich war noch lange im Labor, und als ich deine Nachricht gesehen habe, war es schon mitten in der Nacht. Da wollte ich dich nicht wecken.«

»Das macht doch nichts«, erwiderte ich sofort.

»Ich hätte mich gern früher gemeldet, aber ich wollte nicht, dass du mich für einen nervigen Freak hältst.«

Seine Worte sorgten dafür, dass ich nun in einem überfüllten Bus umherschwankte und zwischen lauter schlecht gelaunten Morgenmuffeln wie ein Honigkuchenpferd grinste. »Das hätte ich nicht.«

»Wirklich?« Er lachte leise. »Gut zu wissen. Dann kann ich dich ja jetzt mit Nachrichten bombardieren.«

»Okay, in dem Fall würde ich dich dann eventuell doch für einen nervigen Freak halten«, räumte ich belustigt ein, während ich ein Stück zur Seite wich, weil sich noch mehr Leute in den Bus quetschten. »Wie lief es im Labor? Bist du deinem perfekten Duft näher gekommen.«

»Vielleicht ein bisschen.« Plötzlich klang er ganz aufgeregt. »Ich würde es dir gern zeigen und deine Meinung dazu hören.«

Prompt beschleunigte sich mein Puls. Trotzdem versuchte ich, cool zu bleiben. »Klar, kein Problem.«

»Hast du heute Zeit?«

Mein Nacken verspannte sich. Denn obwohl ich mir eigentlich wünschte, Lucien so schnell wie möglich wiederzusehen, mahnte mich eine leise Stimme in meinem Kopf nun, die Sache nicht zu überstürzen. »Ich muss nach der Uni arbeiten.«

»Wie wäre es danach?«, schlug Lucien vor. »Ich könnte dich abholen und es dir zeigen, und wenn du willst, könnten wir dann noch etwas zusammen trinken gehen.«

Plötzlich war ich hin- und hergerissen. Ich wollte Lucien wirklich gern wiedersehen. Doch die Stimme wurde immer lauter. Ich konnte es nicht verhindern. Ihn in begrenzten Zeiträumen zu treffen, erschien mir sicherer als ein Abend mit offenem Ende. Er ging mir jetzt schon viel zu sehr unter die Haut. »Wie wäre es mit morgen Mittag?«

»Okay«, erwiderte er. Allerdings konnte ich dem kleinen Wörtchen nicht entnehmen, ob ihn meine Antwort enttäuschte. »Neigst du zum Frieren?«

Ich runzelte die Stirn. »Kommt drauf an, was ich anhabe.«

Lucien seufzte schwer. »Wahrscheinlich werde ich es bereuen, aber könnten wir uns vielleicht draußen treffen?«

»Draußen?«, wiederholte ich und überlegte, ob ich es eine Stunde in der klirrenden Kälte aushalten würde.

»Grundsätzlich sind Kaffeebohnen spitze, um die Nase zu neutralisieren. Aber wenn wir irgendwo essen gehen, sind einfach zu viele Gerüche im Spiel. Das würde deinen Eindruck verfälschen. Deshalb dachte ich, ich besorge alles, was wir brauchen, und wir machen ein Picknick in den Channel Gardens.«

Allein die Vorstellung ließ mich frösteln. Andererseits fand ich den Gedanken, mit ihm in dieser bezaubernden Kulisse zu sitzen, unerwartet schön. Also stimmte ich zu, und wir verabredeten uns zur selben Zeit wie am Tag zuvor.

Ich rechnete fest damit, dass ich bis dahin nichts mehr von Lucien hören würde. Doch meine Drohung, dass ich ihn dann für einen Freak halten könnte, schien er nicht wirklich ernst genommen zu haben, denn in den folgenden Stunden schickte er mir ständig Nachrichten. Und weil meine Vorlesungen ohnehin stinklangweilig waren und ich nicht widerstehen konnte, schrieb ich zurück.

Lucien wollte jedes noch so belanglose Detail über mein Leben erfahren. Gleichzeitig teilte er seinen Alltag mit mir. Ehrlich gesagt hatte ich bisher nie verstanden, was Leute dazu trieb, sich Bilder von ihrem Mittagessen oder von anderen Dingen zu schicken. Bei Lucien hingegen fand ich es unglaublich spannend, und deshalb fühlte ich mich auch herausgefordert, ihm nachzueifern. Den ganzen Tag über glühte mein Handy.

Er zeigte mir seinen Schreibtisch bei Noélle.

Ich knipste heimlich ein Foto vom Hörsaal.

Er ließ mich an seinem Mittagessen teilhaben, das überraschend lecker aussah.

Ich schickte ihm ein Foto von meinem abgepackten Sandwich, das ich mir auf dem Weg zur Arbeit gekauft hatte.

Er demonstrierte mir, wie er mit gespielt konzentrierter Miene einen auf verrückten Professor machte.

Ich überlegte, ihm ein Selfie von mir im Tiffany's-Outfit zu senden, kniff dann jedoch und machte lediglich ein Foto von dem Paravent, hinter dem ich mich gerade umgezogen hatte.

Eine Flut an Emojis – erst staunend, dann weinend – folgte.

Lachend schloss ich mein Handy im Spind ein, ehe ich meinen Dienst antrat. Und zum ersten Mal, seit ich hier arbeitete, packte mich keine nervöse Unruhe, als ich nach vorn in den Verkaufsraum trat und meinen Platz hinter den Tresen einnahm. Denn als ich vorhin in den Store getreten war, hatte Jesse mir mit einer aberwitzigen Verbeugung die Tür aufgehalten, Chloe hatte mir einen Kussmund zugeworfen und Vanita und Bethany hatten mich freundlich angelächelt. Alles war gut. Die Welt war schön.

Und dann war sie es nicht mehr.

Das war das Problem, wenn man leicht verstrahlt vor Glück durchs Leben ging. Man übersah die kleinen Details, auf die man zuvor stets ganz genau geachtet hatte. Wobei man bei dem großen, schlanken Mann, der aus dem Nichts vor mir erschienen war, nicht wirklich von *klein* reden konnte.

»Dad!«, keuchte ich, vollkommen fassungslos darüber, dass ich ihn nicht eher bemerkt hatte.

Winston Harford hatte sich kein bisschen verändert, seit ich ihn zuletzt gesehen hatte. Sein maßgeschneiderter grauer Anzug saß tadellos, und sein an den Schläfen ergrautes Haar war akkurat frisiert. Er war der Inbegriff eines Mannes, der mit zunehmendem Alter immer eindrucksvoller wurde. Jede Pore verströmte eine Aura von Macht, und nicht wenige Leute im Store musterten ihn voller Ehrfurcht. Wie sehr ich seine Wirkung immer verabscheut hatte. Niemand schien wahrzunehmen, wie kalt sein Blick war und wie herzlos sein Wesen. Ich suchte vergeblich nach Reue oder Scham in seiner Miene.

»Allison«, sagte er steif, die Augen voller Missbilligung geschmälert. »Auf ein Wort.«

Es war offensichtlich, dass er nicht hier war, um sich zu entschuldigen, und obwohl ich nie etwas in diese Richtung erwartet hatte, tat diese Erkenntnis dennoch verdammt weh. Früher hätte ich diesen Schmerz verborgen. Aber jetzt nicht mehr. Meine Augen brannten, als ich ihn voller Verachtung ansah. Was immer der Grund für sein plötzliches Erscheinen sein mochte, er würde mir nicht gefallen. Deshalb würde ich gar nicht erst fragen.

Ich straffte die Schultern. »Ich wüsste nicht, was wir zu besprechen hätten.«

Seine Nasenflügel blähten sich. »Du wirst mich anhören.«

Ich schnitt eine zynische Grimasse. »Mach hier bitte keine Szene, Daddy. Was sollen denn die Leute denken?«

Rote Flecken erschienen auf seinem Hals, ein untrügliches Zeichen dafür, dass ich einen Nerv getroffen hatte. Trotzdem gab er noch nicht auf. »Tristan sagte mir, du weigerst dich, seine Anrufe entgegenzunehmen.«

Das klärte wohl die Frage, warum er aus heiterem Himmel hier auftauchte. Ich konnte mir ein Lachen beim besten Willen nicht verkneifen. »Also ist er wieder zu dir gerannt, damit du mir ins Gewissen redest?«

»Ich bin nicht sein Adjutant«, erwiderte mein Vater schroff und lehnte sich ein Stück vor, um mit leiser, drohender Stimme fortzufahren. »Allerdings habe ich langsam genug von deiner infantilen Revolution. Du wirst diesen albernen Job sofort aufgeben und dich auf deine Zukunft konzentrieren.«

Ich wusste nicht, wie oft ich in den letzten Monaten darüber nachgedacht hatte, ob meine Entscheidung, meinem alten Leben den Rücken zuzukehren, richtig gewesen war. Denn obwohl ich so viel Glück gehabt hatte mit Chloe, unserer WG und dem Job bei Tiffany's, gab es Tage, an denen ich vor lauter Erschöpfung kaum noch klar denken konnte. In solchen Momenten war ich gelegentlich ein bisschen schwach geworden und hatte mir mein altes Luxusleben zurückgewünscht. Jetzt aber war ich einfach nur verdammt froh über meinen Entschluss.

Ich grinste meinen Vater an. »Und wenn nicht? Was willst du dann machen?«

Seine Kiefermuskeln traten hervor, als er sehr fest die Zähne aufeinanderbiss. Ihm war anzusehen, dass er nicht mit meiner Gegenwehr gerechnet hatte. Wahrscheinlich hatte er geglaubt, sein bloßes Erscheinen würde ausreichen, um mich einknicken zu lassen. Aber da hatte er sich geirrt.

»Fordere mich nicht heraus, Allison.«

»Nichts liegt mir ferner als das«, erwiderte ich freundlich. »Wenn du mich jetzt entschuldigen würdest? Ich habe zu tun.«

Es überraschte mich selbst, dass ich den Schneid hatte, meinem Vater den Rücken zuzuwenden und ans andere Ende des Tresens zu gehen, wo ich vorgab, eine wichtige Liste zu überprüfen. In Wahrheit beobachtete ich jedoch mit klopfendem Herzen, wie mein Vater, der allmächtige Winston Harford, wie vom Donner gerührt dastand und mich anstarrte. Dann ging ein Ruck durch seinen Körper, und er marschierte ohne ein weiteres Wort aus dem Store.

Jegliche Anspannung wich mit einem Schlag aus mir heraus. Ich fühlte mich wie ein Ballon mit einem Leck.

Chloe kam sofort zu mir und legte mir die Hand auf den Oberarm. »Hey, alles in Ordnung? Du bist ziemlich blass.«

Zitternd lehnte ich mich gegen die Wand in meinem Rücken. Diese Konfrontation hatte mich mehr Kraft gekostet, als ich für möglich gehalten hätte. Trotzdem nickte ich. »Alles bestens.«

»Erzähl mir keinen Mist. Du siehst aus, als hättest du einen Geist gesehen.«

Ich stieß ein Lachen aus, das fast schon hysterisch klang. Schließlich traf sie es mit ihrer Einschätzung auf den Punkt.

»Das war dein Vater, oder?«, fragte Chloe.

»Ja.« Ich warf ihr einen überraschten Blick zu. »Woher weißt du das?« Ich hatte eigentlich angenommen, dass wir leise genug gesprochen hatten, damit meine Kollegen und die anderen Kunden nichts mitbekamen.

Sie verdrehte die Augen. »Ich lese Nachrichten, Ally. Natürlich weiß ich, wer Winston Harford ist, und ich weiß auch, dass es nichts Gutes bedeutet, wenn er nach einem halben Jahr hier auftaucht und du danach einem Bettlaken Konkurrenz machst.« Sorge trat in ihre blauen Augen. »Was wollte er von dir?«

Tja, wo sollte ich da anfangen?

Chloe wusste viel, aber eben nicht alles. Zum Beispiel hatte sie immer noch keine Ahnung, wer der Typ war, den ich in jener Nacht in seine Schranken verwiesen hatte. Und auch welchen Anteil mein Vater an meiner Flucht hatte, wusste sie nicht. Und dabei sollte es auch bleiben. Ich könnte ihr nicht mehr in die Augen schauen, wenn sie erfuhr, dass mein Vater und Tristan um mich gefeilscht hatten wie um ein Kamel auf einem Bazar.

Mein Magen ballte sich vor Scham so fest zusammen, dass mir fast das Sandwich wieder hochkam, das ich mittags gegessen hatte.

Ich richtete mich auf und lächelte meine Freundin an. »War nicht weiter wichtig.«

Natürlich glaubte Chloe mir nicht. Aber sie respektierte meine Entscheidung und drängte mich nicht zu einer Erklärung. »Ich hoffe, du hast ihm gesagt, dass er sich verpissen soll.«

Ich lachte schnaubend. »So was in der Art.«

Chloes Mundwinkel zuckten zufrieden, ehe ihre Miene wieder ernst wurde. »Falls du drüber reden willst … Ich bin für dich da.«

Diesmal war mein Lächeln echt. »Ich weiß. Danke, Chloe.«

Sie drückte noch einmal sanft meinen Arm, bevor sie sich abwandte, um eine Kundin zu beraten.

Unterdessen versuchte ich, meine innere Unruhe wieder in den Griff zu kriegen, indem ich mir einbläute, dass es rein objektiv betrachtet keinen Grund zur Sorge gab. Schließlich war ich in jeder Hinsicht unabhängig von meinem Vater. Leider sah Winston Harford das nicht ganz so wie ich. Allerdings hatte ich auch nicht erwartet, dass er meine Entscheidung verstehen würde. Er war schließlich noch nie besonders empathisch gewesen.

Nach Moms Tod hatte ich auf die harte Tour lernen müssen, dass er nicht einfach nur abgeklärt, sondern ein emotionaler Krüppel war. Ich hatte mich oft gefragt, ob er mit dem Konzept der Liebe überhaupt etwas anfangen konnte, aber nie eine Antwort darauf gefunden. Gefühle überforderten diesen Mann, und es war ihm auch egal, was ich den ganzen Tag trieb, solange ich zu seinen Dinnerpartys vorzeigbar war. Bestätigung erfuhr ich nur, wenn er vor seinen piekfeinen Freunden mit mir prahlen konnte. Es war ihm gleichgültig, dass ich mich dabei jedes Mal gefühlt hatte wie ein kostspieliges Luxusaccessoire, wie eine Yacht oder ein schicker Oldtimer.

In Wahrheit war ich für ihn wohl eher wie eine seiner Immobilien, eine Investition in die Zukunft, die sich auszahlen sollte.

Tja, so konnte man sich irren.

Wahrscheinlich war er davon ausgegangen, dass ich nicht fähig war, mich ohne seine Kreditkarten länger als eine Woche über Wasser zu halten, und dass ich mich seinem Wunsch, mit Tristan eine Beziehung einzugehen, schon bald beugen würde.

Aber da hatte er sich verkalkuliert. Ich hatte einen Job und ein Dach über dem Kopf. Ich brauchte weder sein Geld noch seine Anerkennung.

Trotzdem schaffte ich es nicht, den Aufruhr in meinem Inneren zu besänftigen. Denn obwohl mein Vater im Grunde nichts gegen mich in der Hand hatte, kannte ich ihn gut genug, um zu wissen, dass man sich niemals zu sicher fühlen sollte, wenn man sich Winston Harford widersetzte.

Kapitel 11

Lucien hatte keine Witze gemacht, als er vorschlug, gemeinsam zu picknicken. Als ich am nächsten Tag in der Mittagspause die Channel Gardens erreichte, hatte er bereits eine Bank in Beschlag genommen und war gerade dabei, eine warme Decke auf der Sitzfläche auszubreiten, damit wir nicht festfroren. Fast schon liebevoll strich er die Wolle glatt, ehe er sich nach dem Rucksack bückte, der neben ihm auf dem Boden stand.

Mein Magen kribbelte vor Aufregung, als ich langsam auf ihn zuging. Nachdem ich gestern Abend meine Schicht im Store beendet hatte, war ich gleich zu meinem Handy gelaufen, weil ich dringend ein paar aufmunternde Worte gebraucht hatte. Und tatsächlich hatte Lucien mir einen witzigen Schnappschuss von einem missratenen Weihnachtself geschickt, der die 64. Straße verunstaltete. Danach hatte ich mich etwas besser gefühlt. Trotzdem hatte die Begegnung mit meinem Vater Spuren hinterlassen, und ich war noch nicht ganz darüber hinweg. Angespannt musterte ich die Menschenmenge, die sich in der Fußgängerzone versammelt hatte. Doch zum Glück entdeckte ich kein bekanntes Gesicht, bis auf das eine, das ich gern sehen wollte.

Als Lucien mich bemerkte, lächelte er.

»Hey«, begrüßte ich ihn.

»Hey.« Er zögerte kurz, dann beugte er sich herab und drückte mir einen sanften Kuss auf die Wange.

Sofort breitete sich ein Kribbeln an dieser Stelle aus, und ich vergrub die Nase in meinem Winterschal, damit er mein dümmliches Grinsen nicht sah.

Meine Sorge war allerdings unbegründet, denn Lucien war noch nicht fertig mit seinen Vorbereitungen und hatte sich bereits wieder abgewandt. Er öffnete den Rucksack und zog einige Schachteln hervor, die er in die Mitte der Bank stellte. Auf dem Pappdeckel schimmerte ein goldenes Emblem, das ich jedoch nicht kannte. Erst als Lucien die Schachteln öffnete, dämmerte es mir. Mit Pastete bestrichene Baguettes, verschiedene Käsesorten, die mit Weintrauben, Schinken und Oliven garniert waren, Eclairs sowie eine kunterbunte Auswahl an Macarons lachten mir entgegen.

»Du hast uns Essen von deiner Mom besorgt?«, fragte ich fassungslos.

»Klar.« Lucien zwinkerte mir zu. »Für dich nur das Beste, Barbeau. Komm und setz dich.«

Ohne auf mich zu warten, nahm er Platz, winkelte ein Bein an und rückte die Schachteln zwischen uns zurecht. Als alles einen festen Platz hatte, bückte er sich erneut zu seinem Rucksack und holte zwei Becher und eine Thermoskanne hervor.

Ich schmolz praktisch dahin, als er uns vorsichtig Tee eingoss.

»Du hast ja wirklich an alles gedacht«, murmelte ich, leicht überfordert mit der Mühe, die er sich für mich gemacht hatte.

Doch er zuckte bloß mit den Schultern, als wäre das keine große Sache, und reichte mir einen Becher. »Lass es dir schmecken.«

Neugierig betrachtete ich die vielen Speisen. Alles sah so köstlich aus, dass ich mich gar nicht entscheiden konnte. Deshalb machte Lucien es sich zur Aufgabe, mir genau zu erklären, was was war. Schließlich entschied ich mich für ein Baguette mit Hummerbutter, während er zu einem Stück mit Artischockenpaste griff.

Schon nach dem ersten Bissen wusste ich, dass ich dieses Essen liebte. »O mein Gott! Das schmeckt himmlisch.«

Lucien schien sich aufrichtig über mein Urteil zu freuen. »Meine Mutter wird mächtig stolz sein, wenn ich ihr sage, dass sie das Mädchen aus Manhattan beeindrucken konnte.«

Ich verschluckte mich beinahe. »Du hast ihr von mir erzählt?«

»Aber sicher.« Lucien grinste frech. »Irgendwie musste ich sie ja dazu bewegen, mir einen Kurier zu schicken. Und nur damit du es weißt. Ich musste dieses Essen vor fünfzig Kollegen verteidigen. Das mache ich nicht für jede Frau.«

Prompt geisterte die Frage durch meinen Kopf, wie viele Frauen er schon mit seinem Charme und französischen Delikatessen betört hatte. Aber da es ein ziemlicher Stimmungskiller wäre, ihn danach zu fragen, überging ich seine Bemerkung und erkundigte mich stattdessen nach seinen heißhungrigen Kollegen.

Lucien erzählte bereitwillig, und es überraschte mich nicht, dass er mit den meisten Leuten bei Noélle gut klarkam. Ich ging jede Wette ein, dass alle mit ihm befreundet sein wollten – oder sich auch auf mehr Hoffnung machten. Er war einfach ein sympathischer Typ. Intelligent, aber nicht altklug. Witzig, aber nicht auf diese nervige Art. Gut aussehend, aber nicht überirdisch schön.

Je länger ich ihm gegenübersaß und ihn betrachtete, umso mehr fielen mir kleinere Details auf. Zum Beispiel stand sein rechter Schneidezahn ein bisschen schief, auf seiner Nase waren vereinzelt Sommersprossen erkennbar und über seiner linken Augenbraue zog sich eine feine, längliche Narbe bis hinauf zu seiner Stirn. Unwillkürlich fragte ich mich, was passiert war, und verspürte plötzlich den irrwitzigen Drang, mit meinem Finger darüberzustreichen.

Bevor ich noch irgendetwas Dummes tat oder Lucien bemerkte, dass ich ihn anstarrte, schnappte ich mir ein leuchtend rosafarbenes Macaron und biss hinein. Der Geschmack von Himbeeren und einem Hauch Vanille explodierte auf meiner Zunge, und ich musste schon wieder ein Stöhnen unterdrücken, weil es einfach so verdammt gut war.

Lucien hatte inzwischen so viel von seinen Kollegen erzählt, dass ich das Gefühl hatte, die meisten von ihnen persönlich zu kennen. Ein Teil von mir beneidete ihn dafür, so offen über sein Leben reden zu können, und ich wünschte, ich könnte es ihm gleichtun. Doch der andere

Teil machte sich Sorgen, dass Lucien – wenn er die Wahrheit über mich kannte – mich mit anderen Augen sehen würde. Trotzdem konnte ich ihm nicht alles verschweigen, also berichtete ich ihm ein bisschen von meiner Arbeit im Store. Seine Frage, wie ich zu dem Job gekommen war, begründete ich mit meiner Freundschaft zu Chloe, was ja im weitesten Sinne auch stimmte.

»Also ist Schmuck deine geheime Passion?«, fragte er, weil ihm meine Begeisterung für die Stücke im Store nicht entgangen war.

Ich musste nicht lange überlegen, ehe ich den Kopf schüttelte. »Nein, eher nicht.«

Seine Schultern sanken ein Stück herab. Vermutlich war er bloß enttäuscht, dass er falsch geraten hatte. Dennoch spürte ich nicht zum ersten Mal eine tiefgreifende Unzufriedenheit, weil ich einfach nicht wusste, was ich mal mit meinem Leben anfangen wollte.

»Apropos Passion«, versuchte ich das Thema zurück auf ihn zu lenken und lächelte arglos. »Wo ist eigentlich die Riechprobe, die ich beurteilen soll?«

»Eigentlich sind es mehrere«, gestand Lucien und deutete auf die Schachteln zwischen uns. »Hast du noch Hunger?«

»Nein, ich bin pappsatt. Vielen Dank.«

Geistesabwesend schob er sich das letzte Eclair in den Mund und lud die übrig gebliebenen Baguettes in die Schachtel mit den Käsestücken. Dann packte er alles bis auf die Macarons zurück in seinen Rucksack und holte stattdessen ein kleines Bündel hervor. Er zögerte kurz, bevor er fragte: »Ist dir kalt?«

Ich hielt den Becher höher, in dem sich noch immer warmer Rooibustee befand. »Nein, alles gut. Jetzt hör auf, Zeit zu schinden, und lass mich schnuppern.«

Er lachte nervös. »Du hast wirklich keine Ahnung, was solche Aussagen mit einem Parfümeur anstellen, oder?«

Blinzelnd schüttelte ich den Kopf. »Nein. Was denn?«

Seine Wangen waren schon eine ganze Weile gerötet vor Kälte. Trotzdem hatte ich auf einmal den Eindruck, dass sie noch ein bisschen dunkler wurden. Er öffnete den Mund und fuhr sich mit der Zunge über die Unterlippe.

Es war keine bewusste Geste, aber sie verfehlte ihre Wirkung auf mich nicht. Hitze kroch mir in den Nacken, während ich auf seine Lippen starrte. Sie sahen weich aus und …

»Nichts, schon gut. Ist nicht weiter wichtig. War nur ein Insider unter Parfümeuren.« Vorsichtig legte er das Stoffbündel auf seinen Schoß und faltete es auseinander. Zum Vorschein kamen etwa zehn Glasphiolen sowie einige Teststreifen in einem Watte-Wirrwarr. Lucien zupfte eine Phiole aus dem Wattebett und sah mich unschlüssig an. »Könntest du den Tee kurz beiseitestellen und die Augen schließen?«

Ein Kribbeln schoss durch meinen Magen, weil diese Vorstellung seltsam intim war. Dennoch nickte ich und tat, worum er mich gebeten hatte.

Es war schon erstaunlich, wie der Körper reagierte, wenn man plötzlich blind war. Sofort verstärkten sich meine übrigen Sinne. Ich spürte die Kälte viel deutlicher auf meiner Haut, und auch die Geräusche um uns herum nahm ich viel bewusster wahr. Verkehrslärm drang aus der 5th Avenue zu uns herüber. Ein Wagen hupte. Jemand lachte. Und irgendwo hinter Lucien war etwas leiser ein Hämmern zu hören, das mich irritierte. Dann spürte ich jedoch, wie Lucien sich näherte, und sämtliche meiner Sinne richteten sich ausschließlich auf ihn.

Mein Puls schnellte in die Höhe, und ich hatte Mühe, mich auf meine Aufgabe zu konzentrieren. Ich überlegte, wie viele Zentimeter uns noch trennten, ob er mich beobachtete und ob ihm gefiel, was er sah.

Keine Ahnung, wie ich die Willenskraft aufbrachte, nicht zu blinzeln. Aber ich schaffte es.

»Ich bin kein Profi«, erinnerte ich Lucien, während ich einatmete.

Himmel! Ich konnte sogar spüren, wie er lächelte.

»Das weiß ich. Sag mir einfach, was dir bei dem Duft durch den Kopf geht.«

»Okay.« Ich neigte mich vor. »Zimt und ein Hauch von Grapefruit«, stellte ich fest. Meine Mundwinkel zuckten. »Aber da ist nichts Verkohltes mehr, sondern nur noch etwas Blumiges … Maiglöckchen vielleicht oder Tulpen?« Ich schnupperte weiter, und mit einem Mal kam etwas Vertrautes zum Vorschein. Freude bündelte sich in meiner Brust. »Du bist bei den Kornblumen geblieben. Ich kann sie jetzt viel deutlicher riechen und auch noch etwas anderes, etwas Holziges, das der Kombination eine gewisse Kraft verleiht …«

»Findest du es gut?«, fragte Lucien, während er sich entfernte.

Langsam öffnete ich die Augen und begegnete seinem aufmerksamen Blick. Mein Herz flatterte erneut. »Ja, ich mag den Duft.«

»Kein Surströmming?«, scherzte er, um seine Aufregung zu überspielen.

Ich lachte. »Definitiv nicht.«

Er holte tief Luft, als müsste er sich innerlich wappnen. »Aber absolute Perfektion ist es auch nicht, oder?«

Nein, das war es nicht. Trotzdem hätte ich am liebsten gelogen. Einfach nur, damit er wieder lächelte. »Es ist wirklich gut.«

Belustigung tanzte in seinen Augen. »Von Mamans Pasteten warst du begeisterter«, sagte er ohne jeden Vorwurf in der Stimme und hielt sich das Teststäbchen an die Nase, um nun selbst das Parfüm zu riechen. »Kannst du ausdrücken, was dich stört?«

»Hm. Zum Schluss wurde es vielleicht ein bisschen zu holzig«, erwiderte ich zögernd. »Etwas zu maskulin.«

Er runzelte die Stirn. »Eigentlich sollte das ein Gegengewicht zu den Blumen darstellen.«

»Das ergibt auch Sinn. Aber so wirkt es eher … unentschlossen. Als könnte es sich nicht entscheiden, was für ein Parfüm es sein will.«

Ha! Eigentlich der perfekte Duft für mich.

Lucien nickte nachdenklich, ehe er ein paar Worte auf einen Zettel kritzelte. Seine Schrift war krakelig und wild, irgendwie leidenschaftlich. Ob er in allen Bereichen seines Lebens so war?

Mein Mund wurde trocken, während ich seine Hände musterte. Da fiel mein Blick auf die Uhr an seinem Handgelenk. Ich konnte nicht glauben, wie schnell die Zeit mit ihm verflogen war.

»Sollen wir weitermachen?«, fragte ich. »Ich habe nur noch zehn Minuten, bevor ich zur Arbeit muss.«

Lucien nickte. »Hat sich das Parfüm in deiner Nase verflüchtigt?«

Diesmal schloss ich ohne Aufforderung die Lider und nahm einen tiefen Atemzug. Kalte Luft strömte in meine Lunge, aber von dem Parfüm nahm ich nichts mehr wahr. »Ja, ist weg.«

»Okay, warte kurz.«

Auch diesmal kitzelte zuerst eine feine zimtige Note meinen Geruchssinn. Doch dann kam ein wahrer Schwall von Patschuli hinzu, und ich rümpfte die Nase.

Lucien lachte leise. »Okay, diesmal ist deine Meinung eindeutig.«

Mit einem entschuldigenden Lächeln öffnete ich die Augen und sah ihn an. »Tut mir leid. Patschuli ist überhaupt nicht mein Fall.«

»Warum?«, fragte er neugierig.

Ehrlich gesagt hatte ich noch nie darüber nachgedacht, und doch kam mir sofort eine bestimmte Person in den Sinn. »Nach dem Tod meiner Mom hat mein Vater ein Kindermädchen eingestellt. Erst habe ich mich gefreut. Ich dachte, er hätte eine süße Granny für mich gefunden, die mir Kekse backt und Geschichten erzählt. Leider hat sich schnell herausgestellt, dass ich mich geirrt habe. Die Frau war unerträglich spießig, streng und sie konnte nicht mal Pudding kochen.«

Lucien versuchte, ernst zu bleiben, doch es war ihm anzusehen, dass er sich über die kleine, naive Ally amüsierte. »Und sie roch nach Patschuli?«

»Immer.« Ich kicherte. »Es war schrecklich.«

Schmunzelnd verschloss Lucien die Phiole. »Dann ist das definitiv raus.«

»Nur für mich«, stellte ich klar, während er die Glasphiole zurück zu den anderen legte. Es klirrte leise, als Glas auf Glas traf.

»Wie alt warst du damals?«, fragte er, ohne mich direkt anzusehen.

Seine Frage erwischte mich kalt, obwohl ich vermutlich damit hätte rechnen müssen. Schließlich erzählte ich ihm nicht zum ersten Mal von meiner Mutter. »Sie starb kurz nach meinem siebten Geburtstag.« Ich schluckte hart. »Krebs. Es ging schnell.«

Langsam drehte Lucien den Kopf. Seine Augen waren voller Wärme und Mitgefühl. »Es tut mir leid, Barbeau. Das muss schwer für dich gewesen sein.«

Ich hatte keine Ahnung, wie oft ich diese Worte in den letzten Jahren gehört hatte. Aber zum ersten Mal schienen sie ehrlich von Herzen zu kommen, und das bedeutete mir viel. Eine ganze Flut an Empfindungen brach über mich herein. Ich schaffte es nur mit größter Anstrengung, sie zurückzudrängen und tapfer zu lächeln. »Es ist lange her.«

Lucien nickte, als würde er verstehen, dass das nicht der richtige Augenblick war, um alte Wunden aufzureißen. Stattdessen legte er den Stoff zusammen und verschnürte sein Bündel wieder. Damit war die Teststunde wohl beendet.

»Was ist mit den anderen Düften?«, fragte ich irritiert.

»Der Geruchssinn des Menschen ermüdet schnell. Deshalb sollte man maximal zwei Gerüche in kurzer Zeit probieren.« Mit einem theatralischen Seufzen schüttelte er den Kopf. »Wir werden uns wohl bald wiedersehen müssen. Eine andere Möglichkeit fällt mir wirklich nicht ein, um dieses Problem zu lösen.«

Meine Mundwinkel verzogen sich zu einem breiten Lächeln. »Ach, tatsächlich?«

»Ja.« Lucien grinste. »Was machst du morgen? Hast du Lust, nach der Arbeit etwas trinken zu gehen?«

Meine Mundwinkel sanken wieder herab. »Ich hab morgen Spätschicht und muss auch das ganze Wochenende arbeiten.«

»Dann sehen wir uns in deiner Mittagspause«, entschied er, ohne mit der Wimper zu zucken.

Meine Freude, ihn schon morgen wiederzusehen, ließ sich kaum in Worte fassen. Genauso wenig wie das Prickeln auf meiner Wange, das sein Abschiedskuss dort hinterließ. Die wenigen Meter zum Tiffany's schwebte ich regelrecht.

»Hey, Ally.« Jesse, der seine Mittagspause bereits beendet hatte und neben dem Eingang stand, hielt mir die Tür auf und zwinkerte mir zu. »Alles klar?«

»Jepp.«

»Du siehst gut aus«, stellte er fest.

Wahrscheinlich strahlte ich genauso sehr wie die Diamanten, die in den Vitrinen funkelten. »Danke«, flötete ich und eilte nach hinten, um mich umzuziehen. Als ich gerade meinen Spind öffnete, klingelte mein Handy.

Mein Herz machte einen Satz. Voller Hoffnung, dass Lucien mir eine Nachricht geschickt hatte, fischte ich den Apparat ungelenk aus meiner Handtasche. Erst jetzt merkte ich, dass ich bis auf die Knochen durchgefroren war. Ich hatte kaum noch Gefühl in den Fingerspitzen. Deshalb dauerte es auch einen Moment, bis ich es schaffte, mein Handy zu entsperren. Als ich die eingegangene Nachricht las, wünschte ich mir jedoch, es wäre mir nicht gelungen.

Kapitel 12

Morgen Abend acht Uhr Dinner im Marea.
Sei pünktlich, Allison.
Gruß, Tristan.

Die Nachricht kam vom Handy meines Vaters. War das nicht reizend? Ich überlegte, die Nummer ebenfalls zu blockieren, entschied mich jedoch dagegen und löschte nur die Nachricht, die daraufhin wie in einer verdammten Endlosschleife durch meinen Kopf geisterte. Natürlich würde ich nicht ins Marea gehen, um dort mit Tristan zu Abend zu essen. Dennoch nagte ein ungutes Gefühl an mir. Das unverhoffte Auftauchen meines Vaters und Tristans *Einladung* waren sicher kein gutes Zeichen, und ich zermarterte mir stundenlang das Gehirn darüber, ob ich vielleicht etwas übersehen hatte und doch nicht so unabhängig war, wie ich geglaubt hatte.

Da ich nichts riskieren und eine weitere Begegnung auf jeden Fall verhindern wollte, bat ich Lucien, unser nächstes Treffen lieber doch im Rock Center Café zu verbringen. Zu meiner Erleichterung stimmte er zu, entschuldigte sich jedoch gleich darauf, dass er mich überhaupt darum gebeten hatte, in der Kälte auszuharren.

Ich hätte ihm gern gesagt, dass das überhaupt nicht schlimm war und wie sehr ich unser Picknick in den Channel Gardens genossen hatte. Aber da das unweigerlich Fragen aufgeworfen hätte, dankte ich ihm nur für sein Verständnis und kämpfte die nächsten Stunden und auch den ganzen Freitagvormittag noch mit meinem schlechten Gewissen, weil ich ihn bewusst in falschem Glauben gelassen hatte.

Als wir uns in der Mittagspause trafen, erreichte ich das Restaurant viel später als geplant, weil ich erst eine irrsinnige Absperrung hatte überwinden müssen. Die gigantische Fichte am Fuße des Rockefeller Centers hatte inzwischen ihren Schmuck erhalten, und nun wurde alles für die Lighting Show vorbereitet, die schon in wenigen Tagen stattfand.

»Tut mir leid«, sagte ich gehetzt und zerrte mir Mantel und Schal vom Körper. Mir war entsetzlich heiß. »Ich habe nicht an die Fußgängerumleitung gedacht.«

»Das macht doch nichts.« Lucien deutete auf sein Handy, das auf dem Tisch lag. »Du hast mir ja geschrieben, dass du einen Umweg machen musst.«

»Ich weiß nicht, wie ich das vergessen konnte«, sagte ich und ließ mich auf den Stuhl fallen. »Schließlich hängen überall Plakate rum, und dieser riesige Baum ist ja nun wirklich nicht zu übersehen, oder?«

Lucien lachte. »Himmel, Ally. Entspann dich. Es ist alles gut.«

Ich verzog das Gesicht. »Aber ich bin zu spät. Das ist respektlos.«

»Du hast dich eben in der Zeit verkalkuliert. So was kommt vor.« Er grinste schief. »Und ich bin selbstbewusst genug, es nicht gleich als Zeichen mangelnden Respekts mir gegenüber zu werten, nur weil du fünf Minuten zu spät bist.«

Manchmal vergaß ich, dass Lucien aus einer völlig anderen Welt kam. Mein Vater hatte mir jedes Mal die Hölle heißgemacht, und auch meine Freunde wussten ein derartiges Verhalten überhaupt nicht zu schätzen. Nicht, weil sie mich so furchtbar gern sehen wollten, sondern weil sie es als Affront empfanden, wenn sie jemand warten ließ. Deshalb hatte ich mich oft mit voller Absicht verspätet, obwohl ich Unpünktlichkeit eigentlich zutiefst verabscheute. Schließlich war es ein klares Statement, das besagte: Du bist mir nicht wichtig genug, um rechtzeitig meinen Hintern zu dir zu bewegen.

Ich wollte auf keinen Fall, dass Lucien so etwas von mir dachte. Betreten senkte ich den Kopf. »Es kommt nicht wieder vor.«

»Und selbst wenn, ist das kein Weltuntergang, Barbeau«, erwiderte er sanft. »Allerdings sollten wir uns dringend über diesen Baum unterhalten.«

»Was meinst du?«

Mit einem Funkeln in den Augen lehnte Lucien sich vor und stützte die Unterarme auf dem Tisch ab. »Wie es der Zufall will, ist nächsten Dienstag Lighting Day, und ich werde mir die Show mit ein paar Freunden ansehen. Ich würde mich freuen, wenn du mitkommst.«

»Nächsten Dienstag ist der 30. November«, sagte ich langsam.

Luciens Mundwinkel zuckten. »Stimmt.«

»Dein Geburtstag«, präzisierte ich.

»Das hast du dir gemerkt?«, fragte er mit samtweicher Stimme. »Obwohl wir uns erst ein paar Stunden kannten?«

Klasse. Jetzt schwitzte ich noch mehr. »Man hört schließlich nicht alle Tage von Zwillingen mit einem Monat Altersunterschied.«

»Damit habe ich dich beeindruckt, was?«

Nicht nur damit. Aber vielleicht war es keine gute Idee, seine Flirts noch weiter anzustacheln. Dieser Kerl brachte mich auch so schon genug aus dem Konzept.

Wir bestellten uns eine Kleinigkeit zu essen, und wie die letzten Male blieb es keine Minute still zwischen uns. Wir redeten über alles Mögliche, und ich genoss die Gespräche in vollen Zügen. Trotzdem zögerte ich, als er mich bei meinem Aufbruch bat, auch morgen meine Mittagspause mit ihm zu verbringen.

Ich überlegte, ob es vielleicht klüger wäre, ein bisschen Zeit bis zu unserem nächsten Treffen verstreichen zu lassen, brachte es jedoch nicht über mich.

Also verabredeten wir uns auch am folgenden Tag.

Und sogar am Sonntag kam Lucien zur 5th Avenue, um Zeit mit mir zu verbringen und um erneut meine Meinung zu einer neuen Duftprobe einzufordern. Wir spazierten zum nahe gelegenen Pocket Park am MMC

Plaza, wo wir inmitten bunt geschmückter Tannenbäume über Luciens neuste Kreationen diskutierten.

Ich wusste nicht genau, wie er das anstellte, aber in diesen zwei Tagen ging eine spürbare Veränderung in mir vor, und ich fühlte mich schon bald so wohl in seiner Nähe, dass ich in Gedanken nicht mehr jedes Wort umdrehte, sondern einfach aussprach, was mir durch den Kopf schoss.

Als ich am Montagabend im Wohnzimmer saß und ihm zum hundertsten Mal an diesem Tag eine Nachricht schickte, kam Chloe mit ein paar Einkaufstüten herein. Sie wuchtete die vollgepackten Tüten auf die Anrichte. »Hey, Ally.«

»Hi.« Ich legte mein Handy beiseite, stand auf und ging in die Küche. »Brauchst du Hilfe?«

Chloe schüttelte den Kopf. »Nein danke, aber ein Tee wäre klasse.«

Sofort machte ich mich daran, den Wasserkocher einzuschalten und die Tassen bereitzustellen, während sie die Tüten auspackte und die Lebensmittel in Küchen- und Kühlschrank verteilte.

»Wie war die Uni heute?«

Ich zuckte mit den Schultern. »Ganz okay.«

Chloe schnaubte. »Ich verstehe echt nicht, warum du darauf bestehst, ein Studium durchzuziehen, das dir überhaupt keinen Spaß macht.«

»So schlimm ist es nun auch wieder nicht«, wiegelte ich ab, obwohl wir sicher beide meinen mangelnden Enthusiasmus bemerkten. Ich zog eine Blechdose mit verschiedenen Teesorten aus dem Schrank und warf zwei Beutel in die Tassen, während das Wasser zu brodeln begann. »Wie war es auf der Arbeit?«

»Gut.« Chloe schloss den Kühlschrank und sah mich neugierig an. »Heute war ein Kerl da, der nach dir gefragt hat.«

Vor Entsetzen ließ ich beinahe den Wasserkocher fallen. »Wie sah er aus?«, fragte ich, obwohl ich bereits ahnte, um wen es sich handelte.

»Groß, dunkelblond, stinkreich. Ein richtiger Prince Charming.«

Ja, genau diese Wirkung hatte Tristan.

Ein unangenehmes Ziehen machte sich in meiner Magengegend breit. Mir war schon klar gewesen, dass Tristan es nicht gut aufnehmen würde, wenn ich ihn erneut versetzte. Erst recht, nachdem mein Vater aufgetaucht war. Allerdings hatte ich eher damit gerechnet, dass er mich mit Nachrichten zutexten würde und nicht, dass er leibhaftig im Store auftauchte.

Was, wenn er morgen wiederkam? Und übermorgen? Und den Tag darauf? Ich konnte mich doch nicht andauernd hinter meinen Kollegen verstecken, um ihm aus dem Weg zu gehen.

Chloe kicherte. »Er hat nicht mal zehn Sekunden gebraucht, um Bethany um den Finger zu wickeln. Es war fast schon komisch mitanzusehen, und …« Sie stockte. »Ally?«

Ich merkte kaum, wie sie mir hektisch den Wasserkocher abnahm, mit dem ich wie erstarrt in der Küche stand. Meine Gedanken kreisten zu sehr um die Erkenntnis, dass ich mich geirrt hatte, was Tristans Hartnäckigkeit anging.

Behutsam legte Chloe mir die Hand auf die Schulter. »Hey, was ist los?«

Ich wollte mich abwenden, doch der besorgte Blick aus ihren blauen Augen hielt mich gefangen. Mir wurde klar, dass ich mit diesem Problem nicht allein fertig wurde. Jetzt nicht mehr. Ich fühlte mich verletzlicher denn je.

Angespannt befeuchtete ich meine Lippen. »Das war Tristan Sterling.«

Chloe runzelte die Stirn. Zweifellos sagte ihr der Name etwas. Immerhin war Tristans Mutter eine gern gesehene Kundin im Tiffany's, die mich nur deshalb nie bemerkt hatte, weil ich schnell genug verschwunden war, wann immer sie das Geschäft betreten hatte.

Meiner Freundin schien zu dämmern, welche Rolle Tristan bei meiner Entscheidung, mein Luxusleben hinter mir zu lassen, gespielt hatte, denn sie schnappte nach Luft. »Oh, scheiße!«

»Jepp.« Beklommen rieb ich mir über die Stirn. »Eigentlich hatte ich angenommen, er hätte kapiert, dass er die Sache mit uns vergessen kann.«

»Na ja, ein Tritt in die Eier ist ziemlich deutlich, wenn du mich fragst«, stimmte Chloe mir zu.

Ich stieß ein zittriges Lachen aus. »War wohl nicht fest genug.«

»Aber wieso taucht er so plötzlich aus dem Nichts auf?« Chloe riss die Augen auf. »Warte mal! Hat dein Vater ihm etwa verraten, wo er dich findet?«

Das war das Einzige, was Sinn ergab. »Schätze schon.«

Missmutig verzog Chloe das Gesicht. »Ist deinem alten Herrn denn gar nicht in den Sinn gekommen, dass du nicht gefunden werden willst?«

Doch. Aber wie ich meinen Vater kannte, war ihm vollkommen gleichgültig, was ich wollte, solange es seinen Zwecken diente. Ich lächelte bitter. »Tristan wird einige gute Argumente vorgebracht haben, nachdem wir uns bei der Release-Gala über den Weg gelaufen sind.«

Chloe schnappte erneut nach Luft. »Er war auch dort?«

»Ja.« Ich seufzte. »Er war derjenige, der behauptet hat, Lucien wäre mit seiner Schwester zusammen. Dabei kennt er die beiden vermutlich kaum.«

Leicht geschockt lehnte Chloe sich gegen die Anrichte. »Warum hast du mir das denn nicht erzählt?«

»Ich dachte, es wäre nicht weiter wichtig.« Betrübt senkte ich den Blick. »Hätte ich geahnt, dass unser Wiedersehen seinen Ehrgeiz derart anstachelt, wäre ich nie zu dieser Gala gegangen.«

»Aber dann hätte Lucien geglaubt, dass du kein Interesse an ihm hast«, wandte Chloe ein. »Nur weil er auf der Gästeliste gesehen hat, dass du da warst, ist er doch auf dem Campus aufgetaucht, oder nicht?«

»Zumindest hat er das gesagt, ja.«

Chloe runzelte die Stirn. »Du hast doch noch Interesse an ihm, oder?«

»Natürlich habe ich ihn gern«, gestand ich, weil das ohnehin offensichtlich war. »Aber ich weiß nicht, ob wir eine richtige Chance haben.«

Nicht, wenn ich so einen gewaltigen Teil meiner Vergangenheit vor ihm verbarg, der jetzt drohte, mich zu überrennen.

»Ich will dir ja nicht reinreden oder so«, sagte Chloe nach kurzem Zögern. »Aber wenn du nicht aufpasst, landet ihr beide in der Friendzone, und das war's dann.«

»Vielleicht wäre das gar nicht so schlimm.«

»Wirklich?« Ein Hauch von Kummer trat in ihre Augen. »Dann wünsche ich dir viel Spaß dabei, ihm zuzusehen, wenn er sich in eine andere Frau verknallt. Ist echt lustig, wenn er dir den lieben langen Tag in allen Details erzählt, wie toll er sie findet.«

Zugegeben, diese Vorstellung war überraschend schmerzhaft. »Ist dir das schon mal passiert?«

Anstelle einer konkreten Antwort zuckte sie bloß mit den Schultern, bevor sie wieder nach dem Wasserkocher griff und den Tee aufgoss.

»Wie auch immer«, meinte sie, als sie fertig war. »Wir könnten Ed und die übrigen Jungs vom Security-Team bitten, Tristan nicht mehr in den Store zu lassen. Dann kannst du wenigstens unbesorgt arbeiten.«

Das ließ mich kurz grinsen. »Ehrlich gesagt würde ich zu gern sehen, wie die Jungs Tristan aus dem Laden schmeißen. Aber so etwas würde er niemals auf sich sitzen lassen.« Beklommen rieb ich mir über die Stirn. »Ich will nicht, dass andere ihren Kopf für mich hinhalten.«

»Das verstehe ich«, erwiderte Chloe und musterte mich nachdenklich. »Und was willst du stattdessen machen?«

»Keine Ahnung.« Hilflos verschränkte ich die Arme. »Hoffen, dass er irgendwann aufgibt und mich in Ruhe lässt.«

»Glaubst du, das wird er?«, fragte Chloe skeptisch.

Wenn ich ehrlich war, nein. Kapitulation war für den Tristan, mit dem ich aufgewachsen war, ein Fremdwort. Was das betraf, war er genauso stur wie sein älterer Bruder Gideon.

Andererseits war inzwischen ein halbes Jahr vergangen. Vielleicht ließen seine Ambitionen ja doch wieder nach, wenn er merkte, dass sie ins Leere liefen. Ich war natürlich nicht so naiv zu glauben, dass das so schnell der Fall sein würde. Aber auch ich konnte überaus stur sein. Ich musste nur den längeren Atem haben – und mir eventuell eine neue Telefonnummer zulegen.

Kapitel 13

Vor dem Tiffany's ging es zu wie in einem Irrenhaus. Tausende Passanten drängten sich in den Channel Gardens, die mit diversen Sicherheitszäunen abgesperrt waren. Und sie alle blickten gut gelaunt zu der gewaltigen Fichte, an der bisher nur ein riesiger Stern aus Swarovski-Kristallen an der Spitze leuchtete. In ein paar Stunden würden gut fünfzigtausend LED-Lichter den Baum in allen möglichen Farben erstrahlen lassen. Zuvor gab es jedoch eine pompöse Show. Ich hatte sie noch nie live gesehen. Aber soweit ich wusste, wartete ein bunt gemischtes Programm aus verschiedenen Tanzacts sowie Country- und Popsongs auf das bibbernde Publikum.

»Wahnsinn, sind das viele Leute«, sagte ich zu Chloe, die neben Ed und Jesse, die heute Nachtschicht hatten, an der Tür des Stores stand und den Trubel draußen beobachtete.

Grinsend fächerte sie sich mit einer Plastikkarte Luft zu. »Zum Glück haben wir VIP-Pässe.«

Ich nickte und hoffte, dass Lucien auch wirklich dort sein würde. Wir hatten uns heute Mittag nicht gesehen, weil er mit seiner Familie zum Lunch verabredet war. Dafür war gegen drei Uhr ein junger Kerl in den Store gekommen und hatte mir mit den besten Grüßen von ihm vier VIP-Tickets überreicht, mit denen wir bis zum vorderen Bühnenbereich gelangten. Selbstverständlich hatte Chloe sich sofort eins unter den Nagel gerissen. Die anderen beiden gingen an Bethany und Vanita.

»Ich fasse es immer noch nicht, dass wir einfach durch diese Menschenmasse bis ganz nach vorn spazieren können«, sagte Bethany, während sie ihren Mantel zuknöpfte. »Normalerweise sehe ich die Show immer von hier aus.«

»Wie gut, dass wir jetzt mit Ally befreundet sind«, flötete Vanita und stülpte sich eine Pudelmütze über den Kopf. Auch bei ihr war die Aufregung spürbar. »Wollen wir los?«

Es war natürlich nicht mein Verdienst, sondern Luciens, der irgendwie an diese Pässe herangekommen war. Dennoch war es ein schönes Gefühl, den anderen eine Freude zu machen.

Kurz darauf entriegelte Ed die Sicherheitstür, um uns hinauszulassen, während Jesse einen leidgeprüften Seufzer ausstieß. »Ich wünschte, ich könnte mitkommen.«

»Wir schicken dir Bilder«, meinte Chloe leichthin und schlüpfte hinaus in die Kälte. Sie hatte gar nicht bemerkt, dass Jesse ihr betrübt hinterherschaute.

Aber ich bemerkte es durchaus. Leider bekam ich keine Gelegenheit mehr, seinen Blick richtig zu deuten, weil Bethany mich ungeduldig aus dem Store dirigierte.

Eisige Kälte schlug mir entgegen, und ich war froh, dass ich eine Thermohose unter meiner Jeans trug. Fröstelnd vergrub ich die Nase in meinem Schal und schob mich hinter Chloe bis zum Absperrgitter vor, wo ein Sicherheitsbeamter stand und unsere Tickets überprüfte. Sobald er uns weitergewinkt hatte, passierten wir die Menschenmenge durch einen separaten Gang, der am beleuchteten Brunnen vorbei bis ganz vor zum Plaza und weiter bis zur Bühne führte. Dort lotste uns ein anderer Sicherheitsbeamter in den rechten Absperrbereich, der ebenfalls voller Menschen war.

Gütiger Himmel! Wie viele VIP-Tickets hatten die verteilt?

Bethany schien die zappelnde Meute nichts auszumachen. Stattdessen hüpfte sie glücklich auf und ab. »Das war ja geradezu lächerlich einfach.«

Glucksend stieß Vanita mich in die Seite. »Ist ein bisschen so, als würde man in einen Viehstall getrieben werden, findet ihr nicht?«

Chloe kicherte. »Aber immerhin ist es der VIP-Stall.«

Ich wollte etwas erwidern, aber ich war zu sehr damit beschäftigt, mein wild klopfendes Herz zu beruhigen. Den ganzen Tag über hatte ich mich auf diesen Moment gefreut, und doch fühlte ich mich nun überwältigt von den vielen Eindrücken. Überall waren Menschen. Scheinwerfer strahlten die Bühne unmittelbar vor uns an, wo gerade eine junge Frau *Underneath the tree* sang und der tosenden Menge um uns herum so richtig einheizte. Die Stimmung war gelöst und ansteckend, und nach ein paar Minuten war ich selbst so aufgedreht, dass ich Lucien am liebsten in die Arme gefallen wäre.

Wenn ich ihn denn endlich finden würde.

Ich stellte mich auf die Zehenspitzen, um besser zu sehen. Aber da war zu viel Bewegung in der Masse, und die Lichter, die die Gesichter der Leute in bunten Spots entfremdeten, waren auch nicht gerade hilfreich.

»Ally!«, rief Chloe und zog mich mit einem Ruck zu sich heran, ehe sie auf eine Gruppe junger Leute deutete, die ein Stück weiter rechts stand. »Ist er das nicht?«

Erleichterung machte sich in mir breit, als ich Lucien entdeckte.

Er war da. Nur ein paar Meter entfernt. Und er drehte sich im selben Moment in meine Richtung, in dem ich mich an Chloe vorbeischob.

Ohne mich aus den Augen zu lassen, drückte er der jungen Frau, die neben ihm stand, seinen Becher in die Hand und kam mir in dem wilden Gedränge entgegen. Meine Lippen hoben sich unwillkürlich zu einem Lächeln, weil ich mich bereits in seinen Armen sah.

Doch da verklang der Song. Die Menge applaudierte, und jemand rempelte mich grob an, woraufhin ich das Gleichgewicht verlor. Wenig elegant stolperte ich gegen die nächste Person. Es war eine junge Frau, die mich empört anzischte: »Hey! Pass doch auf, wo du hinläufst.«

Ich zuckte zusammen, weil mich ihr schroffer Tonfall an Soraya erinnerte. Mit einem mulmigen Gefühl fuhr ich zu ihr herum. Aber zum Glück war sie es nicht, und mir fiel wieder ein, wie abfällig meine alte

Clique immer von diesem Event gesprochen hatte. Sie fanden die Lighting Show öde und das Publikum primitiv. Sicher wäre keiner von ihnen heute Abend hier.

Nur leider war der Zauber jetzt verflogen.

Ich wandte mich wieder Lucien zu, der mich gerade erreichte. »Hey.« Unbeholfen beugte ich mich vor und drückte ihm einen schnellen Kuss auf die Wange. »Happy Birthday.«

Luciens Arm zuckte vor, als wollte er mich am liebsten zu sich ziehen. Doch er tat es nicht, sondern steckte stattdessen die Hände in seine Jackentasche. »Danke, Barbeau. Schön, dass du gekommen bist.«

»Natürlich.« Plötzlich wurde ich wieder nervös in seiner Gegenwart. Erst verstand ich nicht, warum. Doch dann wurde mir klar, dass das hier die erste Begegnung war, bei der wir nicht für uns waren. Wir teilten jetzt noch mehr. Ich lächelte zittrig, während ich ihn zurück zu den anderen lotste. »Das sind meine Freundinnen Chloe, Vanita und Bethany.«

»Hallo zusammen. Freut mich, euch kennenzulernen«, sagte Lucien und wirkte dabei so sympathisch, dass in den Augen von allen dreien sofort kleine Herzchen erschienen.

»Vielen, vielen Dank für die Tickets«, rief Bethany aufgeregt.

Vanita nickte begeistert. »Das war so lieb von dir.«

»Keine große Sache, ehrlich.« Bescheiden winkte Lucien ab, ehe er sich ausschließlich an mich wandte. Sein Lächeln ließ meinen Puls in die Höhe schnellen. »Das habe ich gern gemacht.«

Meine Knie wurden weich, während ich ihn mit einer Mischung aus Freude und Überforderung anstarrte. Und er starrte zurück, was mein Magen mit einem weiteren Kribbeln quittierte.

»He, Luc!«, ertönte auf einmal eine tiefe Stimme und brach den sonderbaren Bann zwischen uns. »Wo bleibst du, Mann?«

Lucien warf mir einen verlegenen Blick zu. »Kommt mit! Ich stelle euch die anderen vor.«

Offenbar hatte Lucien einige VIP-Pässe organisiert, denn ein Stück abseits stand nicht nur die Frau, der er vorhin seinen Becher in die Hand gedrückt hatte, sondern noch fünf weitere Leute – insgesamt zwei Frauen und vier Männer, mit denen er entweder studierte oder bei Noélle zusammenarbeitete.

Ich hatte Mühe, bei dem Geräuschpegel um uns herum alle Namen zu verstehen. Gut möglich, dass ich auch ein wenig von Luciens warmen Atem abgelenkt war, der sanft über mein Ohr strich, als er mir seine Freunde vorstellte. Aber sie schienen alle sehr nett zu sein und die Sicherheitsbestimmungen hier nicht allzu genau zu nehmen, denn sie hatten Thermoskannen dabei, in denen sich eindeutig heißer, mit Whiskey versetzter Punsch befand.

Emsig verteilte ein Typ namens Romeo vier Becher an uns, während Lucien seinen Drink von Mailin zurücknahm. Sobald wir alle ausgerüstet waren, rief sie: »Auf dich, mon ami!«

Und schon stießen wir auf sein Wohl an und tranken.

Der scharfe Geruch des Alkohols strömte mir in die Nase, bevor eine krachsüße Flüssigkeit über meine Zunge spülte. Ich schmeckte Mandarinen, Zimt und Muskat, was im Grunde keine schlechte Kombination war. Dennoch beschloss ich, lieber langsam zu trinken, denn das Brennen in meiner Kehle und die sich ausbreitende Wärme in meinem Bauch verrieten mir, dass der Whiskeyanteil in diesem Punsch nicht zu unterschätzen war.

Auf der Bühne hatte inzwischen der nächste Liveact begonnen, bei dem gut zwanzig äußerst leicht bekleidete Glitzerelfen einen Cancan darboten. Pfiffe und Jubelrufe tönten über uns hinweg, während meine Freundinnen bereits mit Luciens Freunden herumalberten. Sie schienen keinerlei Schwierigkeiten damit zu haben, sich anderen zu öffnen, und übertrumpften sich gegenseitig mit Witzen, während ich deutlich zurückhaltender danebenstand.

Früher hätte es nicht mal eine Minute gedauert, und die Leute hätten sich um mich geschart wie die Motten ums Licht. Für mich war das immer selbstverständlich gewesen. Nun wurde mir jedoch in aller Deutlichkeit bewusst, dass sie nie mich, sondern nur ein Trugbild umgarnt hatten. Sie hatten im Licht der Upper-East-Side-Prinzessin mit dem vollen Bankkonto, den lukrativen Verbindungen und den einflussreichen Freunden glänzen wollen. Aber in Wahrheit war es nie mein Geld gewesen, und meine Kontakte hatten stets ihre eigenen Vorteile im Sinn gehabt.

Hier war das anders. Als Lucien von Xavier in ein Gespräch verwickelt wurde, fragte mich sein Freund Romeo, wie ich die Show bisher fand. Sein Interesse an mir schien aufrichtig zu sein. Falls er Hintergedanken hatte, konnte ich sie jedenfalls nicht erkennen.

Romeo war nur ein paar Zentimeter größer als ich, trug eine knallrote Weihnachtsmannmütze auf dem Kopf und hatte freundliche Augen. Ich lehnte mich ein Stück in seine Richtung, damit ich ihn besser verstehen konnte. Trotzdem war ich mir der Wärme, die Lucien in meinem Rücken abstrahlte, voll bewusst.

Während wir das Treiben auf der Bühne beobachteten, fiel Romeos Blick auf die vergoldete Statue hinter der Bühne. »Das ist wirklich ein verdammt hässlicher Engel.«

Ich lachte. »Das ist Prometheus.«

Er runzelte die Stirn. »Ist das nicht ein griechischer Gott oder so was?«

»Er ist der Titan, der den Menschen das Feuer brachte«, erklärte ich, »und er steht dort als Sinnbild für die Verbindung von Tradition und Moderne, weil das Rockefeller Center nicht nur einen Wolkenkratzer umfasst, sondern im Gebäudeverbund als architektonische Einheit fungiert. Das war damals, Anfang dreißiger Jahre, etwas ziemlich Revolutionäres.«

Wir legten beide den Kopf in den Nacken und bewunderten das angestrahlte Comcast Building, das bis hinauf in den Himmel ragte.

»Seltsam«, sagte Romeo. »Ich bin schon tausendmal hier vorbeigelaufen, aber ich habe mir nie Gedanken darüber gemacht.«

»Dabei ist nicht nur die Höhe beeindruckend«, erwiderte ich leichthin. »Das Fundament reicht sechsundzwanzig Meter in die Tiefe, und alle Gebäude sind durch unterirdische Ladenstraßen miteinander verbunden. Außerdem sind die einzelnen Komplexe so konstruiert, dass sie möglichst lange vom Sonnenlicht zehren, und die Fassaden wurden mit Kalkstein aus Indiana verkleidet, in dem über dreihundert Millionen Jahre alte Fossilien enthalten sind. Die gradlinige Gestaltung, das Fehlen von Schatten und die hochwertigen Materialien sind typisch für den Art-decó-Stil.«

Romeo stieß ein ungläubiges Lachen aus. »Grundgütiger, Ally. Du weißt ziemlich viel über diesen Kram.«

In seiner Stimme schwang Bewunderung mit, und Verlegenheit wallte in mir auf. Doch im Grunde war das gar nicht so besonders. Als Tochter eines Immobilienmoguls gehörte es einfach dazu, bauliche Eigenheiten der Stadt zu kennen. Zumindest hatte ich im Laufe der Jahre unzählige Fakten über Gebäude und Architekten abgespeichert.

»Weißt du auch, wer das hier gebaut hat?«, fragte Lucien, der uns offenbar mit halbem Ohr zugehört hatte und wieder näher an mich herantrat.

»Na, ein Typ namens Rockefeller«, antwortete Romeo amüsiert.

Nun wurden meine Wangen doch heiß. »Eigentlich war Rockefeller nur der Kerl, der das nötige Kleingeld hatte, um das ehrgeizige Projekt zu realisieren. Entworfen hat es ein ganzes Team von Architekten unter der Leitung von Raymond Wood. Aber die Gestaltung der einzelnen Gebäude haben verschiedene Künstler und Bildhauer wie Diego Rivera und Lee Lawrie übernommen.«

Romeo schüttelte ungläubig den Kopf, während sich Luciens Mundwinkel ganz langsam zu einem atemberaubenden Lächeln hoben. Da war ein geheimnisvoller Schimmer in seinen Augen, der mich unaufhörlich in den Bann zog.

»Mal ehrlich, Leute«, sagte Romeo auf einmal, während ich in Luciens

Blick gefangen blieb. »Ist es nicht eigentlich eine Schande, dass ein fünfundachtzig Jahre alter Baum nur gefällt wird, um mitten in New York hübsch auszusehen?«

Wenn man so darüber nachdachte, war es tatsächlich ziemlich traurig. Andererseits konnte ich die Gründe für diese Tradition gut nachvollziehen.

»Weihnachtsbäume stehen für Gesundheit und Hoffnung in kalten Wintermonaten«, antwortete Lucien, der mich weiterhin unverwandt ansah. »Schätze, das können wir alle gut gebrauchen.«

»Eigentlich ist es noch mehr als das«, erwiderte ich lächelnd. »Der Baum war schon da, bevor das Rockefeller Center fertiggestellt wurde. Damals, mitten in der Weltwirtschaftskrise, legten alle Bauarbeiter zusammen, um an Heiligabend einen gemeinsamen Baum zu haben. Sie schmückten ihn mit Papiergirlanden, die ihre Familien gebastelt hatten, und teilten mitgebrachtes Essen. Ich denke, dieser Grundgedanke des Zusammenhalts ist bis heute erhalten geblieben.«

Romeo trank einen Schluck aus seinem Becher. »Was die wohl mit dem Riesending machen, wenn Weihnachten vorbei ist?«

»Der Baum wird später weiterverarbeitet und das Holz an eine gemeinnützige Organisation gespendet, die Häuser für bedürftige Familien baut«, erklärte ich, weil ich mich das früher selbst gefragt hatte.

Plötzlich stieß Romeo ein lautes Lachen aus, und ich löste mich nun doch von Luciens Blick. »Was ist daran lustig?«

Romeo tippte mir auf die Nasenspitze. »*Du* bist lustig, kleine Kornblume.«

Verdutzt zog ich den Kopf zurück. Aber Romeo lachte nur und schob sich an mir vorbei. Er klopfte Lucien auf die Schulter und flüsterte ihm etwas ins Ohr, woraufhin ein warmherziges Lächeln in Luciens Gesicht erschien.

»Was hat er gesagt?«, wollte ich wissen, sobald Romeo sich zurück zu den anderen gesellt hatte.

Lucien schmunzelte. »Er findet dich toll.«

Ich blinzelte überrascht, weil Lucien sich darüber ausschließlich zu freuen schien. In meinem alten Freundeskreis wären nach so einer Äußerung sofort die Messer gewetzt worden. Aber Lucien schien nicht einmal darüber nachzudenken, dass Romeo mit ihm konkurrieren könnte.

»Ist er ein guter Freund von dir?«, fragte ich, weil ich nicht so recht einschätzen konnte, in welcher Verbindung die beiden zueinander standen.

»Wir sind zusammen auf die Highschool gegangen, aber wir sehen uns leider nur noch selten, weil er inzwischen in Staten Island lebt. Ich freue mich, dass er heute extra hergekommen ist.«

Oben auf der Bühne erklang die vertraute Melodie von *All I want for Christmas is you*, und um uns herum flippte die Menge total aus.

»O mein Gott! Ich liebe diesen Song«, schrie Chloe, schnappte sich Romeo und begann, mit ihm Jive zu tanzen. Die beiden legten eine derart beeindruckende Show hin, dass es nicht lange dauerte, bis sich weitere Paare fanden, die es ihnen gleichtaten.

Lucien leerte seinen Becher in einem Zug, steckte ihn in seine Jackentasche und sah mich mit einem herausfordernden Grinsen an. »Tanzt du mit mir, Barbeau?«

Keine Ahnung, ob es am Punsch, an der aufgeheizten Stimmung oder einfach nur an Lucien lag. Letztlich war es auch egal. Um nichts in der Welt hätte ich ihn in diesem Augenblick abweisen wollen.

Da mein Becher noch recht voll war, drehte ich mich um und drückte ihn Vanita in die Hand, die lediglich ein bisschen mit den Hüften wackelte. Sie zwinkerte mir zu und schaute wieder nach vorn zur Bühne, während ich mit klopfendem Herzen Lucien entgegentrat. Er nahm meine Hand, und ich rechnete fest damit, dass er nun ebenfalls Jive mit mir tanzte. Doch er schien etwas Eigenes im Sinn zu haben.

Mein Puls schnellte in die Höhe, als er mich zu sich heranzog, bis ich gegen ihn prallte. Obwohl mein Mantel gut gefüttert war und er ebenfalls eine dicke Jacke trug, konnte ich seine Wärme überdeutlich fühlen, ebenso die Kraft seiner Muskeln, die sich bei jeder Bewegung anspannten. Seine rechte Hand lag tief an meinem Rücken, die andere hielt meine in sicherem Griff.

So nah waren wir uns noch nie gewesen.

Doch bevor ich diese unerwartete Nähe verarbeiten konnte, blitzte ein teuflisches Grinsen in seinem Gesicht auf, und er begann einen wilden Tanz. Wir hielten uns an keine bestimmte Schrittfolge. Stattdessen wirbelte Lucien mich herum und brachte mich damit zum Lachen, bis ich Seitenstechen bekam.

Ich schnappte immer noch nach Luft, als der Rhythmus in die Weihnachtsballade *O Holy Night* überging. Die Popsängerin blieb auf der Bühne, wurde jetzt aber von einem Gospelchor unterstützt. Pfiffe erklangen, und die ausgelassene Fröhlichkeit wandelte sich in eine feierliche Stimmung. Die Bühnenbeleuchtung switchte von schrillen bunten Farben zu warmen Rot- und Orangetönen. Überall um uns herum zückten die Leute ihre Handys und verwandelten die Umgebung in ein Lichtermeer.

Eigentlich rechnete ich damit, dass Lucien mich wieder freigab. Doch er verlangsamte ebenfalls unser Tempo, während er mich mit seinen dunklen Augen in den Bann zog. Als er den Kopf senkte, streifte sein Atem über meine Lippen und legte mein komplettes System lahm.

Um mich herum geriet die Welt in Vergessenheit. Die Menschenmenge, die Musik und sogar die überwältigende Fichte verschwanden im Schatten meiner Empfindungen. Da war nur noch Platz für einen Gedanken: Ich wollte Lucien küssen. Und wenn ich seine hoffnungsvolle Miene richtig deutete, wollte er das auch.

Früher hätte ich es einfach getan. Ich hätte mir genommen, was ich wollte, ohne mich um die Konsequenzen zu scheren. Aber jetzt lagen die Dinge anders. *Ich* war anders – und Lucien war mir wichtig. Solange ich mir nicht im Klaren darüber war, was ich eigentlich wollte, wäre es nicht fair von mir, ihm falsche Signale zu senden. Deshalb ignorierte ich die

Sehnsucht in seinem Blick, lächelte ihn an und legte den Kopf auf seine Schulter, um mich nicht länger in Versuchung zu führen.

Es war ein schönes Gefühl, von Lucien gehalten zu werden, und ich stellte überrascht fest, dass da keinerlei Beklommenheit war. Nach der Sache mit Tristan hatte ich befürchtet, dass ich völlig ausflippen würde, wenn ein Mann erneut in meine Komfortzone eindrang. Aber bei Lucien war das nicht der Fall. Ich fühlte mich wohl in seinen Armen. Sicher und geborgen. Also schloss ich die Augen und genoss die zarte Vertrautheit, die in meinem Herzen erblühte.

Als die Sängerin ein paar Minuten später verstummte, löste ich mich nur widerwillig von Lucien. Aber da ich ja nicht den ganzen Abend an ihm kleben konnte, tat ich es trotzdem und schaute unsicher zu ihm auf, weil ich nicht so recht wusste, was ich sagen oder tun sollte.

Während die Menge vor Begeisterung jubelte, schenkte Lucien mir erneut ein atemberaubendes Lächeln, hob meine Hand zu seinem Mund und drückte mir einfach einen Kuss auf den Handrücken. »Merci, Mademoiselle.«

»De rien, Monsieur.«

Seine Brauen schossen in die Höhe. Aber er kam nicht mehr dazu, mein Schulfranzösisch zu kommentieren, weil seine Freunde nach ihm riefen. Behutsam schob Lucien mich ein Stück zu ihnen.

Vanita reichte mir meinen Becher, den sie in der Zwischenzeit gehalten hatte. »Trink!«, befahl sie mir. »Nicht dass das gute Zeug kalt wird.«

Gehorsam nippte ich an dem Becher, aber leider brannte der Punsch immer noch wie die Hölle, und ich verzog das Gesicht.

Vanita lachte. »Ein echtes Teufelszeug, was? Romeo muss mir unbedingt das Rezept geben, wenn Chloe ihn von der Leine gelassen hat.«

Ich folgte ihrem Blick und stellte überrascht fest, dass meine Mitbewohnerin inzwischen in einen offensiven Flirt mit Romeo vertieft war. Sie lachte und alberte mit ihm herum. Trotzdem wurde ich das Gefühl nicht los, dass da auch ein gewisser Trotz in ihren Augen funkelte.

»Eigentlich dachte ich immer, sie steht auf Jesse«, bemerkte Vanita, der Chloes Verhalten wohl auch recht sonderbar erschien.

Aber da ich nicht mit anderen über Chloe und ihre Angelegenheiten reden wollte, zuckte ich lediglich mit den Schultern. »Sie will sich sicher nur ein bisschen amüsieren.«

Vanita wackelte vielsagend mit den Augenbrauen. »Das wollen wir alle, Süße.« Sie beugte sich zu mir und fragte mit gesenkter Stimme: »Du und Lucien, ihr seid nicht … du weißt schon … zusammen, oder so was? Ich dachte es erst, aber ihr benehmt euch eher wie Freunde. Was dagegen, wenn ich mein Glück versuche?«

Meine gute Laune rauschte in den Keller.

Was sollte ich bitte dazu sagen? Ich hatte kein Recht, Vanita in Grenzen zu verweisen, die ich noch gar nicht bereit war abzustecken. Aber die Vorstellung, dass Lucien mit Vanita anbandeln könnte, weil ich zu feige war, seinen Avancen nachzugeben, war auch nicht gerade berauschend.

Ich würgte den dicken Kloß in meinem Hals hinunter und nahm einen kräftigen Schluck Punsch, der mich das Gesicht verziehen ließ. Dann sah ich meine Kollegin an. »Ehrlich gesagt hab ich keine Ahnung, was das zwischen uns ist.«

Vanita musterte mich forschend. »Dann finde es mal lieber schnell heraus, Ally. Solche Kerle findet man nicht oft in Manhattan.«

Mit einem nervösen Flattern im Magen folgte ich ihrem Blick und betrachtete Lucien, der in ein Gespräch mit seinen Kollegen vertieft war. Wenn ich das richtig verstand, versuchte er gerade, sie zu überreden, ihm ihre Zugangskarten zum Entwicklungslabor zum Geburtstag zu schenken.

Wieder fiel mir auf, wie fröhlich und frei sein Lachen war. Ganz anders als das zynische Grinsen, das mir unter den New Yorkern vorwiegend begegnete.

Ich seufzte leise. »Ich weiß.«

Kapitel 14

Noch bevor ich die Augen öffnete, war ich mir absolut sicher, dass mein Schädel jede Sekunde in seine Einzelteile zerspringen würde. Das Hämmern war brutal, und die bildhafte Vorstellung meines explodierenden Kopfes sorgte dafür, dass sich mir der Magen umdrehte. Verdammter Whiskey!

Eigentlich hatte ich gar nicht viel getrunken. Zwei, maximal drei Becher. Trotzdem hatte das bei meinem Stresslevel und der ganzen Aufregung offenbar gereicht, um mich völlig auszuhebeln. Ich wusste nicht mal mehr genau, wie ich nach Hause gekommen …

Meine Gedanken gerieten ins Straucheln, als ich meine schweren Lider nach oben zwang.

Oh! Ich war gar nicht zu Hause. Das erklärte zumindest, wieso ich mich nicht an den Heimweg erinnern konnte.

Scheiße! Wo zur Hölle war ich?

Nichts an dem Zimmer war mir vertraut. Es war nicht besonders geräumig, besaß jedoch ein großes Fenster, durch das etwas Licht von der nächtlichen Straßenbeleuchtung hereindrang. Ich erkannte unscharf ein Backsteinmuster an den Wänden, einen Nachttisch mit einer kleinen Lampe darauf und einen Kleiderschrank aus antikem Holz. Auf einem Loungestuhl in der Ecke lag außerdem ein Berg Klamotten. Ganz oben drauf ein kariertes Hemd.

Ein Hemd, wie Lucien es gestern Abend getragen hatte.

Ich schoss nach oben.

Du liebe Zeit! Ich war in Luciens Schlafzimmer. In seinem Bett!

Und plötzlich fiel mir ein, wie ich hierhergekommen war: Wir hatten alle in bester Laune den Rest der Show verfolgt, bis die Fichte endlich, endlich erstrahlte. Der Jubel war ohrenbetäubend gewesen, und die gut fünfzigtausend LED-Lichter, die den Weihnachtsbaum zum Leuchten brachten, hatten mich in ihrer Schönheit geradezu geblendet. Danach hatte es nicht lange gedauert, bis sich die Menge zerstreute, und da wir alle ebenfalls völlig durchgefroren waren, hatten wir spontan beschlossen, bei Lucien weiterzufeiern. Chloe, Vanita und Bethany hatten sich für den Abend verabschiedet, weil sie heute Morgen die Frühschicht im Tiffany's hatten, und auch einige Freunde von Lucien passten für die kleine After-Lighting-Party. Deshalb hatte ich ebenfalls gezögert, aber da ich Luciens Geschenk noch immer in meiner Handtasche spazieren trug und ich es ihm nicht eilig am Taxistand in die Hände drücken wollte, war ich doch mitgefahren.

Schon auf den Weg nach Washington Heights waren mir allerdings ständig die Augen zugefallen, und eine bleierne Müdigkeit hatte von mir Besitz ergriffen. Aber ich hatte mich geweigert, der Erschöpfung nachzugeben. Ich wollte nicht, dass der Abend schon vorbei war, sondern weiter Spaß mit Lucien haben. Und vor allem wollte ich sein Gesicht sehen, wenn er sein Geschenk auspackte. Es war bloß eine Kleinigkeit. Trotzdem hoffte ich, dass sie ihm gefiel.

Ich suchte in meinen Erinnerungen nach dem Moment, in dem er das Geschenkpapier aufriss. Doch mir fiel nur ein, wie wir wenig später zu fünft in Luciens Apartment gestolpert waren. Es war ähnlich geschnitten wie unseres. Durch einen kleinen Eingangsbereich gelangte man direkt in den Wohnraum mit Küchenzeile. Dort hatten sich Lucien, Romeo und Xavier sogleich auf die Suche nach Alkohol gemacht, während Mailin verzückt eine Schachtel Macarons verputzte.

Ich hatte auf dem Sofa gesessen und das chaotische Treiben amüsiert beobachtet. Alle agierten so selbstverständlich und herzlich miteinander, und jeder schien sich in Luciens Apartment wohlzufühlen. Vielleicht lag das daran, dass die Einrichtung keiner klaren Gestaltungslinie folgte, sondern dass für jeden Geschmack etwas dabei war. Alle Möbelstücke waren bunt zusammengewürfelt, doch sie wirkten weder abgerockt noch billig.

Es war ein bisschen wie in diesen ganzen Sitcoms, auf die Chloe so abfuhr. Eigentlich hatte ich das immer für Schwachsinn gehalten. *Friends, How I Met Your Mother, The Big Bang Theory* – für mich waren das stets Freundschaften nach Drehbuch gewesen und weit entfernt von der Realität. Aber als ich Lucien mit seinen Freunden beobachtet hatte, waren leise Zweifel in mir hochgekrochen. Ich hatte an Chloe gedacht und an die Freundschaft, die uns inzwischen verband, und auch an Bethany und Vanita, mit denen ich mich täglich besser verstand. Unsere Beziehung war kein Vergleich zu den Freundschaften, die ich früher gepflegt hatte.

In meiner alten Clique hatten wir nie offen und ehrlich miteinander geredet oder einander gar unsere Sorgen anvertraut. Wenn man ein Luxusleben an der Upper East Side führte, hatte man gefälligst keine Probleme zu haben. Man stand über den Dingen, und man benahm sich auch so.

Mir war nie klar gewesen, wie sehr mich das störte, bis ich hörte, wie Xavier offen in der Gruppe zugab, dass er Streit mit seiner Freundin hatte. Alle waren still geworden und hatten ihn reden lassen. Anschließend hatten sie gemeinsam versucht, eine Lösung zu finden. Und nicht nur das. Sie hatten sogar meine Meinung eingefordert.

Leider hatte ich nicht besonders viel beizutragen, weil ich gedanklich immer wieder weggedriftet war. Das ärgerte mich jetzt. Ich wollte nicht, dass Luciens Freunde glaubten, sie würden mich langweilen. Aber diese Couch war so verdammt bequem gewesen, und diese Wolldecke, die wie durch Zauberhand auf mir erschienen war, so unglaublich kuschlig. Sie hatte nach Lucien gerochen und war so warm und weich und …

Shit! Ich war tatsächlich eingeschlafen.

Lucien musste mich ins Schlafzimmer verfrachtet haben, aber ich war so fertig gewesen, dass ich es nicht mal mitbekommen hatte.

Stöhnend rieb ich mir über das Gesicht. Ich hatte keine Ahnung, wie spät es war. Aber da jetzt ohnehin nicht mehr an Schlaf zu denken war, rappelte ich mich auf, stolperte durch das dunkle Zimmer und öffnete vorsichtig die Tür.

Leise Radiomusik drang durch das Wohnzimmer. Die Wanduhr verriet mir, dass es gerade mal halb sieben war. Trotzdem stand Lucien putzmunter in der Küche und befüllte gerade die Kaffeemaschine. In der Luft hing der Geruch von Seife und Rasierwasser. Demnach war er wohl schon länger wach.

Verlegen trat ich ins Wohnzimmer. »Guten Morgen.«

Lucien hob den Kopf und schenkte mir sein schiefes Grinsen. »Guten Morgen, Barbeau. Gut geschlafen?«

Ich verzog das Gesicht. »Wie eine Tote.«

»Hat man gemerkt.« Er warf mir einen spöttischen Blick zu. »Ehrlich gesagt war ich kurz davor, den Notarzt zu rufen. Aber dann hast du so laut zu schnarchen angefangen, dass ich überzeugt war, du würdest die Nacht überleben.«

Meine Wangen wurden kochend heiß. Ich war mir ziemlich sicher, dass er mich bloß auf den Arm nahm. Andererseits hatte ich noch nie die Nacht bei jemandem verbracht. Es war also durchaus möglich, dass ich schnarchte wie ein Berserker. Ich räusperte mich. »Dürfte ich bitte dein Bad benutzen?«

Belustigung tanzte in seinen Augen. »Auf gar keinen Fall. Schlimm genug, dass du mein Bett in Beschlag genommen hast. Jetzt auch noch das Badezimmer? Das geht wirklich zu weit, Barbeau. Bei aller Freundschaft.«

»Sehr witzig«, murmelte ich, spürte aber, wie meine Mundwinkel zuckten. Auch die Kopfschmerzen ließen zum Glück schnell nach. »Wo muss ich hin?«

Er zeigte auf eine Tür links von mir. »Da entlang, Madame.«

»Danke.« Ich huschte ins Badezimmer, bevor Lucien mich noch weiter veralbern konnte.

Dort spritzte ich mir als Erstes eiskaltes Wasser ins Gesicht, bevor ich einen Blick in den Spiegel wagte. Erstaunlicherweise sah ich nicht so fertig aus wie befürchtet, was vor allem daran lag, dass ich wirklich ausgezeichnet geschlafen hatte. Ich richtete mich ein wenig her und atmete etwa zehnmal tief durch, bevor ich mich wieder nach draußen wagte. Inzwischen hatte Lucien zwei Tassen Kaffee eingeschenkt, die bereits auf dem Couchtisch standen.

»Hast du Hunger?«, fragte er, während er mit zwei Tellern in der Hand zu mir kam.

»Nein, vielen Dank. Ich …« Meine Augen wurden groß, als ich die Tortenstücke auf den Tellern erblickte. Sie bestanden aus mehreren Schichten und waren mit Buttercreme und bunten Streuseln verziert. »Ist das deine Geburtstagtorte?«

»Äh, ja.« Lucien grinste wie ein frecher, kleiner Junge. »Vermutlich bin ich schon etwas zu alt dafür, aber es ist Tradition, und ich liebe diese Torte zu sehr, als dass ich freiwillig darauf verzichten könnte. Willst du?«

Normalerweise aß ich nie so früh am Morgen. Allerdings musste ich zugeben, dass die Torte ziemlich verlockend aussah, und etwas Zucker konnte sicher nicht schaden. »Gern, danke. Aber vorher musst du dich setzen.«

»Ich hatte sowieso nicht vor, im Stehen zu essen«, erwiderte Lucien, doch ich ging nicht auf seinen Scherz ein, sondern sah mich nach meiner Handtasche um. Zum Glück musste ich nicht lange suchen, denn sie lag gleich auf dem Sessel.

Während Lucien die Teller abstellte und sich auf das Sofa setzte, nahm ich die Tasche an mich und wühlte darin herum, bis ich sein Geschenk fand. Aufgeregt drehte ich mich wieder zu ihm um und hielt es ihm entgegen. »Noch einmal herzlichen Glückwunsch zum Geburtstag!«

Lucien blinzelte überrascht, bevor er das Päckchen entgegennahm und es in den Händen drehte. »Du hast ein Geschenk für mich?«

»Eigentlich wollte ich es dir schon gestern geben, aber ich habe keine passende Gelegenheit gefunden.« Mit etwas Abstand zu ihm setzte ich mich ebenfalls aufs Sofa, ohne ihn aus den Augen zu lassen. »Mach's auf.«

Eigentlich hätte ich erwartet, dass Lucien das Päckchen voller Ungeduld aufriss. Stattdessen löste er den Klebestreifen so vorsichtig, dass nicht mal das Papier Schaden nahm. Anschließend faltete er es sorgfältig zurück und runzelte die Stirn, als er die schlichte Schatulle aus Kirschholz erblickte. »Was ist das?«

»Du musst reinsehen«, erwiderte ich, während ich mich an seinem Gesichtsausdruck erfreute.

Langsam ließ er den edlen Silberverschluss aufschnappen. Er sah mich kurz an und grinste. Dann hob er den Deckel – und sein Lächeln verblasste.

Meine Freude verpuffte ebenfalls. Ich hatte wirklich gedacht, dass das genau das Richtige für ihn wäre. Die Schatulle war innen vollständig mit einem dicken Samtpolster ausgestattet, und ein Gummiband war so eingearbeitet, dass zehn Glasphiolen und ein Bündel Teststreifen darin Platz fanden. Aber sonderlich begeistert wirkte Lucien nicht.

»Wo hast du das her?«, fragte er tonlos.

Ich schluckte. »Ein Bekannter von mir ist Möbeldesigner. Er hat die Box hergestellt. Ich dachte, du könntest darin deine Glasphiolen transportieren. Damit du sie nicht immer in ein Watteknäuel packen musst.«

Nervös betrachtete ich sein Gesicht, auf dem keinerlei Regung zu sehen war. Sonst trug er seine Emotionen immer offen zur Schau. Aber diesmal verbarg er sie vor mir. Das überforderte mich.

»Es tut mir leid«, sagte ich schnell. »Das war eine blöde Idee. Wahrscheinlich ist das total unpraktisch. Ich wollte nicht …«

»Ally«, unterbrach er mich sanft.

Mir stockte der Atem, als seine Maske fiel. Mit einem Mal schimmerten so viele Gefühle in seinen braunen Augen, dass mein Herz vor Schreck aussetzte, nur um dann in doppeltem Tempo weiterzuhämmern.

»Das ist das schönste Geschenk, das ich je bekommen habe.« Sein Lachen entkrampfte die angespannte Stimmung zwischen uns. »Na ja, abgesehen von dem Transformer, den mir meine Eltern zum achten Geburtstag geschenkt haben, vielleicht.«

»Transformer sind auch ziemlich cool«, stimmte ich ihm zu. »Dagegen kommt eine Holzschatulle natürlich nicht an.«

Belustigung tanzte in seinen Augen. »Ich wusste, dass du mich verstehst.«

»Selbstverständlich.« Ich stieß ein theatralisches Seufzen aus, um meine Erleichterung zu verbergen. »Ich wollte auch einen Optimus Prime haben. Aber ich habe immer bloß langweilige Puppen gekriegt.«

Mit einem amüsierten Kopfnicken deutete er zu einer Kommode, auf der allen Ernstes die besagte Actionfigur stand. Mit einer winzigen Weihnachtsmannmütze auf dem Kopf. »Du darfst mit Optimus spielen, wann immer du willst.«

Einen aberwitzigen Moment lang fragte ich mich, wie er wohl reagieren würde, wenn ich ihn beim Wort nahm und mir die Figur schnappte. Doch dann schüttelte ich bedauernd den Kopf. »Ein anderes Mal. Die Uni ruft.«

»Stimmt. Aber erst frühstücken wir.« Als wäre die Holzschatulle sein kostbarster Schatz, stellte er sie vorsichtig auf den Couchtisch, bevor er mir einen Teller reichte. Anschließend zog er die Beine zum Schneidersitz an und fing an, die Torte in sich reinzuschaufeln. Als er bemerkte, dass ich ihn beobachtete, runzelte er die Stirn. »Was ist?«

Ich sah ihn ungläubig an. »Man könnte meinen, du hättest seit Monaten nichts gegessen.«

»Ehrlich gesagt bin ich wirklich am Verhungern. Das war eine lange Nacht.«

»Wann sind eigentlich die Letzten gegangen?«, fragte ich und spießte vorsichtig ein Stück Torte auf.

»Vor einer Stunde etwa.«

Entgeistert riss ich die Augen auf. »Soll das heißen, du hast überhaupt nicht geschlafen?«

»Ich hatte keine Zeit zum Schlafen«, erwiderte er leichthin. »Ich war viel zu sehr damit beschäftigt, mich selbst davon abzuhalten, zu der hübschen Frau in meinem Bett zu kriechen.«

Ich zog eine Braue hoch. »Sie hätte dich sowieso aus dem Bett geschubst, wenn du es versucht hättest.«

Ja, okay, das war gelogen. Wesentlich wahrscheinlicher war, dass ich mich an ihn rangekuschelt hätte. Aber zum Glück durchschaute Lucien mich diesmal nicht, sondern lachte nur leise. »Das dachte ich mir.«

Plötzlich wurde seine Miene ernst. »Du warst echt erledigt gestern, Barbeau. Kann es sein, dass du ein bisschen zu wenig schläfst?«

Anstelle einer Antwort zuckte ich mit den Schultern und schob mir endlich die Gabel in den Mund. Luftiger Biskuitteig kombiniert mit einer herben Schokoladencreme landete in meinem Mund, und ich stöhnte genüsslich auf. »Heilige Scheiße!«

Lucien gluckste. »Soll ich Maman exakt diesen Wortlaut ausrichten oder willst du dir noch eine eloquentere Formulierung überlegen?«

Die Vorstellung, er würde erneut mit seiner Mom über mich sprechen, sorgte dafür, dass ich mich beinahe am nächsten Bissen verschluckte. »Lass mich noch mal drüber nachdenken, wenn ich fertig bin.«

»Alles klar.« Er zwinkerte mir zu. »Du hast noch eine Viertelstunde. Dann müssen wir leider los.«

Bedauern erfasste mich, und plötzlich wünschte ich mir, wir könnten diesen Tag einfach blaumachen und zusammen sein. Bedauerlicherweise war das nicht drin, weil in jedem meiner Kurse eine Anwesenheitspflicht herrschte und Lucien ebenfalls arbeiten musste. Also genoss ich die kurze Zeit, die wir noch zusammen hatten, so gut es ging, bevor wir wenig später die Subway in Richtung Diamond District nahmen.

Leider kam der Moment des Abschieds viel zu früh. Ich hoffte, dass Lucien ein weiteres Mittagessen vorschlug. Aber zu meiner Enttäuschung wünschte er mir bloß einen schönen Tag, hauchte mir einen Kuss auf die Wange und schlüpfte zur Tür hinaus.

Kapitel 15

Chloe erschrak fast zu Tode, als ich kurz nach sieben Uhr morgens zur Wohnungstür hereinstürmte. Sie kam gerade in ein Handtuch gewickelt aus dem Badezimmer und stolperte kreischend ein paar Schritte zurück. »Verdammt noch mal! Willst du mich umbringen? Ich dachte, du schläfst noch!«

»Sorry«, erwiderte ich und warf ihr einen zerknirschten Blick zu, ehe ich in mein Zimmer rannte, um mir ein paar saubere Klamotten anzuziehen. Nachdem ich in schlichte Jeans und einen dicken Wollpullover geschlüpft war, eilte ich wieder nach draußen und suchte die Unterlagen zusammen, die ich für meine Kurse brauchte.

Unterdessen stieß Chloe ein vernehmliches Räuspern aus. »Willst du mir vielleicht verraten, warum du jetzt erst nach Hause kommst?«

Eigentlich wollte ich nicht. Deshalb beschloss ich, den Ball zurückzuspielen. »Willst du mir vielleicht verraten, was dein kleiner Flirt mit Romeo gestern Abend zu bedeuten hatte?«

»Nichts.« Sie zuckte mit den Schultern. Dabei geriet der Handtuchturban auf ihrem Kopf bedrohlich ins Wanken. »Ich hatte eben Lust auf einen Flirt.«

Ich bezweifelte, dass das alles war. »Ist er wirklich allein nach Hause gefahren, nachdem wir uns voneinander verabschiedet haben?«

»Was?« Chloe lachte schrill. »Woher soll ich das wissen?«

Nachdenklich betrachtete ich meine Freundin. »Du hast überlegt, mit ihm mitzugehen.«

»Kann sein.« Sie hätte nicht gleichgültiger wirken können, und in ihre Augen trat eine Leere, die mir nur allzu vertraut war. »Aber dann habe ich meine Meinung geändert. Er ist süß, aber wirklich angemacht hat er mich nicht.«

»Zumindest nicht so wie Jesse, was?«, scherzte ich, doch sie ließ sich nicht aus der Reserve locken.

Sie wandte sich ab. »Jesse ist mir ebenfalls egal.«

Ich glaubte ihr kein Wort. Hätte ich mehr Zeit gehabt, hätte ich sie spätestens jetzt in die Mangel genommen. Aber dummerweise war ich sowieso schon zu spät dran. Ich schulterte meine Tasche. »Lass uns nachher drüber reden.«

»Da gibt es nichts zu reden«, wiegelte Chloe ab. »Du bist mir allerdings noch eine Antwort schuldig, junge Dame.«

Ich warf ihr einen Luftkuss zu. »Wir sehen uns später.«

Bevor sie noch etwas sagen konnte, war ich schon wieder zur Tür hinaus und hetzte zur Uni. Ich schaffte es gerade noch rechtzeitig in meinen ersten Kurs, aber da ich letzte Nacht ganz hervorragend in Luciens Bett geschlafen hatte, kämpfte ich wenigstens nicht wie sonst gegen die lähmende Erschöpfung an.

Der Vormittag zog sich trotzdem ewig in die Länge. Mehrfach angelte ich mein Handy aus der Tasche und überlegte, Lucien mein Leid zu klagen. Aber am Ende ließ ich es doch bleiben. Ich wusste selbst nicht genau, warum. Die Stimmung war nicht schlecht zwischen uns gewesen, als wir uns voneinander verabschiedet hatten. Allerdings bereitete es mir etwas Sorge, wie sehr ich mich danach sehnte, ihn wiederzusehen.

Dass wir keine neue Verabredung ausgemacht hatten, fühlte sich seltsam an. Als würde mir etwas Wichtiges fehlen. Ich fragte mich, ob es Lucien genauso ging und er sich deshalb nicht meldete oder ob er einfach mit seinem Job und dem Geburtstag seiner Schwester genug um die Ohren hatte. Wahrscheinlich war es Letzteres. Aber das dumpfe Gefühl in mir ließ sich nicht abschütteln.

Den ganzen Vormittag über blieb mein Handy stumm, sodass ich das Tiffany's am frühen Nachmittag reichlich missmutig betrat. Nicht einmal meine neu gewonnenen Freundinnen, die gut gelaunt über die Lighting Show sprachen, konnten mich aufmuntern.

Leider schien meine Stimmung auf unsere Kunden abzufärben. Ich verbrachte fast eine ganze Stunde damit, eine ältere Dame zu beraten, die ein Geschenk für ihre Mutter suchte. Letztlich gefiel ihr jedoch keines der Stücke, die ich ihr präsentierte, und sie beschloss, sich woanders umzusehen. Anschließend ärgerte ich mich mit einem Yuppie herum, der seine Uhr reklamieren wollte. Der Typ wollte partout nicht einsehen, den Reparaturservice selbst zu bezahlen, nachdem er mit seinem verdammten Porsche über die Uhr gebrettert war, um seinem Kumpel deren Robustheit zu demonstrieren. Ich gab mein Möglichstes, um freundlich zu bleiben, doch der Kerl war dermaßen herablassend, dass ich mich kaum noch beherrschen konnte. Kurz bevor ich ihn fragte, wie blöd man eigentlich sein konnte, schaltete Maurine sich ein und regelte die Angelegenheit.

Ich nutzte die Gelegenheit, um nach hinten zu gehen, und versuchte, meine angespannten Nerven zu beruhigen. Natürlich schaffte ich es nicht, mein Handy zu ignorieren, sondern überprüfte es sofort auf neue Nachrichten. Lucien hatte sich nicht gemeldet. Dafür verlangte Tristan erneut ein Treffen.

Da es mir nun endgültig reichte, schaltete ich genervt mein Handy aus und kehrte in den Verkaufsraum zurück. Eigentlich war ich überzeugt, für heute sämtliche Idioten überlebt zu haben. Leider täuschte ich mich.

Als Nächstes kamen zwei It-Girls, die es in ihrer Überheblichkeit locker mit Soraya und Kristen aufnehmen konnten. Sie scheuchten mich durch den Store, mäkelten an allem herum und zeigten null Begeisterung für den traumhaft schönen Schmuck. Danach kämpfte ich mit einer weiteren Reklamation, für die ich nichts konnte, aber den Kopf hinhalten durfte.

So ging es weiter und weiter. Als hätte mir jemand eine Zielscheibe auf die Stirn gemalt. Ich bekam kein einziges freundliches Wort, nicht einmal ein Lächeln. Die meisten sahen mir gar nicht erst in die Augen.

Als sich meine Schicht dem Ende näherte, fühlte ich mich schäbig und ausgelaugt. Ich wollte mich nur noch mit einem Kübel Eis auf dem Sofa verkriechen und mir die brutalsten Folgen von *Criminal Minds* reinziehen.

Mein schöner Plan wurde jedoch durchkreuzt.

Von Lucien.

Er kam fünf Minuten vor Ladenschluss in den Store – und mein blödes Herz donnerte sofort los. Ihn zu sehen, fühlte sich wie Balsam für meine Seele an. Gleichzeitig ärgerte es mich, dass dieser Kerl die Macht besaß, meinen Gemütszustand so zu beeinflussen. Ein Blick aus seinen funkelnden braunen Augen und ich wollte darin versinken. Ein schiefes Grinsen, und schon spannten sich meine Bauchmuskeln an in dem Bedürfnis zu lachen.

Himmel! Ich war dabei, mich in eine dieser liebeskranken Protagonistinnen aus Chloes Lieblingsschnulzen zu verwandeln, und ich konnte absolut nichts dagegen tun. Sogar meine Knie wurden weich, als Lucien mit schelmischer Miene zu mir kam.

»Guten Tag«, sagte er. »Ich hätte gern etwas für zehn Dollar.«

Sein verspielter Tonfall verriet, dass ich mir den ganzen Tag über umsonst den Kopf zerbrochen hatte. Er war keineswegs auf Abstand zu mir gegangen. Es war lediglich meine eigene Unsicherheit, die mich das hatte glauben lassen. Was für eine frustrierende Erkenntnis. Ich musste dringend auf die Bremse treten, bevor ich mich noch mehr in etwas verrannte.

»Du könntest eine Tüte kaufen.«

Lucien blinzelte. »Ernsthaft?«

Sein entgeisterter Gesichtsausdruck entlockte mir ein Lachen. »Ich fürchte, mehr kann ich für das Budget nicht bieten.«

»Hmm.« Lucien dachte einen Augenblick nach. Dann zuckte er mit den Schultern. »Das habe ich befürchtet. Qualität hat eben ihren Preis, was? Hilfst du mir, etwas anderes zu finden?«

Vor Überraschung klappte mir der Mund auf. »Du willst mit mir shoppen gehen?«

Mit einem Mal wirkte er verlegen. »Heute ist Donnies Geburtstag, wie du weißt, und ich habe immer noch kein Geschenk. Eigentlich wollte ich etwas in der Mittagspause besorgen, aber es gab Probleme mit der Werbekampagne von *Hiver*. Und nun habe ich exakt eine Stunde und fünf Minuten Zeit, etwas zu kaufen, das weniger als zehn Dollar kostet und von Herzen kommt.«

»Das ist nicht gerade viel Zeit«, merkte ich an.

Er nickte zerknirscht. »Ich könnte also etwas Hilfe wirklich gut gebrauchen.«

Um ehrlich zu sein, kaufte ich ihm das nicht ab, denn so, wie er immer von seiner Zwillingsschwester sprach, kannte er sie gut genug, um etwas Passendes zu finden. Ich hingegen war mir nicht sicher, ob es eine gute Idee war, mit ihm durch die Läden zu bummeln. Immerhin war das das exakte Gegenteil von Entschleunigung.

»Ich kann nicht«, erwiderte ich, während sich mein Herz vor Entrüstung verkrampfte. »Ich hatte einen ziemlich üblen Tag und wäre sicher keine gute Ratgeberin.«

Eine kleine Falte trat auf Luciens Stirn, während er mich eingehend betrachtete. Streng genommen hatte ich nicht gelogen. Aber trotzdem schien er mich mal wieder mühelos zu durchschauen. Diesmal ließ er es mir jedoch nicht durchgehen.

»Komm schon, Barbeau«, murmelte er. »Lass mich nicht hängen. Ich bin echt verzweifelt.«

Seine samtweiche Stimme vibrierte in meinem Bauch. Mein Verstand warnte mich eindringlich davor, mich bloß nicht einwickeln zu lassen. Aber mein Herz nickte bereits eifrig.

»Okay«, hörte ich mich selbst sagen, bevor ich noch länger das Für und Wider abwägen konnte. »Warte draußen auf mich.«

Lucien freute sich sichtlich über meine Unterstützung. Er winkte Chloe und Bethany kurz zu, die am anderen Ende des Stores bereits die ersten Vitrinen verschlossen, und verließ dann den Laden.

Sobald die letzte Kundin endlich bezahlt hatte, schloss Jesse hinter ihr ab, während ich den Kassensturz erledigte. Anschließend sagte ich Chloe Bescheid, dass ich nicht mit ihr zusammen nach Hause fahren würde.

Meine Freundin warf sich geradezu überschwänglich in meine Arme. »Ich freu mich so für dich«, flüsterte sie mir ins Ohr. »Genieß jede Sekunde. Ich werde nicht auf dich warten, falls du auch die Nacht mit ihm verbringst.«

Ich musste wirklich dringend mit ihr reden.

Leider fehlte mir schon wieder die Zeit, um ihr zu erklären, dass sie mit ihrer Vermutung absolut danebenlag. Ich nahm mir vor, das später zu korrigieren, ehe ich meine Sachen holte und den Store verließ.

Lucien wartete in den Channel Gardens bei der Bank, auf der wir letzte Woche in der Eiseskälte gepicknickt hatten, und bewunderte die Nordische Fichte, die nun am Ende des Plazas in den schillerndsten Farben funkelte. »Das ist schon ein beeindruckender Anblick, n'est-ce pas?«

Ich zeigte auf den großen, illuminierten Drahtengel, der unmittelbar neben ihm in eine goldene Fanfare blies und zu einer Serie aus zwölf Engeln gehörte. »Die finde ich noch ein bisschen beeindruckender.«

Neugierig legte er den Kopf schief. »Warum?«

»Weil sie seit 1955 jedes Jahr auf- und wieder abgebaut werden«, erklärte ich und betrachtete nachdenklich den Engel. »Kannst du dir vorstellen, was es für eine künstlerische Leistung ist, ein solches Wahrzeichen zu erschaffen? Der Weihnachtsbaum ist immer ein anderer. Aber diese zwölf Engel läuten seit über siebzig Jahren die Weihnachtszeit am Rockefeller Center ein.«

»Du hast recht.« Lucien lächelte. »Das ist wirklich beeindruckend. Weißt du, wer die Engel gemacht hat?«

»Eine Künstlerin namens Valerie Clarebout.« Ich zeichnete eine imaginäre Linie in die Luft. »Sie hat die Engel symmetrisch angeordnet und so gestaltet, dass sie perfekt zum Stil des Rockefeller Centers passen. Klar und doch verspielt, geordnetes Chaos inmitten dieses gewaltigen Gebäudekomplexes.«

»Dann war sie wohl ziemlich gut mit Rockefeller und seinen Kumpels befreundet«, scherzte Lucien.

»Eher mit dem Architekten«, korrigierte ich ihn. »Zumindest hat Robert Carson sie damals mit ins Boot geholt. Er hat das Time Warner Building designt und noch ganz viele andere renommierte Projekte in New York realisiert.«

»Ach ja?«

Ich nickte begeistert. »Kennst du zum Beispiel das rote Bürogebäude in der Broadstreet in Lower Manhattan?«

Nachdenklich runzelte er die Stirn, dann hellte sich seine Miene auf. »Dieser große Klotz mit den kleinen Fenstern?«

»Genau.« Amüsiert sah ich ihn an. »Ich habe gelesen, dass sich die Designer bei der Gestaltung damals von Lochkarten haben inspirieren lassen.«

»Wo liest du denn solche Sachen?«

Meine Begeisterung verflog ein wenig. Lucien hatte keine Ahnung, wer mein Vater war und was ich alles hinter mir gelassen hatte. Und dabei sollte es auch bleiben.

Betreten wich ich seinem Blick aus. »Ehrlich gesagt weiß ich es gar nicht mehr genau. Wahrscheinlich im Museum of Modern Art. Da gibt es eine sehr umfangreiche Ausstellung über die New Yorker Architektur im letzten Jahrhundert.«

»Klingt spannend. Vielleicht können wir ja mal zusammen hingehen.«

Sein Vorschlag freute mich mehr, als gut für mich war.

»Sicher«, erwiderte ich ausweichend und deutete auf das Saks hinter ihm. Das Einkaufszentrum war mit Tausenden bunten LEDs geschmückt, die den Betrachter ebenso überwältigten wie die Weihnachtsdekoration am Rockefeller Center. »Sollen wir dort nach einem Geschenk für deine Schwester schauen?«

Lucien warf einen Blick über die Schulter. »Glaubst du, wir finden dort etwas für zehn Dollar?«

Wenn ich so darüber nachdachte, waren seine Zweifel durchaus berechtigt. Schließlich enthielt das Kaufhaus ausschließlich Top-Labels. Selbst ein Paar Socken bekam man nicht unter dreißig Dollar. Im Schlussverkauf.

»Vermutlich nicht«, räumte ich ein und sah mich um. »Vielleicht sollten wir es eher in den Nebenstraßen versuchen.«

»Ich glaube, das wäre besser.« Lucien musterte meine dünne Stoffhose, die unter meinem Mantel hervorlugte. »Bist du warm genug angezogen?«

Seine Fürsorge schockte mich immer wieder. »Ja, danke.«

Wir gingen die 5th Avenue ein Stück Richtung Uptown, ehe wir in die 53. Straße einbogen, in der sich neben weiteren Luxusmarken auch kleinere Restaurants und Stores befanden.

Unterdessen erzählte mir Lucien von dem Drama, das es heute in der Marketingabteilung von Noélle gegeben hatte, nachdem in einem der angesagtesten Lifestylemagazine der Vereinigten Staaten eine wenig schmeichelhafte Produktbewertung zu *Hiver* erschienen war. ›Langweilig und trivial‹ haben sie das Parfüm beschrieben, und natürlich ging der Artikel viral. Es war ein Desaster. Sinclair hat getobt. Er meinte, wir hätten solche negativen Beiträge kurz nach dem Produktlaunch abfangen müssen.«

»Wie hättet ihr das anstellen sollen?«, fragte ich verwundert. »Ihr könnt doch nicht wissen, was die Leute über *Hiver* schreiben.«

»Natürlich nicht.« Genervt schüttelte Lucien den Kopf. »So cool die

Leute auch sind, ich mache drei Kreuze, wenn ich diese Abteilung endlich hinter mir lassen kann und in die Produktentwicklung versetzt werde.«

»Aber dann wirst du dich jeden Tag mit Sinclair auseinandersetzen müssen«, gab ich zu bedenken. »Hört sich an, als würde er dich noch einige Nerven kosten.«

»Garantiert wird er das«, erwiderte er, ließ sich jedoch nicht beirren. »Aber ich bin mir absolut sicher, dass es das wert ist.«

Seine Zuversicht beeindruckte mich immer wieder.

»Hey, wie wäre es hier?«, fragte er unvermittelt und blieb vor einem kleinen Laden stehen, der Accessoires führte – und zwar die von der günstigen Variante.

Obwohl ich nicht glaubte, dass wir da drin etwas Passendes finden würden, gingen wir hinein und sahen uns um. »Warum darf es eigentlich nicht mehr als zehn Dollar kosten?«, fragte ich, während ich ein Paar lilafarbener Handschuhe aus Lederimitat musterte.

Lucien blickte von einem Wollhut auf, den ich mir eher an einer Großmutter vorstellen konnte. »Das ist so eine Tradition bei uns.« Er grinste schief. »Davon haben Maman, Donnie und ich eine ganze Menge.«

»Wie kommt das?«, wollte ich wissen, während ich die Handschuhe wieder weglegte und zu einem türkisfarbenen Paar griff, das besser zu Ondines feuerrotem Haar passen würde.

»Es fing an, nachdem wir hergezogen sind. Sich in einem anderen Land ein neues Leben aufzubauen, war kostspieliger als erwartet. Wir waren nicht arm, aber reich eben auch nicht. Kurz vor unseren Geburtstagen haben wir uns zusammengesetzt und eine Wette abgeschlossen. Wer die Zehn-Dollar-Grenze überschreitet, hat verloren und muss eine Woche lang die Wohnung putzen. Das gilt auch heute noch.«

Ich lachte. »Interessanter Wetteinsatz.«

»Du machst dir wirklich keine Vorstellung, was für eine Chaotin meine Schwester ist. Ich darf diese Wette auf keinen Fall verlieren.«

»Was hat sie dir geschenkt?«, fragte ich und legte die Handschuhe wieder weg, weil sie sich entsetzlich synthetisch anfühlten.

Luciens Augen leuchteten auf. »Sie hat mir ein Moodbook gebastelt. Jede Seite hat ein Farbthema und zeigt Bilder von Blumen, Gegenständen oder Szenen, die mich inspirieren sollen.«

»Wow.«

»O ja, du sagst es. Sie muss Tage dafür gebraucht haben.« Er seufzte, bevor er sich in dem Laden umschaute. »Ich muss mir wirklich etwas verdammt Gutes einfallen lassen, um das zu toppen.«

Wir stöberten weiter durch die Sachen, während Lucien mich mit zusätzlichen Informationen über Ondine fütterte. Sie war in Washington gewesen, weil sie eine Ausbildung zur Dolmetscherin beginnen wollte, nachdem sie ihr Philosophiestudium im Sommer geschmissen hatte. Allerdings hatte sie auch diese Pläne – wie ich selbst sehr gut wusste – gecancelt, weil sie doch lieber in New York bei ihrem Freund bleiben wollte.

Offen gestanden hatte ich Schwierigkeiten, das Bild, das Lucien von seiner Schwester zeichnete, mit der Frau in Einklang zu bringen, die ohne zu zögern einen vierstelligen Betrag für einen Verlobungsring hingeblättert hatte. Allerdings konnte ich ihn nicht auf diese Diskrepanz ansprechen, ohne ihm zu verraten, dass sie bei mir im Store gewesen war. Dazu kam, dass heute nicht nur ihr Geburtstag, sondern der große Tag des Antrags war, und ich hatte keine Ahnung, ob Lucien von ihren Verlobungsplänen wusste.

»Und wie ist ihr Freund so?«, erkundigte ich mich beiläufig, nachdem wir den Accessoire-Shop mit leeren Händen verlassen hatten.

»Schwer zu sagen.« Lucien zuckte mit den Schultern. »Genau so, wie man sich einen stinkreichen Upper-East-Side Sprössling vorstellt, schätze ich.«

»Oh, oh! Höre ich da etwa eine Schublade knarzen?«, zog ich ihn auf, während ich einem Passanten auswich, der es offenbar eilig hatte.

Lucien gluckste. »Touché, Barbeau.«

Ich schluckte schwer. »Reichtum ist also ein Problem für dich?«

Nicht dass ich selbst je wirklich reich gewesen wäre. Aber ich hatte Geld gehabt, und egal wie sehr ich mir das Gegenteil einzureden versuchte, ich könnte immer noch welches haben. Alles, was ich tun musste, war, mich dem Willen meines Vaters zu beugen, und schon hätte ich mein altes Luxusleben wieder.

»Himmel, nein!«, erwiderte Lucien und stieß ein Seufzen aus. »Ich will dich nicht anlügen. Deshalb verrate ich dir jetzt ein kleines Geheimnis, d'accord?«

Neugierig sah ich ihn an. »Okay.«

Er befeuchtete nervös seine Lippen. »Die Sache ist die: Letzten Sommer starb mein Großvater in Frankreich. Wir hatten kein inniges Verhältnis. Ehrlich gesagt kannte ich den Mann kaum. Als Kind hatte ich sogar eine Heidenangst vor ihm. Aber er hat Donnie und mir etwas Geld hinterlassen.«

Nun, das erklärte wohl, wie sich Ondine den Ring hatte leisten können.

»Streng genommen bin ich also auch nicht ganz mittellos«, fuhr Lucien fort und schaute so unglücklich drein, dass sich mein Herz verkrampfte.

»Und du findest es grauenvoll.«

»Könnte man so sagen.« Er verzog das Gesicht. »Das klingt entsetzlich undankbar, n'est-ce pas? Aber so ist es nicht. Ich bin dankbar. Es ist nur … Ich habe nichts geleistet für dieses Geld. Im Grunde verdiene ich es überhaupt nicht.«

»Aber dein Großvater wollte, dass du es bekommst«, wandte ich ein, während ein Anflug von Bitterkeit über mich hinwegfegte. »Er hat keine Bedingungen daran geknüpft.«

»Trotzdem fühlt es sich an, als wäre ich ihm etwas schuldig.«

»Vielleicht hat er gehofft, er würde dir dadurch in guter Erinnerung bleiben.«

Lucien schnaubte. »In guter Erinnerung wäre er mir geblieben, wenn er sich Zeit für uns genommen oder zumindest versucht hätte, seine Enkel zu verstehen. Er lebte auf einem Château in der Provence, und ich weiß noch, wie aufregend ich das anfangs fand. All die Schätze, die es dort zu entdecken gab. Ich glaube, ich war sieben, als ich und Donnie beim Spielen aus Versehen eine uralte Ritterrüstung umgeworfen haben.« Er gluckste leise. »Es hat so laut gescheppert, dass das ganze Anwesen gewackelt hat. Leider fand Pépé das gar nicht witzig. Den Rest der Ferien mussten wir im Gästezimmer bleiben. Es war total ätzend. Danach hat er uns nie wieder eingeladen, aus Angst, wir könnten weitere Kostbarkeiten demolieren.«

Prompt wallte eine ähnliche Erinnerung in mir auf, wie ich eine Skulptur im Apartment meines Vaters ruiniert hatte, weil ich dachte, die Farbflecken darauf wären Schmutz. Ich hatte ihm nach Moms Tod eine Freude machen wollen und das Teil stundenlang geschrubbt. Überflüssig zu erwähnen, dass er total außer sich war, als er die fehlenden Farbapplikationen bemerkt hatte.

Ich hätte Lucien gern davon erzählt, um ihm zu zeigen, wie gut ich ihn verstand. Leider hätte das zwangläufig Erklärungen gefordert, die ich ihm nicht geben wollte. Er zeigte sich auch so schon wenig begeistert von der privilegierten Gesellschaft. Deshalb behielt ich die kleine Anekdote lieber für mich und erkundigte mich, wie oft er seinen Großvater danach noch gesehen hatte.

»Vielleicht ein- oder zweimal«, antwortete er. »Donnie hätte ihn gern öfter besucht. Sie war überzeugt, dass sich hinter seiner harten Schale ein weicher Kern verbarg. Allerdings bin ich mir da nicht so sicher. Es fällt mir schwer, das zuzugeben, aber mein Großvater war kein sehr netter Mensch.«

Ich schluckte schwer. »Und du denkst, alle wohlhabenden Leute sind so?«

Lucien wackelte mit dem Kopf, als könnte er sich nicht entscheiden, ob er ihn schütteln oder doch lieber nicken wollte. »Ich weiß nicht genau. Manche Leute verhalten sich wie wandelnde Klischees und sind absolut zufrieden damit. Das ist mir schon ein wenig suspekt. Andererseits scheint Syracuse ganz in Ordnung zu sein.«

Ich hob eine Braue. »Du klingst, als wolltest du dich selbst überzeugen.«

»Bien sûr!« Lucien lachte. »Wenn es nach mir geht, ist kein Mann gut genug für meine kleine Schwester. Aber immerhin scheint er sie sehr zu mögen.«

»Ist das nicht am wichtigsten?«, fragte ich in dem Bestreben, seine Skepsis zu zerstreuen.

»Ja.« Lucien schenkte mir ein atemberaubendes Lächeln. »Das ist es.«

Mein Herz flatterte, und ich redete mir ein, dass es Freude war, weil Ondines Zukunftspläne offenbar gute Chancen hatten. Aber das stimmte nur zum Teil.

Ich schob die Gedanken schnell beiseite, und mein Blick fiel auf einen Laden, der sich ganz dem Filmbusiness widmete. Unzählige Plakate von alten Klassikern hingen in den Schaufenstern. Dazu gab es kleine Actionfiguren von den *Marvel*-Helden, *King Kong* und *Batman*. Sogar *E.T., der Außerirdische*, hockte als Plüschtier auf einem Regal.

»Wow! Das ist ja ein echtes Paradies für Nerds«, stellte Lucien fest und betrachtete fasziniert die Auslage.

»Sollen wir reingehen?«

Er nickte eifrig. »Ich glaube zwar nicht, dass wir dort etwas für Donnie finden. Aber vielleicht geschieht ja ein kleines Wunder.«

Wir betraten das überschaubare Geschäft, das bis unter die Decke mit unzähligen Film-Fanartikeln vollgestopft war. Es gab wirklich die absurdesten Sachen: Darth Vader als aufblasbare Gummipuppe, Gandalf-Quietscheentchen, groteske Masken verschiedener Horrorfilmikonen und selbstverständlich unzählige *Harry-Potter*-Zauberstäbe. Um nur ein paar zu nennen. Am Kuriosesten war jedoch Sailor Moon, die hinter der Kasse hockte und gerade neue Waren einscannte.

Neugierig sah ich mich um, als mir ein hübsches gerahmtes Porträt von Audrey Hepburn auffiel, das die Romance-Ecke schmückte. Es präsentierte *Breakfast at Tiffany's* in einem auffälligen Pop-Art-Look.

Ich zupfte Lucien am Arm. »Wie wäre es damit?«

»Das ist echt cool«, erwiderte Lucien nachdenklich, bevor er mir ein schiefes Grinsen schenkte. »Aber ich verbinde mit diesem Plakat mehr als meine Schwester, fürchte ich.«

Jepp, er hatte definitiv keinen Schimmer, dass seine Schwester dort einen Verlobungsring gekauft hatte. Sonst hätte sein erster Gedanke sicher nicht mir gegolten.

Verlegen wandte ich mich ab. »Wie wäre es mit einem anderen Filmplakat?«

Noch während ich das sagte, fiel mir der perfekte Film ein. Und Lucien offenbar auch.

»Das ist es!« Er wirbelte herum und wandte sich an Sailor Moon. »Entschuldigen Sie bitte? Gibt es hier auch ein Plakat von *Ondine*? Der Film ist schon etwas älter.«

Sailor Moon ließ eine Kaugummiblase platzen. »Nee, ich glaub nicht.«

Luciens Schultern sanken herab. »Schade. Trotzdem, danke.«

»Es gibt einen Copyshop um die Ecke«, warf ich ein. »Dort könnten wir ein Plakat ausdrucken. Vielleicht finden wir auch noch einen hübschen Rahmen dazu.«

Lucien riss die Augen auf. »Gott, Barbeau. Du bist ein Genie!«

Ich schaffte es nicht, meine Freude darüber zu verbergen, dass er die Idee mochte.

»Ja! Genau das machen wir.« Bevor ich wusste, wie mir geschah, hatte er sich vorgebeugt und mir einen Kuss auf die Wange gedrückt. Dann schnappte er sich meine Hand und zog mich mit sich. »Lass uns schnell das Poster besorgen, damit wir endlich feiern können.«

Kapitel 16

Irgendwie schaffte Lucien es, mich mit seiner Euphorie anzustecken. Auf dem Weg zum Copyshop kamen wir an einer Drogerie vorbei, die hübsche Bilderrahmen für einen Spottpreis anbot, weil kurz vor Weihnachten das Fotogeschäft boomte. Danach suchten wir am Handy nach einer schönen Druckvorlage und ließen im Copyshop eine hochwertige Farbkopie drucken. Für den persönlichen Touch suchten wir passende Filmzitate raus, die Lucien in den Rand des Passepartouts schrieb. Als er fertig war, hielt er das gerahmte Plakat zufrieden in die Höhe.

»Neun Dollar und neunundsiebzig Cent«, verkündete er zufrieden.

Belustigt begutachtete ich sein Werk. »Mission erfüllt.«

»Donnie wird total ausflippen. Sie liebt diesen Film.« Er wickelte den Bilderrahmen in Packpapier und klemmte ihn sich unter den Arm. »Lass uns gehen. Ich kann es kaum erwarten, ihr Gesicht zu sehen.«

Wir verließen den Copyshop, und Lucien trat auf die Straße, um ein Taxi heranzuwinken.

Ich räusperte mich. »Also, dann. Viel Spaß beim Verschenken«, sagte ich hinter ihm und deutete in Richtung Central Park. »Ich nehme die Subway.«

Langsam ließ Lucien den Arm sinken. »Ich dachte, du kommst mit.«

»Was?« Ich lachte nervös, weil ich mich ein wenig überrumpelt fühlte. »Nein.«

»Wieso nicht?«, fragte Lucien, als verstünde er ehrlich nicht, wo mein Problem lag. »Das ist eine ganz zwanglose Party mit ein paar von Donnies Freunden.«

Unentschlossen biss ich mir auf die Unterlippe, als hinter ihm ein Taxi hielt. Eigentlich hatte ich nicht vorgehabt, heute schon wieder feiern zu gehen. Hinzu kam, dass ein weiterer Abend mit Lucien die Dinge für mich nicht unbedingt klarer machte. Eher im Gegenteil. Je mehr Zeit ich mit Lucien verbrachte, umso mehr wickelte der Kerl mich um den Finger und umso lauter wurde mein schlechtes Gewissen, weil ich immer noch einen wesentlichen Teil von mir und meiner Vergangenheit vor ihm verbarg.

Lucien streckte einladend die Hand nach mir aus und nickte in Richtung des Taxis. »Komm schon, Barbeau«, lockte er mich mit sanfter Stimme. »Mach es nicht so kompliziert. Ich würde mich echt freuen, wenn du mitkommst.«

Ach, verdammt!

Bevor meine Zweifel erneut an mir zerrten, ergriff ich seine Hand und ließ mich von ihm zu dem wartenden Wagen ziehen.

Ein merkwürdiges Gefühl breitete sich in mir aus, während wir auf der Park Avenue in Richtung Norden fuhren, und je näher wir meiner alten Nachbarschaft kamen, umso nervöser pumpte mein Herz. Für einen Moment setzte es sogar ganz aus, als wir den Apartmentkomplex passierten, in dem sich das Penthouse meines Vaters hoch oben im 34. Stock befand.

Wahrscheinlich hätte ich wegschauen sollen. Aber hinter der riesigen Eingangstür entdeckte ich Norton, den gutmütigen Portier, der mich immer an einen englischen Butler erinnerte, und etwas wie Heimweh wallte in mir auf. Ich war nicht mehr fähig, den Blick abzuwenden.

Unzählige Erinnerungen strömten auf mich ein. Ich sah mich selbst, wie ich in dem Gebäude ein und aus ging. Als kleines Mädchen in einem hübschen Kleid von Tutu du Monde, an der Hand meiner Mutter. Wir beide hatten diesen Designer geliebt, weil er viel mit floralen Elementen arbeitete. Damals war ich, begleitet von Moms Lachen, durch das Foyer getänzelt wie eine Prinzessin, und selbst jetzt hallte dieses diffuse Gefühl in mir nach, dass mir die ganze Welt zu Füßen lag.

Regen setzte ein und spülte das Bild fort, ließ die Erinnerung in eine andere übergehen. Aus dem farbenfrohen Kleks, der ich damals war, wurde mein älteres Ich. Ich lächelte immer noch, wenn ich durch das Foyer ging. Aber nun fehlte das Leuchten in meinen Augen, und niemand – nicht einmal der aufmerksame Portier – bemerkte die Einsamkeit, die mich zunehmend erdrückte.

»Sie können dort vorn neben dem roten Lieferwagen halten«, sagte Lucien neben mir.

Ich blinzelte und stellte fest, dass wir das Apartmenthaus längst hinter uns gelassen hatten. Das Taxi war in eine Nebenstraße eingebogen, die mir vage bekannt vorkam. Ziemlich sicher war ich schon mal hier gewesen, da sich einige der besten Bars Manhattans in der Gegend befanden.

Nachdem Lucien den Fahrer bezahlt hatte, stiegen wir aus und wurden sofort von Eisregen beschossen. Ich zog den Kopf ein, während Lucien einen französischen Fluch ausstieß. In der linken Hand trug er den Bilderrahmen unter dem Arm, mit der rechten griff er nach mir und führte mich zum Gehweg.

»Hier entlang«, rief er mir durch den bitterkalten Regen zu. »Es ist nicht mehr weit.«

Ich hatte keine Zeit, mich auf der Straße zu orientieren. Aber das Wetter machte es mir ohnehin unmöglich, irgendetwas zu erkennen. Deshalb lief ich eilig neben ihm her, bis wir den Eingang eines mehrstöckigen Gebäudes erreichten.

Dort schüttelte Lucien sein nasses Haar aus. »Ich wette, bald gibt es den ersten Schnee.«

Ich nickte geistesabwesend, während ich mich in der edlen Lobby umsah. Wie die meisten Apartmentblocks in dieser Gegend verfügte auch dieser über eine exklusive Ausstattung mit marmornen Böden, Kunstgemälden an den Wänden und einen Portier, der uns freundlich begrüßte.

»Hi«, erwiderte Lucien und stellte uns vor. »Wir möchten zu Ondine Collins, Apartment 18 b.«

Der Mann checkte kurz die Zugangsliste, nickte und wies uns den Weg zum Fahrstuhl, bevor er uns einen schönen Abend wünschte.

Kaum hatten sich die Fahrstuhltüren hinter uns geschlossen, sah ich Lucien erstaunt an. »Deine Schwester wohnt hier?«

Lucien wackelte wieder auf diese eigentümliche Weise mit dem Kopf. »Mehr oder weniger. Eigentlich gehört das Apartment ihrem Freund. Aber Donnie ist die meiste Zeit bei ihm.«

Schätze, Lucien hatte mit seinem Kommentar über den stinkreichen Upper-East-Side-Sprössling nicht übertrieben. Immerhin kosteten die meisten Apartments hier ein Vermögen. »Weißt du, was er beruflich macht?«

»Er ist Investmentberater.« Lucien grinste verschmitzt. »Und das ist wirklich genauso langweilig, wie es klingt. Ich bin fast eingeschlafen, als er mir die Zusammensetzung eines idealen Portfolios erläutert hat.«

Ich stieß ein ungläubiges Schnaufen aus. »Er wollte bereits ein Geschäft mit dir einfädeln?«

»Er hat es sicher bloß gut gemeint.« Lucien wuschelte sich durch die Haare, und kleine Regentröpfchen flogen durch die Fahrstuhlkabine. Sie verteilten seinen vertrauten Geruch überall, sodass ich Mühe hatte, mich weiter auf seine Worte zu konzentrieren. »Donnie hat erwähnt, dass das Geld meines Großvaters derzeit auf einem Tagesgeldkonto versauert, was bei den aktuellen Zinsen wohl nicht allzu geschickt ist.«

Das stimmte allerdings. Dennoch fiel es mir schwer zu glauben, dass jemand, der offenbar einen Haufen Geld besaß und bestrebt war, es zu vermehren, aus reiner Nächstenliebe Investmenttipps gab. Aber möglicherweise war Ondines Syracuse ja eine Ausnahme.

Kurz darauf öffneten sich die Fahrstuhltüren mit einem leisen Pling und gaben den Weg in einen breiten Gang frei. Ein dekadenter dunkelroter Läufer schluckte jedes Geräusch, als wir auf Apartment 18 b zugingen.

Mit jedem Schritt fühlten sich meine Beine schwerer an, und nicht zum ersten Mal, seit Lucien mich zum Taxi gezogen hatte, haderte ich mit mir, ob das wirklich eine gute Idee war. Ich wollte Luciens quirlige Schwester wirklich gern näher kennenlernen. Allerdings hatte ich nicht damit gerechnet, dass ihre Geburtstagsfeier im Herzen der Upper East Side stattfand. Was, wenn sich unter der Handvoll Gäste jemand aus meinem alten Freundeskreis befand? Manhattan war riesig, aber der elitäre Kreis eher überschaubar. Die Chancen standen also erschreckend gut, dass ich heute Abend erneut mit meiner Vergangenheit konfrontiert wurde.

Abrupt blieb ich stehen.

Scheiße! Was machte ich hier? War ich vollkommen übergeschnappt? Was, wenn sich Soraya und meine anderen Freundinnen wirklich unter den Gästen tummelten? Was, wenn Tristan da war?

»Ally?«

Reflexartig wich ich einen Schritt zurück. »Ich …«

Bevor ich eine passende Ausrede parat hatte, ging die Tür von Apartment 18 b auf, und eine junge Frau stieß einen spitzen Schrei aus.

Ich zuckte zusammen.

»Hey, du Teufel, da bist du ja endlich!« Ondine kam uns die paar Schritte, die noch zwischen uns lagen, entgegen und warf sich in Luciens Arme.

Sie schien das ziemlich oft zu tun, denn wie damals bei der Release-Gala fing er sie mühelos auf und hob sie lachend hoch. »Bon anniversaire!«

»Danke, Bruderherz.« Ondine fand wieder festen Boden unter den Füßen und strich ihr hübsches Cocktailkleid glatt. Als sie sich mir zuwandte, flogen ihre feuerroten Haare, die sie heute zu wilden Locken frisiert hatte, durch die Luft. »Und du bist also …« Sie riss die Augen auf, als sie mich erkannte. »… Ally.«

»Hi.« Ich hob die Hand und winkte. »Happy Birthday.«

Tausend Fragen schienen ihr durch den Kopf zu schießen. So erschrocken, wie sie aussah, dürfte die Angst, dass ich ihre Pläne verraten haben könnte, ganz oben auf der Liste stehen.

Ich lächelte beruhigend und schüttelte sicherheitshalber leicht den Kopf, um ihr zu signalisieren, dass ich nichts gesagt hatte.

Ondine stieß ein ersticktes Lachen aus. »Danke sehr. Schön, dich endlich kennenzulernen.« Sie hakte sich bei mir unter und zog mich zum Apartment. »Lucien hat mir schon so viel von dir erzählt.«

Ich warf ihm über ihren Kopf hinweg einen unsicheren Blick zu, woraufhin er verlegen mit den Schultern zuckte.

»Natürlich nur Gutes«, beteuerte er.

Zugegeben, das war schön zu hören. Gleichzeitig flüsterte eine hämische Stimme in meinem Kopf, dass er die echte Ally ja auch gar nicht kannte.

Meine Muskeln verspannten sich, als erneut der Impuls zu verschwinden in mir hochkochte. Doch bevor ich es schaffte, mich aus Ondines Griff zu befreien, hatte sie mich bereits in das Apartment geführt und die Tür hinter uns geschlossen.

Laute Musik und Gesprächsfetzen schallten zu uns herüber, während ich mich umsah. Der Flur war so geräumig, dass zwei Loungesessel in einer Ecke Platz fanden. Auf einem Tisch dazwischen leuchtete eine kleine Lampe, die den Raum in gemütliches Licht tauchte. An der Wand hing ein modernes, abstraktes Gemälde.

Ondine öffnete eine Tür zu einem versteckten Kleiderschrank. »Gebt mir eure Jacken.«

Obwohl ich noch immer mit mir haderte, folgte ich ihrer Bitte, schlüpfte aus meinem Mantel und wickelte meinen Schal ab.

»Seit wann bist du so ordentlich?«, zog Lucien seine Schwester unterdessen auf, bevor er ebenfalls seine Jacke abstreifte.

Sie lachte fröhlich. »Wie sich herausgestellt hat, ist mein Märchenprinz ein Ordnungsfanatiker. Aber das werde ich ihm schon noch austreiben.« Nachdem sie unsere Sachen fein säuberlich auf Kleiderbügeln arrangiert hatte, nahm sie mich gleich wieder in Beschlag. »Geh schon mal vor, Brüderchen.«

Lucien runzelte die Stirn. »Willst du nicht dein Geschenk auspacken?«

Ungeduldig verdrehte Ondine die Augen. »Doch, natürlich. Aber vorher haben Ally und ich noch Mädchensachen zu besprechen. Besorg du in der Zwischenzeit die Getränke, ja?«

Erst wirkte Lucien ein wenig unschlüssig, ob er mich mit seiner Schwester allein lassen sollte. Doch Ondine war fest entschlossen. Sie scheuchte ihn aus dem Flur, ehe sie zu mir herumwirbelte. Nun verbarg sie nichts mehr von ihrer Panik. »Bitte sag mir, dass du meinem Bruder nichts von dem Ring gesagt hast.«

»Hab ich nicht«, versprach ich und lächelte. »Was bei Tiffany's passiert, bleibt bei Tiffany's.«

Sie atmete erleichtert auf. »Oh, Gott sei Dank. Mir ist gerade fast das Herz in die Hose gerutscht. Ich hatte echt Angst, du könntest meine Überraschung verdorben haben. Nicht absichtlich, natürlich.«

»Ich habe kein Wort verraten.«

»Perfekt.« Sie zwinkerte mir verschwörerisch zu. »Dann tun wir einfach weiter so, als wären wir uns heute zum ersten Mal begegnet, d'accord?«

Wirklich glücklich war ich mit diesem Vorschlag nicht, denn er implizierte auch, dass ich Lucien weiterhin etwas vormachen musste. Zwar lernten wir uns heute tatsächlich erst auf privater Ebene kennen, aber es fühlte sich trotzdem falsch an. »Zumindest können wir noch warten, bis du verlobt bist«, versuchte ich es mit einem Kompromiss.

»Abgemacht.« Sie strich sich eine ihrer wilden Locken hinters Ohr und stieß ein atemloses Lachen aus. »Ich bin so aufgeregt, dass ich mich am liebsten übergeben würde.«

Wie gesagt, ich war keine Expertin in Sachen Romantik, aber besonders positiv hörte sich das für mich nicht an.

»Willst du ihn noch heute Abend fragen?«, erkundigte ich mich, weil ich meine Neugier nicht zurückhalten konnte.

Ihre Wangen nahmen eine zartrosa Färbung an, als sie nickte. »Ich habe mir überlegt, nachher ein kleines Spiel zu spielen. Alle sollen Begriffe raten, die uns als Paar verbinden. Wo wir uns begegnet sind, wo er mich vernascht hat, wo er mir gesagt hat, dass er mich liebt und so weiter. Am Ende werde ich ein Fischernetz über ihn werfen, vor ihm auf die Knie gehen – was hoffentlich mit diesen mörderischen Absätzen klappt – und ihn bitten, mein Mann zu werden.«

Ich hatte Mühe, meinen fassungslosen Gesichtsausdruck zu verbergen. »Du willst ihn vor allen anderen fragen?«

»Klar! Und dann werden alle jubeln und applaudieren und unsere Liebe feiern, während wir uns überglücklich in die Arme schließen. Klingt das nicht fantastisch?«

Für mich persönlich klang so eine Inszenierung eher grauenvoll, aber ich würde mich hüten, das laut auszusprechen und Ondine damit zu verunsichern. Chloe wäre schließlich auch hin und weg. Deshalb nickte ich zustimmend. »Das ist eine tolle Idee.«

»Du wirst noch viel begeisterter sein, wenn du das Ambiente siehst«, erwiderte Ondine gut gelaunt, schnappte sich meine Hand und zog mich mit sich in einen riesigen Raum.

Dort wurde ich von schätzungsweise eintausend Kerzen regelrecht geblendet. Sie standen überall verteilt: auf den breiten Fenstersimsen, auf eleganten Beistelltischen neben der riesigen Sofalandschaft, vor dem überdimensionalen Flachbildfernseher auf dem Sideboard, in Wandregalen und sogar auf dem Tresen der angrenzenden Küche, auf dem sich unzählige Platten mit Horsd'œuvres sowie mehrere Flaschen sauteurer Weine befanden. Und inmitten dieses Kerzenmeers verteilten sich gut vierzig Leute stehend und sitzend.

Bevor ich jedoch die Gelegenheit bekam, die Gesichter genauer zu betrachten, tauchte Lucien vor uns auf. »Alles okay?«

Ich nickte angespannt. »Natürlich.«

Ondine schnaubte. »Was? Dachtest du, ich vergraule sie gleich wieder?«

»Ehrlich gesagt war ich mir nicht ganz sicher.« Ein schelmisches Grinsen huschte über Luciens Lippen. »Schließlich kannst du eine echte Nervensäge sein.«

»Und du bist ein crétin.« Voller Stolz reckte Ondine ihr Kinn vor. »Trotzdem liebst du mich.«

»Das ist wahr«, erwiderte Lucien amüsiert, griff nach dem Geschenk, das immer noch unter seinem Arm klemmte, und reichte es seiner Schwester. »Herzlichen Glückwunsch, Donnie.«

Sie strahlte wie ein Kind am Weihnachtsmorgen, während sie kurzen Prozess mit dem Packpapier machte. Als sie schließlich den Rahmen anhob, um den Inhalt genauer zu betrachten, schossen ihr Tränen in die Augen. »Oh, Lucien. Es ist wunderschön.«

Lucien grinste zufrieden. »Freut mich, dass es dir gefällt. Das war Allys Idee.«

Schniefend fiel Ondine mir in die Arme. »Vielen, vielen Dank.«

Diese Herzlichkeit überforderte mich. Steif erwiderte ich ihre Umarmung, weigerte mich jedoch, die Lorbeeren allein einzuheimsen. »Das ist nicht wahr. Dein Bruder hat das Plakat und die Zitate ausgesucht.«

»Aber die Grundidee stammt von dir«, hielt Lucien mit einem sanften Lächeln dagegen.

Sichtlich gerührt zog Ondine sich zurück. »Ihr seid jedenfalls ein tolles Team.«

Lucien nickte. »Das könnte man so sagen.«

»Weinst du etwa, Darling?«, erklang da eine tiefe Stimme hinter Lucien.

Ondine lachte auf und wischte sich hektisch über das Gesicht. »Keine Sorge, Sy. Das sind Freudentränen. Sieh mal, was mir mein Bruder und seine Freundin Ally geschenkt haben.«

Ich korrigierte sie nicht. Ich konnte nicht. Stattdessen starrte ich entsetzt den Mann an, der sich uns näherte.

Wie früher lag ein harter Zug um seine Lippen, während seine stahlgrauen Augen, die perfekt zu seinem Hemd passten, die Lage sondierten. Sein Blick streifte flüchtig das Filmplakat, das Ondine ihm entgegenhielt, und für den Bruchteil einer Sekunde wurden seine Züge ein wenig weicher. Doch dann verbarg er seine Emotionen erneut hinter einer höflich-distanzierten Maske, bevor er Lucien die Hand entgegenstreckte.

»Gute Wahl«, sagte er in einem Tonfall, den man für Anerkennung hätte halten können, wenn man ihn nicht kannte.

Ich aber wusste, dass seine Worte lediglich diesen Eindruck vermitteln sollten. In Wahrheit sah er sich selbst über allen stehend. Niemand konnte ihm das Wasser reichen.

Früher hatten wir in unserer Clique oft Witze darüber gerissen, dass er es mit seinem stoischen Gesichtsausdruck ganz weit in Pokermeisterschaften bringen könnte. Das hatte sich nicht geändert. Seine Miene zeigte keinerlei Veränderung, als er mich bemerkte. Da war keine Überraschung, weil ich nach einem halben Jahr plötzlich aus der Versenkung auftauchte; keine Wut, weil ich mich ohne Erklärung von ihm und meinen übrigen Freunden abgewendet hatte, und schon gar keine Furcht, dass ich sein wahres Wesen offenbaren könnte.

Stattdessen schaute er mir mit aller Gleichmut entgegen. »Allison.«

Es gelang mir nur knapp, nicht zusammenzuzucken, als ich den vertrauten Ton hörte, mit dem er meinen Namen aussprach. Blut rauschte in meinen Ohren, während Ondine sich glücklich an ihn schmiegte. »Du bist Syracuse.«

Ein Muskel zuckte an seinem Kiefer, bevor er einmal knapp nickte.

Ondine lachte. »So nenne nur ich ihn. Für alle anderen ist er Gideon.«

Gideon Sterling. Tristans Bruder. Der Grausamste von allen.

Kapitel 17

Ich konnte nicht fassen, dass ausgerechnet Gideon Sterling der Mann war, den Luciens Schwester zu heiraten beabsichtigte. War das wieder eines seiner perfiden Spiele, mit denen er sich die Zeit vertrieb?

»Freut mich, dich kennenzulernen«, sagte der Mistkerl aalglatt und wandte sich ab, ohne mir weiter Beachtung zu schenken. »Was wollt ihr trinken? Ich kann euch einen fantastischen Cabernet empfehlen.«

Richtig, Gideon stand auf edle Weine. Je exklusiver, umso besser.

»Sehr gern«, flötete Ondine gut gelaunt.

Von wegen. Auf keinen verdammten Fall würde ich heute auch nur einen Tropfen Alkohol anrühren. Aber da ich das Geburtstagskind nicht beleidigen wollte, widersprach ich nicht.

»Kommt sofort, Darling.« Gideon entschuldigte sich, um unsere Drinks zu besorgen. Ich wollte schon erleichtert aufatmen, als er einen Blick über die Schulter warf. Pure Berechnung glitzerte in seinen Augen. »Begleite mich doch kurz, Allison. Dann kann ich dir gleich alles zeigen.«

Eigentlich interessierte mich nur eins in diesem Apartment: der Weg hinaus, und den kannte ich bereits. Aber wie sollte ich das Lucien erklären?

Ich schluckte. Ich war gewiss nicht scharf darauf, allein mit Gideon zu sprechen. Andererseits wollte ich wissen, welche Absichten er bei Ondine verfolgte. Liebe war es sicher nicht, die ihn an die quirlige Französin band. Davon abgesehen musste ich um jeden Preis verhindern, dass Lucien die Wahrheit über mich erfuhr. Allerdings fiel mir spontan nur eine Möglichkeit ein, wie ich das erreichte: Ich musste wieder die alte Allison werden.

Verdammt! Wenn das weiter so ging, brauchte ich bald eine Therapie.

Gideon nickte einladend mit dem Kopf. »Komm schon!«

Sein lockender Tonfall schien Lucien nicht zu gefallen. Er öffnete den Mund, um einzugreifen. Doch ich ließ ihn nicht zu Wort kommen. Stattdessen legte ich beruhigend meine Hand auf seine Schulter, ehe ich all meine Sorgen und Unsicherheiten beiseiteschob und das kaltherzige Miststück zurück an die Oberfläche zerrte, dem niemand etwas anhaben konnte.

Mit einem schmalen Lächeln wies ich Gideon an, vorauszugehen. »Nach dir, *Syracuse*.«

Erneut zuckte die Ader an Gideons Kiefer, dann wandte er sich ab und führte mich durch die Menge in den hinteren Bereich des Apartments. Es überraschte mich nicht, dass wir kurz darauf einen menschenleeren Raum betraten, in dem sich deckenhohe Bücherregale befanden, die vollgestopft waren mit Literaturklassikern. Direkt vor dem Fenster war eine gemütliche Sitzlandschaft installiert und mit unzähligen Decken und Kissen geschmückt. Ein Traum für jede Leseratte. Schwer vorstellbar, dass Gideon Sterling dort in einer Jogginghose mit einem guten Buch chillte. Trotzdem brachte mich die Vorstellung zum Schmunzeln, bevor ich meine Aufmerksamkeit zurück auf meinen alten Freund lenkte.

Er hatte den Kopf geneigt, als würde er noch abwägen, wie er dieses Gespräch am besten eröffnete.

Ich beschloss, ihm die Entscheidung abzunehmen, und hob belustigt eine Braue. »Der Gideon, den ich kannte, hätte jeden ungespitzt in den Boden gerammt, der ihm einen albernen Kosenamen verpasst. Der Einsatz muss diesmal beträchtlich sein.«

Seine Lider wurden schmal. »Hier geht es nicht um eine Wette.«

»Ach ja?« Ich lachte leise. »Du willst mir doch nicht weismachen, du hättest dich ernsthaft verliebt.«

»Doch, das habe ich«, entgegnete er ruhig.

Ich glaubte ihm kein Wort.

Leider kannte ich Gideon gut genug, um zu wissen, wie stur und verschlossen er war. Er ließ nie jemanden in seinen Kopf. Das hatte mich schon immer frustriert. Egal, ob es sich um eine Mutprobe handelte oder darum, anderen seinen Willen aufzuzwingen, Gideon tat, was er wollte, wann er wollte und mit wem er es wollte. Abgesehen von dem Mist, den er mit Pandora und unzähligen anderen Frauen abgezogen hatte, hatte er mehr als einen seiner Freunde in den finanziellen Ruin getrieben, gnadenlos abgezockt oder ins Gefängnis gebracht. Gebrochene Herzen oder existenzielle Nöte interessierten ihn nicht. Was das betraf, war er noch schlimmer als Tristan – und das wollte wirklich etwas heißen.

Ich war vermutlich die einzige Frau in unserem Freundeskreis, die ihn nie in ihr Bett gelassen hatte. Vielleicht hatte mir das einen gewissen Respekt eingebracht. Vielleicht steckte auch einfach sein kleiner Bruder dahinter. Ich hatte es nie herausgefunden. Aber das war jetzt alles nicht wichtig. Denn obwohl ich Ondine kaum kannte, wallte in mir das Bedürfnis auf, sie vor Gideon Sterling zu beschützen.

»Komm schon, Gid«, sagte ich in spöttischem Ton und schürzte die Lippen. »Wir wissen doch beide, dass du gar nicht fähig bist, aufrichtig zu lieben. Was soll das Theater?« Die Worte schmeckten bitter auf meiner Zunge. Trotzdem hoffte ich, dass ich Gideon mit diesem Tiefschlag aus der Reserve locken und seine wahren Pläne erfahren würde.

Seine Miene blieb vollkommen ungerührt, während er mich mit kühlem Blick von oben bis unten musterte. »Vor nicht allzu langer Zeit hast du auch noch geglaubt, die Sonne scheint nur für dich, Prinzessin. Aber offensichtlich lagst du in diesem Punkt ebenfalls falsch.« Gelassen schob er die Hände in die Taschen seiner Anzughose. »Du siehst furchtbar aus.«

Reflexartig schaute ich an mir hinab, und erst jetzt wurde mir klar, dass ich nach wie vor ein Tiffany's-Outfit trug: eine türkisfarbene Bluse kombiniert mit einem schwarzen Bleistiftrock. Was für ein krasser Gegensatz im Vergleich zu früher, wo ich von Kopf bis Fuß in die angesagtesten Designerklamotten gehüllt war.

Gideon hob eine Braue. »Da du Lucien begleitet hast, nehme ich an, du bist nicht wegen der guten alten Zeiten hier.«

Ich schnaubte. »Eher nicht.«

»Das dachte ich mir.« Ein Grinsen huschte über sein Gesicht. »Mein Bruder wird enttäuscht sein, das zu hören.«

Jetzt bloß keine Schwäche zeigen.

Mit all der Arroganz, die ich aufbringen konnte, erwiderte ich Gideons Grinsen. »Ich kann dir gar nicht sagen, wie gleichgültig mir das ist.«

Sein Gesichtsausdruck besagte deutlich, dass er mir kein Wort glaubte. »Trotzdem eine kleine Warnung, weil ich dich immer gemocht habe.«

Es überraschte mich, das zu hören. Aber ich ließ es mir ebenso wenig anmerken wie die plötzliche Beklommenheit, die in mir aufflammte, als Gideon sich langsam näherte.

»Tristan hat sich da in etwas verrannt«, sagte er. »Er wird nicht lockerlassen, was dich betrifft. Daher solltest du dich auf dieser Feier etwas zurückhalten, wenn du nicht willst, dass mein Bruder Lucien ins Visier nimmt.«

Unter anderen Umständen hätte ich das für einen schlechten Scherz gehalten. Leider hatte ich inzwischen selbst zu spüren bekommen, wie weit Tristan zu gehen bereit war, wenn er sich etwas in den Kopf gesetzt hatte. »Lucien und ich sind nur Freunde.«

Falls das ein Test gewesen war, war ich gerade grandios gescheitert. Ich sah es in Gideons Augen, in denen wieder dieses wissende Funkeln glitzerte. »Wie du meinst. Wir sehen uns sicher später noch.«

Bevor ich etwas sagen konnte, um das platonische Verhältnis zwischen Lucien und mir zu verdeutlichen, hatte Gideon mich bereits stehen gelassen und war an mir vorbei aus dem Zimmer marschiert.

Eine Weile lang verharrte ich in der Stille und versuchte, aus dem Gespräch mit Gideon schlau zu werden.

Ich konnte mir nicht vorstellen, dass er mich bloß hierhergelotst hatte, um mich vor seinem durchgeknallten Bruder zu warnen. Gideon hatte nie etwas aus reiner Freundlichkeit getan, und er hatte auch nicht besonders herzlich gewirkt, als er über seine Gefühle für Ondine gesprochen hatte. Ich kaufte ihm die Verliebtheit einfach nicht ab.

Unruhig begann ich in dem Zimmer auf und ab zu gehen, während ich darüber grübelte, was Gideon mit dieser Beziehung bezweckte. Die beiden waren so gegensätzlich. Er war kühl und berechnend, sie lebhaft und emotional.

Früher hatte Gideon Frauen wie Ondine als echte Stimmungskiller bezeichnet. Zwar hielt ihn das nicht davon ab, sie trotzdem zu vögeln, aber danach hatte er sie sofort abserviert. Er hätte sich nie im Leben auf eine Beziehung mit ihnen eingelassen. Warum sollte er plötzlich eine Hundertachtzig-Grad-Wende hinlegen? Das ergab einfach keinen Sinn. Andererseits waren Gideons Motive sowieso zweitrangig. Sicher war nur, dass Luciens Schwester dabei war, in ihr Unglück zu rennen. Konnte ich das wirklich zulassen?

Angespannt rieb ich mir über die Stirn. Ich hatte so oft zugesehen, wie meine Freunde andere ausnutzten oder zu ihrem persönlichen Vorteil verdrehten. Ach, wem machte ich etwas vor? Ich war genauso ein manipulatives Miststück gewesen.

Scham überflutete mich, als ich an all die Menschen dachte, deren Leben ich zerstört hatte. Sam Mercer, ein stiller, etwas pummeliger Kerl mit Nickelbrille, war meinetwegen von der Schule geflogen, weil mir seine Schwärmerei auf die Nerven ging. Also hatte ich dem Dekan erzählt, er würde Drogen auf dem Schulhof verticken. Soraya und Tristan hatten die Geschichte bestätigt – und schon war Sam erledigt. Edith Burk war eine aufstrebende Künstlerin. Sie hatte mit sechzehn Jahren bereits unzählige Preise gewonnen, und insgeheim hatte ich sie beneidet, weil sie schon in so jungen Jahren ihre Berufung entdeckt hatte, während ich vollkommen orientierungslos durchs Leben trieb. Durch sie hatte ich mich schwach gefühlt. Deshalb hatte ich sie so lange bloßgestellt und mich über ihre Malereien lustig gemacht, bis sie die Schule verließ und ich mich nicht länger mit ihrem Erfolg befassen musste.

So ging die Liste weiter und weiter, und während mich meine Freunde dafür gefeiert hatten, dass ich Hindernisse gnadenlos aus dem Weg räumte, wurde ich innerlich immer abgestumpfter. Ich hatte nie eingelenkt, wenn die Wetten, die meine Freunde untereinander abschlossen, zu weit gingen. Stattdessen hatte ich einfach entschieden, dass es mich nicht interessierte, obwohl ich wusste, dass es falsch war.

Plötzlich sah ich auch Pandora wieder vor mir. Nachdem Gideon sie ins Bett gekriegt und diese widerwärtige Wette gewonnen hatte, hatte er sie, ohne mit der Wimper zu zucken, fallen gelassen. Pandora hatte das natürlich nicht verstanden. Sie war ihm tagelang hinterhergelaufen und hatte ihm in ihrer Verzweiflung schließlich vor der gesamten Schülerschaft ihre Liebe gestanden. Doch er hatte nur gelacht und sie mit kaltem Blick gefragt, ob sie mit ihrer Jungfräulichkeit etwa auch ihren Verstand eingebüßt hatte. Eine grottenschlechte Nacht sei mehr, als er ertragen könne. Allerdings dürfe sie sich gern melden, wenn sie etwas Erfahrung gesammelt hätte.

Die halbe Schülerschaft hatte am Boden gelegen vor Lachen, während Pandora schluchzend davongestürzt war. Ich hatte Gerüchte gehört, dass sie in ihrem Kummer fast vor ein Taxi gerannt wäre. Aber nicht einmal das hatte Gideon erweichen und zur Reue bewegen können. Er hatte einfach weitergemacht.

Und nun war Ondine die Nächste, die er in seinen Fängen hatte. Er würde ihren Antrag nie im Leben annehmen. Nicht für alles Geld der Welt band dieser Mann sich an eine Frau. Stattdessen würde er ihr das Herz brechen und ihren Glauben an die wahre Liebe unwiderruflich zerstören …

»Ally?«

Luciens Stimme ließ mich zusammenzucken.

Gleich darauf schob er den Kopf zur Tür herein. Er lächelte, als er mich sah. »Ach, hier steckst du.« Schmunzelnd lehnte er sich in den Türrahmen. »Hast du dich verlaufen oder versteckst du dich vor meiner Schwester?«

Gott, ich wünschte wirklich, es wäre so einfach.

Aber selbst wenn mir Ondine total unsympathisch gewesen wäre, wäre es einfach falsch, nichts zu unternehmen, oder? Ich konnte doch nicht einfach zusehen, wie Gideon sie vor all ihren Freunden abwies. Ich musste sie irgendwie warnen.

Andererseits kannten wir einander kaum. Ja, wir teilten bereits Geheimnisse miteinander. Aber vermutlich würde sie mir nicht glauben, wenn ich sie vor Gideon warnte. Vielleicht wäre es besser, wenn die Warnung von einer Person kam, die sie liebte und der sie vertraute …

»Ich habe mich nicht verlaufen.« Mit einer fahrigen Geste zeigte ich auf die gut bestückten Regale. »Ich habe mir die Bücher angeschaut. Und nur fürs Protokoll: Ich mag deine Schwester.«

Lucien freute sich sichtlich, das zu hören. Er strahlte über das ganze Gesicht. »Das trifft sich gut. Sie findet dich nämlich auch sehr nett.«

Wahrscheinlich änderte sie ihre Meinung, sobald sie erfuhr, dass ich ihr in den Rücken gefallen war. Doch das ließ sich nicht ändern, wenn ich sie vor Schlimmerem bewahren wollte.

Angespannt befeuchtete ich die Lippen. »Ich muss dich um einen Gefallen bitten.«

»Nur raus damit«, erwiderte er gut gelaunt. »Du hast schließlich einiges gut bei mir.«

Leider hatte ich keine Übung mehr darin, meine Worte möglichst geschickt zu wählen. Also platzte ich mit dem Ersten raus, was mir durch den Kopf schoss. »Gideon ist nicht der, für den deine Schwester ihn hält. Er wird sie verletzen.«

Luciens Erheiterung verflog. Er gab seine lässige Körperhaltung auf und straffte die Schultern. »Was willst du damit sagen?«

Erst jetzt wurde mir klar, wie missverständlich ich mich ausgedrückt hatte. »Emotional, meine ich.« Ich holte tief Luft. »Sie sollte nicht mit ihm zusammen sein.«

»Du kennst ihn also?«, fragte Lucien und schien nicht überrascht, als ich nickte. »Seid ihr befreundet oder habt ihr eine gemeinsame Vergangenheit oder so was?«

Ich beschloss, Luciens Frage absichtlich falsch zu verstehen, um mich vor der Wahrheit zu drücken. »Wir hatten nie etwas miteinander. Allerdings weiß ich, dass er vielen Frauen das Herz gebrochen hat.«

Lucien entspannte sich ein wenig. »Davon hat mir meine Schwester erzählt. Aber er hat sich geändert.«

Genau da irrten die beiden sich. Gideon war ein Meister darin, den Leuten vorzugaukeln, er hätte sich ihretwegen zum Besseren gewandelt. Aber tief in seinem Inneren war er genauso kalt und erbarmungslos wie immer.

»Das ist nicht wahr«, erwiderte ich leise. »Er macht ihr nur etwas vor.«

»Woher willst du das wissen?«

Weil ich selbst so gewesen war. Aber das konnte ich unmöglich laut aussprechen. »Ich weiß es einfach«, sagte ich daher ausweichend.

»Okay.« So eindringlich wie nie zuvor schaute Lucien mich an. »Und was erwartest du jetzt von mir?«

»Sprich mit ihr«, bat ich ihn. »Vielleicht kannst du sie dazu bewegen, die Beziehung zu … zu überdenken.«

Langsam schüttelte Lucien den Kopf. »Das werde ich nicht tun, Ally. Meine Schwester ist erwachsen. Sie trifft ihre eigenen Entscheidungen. Ich werde immer ehrlich zu ihr sein. Aber ich mische mich nicht in ihre Angelegenheiten ein.«

Verzweiflung packte mich. »Kannst du keine Ausnahme machen?«

»Nicht, wenn du mir nur die Hälfte erzählst«, erwiderte Lucien ruhig.

Seine braunen Augen sahen viel mehr, als sie sollten. »Gideon hat dich *Allison* genannt, und er hat gerade zwei Frauen erzählt, dass du da bist.«

Na, großartig!

»Die beiden haben auf mich auch nicht den Eindruck gemacht, als wärt ihr bloß flüchtige Bekannte«, fuhr Lucien fort. »Woher kennst du diese Leute?«

Ich presste die Lippen zusammen, als die Wahrheit meine Kehle heraufkroch. Wenn ich ihm jetzt sagte, dass diese Leute einst meine engsten Freunde gewesen waren, würde das viel zu viele Fragen aufwerfen. Fragen, die ich nicht beantworten wollte. Schon gar nicht jetzt und hier. Ich schüttelte den Kopf. »Das ist egal. Wichtig ist nur, dass Ondine sich schrecklich blamieren wird, wenn sie …« Entsetzt schlug ich mir die Hand vor den Mund, bevor ich noch mehr sagte. Doch es war zu spät.

Luciens Augen wurden schmal. »Was hat sie vor?«

Shit! Wenn ich Lucien verriet, dass seine Schwester Gideon noch heute Abend einen filmreifen Antrag machen wollte, würde sie mir das nie verzeihen.

Ich trat vor Lucien und ergriff seinen Arm. »Das kann ich dir nicht sagen. Du musst mir in dieser Sache einfach vertrauen. Gideon tut ihr nicht gut. Du hattest vollkommen recht mit deinem unguten Gefühl.«

»Welches du vertrieben hast«, erinnerte Lucien mich.

Ja, aber da wusste ich auch noch nicht, dass Ondines Fischer in Wahrheit der Bad Boy der Upper East Side war.

Schuldbewusst verzog ich das Gesicht. »Bitte rede mit ihr. Öffne ihr die Augen.«

Lucien sah mich lange an, während er zu entscheiden versuchte, was er tun sollte. Dann seufzte er. »Ich glaube zwar nicht, dass das viel bringen wird, aber ich kann meiner Schwester ja zumindest raten, vorsichtig zu sein.«

Obwohl er nicht sonderlich optimistisch klang, atmete ich erleichtert auf. »Okay. Danke«

Lucien lehnte sich ein Stück vor, woraufhin sich der Abstand zwischen uns noch weiter verringerte. Sein Atem strich über meine Lippen und zerstreute für einen Moment meine Sorge. »Du bist mir ein Rätsel, Barbeau.«

»Wirklich?« Ich lachte erstickt auf. »Ich dachte, ich wäre ein offenes Buch für dich.«

Langsam schüttelte er den Kopf. »Nicht mal ansatzweise. Aber ich möchte jede Seite kennen. Auch die, die du am liebsten herausreißen würdest.«

Ich war nicht fähig, etwas zu erwidern. Aber offenbar erwartete Lucien ohnehin keine Antwort. Er beugte sich vor und küsste mich sanft auf die Wange, bevor er sich auf den Weg machte, um seine Schwester vor dem größten Fehler ihres Lebens zu bewahren.

Kapitel 18

Ich musste zugeben, am liebsten hätte ich mich für den Rest des Abends in der Bibliothek versteckt. Leider wurde ich von einem knutschenden Pärchen gestört, das gerade auf der Suche nach einem ruhigen Plätzchen war, und so überwand ich meine Scheu und verließ meinen sicheren Unterschlupf.

Während ich in Richtung Küche ging, wappnete ich mich innerlich gegen die erneute Konfrontation mit meiner Vergangenheit. Ich versuchte noch zu entscheiden, ob eine weitere Auseinandersetzung mit Tristan oder ein Schlagabtausch mit meinen ehemaligen Busenfreundinnen schlimmer war, als sie sich auch schon auf mich stürzten.

Soraya entdeckte mich zuerst. Sie rammte Kristen unsanft ihren spitzen Ellenbogen in die Seite, die kurz aufjaulte, ehe ihre Augen kugelrund wurden.

»Allison!«, riefen die beiden wie aus einem Mund und schwebten auf ihren Zwölf-Zentimeter-Heels zu mir herüber. Wie üblich war Kristen in einen bunten Mix aus Seide, Tüll und Spitze gehüllt, wohingegen Soraya ein elegantes Cocktailkleid mit schimmernden Applikationen trug. Ihr rabenschwarzes Haar fiel ihr in glänzenden Wellen bis auf den Rücken. Um die Etikette zu wahren, schmatzten sie mir Luftküsse auf die Wangen, ehe sie mich mit falscher Neugier musterten.

»Wir haben schon gehört, dass du dir die Ehre gibst«, informierte mich Soraya mit einem süffisanten Lächeln auf den Lippen und prostete mir mit ihrer Champagnerflöte zu. »Die Queen ist also wirklich zurück.«

»Wo zur Hölle bist du gewesen?«, fragte Kristen schroff. »Ich habe dich hundertmal angerufen.«

Zu meiner Überraschung huschte tatsächlich ein verletzter Ausdruck über ihr Gesicht, bevor sie sich wieder im Griff hatte. Mit einer lässigen Geste strich sie sich eine ihrer roten Haarsträhnen hinters Ohr, woraufhin die riesigen Ohranhänger klimperten.

»Ich brauchte einen Tapetenwechsel«, wich ich aus. »Tut mir leid, falls ihr euch Sorgen gemacht habt.«

Soraya verdrehte theatralisch die Augen. »So schlimm war es nun auch wieder nicht. Es war lediglich etwas lästig, Tristans Gejammer zu ertragen.«

»Du hast dir ja alle Mühe gegeben, ihn über Allison hinwegzutrösten«, warf Kristen in spöttischem Tonfall ein.

Soraya ließ sich davon jedoch nicht aus dem Konzept bringen. Stattdessen schmunzelte sie. »Schade, dass ich nicht auf die Idee gekommen bin, für eine Weile unterzutauchen. Das war ein geschickter Schachzug von dir.«

Obwohl ich innerlich zusammenzuckte, blieb ich äußerlich gelassen. »Das war keine Strategie. Ich musste einfach raus.«

»Oh, arme Allison«, murmelte Soraya, während sie ihr Champagnerglas schwenkte. »Warst du des Luxuslebens überdrüssig?«

Langsam ging sie mir mit ihrer provokanten Art wirklich auf die Nerven. »Könnte man so sagen.«

Kristen stöhnte. »Bitte sag mir, dass du jetzt fertig bist mit deinem Selbstfindungstrip. Wir könnten hier wirklich etwas Unterstützung gebrauchen.«

Sofort wurde ich hellhörig. »Gibt es ein Problem?«

»Das ist ein Scherz, oder?« Soraya starrte mich an, als hätte ich mich kopfüber in einen Wühltisch gestürzt. »Hast du dir Gideons Freundin mal genauer angesehen?«

Ich stellte mich dumm. »Was stimmt denn nicht mit ihr?«

»Äh, *alles*?«, schlug Kristen vor und lehnte sich näher zu mir. »Ich kann mich keine fünf Minuten mit ihr unterhalten, ohne den Drang zu verspüren, mich in einer Flasche Rotwein zu ertränken. Sie ist praktisch eine *No-Name*, hat keinerlei Verbindungen und ihr Modegeschmack ist eine echte Zumutung.«

Und das von der Frau, die keinen Sinn für Farbe hatte.

»Irgendwas führt Gideon im Schilde«, ergänzte Soraya, während ihre Augen begierig blitzten.

Ich hatte also recht gehabt! Es kostete mich einige Mühe, mir mein Unbehagen nicht anmerken zu lassen. »Wisst ihr, was Gideon vorhat?«

»Nein«, antwortete Kristen. »Aber seit die beiden sich kennen, verhält er sich noch bedeckter als sonst. Wenn Tristan nicht gewesen wäre, wüssten wir nicht mal was von dieser Party.«

Soraya nickte empört. »Wir sind seine besten Freunde, und er hat uns nicht mal zum Geburtstag seiner neuen Flamme eingeladen. Keine Ahnung, was der Blödsinn soll. Aber ich will mitlachen, wenn er die nächste Show abzieht, so viel ist sicher.«

Kristen kicherte. »O ja, die letzte war wirklich sehenswert. Das hättest du erleben müssen, Allison.«

Übelkeit bündelte sich in meinem Magen. »Was hat er getan?«

Soraya schien kurz hin- und hergerissen zwischen dem Wunsch, ihren Wissensvorteil auszukosten, und dem Bedürfnis, mir die Geschichte brühwarm zu erzählen. Natürlich entschied sie sich für Letzteres. »Erinnerst du dich an Quinn Coldwell? Sein Vater hat irgendeine krasse App entwickelt und stand letztes Jahr in der Forbes-Liste in den Top Dreißig. Wir sind zusammen zur Schule gegangen.«

»Nein, keine Ahnung, wer das ist.«

»Ist ja auch egal«, mischte Kristen sich ein. »Jedenfalls hat Gid Nacktfotos von seiner Freundin gemacht und ihm geschickt. Daraufhin ist der Typ komplett ausgerastet. Er hat eine Party bei Gideon gecrasht und die gesamte Einrichtung demoliert.«

Ich zog eine Braue hoch. »Deshalb also das neue Apartment?«

Die beiden nickten begeistert.

»Das hättest du sehen müssen«, fuhr Soraya fort. »Gideon ist absolut cool geblieben und hat den Kerl wüten lassen. Anschließend hat er ihm erklärt, warum seine Freundin *kein* gutes Investment ist, der Fonds, den er managt, hingegen schon. Und der Kerl hat den Deal mit ihm echt gemacht, während seine Ex-Freundin heulend auf dem Boden lag! Es war zum Totlachen.«

Gott, wie furchtbar!

Ich sah mich nach Lucien um und betete, dass er Erfolg bei Ondine gehabt hatte. Wenn nicht, würde ich selbst noch einmal mit ihr sprechen müssen, bis sie mir glaubte.

Plötzlich schlossen sich zwei starke Arme von hinten um meine Taille, und ein herber Geruch stieg mir in die Nase. Jeder Muskel in meinem Körper versteifte sich.

»Du bist wirklich hier«, raunte Tristan mir erfreut ins Ohr und senkte die Stimme. »Ich erwarte eine Entschuldigung. Das ist dir hoffentlich bewusst.«

Zuerst kapierte ich gar nicht, was er meinte, weil ich zu schockiert über seine Nähe war. Dann wurde mir klar, dass er auf meine erneute Zurückweisung anspielte.

»Lass mich auf der Stelle los«, verlangte ich mit bedrohlich ruhiger Stimme.

Soraya und Kristen rissen gleichzeitig die Augen auf. Ich hätte darüber gelacht, wäre ich nicht zu beschäftigt damit gewesen, den Drang zu bekämpfen, Tristan meinen Ellenbogen in den Magen zu rammen. Nur, weil ich an Ondines Geburtstag keine Szene machen wollte und Tristan tatsächlich von mir abließ, gelang es mir, mich zu beherrschen.

Er trat neben mich und Soraya, die sich um Aufmerksamkeit heischend an ihn lehnte.

»Sei nicht so zickig, Allison«, tadelte sie mich. »Das steht dir nicht.«

Gott! War sie immer schon so eine blöde Kuh gewesen?

»Halt die Klappe, Soraya«, knurrte Tristan, nahm einen Schluck aus einem Whiskeyglas und wandte sich an mich. »Ich muss mit dir reden.«

Wieder wollte ich vor ihm zurückweichen, aber ich erinnerte mich gerade noch rechtzeitig daran, keine Furcht zu zeigen. Stattdessen verdrehte ich genervt die Augen. »Wie oft muss ich es denn noch wiederholen? Wir haben nichts zu besprechen.«

»Das sehe ich anders«, widersprach Tristan scharf.

Leider zuckte ich nun doch zusammen. »Das mit uns wird niemals passieren. Krieg das endlich in deinen verdammten Schädel rein, Tristan.«

Er biss so fest die Zähne aufeinander, dass seine Kiefermuskeln hervortraten. »Fordere mich nicht heraus.«

»Oh!«, rief Kristen erfreut aus. »Bahnt sich da etwa die nächste Challenge an?«

Ausdrucklos betrachtete ich die drei, die ich einst als meine engsten Freunde bezeichnet hatte. Ich fragte mich, wie ich je so verblendet hatte sein können. Was stimmte nicht mit mir?

Weder ich noch Tristan kamen dazu, auf Kristens Einwurf zu reagieren, weil Ondine in diesem Moment sichtlich aufgewühlt auf uns zukam und vor mir stehen blieb. »Ich muss mit dir reden.«

Soraya schnaubte. »Stell dich hinten an, Süße.«

Ich sah mich nach Lucien um, doch ich konnte ihn nirgends entdecken. Dafür entdeckte ich noch mehr bekannte Gesichter, die nun neugierig die Köpfe zusammensteckten und anfingen zu tuscheln.

»Sofort, Ally«, beharrte Ondine, ergriff meinen Arm und zog mich mit sich.

Obwohl sich mein Magen in einen Eisklumpen verwandelte, ließ ich mich von ihr wegschleppen. Ein Teil von mir verspürte sogar eine gewisse Dankbarkeit, weil ich Tristans Fängen entkommen war. Doch ein anderer, weitaus größerer Teil hatte gar kein gutes Gefühl, was das folgende Gespräch betraf.

Ich sollte recht behalten.

Kaum waren wir allein im Flur, wirbelte Ondine zu mir herum. Ihre Augen sprühten Funken vor Zorn. »Für wen hältst du dich eigentlich?«

Mir wurde schwer ums Herz. »Ondine …«

»Vergiss die Frage«, unterbrach sie mich scharf. »Ich hatte dich darum gebeten, mir diesen Abend nicht zu versauen, und du hast nichts Besseres zu tun, als sofort zu meinem Bruder zu rennen? Ich habe dir vertraut! Wie konntest du das tun?«

Beschwichtigend hob ich die Hände. »Ich habe Lucien nichts von dem Ring erzählt.«

»Und warum fängt er dann ausgerechnet heute Abend an, meine Beziehung zu Gideon zu hinterfragen?«

Ich schluckte. »Na ja, darum habe ich ihn durchaus gebeten.«

Tränen der Wut traten in ihre Augen. »Was bildest du dir eigentlich ein? Glaubst du, du bist etwas Besseres als ich, nur weil du den Namen Harford trägst?«

»Was? Nein, natürlich nicht. Ich wollte bloß verhindern, dass Gideon dir das Herz bricht.«

Sie warf die Hände in die Luft. »Oh, bitte! Das kann doch wohl nicht dein Ernst sein. Ausgerechnet *du* willst mich warnen? Die hochmütige Prinzessin der Upper East Side, für die kein Kerl jemals gut genug ist? Die alle bloß ausnutzt und manipuliert?«

Entsetzen erfasste mich, was Ondine natürlich nicht entging.

Sie lachte kalt. »Ja, ich weiß Bescheid. Gideon hat mir alles über eure kleinen Streiche erzählt. Er bereut, was er getan hat. Wie sieht das bei dir aus, *Allison*?«

Unzählige Gesichter zischten vor meinem inneren Auge vorbei. Es waren so viele. Und ich war voller Scham und Reue. Beides brannte lichterloh in mir. »Natürlich tut es mir leid«, erwiderte ich beklommen. »Glaubst du, ich hätte diesem Leben sonst den Rücken zugekehrt?«

Ondine schnaubte. »Sich als arme Kirchenmaus auszugeben, macht nicht wieder gut, was ihr angerichtet habt. Gideon versucht wenigstens, Schadensbegrenzung zu betreiben, während du dich einfach bloß vor den Konsequenzen deines Handelns drückst. Du bist ein Feigling, Allison Harford. Und eigentlich müsste ich meinen Bruder vor *dir* warnen.«

Nacktes Grauen kroch meine Wirbelsäule hinauf, als ich mir vorstellte, wie Lucien auf all die hässlichen Enthüllungen reagieren würde. Danach wäre er sicher fertig mit mir. Schließlich passte ich genauso perfekt in das Klischee wie all die anderen, denen gegenüber er so misstrauisch war.

Ondine riss die Tür zum Kleiderschrank auf und kehrte mit meinem Mantel in der Hand zurück. Mit einer ruppigen Geste hielt sie ihn mir entgegen. »Ich dachte, wir könnten vielleicht Freundinnen werden«, sagte sie in mattem Ton, was ihre Worte nur noch qualvoller machte. Sie schüttelte enttäuscht den Kopf. »Aber jetzt will ich einfach nur, dass du verschwindest.«

Ich nahm meinen Mantel entgegen und raffte all meinen Mut zusammen, um ihr noch einmal in die Augen zu schauen. »Du hast keine Vorstellung davon, wie sehr ich mir wünsche, dass ich mich in Bezug auf Gideon irre. Aber es wäre das erste Mal.«

Ihre Augen wurden schmal. »Halte dich von meinem Bruder fern oder ich sorge dafür, dass er es tut.«

Meine Schultern sanken resigniert nach unten. »Sag ihm bitte wenigstens, dass es mir leidtut. Ich hoffe, er findet seinen perfekten Duft.«

Ondine erwiderte nichts. Aber das hatte ich auch nicht erwartet. Mit schwerem Herzen verließ ich das Apartment. Gleich darauf fiel die Tür hinter mir ins Schloss, und ich war allein in dem luxuriösen Flur.

Schon seltsam. Ich hatte mich hier weggewünscht, seit ich einen Fuß über die Schwelle gesetzt hatte. Aber jetzt, wo ich tatsächlich ging, empfand ich bei Weitem nicht die Erleichterung, die ich mir erhofft hatte.

Kapitel 19

Zwei Tage vergingen. Lucien meldete sich nicht.

Wahrscheinlich hatte Ondine ihre Drohung wahr gemacht und ihm alles erzählt. Oder meine liebenswerten Freunde hatten all ihre Gehässigkeit rausgelassen und das erledigt. Was auch immer der Grund war, ich musste mich wohl damit abfinden.

Ich wusste nicht, wie die Party für Ondine ausgegangen war. Vielleicht hatte sie letztlich doch auf ihren Bruder gehört und auf den Antrag verzichtet. Oder aber sie hatte es durchgezogen, Gideon hatte sie abgewiesen und nun war Lucien dabei, ihr über den Schmerz und die Enttäuschung hinwegzuhelfen. Alles war möglich. Aber ich würde auf keine dieser Fragen eine Antwort erhalten. Ich redete mir ein, dass es mich nichts mehr anging. Aber tief in meinem Inneren wusste ich, dass das nur die halbe Wahrheit war. Ondine hatte recht. Ich war ein Feigling.

Niedergeschlagen öffnete ich die Tür zu meinem Spind und holte meinen Mantel heraus. Es war Freitagabend, und hinter mir lag eine weitere lange Schicht im Tiffany's, in der ich unzähligen Kunden den schönsten Schmuck verkauft hatte, den man sich nur vorstellen konnte. Den meisten war die Ungeduld deutlich anzusehen gewesen, weil es nur noch drei Wochen bis Weihnachten waren.

Am liebsten hätte ich alle angebrüllt, dass sie sich gefälligst nicht beklagen sollten. Immerhin hatten sie jemanden, den sie beschenken konnten, wohingegen ich die Feiertage mutterseelenallein in einem winzigen Apartment verbringen würde, weil Chloe zu ihrer Familie nach Philadelphia fuhr.

Ich war schrecklich neidisch auf sie alle. Auf den Zusammenhalt, die

Verbundenheit, die Zuneigung. Es hatte mir solchen Spaß gemacht, nach Geburtstagsgeschenken für Lucien und Ondine zu suchen. Ich hatte ihre Freude geliebt und die glücklichen Gesichter, und ich hatte die Tatsache gemocht, dass nicht der materielle Wert von Bedeutung war, sondern alles, was dahinterstand.

Meine Augen begannen zu brennen, während ich Lucien vor mir sah, wie er andächtig über die Holzschatulle strich, als wäre sie der Schatz und nicht der Inhalt.

»Wow, du siehst genauso aus, wie ich mich fühle.«

Blinzelnd drehte ich den Kopf und entdeckte Jesse, der mit einem gequälten Lächeln in den Umkleideraum kam. Seine blonden Haare standen ein bisschen ab, als hätte er sie sich gerauft.

Sofort verdrängte ich meinen Kummer. »Was ist los?«

Er zögerte kurz, dann stieß er einen frustrierten Laut aus. »Ich hatte gehofft, wir gehen heute Abend alle zusammen etwas trinken. Aber wie es scheint, haben die anderen schon etwas Besseres vor.«

»Na ja, Ed macht wieder eine Doppelschicht, Vanita muss sich auf einen Test vorbereiten und Bethany kümmert sich um ihre Mom. Ich würde nicht behaupten, dass das besser ist, als mit Freunden um die Häuser zu ziehen.«

Jesse verdrehte die Augen. »Du hast recht. Ich bin ein unsensibles Arschloch.«

Ich lächelte beruhigend. »So schlimm ist es nun auch wieder nicht.«

Angespannt öffnete Jesse seinen Spind und holte seine Jacke heraus. »Und Chloe hat also heute ein Date, ja?«

Es überraschte mich, dass Jesse Bescheid wusste. Meine Freundin hatte mir selbst erst vor ein paar Minuten davon erzählt, dass sie heute Morgen mit einem äußerst attraktiven Kunden, der ein Geschenk für seine Mutter suchte, ins Gespräch gekommen war.

Gekauft hatte er nichts. Dafür hatte er sie zu einem spontanen Date eingeladen, und sie hatte zugestimmt. Leider war sie nicht weiter ins

Detail gegangen, sondern nach der Arbeit sofort verschwunden, sodass sich meine Informationen in Grenzen hielten.

»Ich weiß leider auch nicht viel darüber«, sagte ich ehrlich.

Jesse presste die Lippen zusammen und nickte. Es war offensichtlich, dass er noch eine ganze Menge mehr Fragen hatte und dass ihm der Gedanke überhaupt nicht gefiel, Chloe könnte sich mit einem anderen Mann amüsieren. Fester als nötig knallte er die Tür zu. »Also dann. Hab einen schönen Abend, Ally.«

»Du auch.« Hin- und hergerissen sah ich ihm nach, wie er aus dem Raum schlurfte. Eigentlich war ich ziemlich erledigt von den schlaflosen Nächten und dem vollgestopften Tag. Ich wollte mich auf dem Sofa zusammenrollen, Eis futtern und den Abend überstehen, ohne andauernd an Lucien denken zu müssen. Andererseits hatte ich morgen keine Uni, meine Schicht begann erst mittags und Jesse war echt traurig. Vielleicht konnte ich wenigstens ihm helfen und uns so beide ablenken.

Entschlossen eilte ihm nach und holte ihn im vorderen Bereich des Stores ein, wo er sich gerade von Ed verabschiedete. Ich wünschte dem sanftmütigen Security-Chef einen schönen Abend, bevor ich hinter Jesse nach draußen trat.

»Hast du Lust, noch etwas zu unternehmen?«, fragte ich ihn und deutete auf die gut besuchte Eislaufbahn auf dem Rockefeller Plaza. »Wir könnten Schlittschuh laufen. Der Ice Rink wurde gestern eröffnet.«

Auf einen Schlag war Jesses Unmut verschwunden. »Das wollte ich schon immer mal machen.«

Klar, wer wollte das nicht? Schließlich war der Ice Rink mit seiner Wahnsinnkulisse eine ganz besondere New Yorker Attraktion. Vielleicht war es ein bisschen klischeehaft. Aber ich fühlte mich wohler damit, als mit Jesse in einer Bar was trinken zu gehen.

Ich lächelte. »Na dann, auf geht's!«

Wir marschierten durch die hochfrequentierte Fußgängerzone zur Eislaufbahn und reihten uns in die Schlange ein. Während wir warteten, betrachtete ich verzaubert das Lichtermeer, das uns umgab. Unzählige Fenster in den umliegenden Bürogebäuden waren noch erhellt. Hinzu kamen Flutlichtstrahler am Rande der Eisfläche und LEDs in den Bäumen. Aber trotz der vielen unterschiedlichen Lichtquellen stach die gewaltige Fichte in ihrer einzigartigen Farbenpracht deutlich hervor.

Jesse war ein angenehmer Begleiter, der mich ständig zum Lachen brachte. Wir machten uns über die bescheidene Weihnachtsdeko um uns herum lustig, sprachen über Kollegen und tauschten uns über den neusten Klatsch im Store aus. Die Zeit verging schnell. Trotzdem dauerte es fast eine Stunde, bis wir endlich Schlittschuhe ausgeliehen und Tickets besorgt hatten, mit denen wir in das Areal gelangten.

Ich war jetzt schon total durchgefroren, weil ich unter meinem Mantel lediglich einen schicken schwarzen Minifaltenrock und Thermostrumpfhosen trug. Auch mein Wollpullover konnte nicht viel gegen die Eiseskälte ausrichten. Aber Jesses Eifer ließ mich die Kälte vergessen.

Auf einer der Seitenbänke tauschte ich meine Winterstiefel gegen die Schlittschuhe und zog meinen Mantel aus, ehe ich zum Rand der Eisfläche stakste und auf die spiegelglatte Fläche glitt. Als ein paar Jungs an mir vorbeizischten, hätte ich ihnen am liebsten einen bösen Blick zugeworfen. Aber ich war zu sehr damit beschäftigt, mein Gleichgewicht zu finden.

Glücklicherweise war Eislaufen wie Fahrradfahren. Auch wenn die Schuhe nicht die bequemsten waren und ich lieber nicht weiter darüber nachdenken wollte, wessen Füße schon darin gesteckt hatten, erinnerte sich mein Körper mit erstaunlicher Leichtigkeit an die einstudierten Bewegungen, und wenig später schlitterte ich elegant zurück zur Bande, wo Jesse immer noch ausharrte.

Der Kerl, der locker einen Lkw stemmen konnte und Oberschenkel wie ein Leistungsschwimmer besaß, schien seine Selbstsicherheit ganz plötzlich eingebüßt zu haben.

»Alles in Ordnung?«, fragte ich und bremste unmittelbar vor ihm ab.

»Klar.« Jesse warf mir ein unsicheres Grinsen zu. »Das ist bloß schwieriger, als ich dachte.«

»Sobald du auf dem Eis bist, wirst du dich wieder erinnern, wie es geht«, versprach ich ihm und fuhr ein wenig zurück, um dem riesigen Kerl Platz zu machen.

»Also, genau genommen gibt es da nicht viel zu erinnern.«

»Was?« Entgeistert rückte ich die Wollmütze auf meinem Kopf zurecht. »Soll das etwa heißen, du bist noch nie Schlittschuh gelaufen?«

Verlegen zuckte Jesse mit den Schultern. »Ich komme aus Florida, Baby. Da gibt es nicht so viel Eis.«

»Aber wir hätten doch etwas anderes machen können.«

»Warum?« Jesse holte tief Luft und stellte einen Fuß auf die Eisfläche. Dann sah er mich entschlossen an. »Ich will es ja lernen, und ein blauer Hintern bringt mich schon nicht um.«

Ich konnte seine Courage nur bewundern. »Okay, aber gehen wir es langsam an.«

Jesse nickte, ehe er sich auf seine Füße konzentrierte und vollständig auf die Eisfläche kam. Die Kufen kratzten über das Eis, als sich der schwere Kerl Schritt für Schritt voranarbeitete.

Sein Anblick brachte mich zum Lachen. »Zehn Sekunden und du liegst noch nicht am Boden«, sagte ich, während ich eine Runde um ihn drehte. »Gar nicht mal so schlecht.«

»Danke.« Jesse hob den Kopf, um mich anzusehen, und verlor prompt das Gleichgewicht. Er ruderte mit den Armen und schaffte es dank seines durchtrainierten Körpers, sich auszubalancieren. Nach Halt suchend streckte er den Arm nach mir aus. »Was dagegen, wenn ich mich an dir festklammere.«

Vielleicht war es übertrieben, aber die Vorstellung, mit Jesse Händchen zu halten, kam mir seltsam vor. Andererseits war unser Verhältnis rein platonisch. Er stand definitiv auf Chloe, während ich mich mit schmerzhafter Intensität nach Lucien sehnte. Ich sollte ihm meine Hilfe nicht verwehren. Deshalb stellte ich mich vor ihn und hielt ihm meine Hände hin. »Aber wehe, du zerquetschst meine Finger.«

Jesse hob einen Mundwinkel. »Ich gebe mir Mühe.«

»Das weiß ich doch.« Ich fuhr ein wenig rückwärts und zog ihn mit mir übers Eis. »Versuch mal, dich vorsichtig abzustoßen.«

Ich gab ihm ein paar Tipps, wie er die Kufen am besten einsetzen sollte, und eine Weile waren wir voll auf unsere Fahrkünste fokussiert, was eine willkommene Abwechslung zu meinem fortwährenden Gedankenkarussell darstellte. Als er den Dreh raushatte, wurde er mir fast ein bisschen zu übermütig.

»Hey, immer langsam«, tadelte ich ihn, nachdem er mich mit Schwung nach hinten geschoben hatte.

Jesse lachte. »Du bist wohl doch nicht so tough, wie du immer tust.«

Nein, kein bisschen.

Nachdenklich sah ich ihn an. »Kann ich dich was fragen?«

Er wackelte vielsagend mit den Augenbrauen. »Wir halten seit zwanzig Minuten Händchen. Du kannst mich alles fragen.«

Ich zögerte kurz, weil ich ihm eigentlich nicht die Laune verderben wollte. Doch dann entschied ich, das Thema trotzdem anzusprechen. »Warum hast du Chloe nie um ein Date gebeten?«

Wie befürchtet verpuffte seine Erheiterung auf der Stelle, und er wich meinem Blick aus. »Sie hätte sicher Nein gesagt.«

Fassungslos hielt ich inne, sodass wir mitten auf der Eisfläche stehen blieben. »Aber wieso glaubst du denn so was?«

»Weil ...« Jesse seufzte. »Ach, keine Ahnung. Wir sind bloß Kollegen, die ab und zu was trinken gehen. Mehr nicht.«

»Aber du willst, dass es mehr ist?«, hakte ich nach.

»Machst du Witze? Klar wünsche ich mir das. Ich finde sie großartig.« Er schüttelte frustriert den Kopf. »Aber ich denke nicht, dass sie auf diese Weise an mir interessiert ist.«

Ich runzelte die Stirn. »Wie kannst du dir da so sicher sein, wenn du sie nie gefragt hast?«

Verlegen zuckte er mit den breiten Schultern. »Schon an meinem ersten Tag sind ein paar Funken zwischen uns geflogen. Zumindest hatte ich diesen Eindruck. Allerdings hat es sich nie ergeben, dass wir mal allein reden konnten. Ich wollte sie ja fragen, aber je mehr Zeit verging, umso mehr fürchtete ich, dass das bloß Wunschdenken von mir war. Deshalb habe ich versucht, sie ein bisschen aus der Reserve zu locken und von einer anderen Frau geschwärmt.«

»Von einer anderen Frau?«

»Von dir, um genau zu sein«, nuschelte er so leise, dass ich überzeugt war, mich verhört zu haben. Doch seinem schuldbewussten Gesichtsausdruck nach zu urteilen hatte ich das nicht.

Mir klappte die Kinnlade runter.

»Es war nicht ernst gemeint«, fuhr er eilig fort. »Du hattest gerade im Store angefangen, und niemand außer Chloe kannte dich. Also habe ich sie mit Fragen gelöchert und ihr erzählt, wie hübsch ich dich finde und dass ich dich vielleicht um ein Date bitten werde. Mehr hab ich nicht gesagt, ich schwör's.«

Einen Moment lang betrachtete ich sein unglückliches Gesicht, während ich mich an Chloes Warnung erinnerte, dass man schneller in der Friendzone landete, als einem lieb war. »Oh, du dusseliger Muskelprotz!«

Ertappt zog Jesse den Kopf ein. »Ich hab schon kapiert, dass das echt dämlich war.«

Dämlich war gar kein Ausdruck.

»Was genau hast du denn gedacht, was passiert, wenn du Chloe vorgaukelst, auf ihre Freundin zu stehen?«

»Eigentlich hatte ich gehofft, sie würde mich fragen, ob ich nicht lieber mit *ihr* ausgehen will. Aber das hat sie nicht.«

Ich verdrehte die Augen. »Natürlich nicht! Sie ist eine Romantikerin, Jesse.«

»Es ist doch romantisch, wenn sie die Initiative ergreift.«

»Aber nicht, wenn der Typ, auf den sie steht, ihr erklärt, dass er ihre *Freundin* will, die nebenbei bemerkt auch noch ihre Mitbewohnerin ist«, entgegnete ich scharf. »In Chloes Welt wäre so ein Verhalten egoistisch und kaltherzig.«

Jesse stöhnte. »Mann! Ihr Frauen seid echt kompliziert.«

»Eigentlich nicht«, widersprach ich und musste gegen meinen Willen lächeln. »Wir wollen einfach bloß die Nummer eins sein.«

»Das ist sie doch«, erwiderte Jesse leidenschaftlich.

»Dann sag ihr das.« Ermutigend drückte ich seine Hände, die ich immer noch hielt, damit er nicht hinfiel. »Lass sie selbst entscheiden und schieb nicht länger Ausreden vor, nur weil du Angst hast, zurückgewiesen zu werden. Am Ende machst du dich damit nur selbst unglücklich.«

Beeindruckt hob Jesse eine Braue. »Das war ein verdammt guter Vortrag.«

Jepp, meine Ratschläge waren der Hammer. Wenn ich sie nur selbst beherzigen könnte …

Plötzlich beugte Jesse sich vor und zog mich in eine Bärenumarmung. »Danke, Ally.«

»Kein Problem«, nuschelte ich, während ich versuchte, mich auf dem rutschigen Untergrund auszubalancieren. Etwas Kaltes berührte meine Wange, und ich blinzelte erstaunt in Richtung Himmel. Weiße Flöckchen tanzten im Wind und rieselten auf uns nieder. »Es schneit.«

Meine Brust zog sich vor Wehmut zusammen, als ich an Luciens Vorfreude dachte. Noch waren die Flocken winzig und schmolzen, sobald sie den Boden berührten. Aber vielleicht glich Manhattan schon bald einem Winter Wonderland. Was hätte ich darum gegeben, seine Begeisterung zu erleben. So aber blieb mir nur Jesses.

Sein Lachen holperte durch meinen Körper. »Wurde auch Zeit!«

Ich nickte und wich ein Stück zurück. »Fahren wir weiter?«

Jesse warf einen sehnsüchtigen Blick zu den Bänken, bei denen wir unsere Schuhe zurückgelassen hatten. »Ich will echt nicht, dass du mich für einen Waschlappen hältst. Aber macht es dir was aus, wenn wir kurz eine Pause einlegen? Meine Füße bringen mich sonst um.«

Belustigt schüttelte ich den Kopf und griff erneut nach seinen Händen, um ihn zu stabilisieren. »Willst du es mal allein bis zur Bande versuchen?«

Jesse riss die Augen auf. »Himmel, nein!«

Lachend wendete ich, sodass ich mit dem Rücken zur Bande war, und steuerte uns beide vorsichtig darauf zu, während Jesse sich mit verkrampfter Haltung an mir festklammerte. Er schien meine Hinweise vollkommen vergessen und nur noch die rettende Bank im Sinn zu haben. Da ich so darauf konzentriert war, nicht mit jemand anderem zusammenzustoßen, bemerkte ich nur am Rande, wie er sich plötzlich ein Stück aufrichtete.

»Hey, ist das da nicht der Kerl, mit dem du in letzter Zeit so oft mittagessen warst?«

»Was?« Erschrocken suchte ich die Umgebung ab. »Wo?«

Jesse nickte zum Rand der Eisfläche, auf den wir gerade zusteuerten. »Dort hinten.«

Ich warf einen Blick über die Schulter und geriet beinahe ins Straucheln, als ich Lucien entdeckte. Er stand neben Xavier und einem Pärchen, das ich nicht kannte. In seiner linken Hand baumelte ein Paar Schlittschuhe, während er zwischen mir und Jesse hin- und herschaute. In seiner Miene lagen Wut und Enttäuschung.

Verdammt!

»Oh, oh«, murmelte Jesse und ließ mich langsam los. »Ich will ja nicht den Teufel an die Wand malen, aber so, wie der Kerl guckt, versteht er diese Situation hier völlig falsch.«

Das befürchtete ich auch. »Jesse, ich muss …«

»Na klar«, unterbrach er mich schnell. »Los! Geh zu ihm. Mach dir um mich keinen Kopf. Ich komme schon irgendwie ans Ufer.«

Ich warf ihm einen dankbaren Blick zu, bevor ich mich umdrehte, um an den Rand zu fahren. Dort sprach Lucien gerade mit Xavier. Der klopfte ihm auf die Schulter und nickte, und kurz darauf verschwand Lucien hinter ein paar Leuten.

»Lucien!«, rief ich, doch er blieb nicht stehen. Als ich Sekunden später mit Schwung gegen die Bande fuhr, war er nirgends mehr zu sehen.

Kapitel 20

»Vielleicht solltest du ihn doch anrufen«, schlug Jesse eine halbe Stunde später zum wiederholten Mal vor.

Und zum wiederholten Mal schüttelte ich den Kopf. Wenn Lucien mit mir hätte sprechen wollen, wäre er sicher nicht abgehauen. Aber genau das hatte er getan, und der Gedanke schmerzte vermutlich noch stärker als Jesses blaues Knie.

Schuldbewusst deutete ich auf seine durchnässte Jeans. »Was macht dein Knie?«

»Ach, das wird schon wieder«, erwiderte er und trank einen Schluck Kakao, den ich ihm als Wiedergutmachung gekauft hatte, nachdem er filmreif aufs Eis geklatscht war.

Ich hatte nicht gesehen, wie es passierte, weil ich zu sehr mit Luciens Verschwinden beschäftigt gewesen war. Aber dem Geräusch nach zu urteilen, musste es ziemlich wehgetan haben. Sofort waren einige Leute zu ihm geeilt und hatten ihn zum Rand geschleppt wie einen bewusstlosen Eishockerspieler.

Nachdem ich mich vergewissert hatte, dass es ihm gut ging, hatte ich uns beiden einen Kakao geholt und mich dann zu ihm auf die Bank gesetzt. Seitdem beobachteten wir lieber die Leute beim Eislaufen, die es auch konnten. Inzwischen war ich allerdings bis auf die Knochen durchgefroren.

Gerade als ich Jesse vorschlagen wollte, doch in eine Bar zu gehen, damit wir uns aufwärmen konnten, klingelte mein Handy. Hoffnung keimte in mir auf, verpuffte aber gleich wieder, als ich Chloes Namen auf dem Display las. Überrascht nahm ich den Anruf an.

»Ally?« Chloes Stimme klang gehetzt. »Hörst du mich?«

»Ja, was ist los?«

Sie seufzte. »Kannst du mir einen Riesengefallen tun?«

»Alles, was du willst.«

»Gott, Ally, ich kann nicht glauben, wie bescheuert ich bin! Ich hatte so gehofft, dass dieser Kerl einer von den Guten ist. Er war so aufmerksam und nett und wie er von seiner Mutter gesprochen hat … so ehrfürchtig und respektvoll. Ich habe ihm diese Tour voll abgekauft.«

Dermaßen aufgeregt hatte ich Chloe noch nie erlebt. »Also war der Kerl eine Enttäuschung?«

»Es war ein Desaster, Ally«, jammerte meine Freundin und klang, als wäre sie kurz davor, in Tränen auszubrechen. »Nachdem er sich den Bauch mit einem Fünf-Gänge-Menü vollgeschlagen hat, hat er mich einfach hier sitzen lassen.«

O Mann! Offensichtlich brauchte meine Freundin die Riesenportion Ben & Jerry's wesentlich dringender als ich. »Das tut mir schrecklich leid. Komm erst mal nach Hause und dann …«

»Ich kann nicht«, unterbrach sie mich, und nun brach doch ein Schluchzen aus ihr heraus. »Der Scheißkerl hat mich ausgeraubt!«

Ich schoss so abrupt von der Bank hoch, dass Jesse mich alarmiert ansah. »Er hat *was*?«

Sie schniefte geräuschvoll. »Ich war für eine Minute auf der Toilette, und als ich zurückkehrte, hatte er sich mit meinem Portemonnaie aus dem Staub gemacht. Der Besitzer glaubt allen Ernstes, ich wäre auch eine von diesen dreisten Schmarotzern, die sich bloß ein Gratisessen ergaunern wollen. Er hat mir *einen* Anruf zugestanden, bevor er die Cops ruft.« Sie holte tief Luft. »Könntest du bitte herkommen und mir aus der Patsche helfen?«

»Natürlich.« Ich warf meinen Becher in den Müll, schnappte mir meine Schlittschuhe und winkte Jesse zu, der mir sichtlich besorgt folgte. »Wo bist du?«

Sie ratterte die Adresse runter, und ich versprach ihr, mich gleich auf den Weg zu machen.

Zehn Minuten später hatten wir unsere Schlittschuhe abgegeben und saßen in einem Taxi nach East Village. Natürlich hatte Jesse sich nicht abwimmeln lassen, sondern darauf bestanden, mich zu begleiten. Und nicht nur das: Er schmiedete bereits Rachepläne.

»Ich hab da einen Kumpel beim NYPD. Er kann bestimmt über die Gesichtserkennungssoftware mit den Bildern von unserer Überwachungskamera herausfinden, wer der Typ ist. Und dann kann sich dieser Drecksack auf was gefasst machen.« Es sah ein bisschen bedrohlich aus, wie der riesige Kerl auf der Rückbank neben mir die Faust in die Hand krachen ließ. Aber für ihn schien es eine Frage der Ehre zu sein, diesen Bastard zur Rechenschaft zu ziehen. Chloe wäre sicher begeistert über so viel Heldenmut – und sie würde mir hoffentlich verzeihen, dass ich mit Jesse im Schlepptau aufkreuzte.

All meine Befürchtungen, Chloe könnte deswegen sauer sein, lösten sich in Luft auf, sobald wir das edle Restaurant betraten und uns ein Kellner in ein kleines Büro führte. Dort kauerte Chloe zusammengesunken auf einem Stuhl und wurde von zwei weiteren Kellnern bewacht, als wäre sie eine Schwerverbrecherin. Die beiden wichen sofort zurück, als Jesse mit großen Schritten auf Chloe zueilte.

Sie sah mit glasigen Augen auf, erhob sich und ließ sich widerstandlos von ihm in seine Arme ziehen. Ihre Schultern bebten, während Jesse ihr behutsam übers Haar strich.

»Geht es dir gut?«, fragte er mit rauer Stimme.

Sie nickte schniefend. »Mal abgesehen davon, dass mir der Kerl nicht nur mein Geld, sondern auch meine Würde geklaut hat, ist alles bestens.«

»Wir finden ihn«, versprach Jesse im Brustton der Überzeugung. »Er wird noch bitter bereuen, dass er es gewagt hat, dich auszunutzen.«

»Gott! Ich komme mir so dumm vor.«

Liebevoll lehnte Jesse die Wange auf ihren Kopf. »Ich bin dümmer.«

Chloe lachte erstickt auf. »Das glaube ich kaum.«

»Doch«, beharrte er und wich ein Stück zurück, um ihr in die Augen zu sehen. »Ich habe die tollste Frau der Welt nicht um ein Date gebeten, weil ich zu große Angst vor einem Korb hatte.«

»Das ist tatsächlich ziemlich dumm.« Chloe blinzelte ihre Tränen fort. »Du hättest sie fragen sollen.«

Kleine Fältchen erschienen um Jesses Augen, als er sanft auf sie herablächelte. »Gehst du bitte mit mir aus, Chloe?«

Trotz ihres Kummers breitete sich nun ein Grinsen auf ihrem Gesicht aus. »Das würde ich sehr gern.«

Ich freute mich wahnsinnig für die beiden. Gleichzeitig spürte ich aber auch einen erneuten Anflug von Neid, weil Jesse es einfach so geschafft hatte, seine Angst zu überwinden. Ich wünschte, ich könnte denselben Mut aufbringen, zu Lucien gehen und ihm alles erklären. Aber dummerweise gab es für mein schäbiges Verhalten in der Vergangenheit keine Entschuldigung. Vielleicht hätte ich nicht einmal etwas daran geändert, wäre ich nicht selbst dem Machthunger meines Vaters zum Opfer gefallen.

Da es Jesse bereits übernommen hatte, Chloe zu trösten, wandte ich mich an die Kellner, die zu den beiden auf Abstand gegangen waren, als hätten sie Angst, die Funken zwischen ihnen könnten auf sie überspringen.

»Ich werde ihre Rechnung begleichen«, sagte ich leise, um die Glücksblase meiner Freunde nicht zerplatzen zu lassen.

Sichtlich erleichtert führten die Männer mich aus dem Raum zu einer Nische, in der sich die Kasse befand. Der Ältere blieb, um den Beleg zu suchen, während der andere nach einem höflichen Nicken gleich ganz verschwand.

Der Betrag hatte es in sich und riss ein klaffendes Loch in mein Konto. Aber zum Glück hatte der neue Monat gerade erst begonnen und ich hatte bereits mein Gehalt erhalten, sodass sogar noch ein bisschen Trinkgeld drin war. Als ich gerade die Quittung unterschrieb, kamen Chloe und Jesse aus dem Büro.

Sofort zog Chloe mich in die Arme. »Ich kann dir gar nicht sagen, wie dankbar ich dir bin. Ich zahle dir jeden Cent zurück.«

»Ist nicht der Rede wert. Ehrlich. Du hast so viel für mich getan.«

»Wir sollten gleich zur Polizei gehen und den Diebstahl melden«, schaltete Jesse sich ein.

Ich nickte zustimmend. »Und deine Bankkarten solltest du auch so schnell wie möglich sperren lassen.«

Chloe schaute zwischen uns hin und her, und plötzlich flackerte Verwirrung in ihrer Miene auf. »Wie kommt es eigentlich, dass ihr zusammen hier seid?«

»Wir waren Schlittschuh laufen«, erklärte Jesse und lachte leise. »Jedenfalls ist Ally gelaufen. Ich war eher damit beschäftigt, auf den Beinen zu bleiben, während sie mir den Kopf zurechtgerückt hat, weil ich so ein Idiot war.«

Ein Kichern platzte aus Chloe heraus. »Ally kann ziemlich überzeugend sein, nicht wahr?«

»O ja!«, pflichtete Jesse ihr bei und warf mir einen vielsagenden Blick zu. »Jetzt muss sie nur noch auf ihre eigenen Ratschläge hören.«

»Äh, ich stehe direkt neben euch.«

»Aber hörst du auch zu?«, fragte Jesse und legte einen Arm um Chloes Schultern. Offenbar hatte er in den letzten Minuten wieder merklich an Selbstbewusstsein gewonnen. »Ich bin immer noch der Meinung, du solltest den Kerl anrufen und die Sache klären.«

»Welchen Kerl?«, fragte Chloe verwirrt.

Ich seufzte. Sie würde es sowieso erfahren. »Lucien war auch am Ice Rink und hat uns gesehen, wie wir Händchen haltend über das Eis geschlittert sind.«

»Er hat natürlich nicht gehört, dass wir nur über dich gesprochen haben«, ergänzte Jesse schnell, als hätte er Angst, dieses Bild könnte auch bei Chloe einen falschen Eindruck hinterlassen. »Er hat die ganze Szene völlig falsch verstanden.«

Chloe glaubte ihm und verzog bedauernd das Gesicht. »Es gibt ja auch schätzungsweise eine Million Liebesfilme, in denen Pärchen in trauter Zweisamkeit Schlittschuh laufen und sich verlieben.«

Ich verdrehte die Augen. »Sicher gibt es auch ein paar Filme, in denen die Darsteller einfach bloß Freunde sind.«

Chloe schürzte die Lippen. »So spontan fällt mir keiner ein.«

»Mir auch nicht«, ergänzte Jesse.

Ich seufzte. »Schön, dass ihr euch einig seid. Wollen wir dann los?«

Chloe zögerte. »Du solltest wirklich mit ihm reden, Ally. Sonst denkt er noch, du bist eine von den Frauen, die lieber mehrere Eisen im Feuer haben. Dabei war es doch nur ein dummes Missverständnis.«

Beklommen biss ich mir auf die Unterlippe. Leider war es ein bisschen mehr als das. Der Ice Rink war schließlich nur die Spitze des Eisbergs. Andererseits machte mir der Gedanke echt zu schaffen, dass Lucien mich obendrein für eine Frau halten könnte, die ohne mit der Wimper zu zucken zum nächsten Kerl überging.

Die Vorstellung verfolgte mich, während wir Chloe zum Revier begleiteten, wo sie den Diebstahl meldete, Anzeige erstattete und versprach, am nächsten Morgen zusammen mit Jesse die Sicherheitskameras im Store zu überprüfen, um dem Officer ein Foto von dem Kerl zu mailen. Sie ließ mich auch nicht los, als Chloe auf dem Heimweg ihre Karten über die Bankhotlines sperren ließ. Und auch als wir gegen elf Uhr abends mit der Subway nach West Harlem fuhren, hatte sie mich immer noch fest im Griff.

Ratternd erreichte die U-Bahn unsere Station. Doch obwohl ich eigentlich fest beabsichtigt hatte, mit meinen Freunden nach Hause zu gehen, blieb ich sitzen. Es waren nur zwei weitere Stationen und ein kurzer Fußweg bis zu Luciens Apartment in Washington Heights. Vielleicht würde er mir ja doch nicht die Tür vor der Nase zuknallen, sondern mir erst mal zuhören? Zwar glaubte ich nicht, dass das etwas an unserer Situation änderte, aber zumindest wüsste er dann, dass mir unsere Freundschaft etwas bedeutet hatte.

Nervös sah ich meine Freunde an, die in diesem Moment aufstanden. »Geht schon mal vor.«

Natürlich wussten die beiden auch ohne Erklärung, was ich vorhatte. Chloe umarmte mich und wünschte mir viel Glück, während Jesse mir ermutigend zuzwinkerte.

Gemeinsam mit anderen Fahrgästen verließen sie die Bahn, während ich mit klopfendem Herzen zurückblieb. In Gedanken legte ich mir einige Worte zurecht. Allerdings verwarf ich sie allesamt wieder, weil ich im Grunde überhaupt nicht wusste, wie Lucien auf mein spontanes Erscheinen reagieren würde.

Zwanzig Minuten später erreichte ich den Wohnblock, in dem sich sein Apartment im dritten Stock befand, und erneut verließ mich der Mut. Mitten auf dem Gehweg, auf dem inzwischen eine feine Schneeschicht lag, hielt ich inne und betrachtete den Hauseingang. Ein Weihnachtskranz aus Tannenzweigen hing an der Tür, und eine kleine Lampe über dem Eingang verströmte mattes Licht, in dessen Schein feine Schneeflocken tanzten.

Fröstelnd schlang ich die Arme um meinen Oberkörper, legte den Kopf in den Nacken und blinzelte gegen den Schnee zum Himmel empor. Im dritten Stock brannte Licht. Die Erkenntnis, dass Lucien zu Hause war, trieb meinen Puls in die Höhe. Trotzdem konnte ich mich nicht überwinden, zu klingeln.

Lucien wusste sicher längst alles über die verwöhnte Prinzessin der Upper East Side. Zumindest konnte ich mir lebhaft vorstellen, wie Soraya und die anderen die übelsten Geschichten über mich hervorkramten und wie Ondine ihn davon überzeugte, dass er sich in mir getäuscht hatte. Wenn ich es recht bedachte, hatte er heute Abend am Ice Rink nicht einmal sonderlich überrascht gewirkt, mich mit einem anderen Mann zu sehen. Stattdessen waren da nur Wut, Schmerz und Enttäuschung in seinen Augen gewesen.

Auf der Straße hinter mir hielt ein Taxi, und ein Pärchen stieg aus. Die beiden waren so sehr miteinander beschäftigt, dass sie gar nicht merkten, dass ich verloren neben dem Eingang rumstand. Kichernd schloss die Frau die Tür auf, ehe der Kerl sich auch schon auf ihre Lippen stürzte. Kurz darauf waren sie durch die nächste Tür im Erdgeschoss verschwunden. Der Hauseingang hingegen stand noch immer sperrangelweit offen.

Ich konnte praktisch spüren, wie Chloe mir eine Kopfnuss verpasste, weil ich tatsächlich überlegte, *das Zeichen* zu ignorieren. Doch dann besann ich mich. Ich war hergekommen, um Lucien klarzumachen, dass er mir wichtig war, und auch wenn er mir nicht glaubte, war das doch die Wahrheit – und die lohnte es sich auszusprechen.

Bevor ich noch länger mit mir hadern konnte, betrat ich das Gebäude und ging die Stufen hinauf in den dritten Stock. Die Tür zu Luciens Apartment lag auf der linken Seite. Mein Herz begann zu rasen, als ich den Arm hob und anklopfte.

Jetzt gab es kein Zurück.

Schritte erklangen auf der anderen Seite der Tür, und meine Finger verkrampften sich um den Gurt meiner Umhängetasche, weil ich plötzlich das Bedürfnis hatte, mich irgendwo festzuhalten. Dann wurde die Tür schwungvoll aufgerissen.

Diesmal huschte eindeutig Überraschung über Luciens Gesicht, als er mich sah. Doch sie verschwand sogleich hinter einer harten Maske. »Was willst du hier?«

Das ging schon mal so schlecht los, wie ich befürchtet hatte. Trotzdem löste sein Anblick Entschlossenheit bei mir aus. »Kann ich bitte kurz mit dir reden?«

Er ließ mich einen Moment lang zappeln, trat aber schließlich doch beiseite. Ich schlüpfte an ihm vorbei und atmete tief durch, um mich zu sammeln. Dabei strömte mir sein vertrauter Duft in die Nase. Er schien in der gesamten Wohnung zu haften.

Die Versuchung war groß, einfach die Augen zu schließen und mich in dem Gefühl der Behaglichkeit zu verlieren, das meine Geruchszellen in meinen Geist pflanzten. Egal, wie perfekt Luciens Parfüm einmal sein würde, das hier war definitiv mein Lieblingsduft. Trotzdem riss ich mich zusammen und drehte mich zu ihm um.

Gott! Ich hatte das vermisst. Ich hatte *ihn* vermisst.

Er lehnte inzwischen mit verschränkten Armen an der Tür. Zum ersten Mal, seit wir uns kannten, sah ich ihn ohne dicken Winterpullover. Stattdessen trug er ein lässiges Shirt, das zum Teil im Bund seiner tief sitzenden Jeans steckte. Leider drückte seine ganze Körperhaltung aus, dass er mich rausschmeißen würde, sobald ich mit meiner Rede fertig war.

»Ich wollte mich bei dir entschuldigen«, sagte ich und ahnte, dass mir nicht viel Zeit blieb. »Es tut mir leid. Und zwar alles. Ich wollte dich nie vor den Kopf stoßen oder verletzen.«

Wut flackerte in seinen Augen auf. »Aber das hast du.«

Gequält verzog ich das Gesicht. »Ich weiß.«

»Warum hast du es mir nicht einfach gesagt?«, fragte Lucien scharf.

Ein Kloß bildete sich in meiner Kehle, aber ich quetschte die Wahrheit daran vorbei. »Ich habe mich geschämt.«

»Pourquoi?« Wie immer, wenn er aufgeregt war, wechselte er ins Französische, ohne sich dessen überhaupt bewusst zu sein. »Du hättest mir auch einfach von Anfang an sagen können, dass ich keine Chance habe. Ich wäre schon damit klargekommen.«

»Aber die hast du doch«, gestand ich flüsternd.

Leider hatte das nicht den erhofften Effekt. Stattdessen schienen die Worte Lucien nur noch mehr aufzuwühlen. »Was soll das, Barbeau? Bereitet es dir irgendein krankhaftes Vergnügen, mit meinen Gefühlen zu spielen?«

»Was?« Entsetzt schüttelte ich den Kopf. »Nein.«

»Warum zum Teufel verhältst du dich dann andauernd so widersprüchlich?«

Langsam wurde ich auch wütend. »Weil ich überfordert war«, rief ich aus. »Ich wollte, dass du mich genauso magst wie ich dich.«

Ruckartig stieß er sich von der Tür ab und kam auf mich zu. »Und deshalb ziehst du ständig diese Cinderella-Nummer ab und haust ohne eine Erklärung ab? Deshalb hörst du einfach auf, dich bei mir zu melden? Deshalb hast du drei Tage später gleich das nächste Date?« Er blieb abrupt stehen, als fürchtete er, mir sonst Angst einzujagen. Aber die hatte ich nicht. Nicht einmal, als seine Miene noch finsterer wurde. »Ich hab Neuigkeiten für dich, Ally. Jemanden wie Dreck zu behandeln, ist eine ganz beschissene Art, ihm zu zeigen, dass man ihn mag.«

Ich zuckte zusammen. Dann knallte mir eine Sicherung durch. »Es tut mir leid«, wiederholte ich. Meine Augen begannen zu brennen. »Ja, du hast recht. Ich wäre am liebsten von der Party geflohen, als ich meine alten *Freunde* wiedergesehen habe, denn ich bin fast durchgedreht vor Angst, dass sie dir verraten könnten, was für ein Mensch ich früher war. Aber dir hat es so viel bedeutet, dass ich mich gut mit deiner Schwester verstehe. Also bin ich geblieben. Ich hatte gehofft, mich da irgendwie durchmogeln zu können. Doch dann hat Ondine mich zur Rede gestellt, weil ich mich in ihre Beziehung mit Gideon eingemischt habe.«

Lucien runzelte die Stirn. »Wovon redest du?«

Eine Träne kullerte über meine Wange. Ich wischte sie wütend fort. »Sie hat mir gesagt, dass Gideon ihr all die Geschichten erzählt hat und dass sie dir ebenfalls die Augen öffnen wird. Anschließend hat sie mich gebeten zu gehen.«

Ja, okay, sie hatte mich nicht *gebeten*, sondern mich hochkant rausgeschmissen. Aber ich hatte schon genug angerichtet. Ich wollte nicht auch noch böses Blut zwischen den Geschwistern schüren. Für Lucien schien das ohnehin schon schlimm genug zu sein.

»Sie hat *was*?«

Ich überging seine Frage und holte tief Luft. »Ich wollte mich bei dir melden, aber ich hatte Angst vor deiner Reaktion. Ich wusste nicht, was du inzwischen alles über mich erfahren hast. Mir war bloß klar, dass meine *Freunde* sicher kein gutes Haar an mir gelassen haben. So ticken sie eben. Sie zerren alles Hässliche an die Oberfläche und erfreuen sich an der Zerstörung, die sie verursacht haben.« Niedergeschlagen schüttelte ich den Kopf. »Ich habe mich geschämt und mich einfach nicht getraut, dich zu kontaktieren. Und heute Abend …« Ich holte tief Luft. »Jesse ist ein Security bei Tiffany's, und er ist total in Chloe verknallt. Ich wollte ihm bloß Mut machen, sie endlich um ein Date zu bitten. Uns war beiden klar, wie das auf dich gewirkt hat. Deshalb bin ich dir gleich nachgelaufen, aber diesmal bist *du* verschwunden.«

Vielleicht kam es mir nur so vor, aber ich meinte, etwas wie Erleichterung in Luciens Augen aufblitzen zu sehen.

Erneut schöpfte ich Atem, weil ich so schnell geredet hatte. »Deshalb bin ich jetzt hier. Du sollst wissen, dass Jesse bloß ein guter Freund ist, wohingegen ich für dich sehr viel mehr empfinde.«

Wie vom Donner gerührt sah Lucien mich an. Dann ging plötzlich ein Ruck durch seinen Körper, und er überwand den Abstand zwischen uns. Langsam, fast schon ehrfürchtig, umfing er meine Wangen mit den Händen und bog sanft meinen Kopf zurück. Sein Blick war ernst. »Ich empfinde auch sehr viel mehr für dich.«

Das zu hören, hätte mich eigentlich glücklich machen sollen. Doch ich konnte deutlich spüren, wie sich mein Herz vor Kummer zusammenzog. »Ich habe schreckliche Dinge getan, Lucien.«

Forschend sah er mich an. »Bereust du sie?«

»Inzwischen schon.«

»Du hast Fehler gemacht«, sagte er leise und rieb mir mit dem Daumen über die Wange. »Aber deshalb bist du kein schlechter Mensch.«

Beklommen senkte ich die Lider. Ich wünschte wirklich, dass es so einfach wäre. Aber leider hatte Ondine recht. Ich war feige.

Zum ersten Mal im Leben war ich vollkommen ehrlich – auch zu mir selbst. Und die Wahrheit war, dass weder Tristan noch mein Vater der Grund für meine überstürzte Flucht im Frühjahr waren. Dieser ganze Konflikt war lediglich der Tropfen, der das Fass zum Überlaufen gebracht hatte. Aber geflohen war ich ausschließlich vor mir selbst. Vor der Frau, die ich geworden war und die ich aus tiefster Seele verabscheute.

Ich wusste immer noch nicht genau, wie viel die anderen ihm erzählt hatten. Aber ich hatte Luciens Vertrauen in mich nicht verdient. Weitere Tränen quollen aus meinen Augen hervor. »Ein guter Mensch hätte versucht, die Dinge in Ordnung zu bringen, anstatt vor ihnen wegzulaufen.«

»Du bist *jetzt* hier.« Er lächelte sanft. »Das ist ein Anfang, n'est-ce pas?«

Ich öffnete den Mund, um ihm zu sagen, dass das unmöglich reichen konnte. Doch offenbar hatte Lucien beschlossen, meine Widerworte mit seinen Lippen zu ersticken.

Sein Kuss war sanft, süß und forschend. Voller Zärtlichkeit. Er tröstete mich und linderte den Schmerz, der in meinem Inneren tobte. Und mit einem Mal brachen sich Emotionen vollkommen anderer Natur in mir bahn: Jeder Moment, in dem Lucien mich zum Lachen gebracht hatte; jedes Kribbeln, das seine Nähe in mir auslöste; jede Minute voller Sehnsucht, die mich während der Funkstille in den letzten Tagen gequält hatte – all das explodierte in einem farbenfrohen Mix aus Euphorie und Erleichterung und Verlangen.

»Gott, Barbeau«, murmelte er an meinen Lippen. »Du hast keine Ahnung, wie oft ich mir das schon gewünscht habe.«

Mir ging es genauso.

So lange schon hatte mich die Angst vor einer weiteren Enttäuschung zurückgehalten. Ich hatte der Anziehung zwischen uns getrotzt. Doch

Luciens Küsse nahmen mir die Zweifel, denn er gab mir das Gefühl, jemand Besonderes zu sein.

Seine Hände hielten mich voller Ehrfurcht, während ich die Arme um seinen Nacken schlang und ihn an mich zog. Selbst durch meinen dicken Mantel konnte ich spüren, mit welcher atemberaubenden Geschwindigkeit sein Herz gegen seinen Brustkorb krachte. Es schlug genauso schnell wie meins.

Kapitel 21

Magenknurren. Das unromantischste Geräusch der Welt. Und noch schlimmer war, dass es von mir kam. Mitten in diesem absolut perfekten, verzehrenden Kuss. War das zu fassen?

Lucien stieß ein raues Lachen aus und löste sich etwas von mir, um mich mit einer hochgezogenen Braue anzusehen. »Hunger?«

Peinlich berührt vergrub ich das Gesicht an seiner Brust. »Tut mir leid. Ich habe den ganzen Tag noch nichts gegessen.«

Er hauchte mir einen Kuss auf die Stirn und ließ mich los. »Dann sollten wir das schleunigst ändern.«

Nun bedauerte ich es, dass ich in meinem Kummer nicht ans Essen gedacht hatte, denn ich hätte nichts dagegen gehabt, Lucien noch ein bisschen länger zu küssen. Doch mein Magen widersprach entschieden.

Ich legte Mantel, Mütze und Schal ab, ehe ich Lucien in die Küche folgte. Da die Nische recht eng war, packte er mich unvermittelt an der Hüfte und hob mich auf die Arbeitsfläche. Von dort aus beobachtete ich, wie er allerhand Verpackungen aus dem Kühlschrank holte und neben mir ausbreitete.

Neugierig musterte ich die Speisen. »Was ist das alles?«

Er stellte sich vor mich und stützte die Hände rechts und links von meinen Beinen ab. Seine Miene war plötzlich sehr ernst, aber seine Augen funkelten voller Vergnügen. »Okay, Barbeau. Diese Frage ist wirklich wichtig.«

Ich versuchte, mir das Lachen zu verkneifen. »Ja?«

»Wie stehst du zu Käsesandwiches?«

Langsam beugte ich mich vor. »Ich liebe sie.«

»Oh, Gott sei Dank.«

Seine Erleichterung brachte mich zum Lachen. »Kann ich dir irgendwie helfen?«, fragte ich.

»Nein danke. Das geht ganz schnell.« Er hauchte mir einen schnellen Kuss auf die Lippen, ehe er sich ans Werk machte.

Gutes Essen schien seine zweite Leidenschaft zu sein, denn jedes Mal, wenn er eine Packung Käse öffnete – und davon hatte er reichlich –, schnupperte er genüsslich daran, bevor er sie mir hinhielt und voller Begeisterung die Herstellerdetails erläuterte. Würziger Cheddar aus Irland. Nussiger Comté aus Südfrankreich. Aromatischer Manchego aus Spanien. Von allen Sorten rieb er etwas auf einen Teller und stellte ihn beiseite.

Danach briet er in geschmolzener Butter dicke Toastscheiben an, die er anschließend viertelte, mit den verschiedenen Käsesorten bestreute und in den Ofen schob. Während die Sandwiches buken, machte er eine Platte mit gekochtem Schinken zurecht, die er liebevoll mit frischem Salat und Weintrauben garnierte. Kaum war er damit fertig, holte er die Sandwiches wieder aus dem Ofen und platzierte sie auf dem Salatbett.

Das Ganze dauerte insgesamt vielleicht eine Viertelstunde, und trotzdem hatte ich das Gefühl, einem Sternekoch über die Schulter zu schauen. Als er mir gut gelaunt die fertige Platte vor die Nase hielt, konnte ich nur belustigt den Kopf schütteln.

»Ich kann nicht glauben, dass du so was ganz spontan mitten in der Nacht zustande bringst.«

Er zwinkerte mir frech zu. »Mit ein bisschen Vorbereitung bringe ich noch ganz andere Sachen fertig.«

Das glaubte ich ihm aufs Wort.

Lucien holte Gläser und eine Flasche Weißwein aus dem Schrank, und wir machten es uns auf dem Sofa im Wohnzimmer gemütlich. Ich streifte meine Stiefel ab, winkelte die Beine an und zupfte meinen Faltenrock zurecht. Derweil platzierte Lucien die Platte zwischen uns und setzte sich mir gegenüber in den Schneidersitz.

Es war genau wie bei unserem Picknick in den Channel Gardens, und genau wie damals musste ich mich zusammenreißen, nicht schon wieder wie ein Pornostar zu stöhnen, als ich in ein Sandwich mit Manchego biss. Die Sache mit dem Essen hatte diese Familie echt raus.

»Das schmeckt himmlisch.«

»Freut mich.« Lucien nahm eine Scheibe Schinken und drapierte sie auf seinem eigenen Sandwich, ehe er hineinbiss.

»Hat dir das deine Mutter beigebracht?«, fragte ich.

Er nickte lächelnd. »Maman liebt gutes Essen wie ich gute Düfte. Ich schätze, was das betrifft, sind wir uns ziemlich ähnlich. Donnie hingegen ist eine grauenvolle Köchin. Allerdings hat sie ein besonderes Talent, einen tristen Raum innerhalb von Sekunden in ein farbenfrohes Chaos zu verwandeln.«

Sicherlich hatte er das Thema nicht absichtlich auf seine Schwester gebracht. Aber wenn wir schon mal dabei waren …

Ich aß mein Sandwich auf und trank einen Schluck Weißwein, ehe ich den Mut aufbrachte, es anzusprechen. »Hat sie …? Ich meine, wie ist ihre Party noch gelaufen, nachdem ich gegangen bin?«

»Es war ziemlich spektakulär.«

Tja, nun, das konnte alles bedeuten.

Lucien musterte mich mit schief gelegtem Kopf. »Du hast mir nicht erzählt, dass sie einen Verlobungsring bei dir gekauft hat.«

»Ich hatte kein Recht, dir davon zu erzählen«, erwiderte ich leise und schaute Lucien unsicher an. »Also hat sie Gideon einen Antrag gemacht?«

»Sie hat jedem von uns einen Zettel mit Wörtern in die Hand gedrückt. Anfangs hat niemand kapiert, was das überhaupt sollte. Aber Gideon hat es durchaus verstanden. Er ist von Minute zu Minute blasser geworden.«

O Gott! Ich war mir nicht sicher, ob ich den Ausgang der Geschichte wirklich hören wollte. Trotzdem lehnte ich mich ein Stück vor und fragte: »Und dann?«

Lucien holte tief Luft. »Dann ist meine kleine, verrückte Schwester vor ihm auf die Knie gesunken und hat ihn gebeten, sie zu heiraten.«

Meine Hände zuckten, weil ich sie mir vors Gesicht schlagen wollte. Ich fand die Vorstellung, vor so vielen Leuten eine derartige Show hinzulegen, alles andere als romantisch. Andererseits gab es genug Frauen, für die Heiratsanträge in der Öffentlichkeit einem ultimativen Liebesbeweis gleichkamen. Vorausgesetzt natürlich, der Antrag wurde am Ende auch angenommen.

»Wie hat er reagiert?«, wisperte ich, während ich mir inständig wünschte, mich doch in Gideon geirrt zu haben.

»Er hat Nein gesagt.«

Obwohl unser letztes Gespräch alles andere als erfreulich verlaufen war, brach mir das Herz für Ondine. Das hatte sie nicht verdient. »Es tut mir schrecklich leid, das zu hören.«

Zu meiner Verwirrung schüttelte Lucien grinsend den Kopf. »Er sagte Nein – und als ein paar Leute anfingen zu lachen und blöde Sprüche zu reißen, hat er Ondine wieder auf die Füße gezogen.« Lucien lachte auf, als würde er sich bei der Erinnerung daran köstlich amüsieren.

»Ich verstehe die Pointe nicht«, sagte ich, weil ich seine Belustigung absolut nicht nachvollziehen konnte. Gideons Korb musste schrecklich demütigend für Ondine gewesen sein.

»Ich war schon drauf und dran, ihm den Hintern aufzureißen«, berichtete Lucien weiter. »Aber dann ist er vor *ihr* auf die Knie gegangen.«

»Was?«, kiekste ich.

»Ehrlich wahr!« Lucien bereitete sich inzwischen sein nächstes Käse-Schinken-Sandwich zu. »Er sagte so laut, dass es auch sein Bruder – der nebenbei bemerkt ein echter Vollidiot ist – verstand, dass Ondine ihn niemals um etwas bitten müsse. Er würde ihr die Welt zu Füßen legen, und er wäre der glücklichste Mann der Welt, wenn sie *ihm* die Ehre erweisen würde, ihn zum Mann zu nehmen. Er hatte sogar einen eignen Ring dabei.«

»O mein Gott!« Mit großen Augen starrte ich Lucien an. »Er hat ihr wirklich einen Antrag gemacht?«

»Und was für einen!«, bestätigte Lucien. »Gleich danach hat er ein paar Leuten verdammt deutlich klargemacht, dass sie ihn mal kreuzweise konnten, wenn sie seiner zukünftigen Frau noch einmal blöd kamen. Daraufhin sind sein Bruder und ein paar seiner Freunde abgezogen. Der Rest ist geblieben und hat mit den beiden gefeiert.«

Geschockt lehnte ich mich zurück. Ich konnte kaum glauben, dass Gideon so eine krasse Wandlung hingelegt hatte. Aber ich war ehrlich erleichtert darüber. »Das sind wirklich gute Neuigkeiten.«

Lucien dachte einen Moment nach, während er sich die Hände an einer Serviette abwischte. »Ich bin trotzdem froh, dass du versucht hast, Donnie vor ihm zu warnen. Auch wenn es falscher Alarm war.«

»Warum?«

»Weil du meine Schwester nur vor einer Enttäuschung bewahren wolltest.« Er streckte die Hand nach mir aus und verflocht unsere Finger miteinander. »So etwas tut kein schlechter Mensch, Barbeau.«

Offensichtlich waren wir jetzt bei dem Thema angekommen, das ich am liebsten verdrängt hätte. Ich senkte den Blick. »Was haben sie erzählt?«

Er wusste genau, was ich meinte. Dennoch wählte er seine Worte mit Bedacht, als hätte er Angst, mich zu verletzen. »Ondine hat überhaupt nichts zu mir gesagt, außer dass du plötzlich gehen musstest. Allerdings hatte ich keinen Schimmer, dass sie dich quasi vor die Tür gesetzt hat.«

»Sie war zu Recht wütend«, wandte ich ein. »Mach ihr deshalb keinen Vorwurf.«

Verärgerung blitzte in seinen Augen auf. »Du warst *meine* Begleitung. Sie hätte das nicht tun dürfen.«

»Es ist sowieso nicht mehr zu ändern. Lass es bitte gut sein.« Es war deutlich, dass Lucien das Verhalten seiner Schwester nicht auf sich beruhen lassen wollte. Aber er gab mir zuliebe trotzdem nach. Ich schluckte nervös. »Und die anderen?«

Lucien hob eine Braue. »Du meinst deine *Freunde*?«

»Sie sind nicht meine Freunde«, widersprach ich. »Inzwischen denke ich, sie waren es nie. Wir hingen einfach nur zusammen rum, weil wir niemand anderen hatten. Verstehst du, was ich meine?«

»Klar.« Lucien strich mit dem Daumen über meinen Handrücken, ehe er entschied, noch etwas zu essen. »Es ist doch meistens so, dass sich die Kids zusammenfinden, die im selben Viertel wohnen oder dieselbe Schule besuchen. Nur ist deine Clique eben noch mal ein bisschen … spezieller.«

Mit einem Mal fühlte sich das Sandwich in meinem Bauch sehr schwer an. Ich fragte mich, mit welcher Story sie begonnen hatten, wagte aber nicht, konkret nachzuhaken.

»Ich glaube, sie vermissen dich«, fuhr Lucien fort und zupfte ein Stück geschmolzenen Cheddar von seinem Sandwich. »Und sie vermissen die alten Zeiten, in denen du und Gideon noch keine nervigen Quarter-Life-Krisen ausgelebt habt, die einem den ganzen Spaß verderben.«

Verblüfft sah ich Lucien an. »Mehr haben sie nicht gesagt?«

»Im Grunde nicht.« Lucien schürzte die Lippen. »Davon abgesehen hat die Rothaarige mit den schrägen Klamotten nur geschimpft, dass du als Multimillionärin nicht wie eine Kellnerin rumlaufen solltest.«

Missmutig verzog ich das Gesicht. »Ich bin keine Multimillionärin.«

»Aber dein Vater ist Winston Harford«, entgegnete Lucien. »Der Immobilienmogul.«

Da ich es schlecht abstreiten konnte, lächelte ich bloß gequält. »Tja, was soll ich sagen? Ich bin ein stinkreicher Upper-East-Side-Sprössling.« Zumindest war ich das mal. Inzwischen dürfte mich mein Vater enterbt haben, weil ich nicht nach seiner Pfeife tanzte.

»Das hätte ich nicht sagen sollen«, erwiderte Lucien leise.

Ich senkte den Blick auf die Platte mit den Sandwiches und nahm mir ein weiteres, um meine Hände zu beschäftigen.

»Das Leben, das du früher geführt, und all die Dinge, die du getan hast …«, begann er zögerlich. »Willst du mir davon erzählen?«

Zur Hölle, nein! Natürlich wollte ich das nicht. Allein die Vorstellung entsetzte mich. Aber diese *Beziehung* – oder wie immer wir das nannten – würde nicht funktionieren, wenn wir nicht ehrlich waren.

Es kostete mich ziemlich viel Überwindung, aber dann begann ich doch, Lucien von meiner Vergangenheit zu erzählen. Ich fing mit den schönen Dingen an. Dem Leben an Moms Seite und meiner glücklichen Kindergartenzeit.

Nachdem wir aufgegessen hatten, stellte Lucien die Platte beiseite und zog mich mit sich in die Länge, sodass ich halb auf seiner Brust zum Liegen kam. Er schloss die Arme um mich, als würde er spüren, dass wir nun bei dem Teil angelangt waren, in dem alles den Bach runterging.

Obwohl es mir zunehmend schwerer fiel, redete ich weiter. Ich öffnete Lucien mein Herz, das gar nicht so verkrüppelt war, wie ich in den letzten Monaten angenommen hatte. Natürlich war ich längst nicht so weit, mir selbst zu vergeben, was ich anderen angetan hatte. Aber in gewisser Weise konnte ich mich damit abfinden, dass manche Fehler unabänderlich waren, andere hingegen vielleicht wiedergutgemacht werden konnten. Einzig von Tristan und seinen Plänen für unsere Zukunft erzählte ich ihm nichts. Das brachte ich einfach nicht über mich. Es war schon schlimm genug, Lucien zu gestehen, welche Intrigen ich gesponnen hatte.

Manchmal spannten sich seine Muskeln unter mir an, er atmete scharf ein oder hielt darin inne, mein Haar zu streicheln. Aber er schubste mich nicht angewidert von sich runter, und er machte mir auch keine Vorwürfe. Stattdessen hörte er einfach zu, bis meine Lider vor Erschöpfung ganz schwer wurden.

Irgendwann schlief ich ein, und zum ersten Mal seit langer Zeit verfolgten mich meine Sünden nicht bis in meine Albträume.

Kapitel 22

Lieber Himmel! War mir heiß.

Ich hatte das Gefühl, auf einer Herdplatte zu liegen. Auf einer sehr gemütlichen Herdplatte.

Blinzelnd öffnete ich die Augen, und mein Puls schoss durch die Decke, als mir klar wurde, dass ich immer noch mit Lucien auf dem Sofa lag. Nur hatte ich es im Schlaf irgendwie geschafft, auf ihn drauf zu krabbeln. Mein Kopf ruhte unter seinem Kinn, und ich nahm das stete, ruhige Pochen seines Herzens deutlich wahr. Er hatte die Arme um mich gelegt und hielt mich fest an sich gedrückt, während sich sein Brustkorb in gleichmäßigen Abständen hob und senkte. Unsere Beine waren ebenfalls miteinander verschlungen.

Ich hatte keine Ahnung, wie spät es war. Deshalb spähte ich zum Fenster. Draußen war es noch dunkel, aber im Schein der Außenbeleuchtung konnte ich erkennen, dass es immer noch schneite. Die Stadt, die niemals schlief, träumte offenbar ein Wintermärchen.

Obwohl ich mich kaum gerührt hatte, begann Lucien, sich unter mir zu regen. Seine Hand fuhr zärtlich über meinen Rücken.

»Bist du wirklich hier?«, murmelte er und klang dabei so erstaunt, dass ich lächeln musste.

»Kommt drauf an, von wem du sprichst.«

»Na, von dieser hübschen Brünetten, die bei Cartier arbeitet.«

Ich pikste ihm meinen Finger in die Seite, woraufhin er lachend zusammenzuckte. Er war kitzlig. Das musste ich mir merken.

Lucien wickelte eine Haarsträhne um seinen Finger. »Ich kann nicht fassen, wie weich deine Haare sind.«

Sein Kompliment freute mich, und ich kuschelte mich enger an ihn.

»Ich hab darüber nachgedacht«, fuhr er gedankenversunken fort. »Ziemlich oft sogar. Ich wollte deine Haare berühren und zwischen meinen Fingerspitzen fühlen, und jedes Mal, wenn du mir nahe warst und ich einen Hauch von dir eingeatmet habe, wollte ich das hier tun …« Er senkte den Kopf und schnüffelte an meinem Haaransatz. Dann stieß er ein zufriedenes Brummen aus. »Findest du das schräg?«

»Überhaupt nicht.« Ich strich mit meiner Nase über seinen Hals, wo er nach Aftershave und Lucien roch. »Ich wollte ziemlich oft das hier tun.«

Sein Adamsapfel hüpfte, und ich konnte spüren, wie sich sein Körper anspannte und an einer gewissen Stelle verhärtete.

Lust überwältigte mich. Es war lange her, seit ich zuletzt mit einem Mann im Bett war, und für ihn hatte ich nicht ansatzweise so empfunden wie für Lucien. Ich fragte mich, wie es wohl wäre, mit einem Mann zu schlafen, für den ich tatsächlich Gefühle hatte. Ich schien ja schon jetzt überdurchschnittlich empfindsam zu sein, wenn er mich berührte.

Lucien senkte den Kopf. Gleichzeitig reckte ich mich ihm entgegen. Und unsere Lippen fanden sich. Es war wie ein Tanz, den wir beherrschten, obwohl wir uns kaum kannten. Wo gestern Abend allerdings noch ein vorsichtiger Walzer begonnen hatte, wandelte sich dieser Tanz unserer Lippen nun in einen leidenschaftlichen Tango.

Mit stockte der Atem, als Luciens Zunge tief in meinen Mund tauchte und ein raues Stöhnen in seiner Brust vibrierte.

Wahnsinn! Konnte dieser Mann küssen.

Seine Hand glitt unter meinen Wollpullover und strich über meine nackte Haut. Eine Gänsehaut breitete sich auf meinem Rücken aus, obwohl ich innerlich kochte. Ich zog die Beine an und kam in eine sitzende Position, während wir uns immer weiter küssten und immer hungriger nacheinander wurden. Ich konnte spüren, wie sehr Lucien mich wollte, und mir ging es ganz genauso.

Ich brauchte mehr von ihm. Viel mehr.

Als ich mich ganz aufsetzte, kam Lucien mir nach. Seine Finger krallten sich in meinen Pullover. Doch er zog ihn mir nicht aus. Also übernahm ich das.

Meine Körpertemperatur lag inzwischen gefühlt bei hundert Grad. Deshalb fand ich die kühle Luft, die meine Haut streichelte, regelrecht angenehm. Aber sie kühlte mein Verlangen nach ihm nicht im Geringsten ab.

Langsam hob ich die Lider und sah Lucien an. Eigentlich hätte ich erwartet, dass er sich wie jeder andere Kerl auf meine Brüste fixierte. Zwar trug ich keine edlen Dessous von Agent Provocateur mehr, aber die weiße Spitze war dennoch nett anzusehen. Allerdings schien Lucien sich nur am Rande dafür zu interessieren. Stattdessen betrachtete er schwer atmend mein Gesicht.

»Du bist wunderschön, Barbeau.«

Lächelnd beugte ich mich vor, um ihn erneut zu küssen.

Lucien verweilte nicht lange auf meinem Mund, sondern knabberte und küsste sich einen Pfad von meinem Mundwinkel über meinen Kiefer bis hinab zu der empfindlichen Stelle unter meinem Ohr. Genüsslich legte ich den Kopf in den Nacken und gab mich seinen Liebkosungen hin, während ich jeden Zentimeter seines Körpers streichelte, den ich erreichen konnte. Irgendwann flatterte auch sein Shirt zu Boden, und wir schmiegten uns Haut an Haut aneinander.

Ich weiß nicht, wie lange wir im Wohnzimmer blieben und uns gegenseitig erkundeten. Aber irgendwann kam der Punkt, an dem ich wirklich, *wirklich* nicht mehr länger warten konnte. Mein Herz hatte sich inzwischen in einen tosenden Orkan verwandelt, und jede Zelle in meinem Körper pulsierte vor Verlangen.

»Lucien«, keuchte ich zwischen zwei hektischen Küssen. »Schlafzimmer. Jetzt.«

»Wir können warten«, erwiderte er nicht minder atemlos. »Wir haben alle Zeit der Welt.«

»Gut zu wissen.« Ich lachte zittrig. »Aber ich will nicht warten. Ich will ...«

Ich vergaß, was ich sagen wollte, als er mir sanft in den Hals biss und mit der Zunge besänftigend über die Stelle strich.

»Ja?«, neckte er mich.

»Ich will ...«

Ein sanftes Saugen. Himmel! Wie sollte sich eine Frau so konzentrieren?

»Was willst du, Barbeau?«, raunte er in tiefem, weichem Tonfall. Dieser Kerl war die Versuchung in Person und entlockte mir spielend leicht die Worte, die ich bisher nicht gewagt hatte, auszusprechen.

»Ich will dich, Lucien.«

Ein Beben ging durch seinen Körper. Dann legte er die Arme um mich, stellte die Füße auf den Boden und stand einfach mit mir auf. Reflexartig schlang ich die Beine um seine Hüften und fing seine Lippen erneut ein. Wir küssten uns, während er mich in sein Schlafzimmer trug. Mir entschlüpfte ein verblüfftes Lachen.

»Was?«, murmelte er geistesabwesend.

Ich zog den Kopf zurück und grinste ihn aufgeregt an. »Und da heißt es immer, Männer wären nicht multitaskingfähig.«

Dieses freche Funkeln, nach dem ich so verrückt war, trat in seine Augen. »Glaub mir, aktuell gibt es ziemlich viel, das ich gern gleichzeitig mit dir tun will.«

»Ach, wirklich?«

»Oh, allerdings.« Er griff hinter mich und ließ meinen BH-Verschluss aufschnappen.

Belustigt hob ich eine Braue. »Das war schon mal recht beeindruckend.«

»Mal schauen, ob ich dich noch mehr beeindrucken kann.«

Was das betraf, war ich ziemlich zuversichtlich.

Kühle Laken umfingen mich, als wir auf dem Bett landeten. Lucien beugte sich hinab und saugte erneut an meinem Hals, bevor er eine Reihe zärtlicher Küsse bis zu meinen Brüsten tupfte.

Ich hielt den Atem an, als er den störenden Stoff beiseiteschob und mich von dem Dessous befreite.

»Lucien«, wisperte ich und zog ihn voller Ungeduld näher zu mir heran. Seine Haut brannte förmlich unter meinen Handflächen.

Vorsichtig begann er, meine Brüste zu liebkosen, und ich drückte genüsslich den Rücken durch, während eine Flut von Empfindungen über mich hinwegrollte.

Lucien stieß ein raues Stöhnen aus. Es war so sexy, dass ich beinahe die Beherrschung verlor. Doch er war längst nicht fertig damit, meinen Körper zu erkunden. Er wanderte weiter hinab, strich über meinen Rippenbogen, meinen Bauch und küsste die empfindliche Stelle unter meinem Nabel, bis er bei meinem Rock angelangt war. Seine Fingerspitze fuhr über den Saum, schob ihn Millimeter für Millimeter hinab.

Ich hob meinen Po ein wenig an, um ihm zu signalisieren, dass ich auch die letzten Kleidungsstücke loswerden wollte, und er verlor keine Zeit. Er setzte sich auf und zog mich aus, bis ich vollkommen nackt und entblößt vor ihm lag. Dann starrte er auf mich hinab.

»Barbeau«, murmelte er. Es klang wie Fluch und Segen zugleich.

Ich wusste genau, was in ihm vorging. Denn ich empfand dasselbe. Mein Herz raste, und jede Zelle meines Körpers vibrierte vor Euphorie und Verlangen. Und als Lucien schließlich auf mich herabsank, riss mich die Intensität meiner Gefühle einfach mit sich fort.

Mit einer Mischung aus Schock und Verwirrung starrte ich an die Decke. Eigentlich hatte ich immer geglaubt, ganz passablen Sex gehabt zu haben. Doch Lucien hatte mich eines Besseren belehrt.

Von Kopf bis Fuß summte mein Körper vor Befriedigung, und mein Herz flatterte wie ein verrückter Kolibri in meiner Brust. So war es also, wenn man mehr fühlte als die bloße Jagd nach einem Orgasmus. Wenn man ganz und gar im Einklang mit seinem Partner war.

Lucien lag ebenso schweigsam neben mir und hielt meine Hand. Selbst jetzt noch schien er unsere Verbindung unbedingt erhalten zu wollen.

»Das war grauenvoll«, stieß ich hervor, als mich meine Gefühle zu überwältigen drohten. »Der schlechteste Sex aller Zeiten.«

Lachend drehte Lucien sich auf die Seite und strich mir eine verschwitzte Haarsträhne hinters Ohr. Der Morgen graute inzwischen und schickte etwas Licht ins Zimmer, weshalb ich das belustigte Zucken seiner Mundwinkel gut erkennen konnte. »Ich fand es auch unglaublich mies.«

Ich schaffte es, keine Miene zu verziehen. »Im Ernst! Wir sollten das nicht noch einmal machen.«

»Auf keinen Fall«, stimmte er mir ebenso ernst zu.

Ich fixierte weiterhin die Decke, denn ich war mir sicher, wenn ich ihn jetzt ansah, würden viel zu viele Worte aus mir heraussprudeln, für die wir vielleicht beide noch nicht bereit waren. »Aber es war gut, dass wir es versucht haben.«

»Das ist wahr.«

Betont gleichmütig zuckte ich mit den Schultern. »Ich meine, immerhin wissen wir jetzt mit Gewissheit, dass wir nicht zusammenpassen. Das ist doch besser als dieses ewige Rätselraten.«

»Absolut«, pflichtete er mir bei. »Du hast mich wirklich kein bisschen angemacht. Hast du gemerkt, dass ich fast eingeschlafen bin?«

Ich brach in schallendes Lachen aus, und Lucien stürzte sich auf mich. Diesmal hatte ich keine Chance, seinem Blick auszuweichen. Doch zum Glück schien er sich zu sehr über unseren Dialog zu amüsieren, um es zu bemerken.

»Es war wirklich knapp«, fuhr er schmunzelnd fort, während er es sich zwischen meinen Beinen bequem machte. »Ich habe es nur geschafft, wach zu bleiben, weil ich dich nicht beleidigen wollte.«

Mein Körper reagierte auf der Stelle. Ich musste mir auf die Unterlippe beißen, um ein lautes Stöhnen zu unterdrücken. »Wie rücksichtsvoll von dir.«

»Ja, oder?« Er strich neckend über meine Seite. »Zum Glück machen wir das nie wieder.«

Grinsend schüttelte ich den Kopf. »Nie wieder.«

»Musst du heute arbeiten?«, fragte er, während er mein Bein um seine Hüfte legte. »Du kannst gern noch bleiben. Ich will bloß sichergehen, dass wir das definitiv nicht noch einmal tun werden.«

»Meine Schicht beginnt um zwei.« Ich bog einladend den Rücken durch, und seine Miene verlor kurz an Coolness. Verlangen glomm in seinen Augen auf, und ich grinste noch breiter. »Wir hätten also noch ein paar Stunden Zeit, um derart grauenhaften Sex unter keinen Umständen zu wiederholen.«

Lucien senkte den Kopf und ließ seine Lippen federleicht über meine streifen. »Du glaubst nicht, wie froh ich bin, das zu hören.«

Der Ernst in seiner Stimme verriet mir, dass unser Spielchen hier ein Ende fand. Und dann schliefen wir noch einmal miteinander. Langsamer diesmal. Weniger hastig. Aber dafür mit allem, was wir zu geben hatten. Ich war mir ziemlich sicher, dass er auch ohne Worte verstand, was in mir vorging.

Anschließend war ich so erschöpft, dass ich an ihn geschmiegt erneut wegdriftete. Es kam mir wie ein Wimpernschlag vor, als der Duft von frischem Kaffee in meiner Nase kitzelte. In Wahrheit mussten aber noch ein, zwei Stunden vergangen sein, denn draußen war es inzwischen taghell, und es hatte aufgehört zu schneien.

Lucien saß nur in eine Pyjamahose gekleidet am Bettrand und hielt mir schmunzelnd die Kaffeetasse entgegen. Er hatte geduscht. Ein frischer, sauberer Geruch ging von ihm aus, und seine braunen Haare kringelten sich feucht über den Ohren.

»Wie spät ist es?«, fragte ich mit heiserer Stimme, setzte mich auf und nahm dankbar die Tasse entgegen.

»Kurz nach elf.«

»Mist!« Ich schnitt eine Grimasse. »So lange wollte ich gar nicht schlafen.«

»Anscheinend hast du es gebraucht«, erwiderte er schulterzuckend. »Hast du Hunger? Ich könnte uns schnell eine Kleinigkeit machen.«

»Nein danke.« Ich nippte an der Tasse. Der Kaffee war perfekt. »Der hier reicht vollkommen.«

Fast erwartete ich, dass Lucien, der sein Herz auf der Zunge trug, mich nun ausquetschte, wie ich über die Entwicklung unserer Beziehung dachte. Doch er trank ganz entspannt seinen eigenen Kaffee, während ich allmählich wacher wurde.

Ich stellte fest, dass ich die Ruhe zwischen uns mochte. Normalerweise stressten mich Gesprächspausen, und je länger sie anhielten, umso größer wurde mein Bedürfnis, sie zu beenden. Aber in Luciens Gegenwart verspürte ich diesen Drang nicht. Vielleicht war das der Grund, warum ich nach ein paar Minuten einfach aussprach, was mir durch den Kopf schoss.

»Ich habe absolut keine Lust zu arbeiten.«

»Das kann ich verstehen.« Er lächelte verschmitzt. »Ich würde ja versuchen, dich zum Blaumachen zu überreden, aber ich glaube nicht, dass es was bringen würde.«

Seufzend schüttelte ich den Kopf. »In der Vorweihnachtszeit herrscht an den Wochenenden Hochbetrieb. Ich will meine Kollegen nicht hängen lassen.« Davon abgesehen gab es Zuschläge, auf die ich leider nicht verzichten konnte.

»Ja, du hast recht«, erwiderte Lucien. »Aber vielleicht könnten wir heute Abend etwas zusammen unternehmen?«

Ich konnte es nicht leugnen. Allein die Frage machte mich glücklich. Deshalb stimmte ich natürlich zu.

»Wie wäre es mit dem Museum of Modern Art?«, schlug er vor. »Du könntest mir diese Architekturausstellung zeigen, die dich so fasziniert hat.«

Falls das überhaupt noch möglich war, verknallte ich mich in diesem Moment noch ein bisschen mehr in ihn.

Langsam lehnte ich mich vor und drückte ihm einen sanften Kuss auf die Lippen. »Das klingt toll.«

Lucien strahlte, und einen knisternden Augenblick lang überlegte ich, ihn einfach wieder ins Bett zu zerren und die Welt da draußen noch eine Weile auszusperren. Doch da ging irgendwo im Wohnzimmer ein ohrenbetäubendes Dröhnen los.

»Ist das ein Nebelhorn?«, fragte ich irritiert.

»Das ist der Klingelton meiner Schwester.« Missmutig verzog er das Gesicht. »Sie wird wahrscheinlich so lange nerven, bis ich rangehe.«

»Dann mach das lieber«, erwiderte ich und leerte meine Tasse. »Was dagegen, wenn ich so lange unter die Dusche springe?«

»Überhaupt nicht. Nimm dir einfach, was du brauchst.« Er stand auf, um mit Ondine zu telefonieren, während ich mir eine heiße Dusche gönnte.

Erst als ich in ein Handtuch eingewickelt war, das ich in einem offenen Regal gefunden hatte, fiel mir ein, dass meine Klamotten noch überall in der Wohnung verteilt waren.

Lucien schien sein Gespräch inzwischen beendet zu haben. Allerdings konnte ich ihn nirgends entdecken.

»Lucien?«

»Hier drüben.«

Ich folgte seiner Stimme, bis ich vor einer angelehnten Tür stand. Ich schob sie auf und schnappte überrascht nach Luft. Eigentlich hatte ich dahinter einen Wandschrank vermutet. Wie sich jedoch herausstellte, befand sich dort eine winzige, fensterlose Kammer. Sie war sogar noch kleiner als mein WG-Zimmer bei Chloe, und es fehlte definitiv Tageslicht. Trotzdem hatte Lucien es geschafft, sich dort einen komfortablen Arbeitsplatz einzurichten.

An der hinteren Wand stand ein Tisch. Darauf lagen ein paar Dokumente, ein aufgeklappter Laptop und eine Schreibtischlampe, die einzige Lichtquelle im Raum. Was mir jedoch vollkommen den Atem verschlug, war die Holzkonstruktion, die sich über alle Wände erstreckte. Sie glich einem handgefertigten, flachen Regal, auf dem Hunderte von beschrifteten Glasflaschen und -gläsern aufgereiht waren. In einigen befanden sich trübe Flüssigkeiten, in anderen getrocknete Blüten, Früchte und Gewürze. Es gab auch zahlreiche Porzellangefäße, und in der rechten Ecke stand ein tieferes Regal mit Keramikschüsseln, Handmörsern und Stößeln. Der Anblick erinnerte mich an eine Apotheke aus einem längst vergangenen Zeitalter. Nur stellte Lucien hier keine Arzneien her, sondern Düfte.

»Darf ich reinkommen?«, fragte ich Lucien fasziniert.

Er saß auf einem drehbaren Holzschemel und wandte sich lächelnd zu mir um. Begehren flackerte kurz in seinen Augen auf, als er mein spärliches Handtuch-Outfit bemerkte. Dann nickte er. »Klar! Willkommen in meinem Heiligtum.«

Staunend trat ich zu ihm. »Kreierst du hier deine Düfte?«

Zu meiner Überraschung schüttelte er den Kopf. »Diese Dinge hier dienen nur der Inspiration. Sie eignen sich nicht für die Herstellung von Parfüm.«

»Warum nicht?«, fragte ich und musterte ein Regal, in dem sich getrocknete Blätter von unterschiedlichen Rosenarten befanden.

»Ich habe hier nicht die Technik, um die Aromen zu gewinnen«, erklärte Lucien und zog mich zwischen seine Beine. »Ich bräuchte raue Mengen hochprozentigen Alkohols, eine professionelle Destillieranlage und Äther oder andere flüchtige Gase, um besondere Duftstoffe zu extrahieren. Es wäre die reinste Hexenküche. Mein Vermieter würde durchdrehen.«

Ich lachte leise. »Klingt nachvollziehbar.«

»Trotzdem hilft mir meine kleine Sammlung beim Nachdenken.«

Ich betrachtete die verschrumpelten Blüten und Gewürze genauer. »Verändern sich die Düfte nicht mit der Zeit?«

»Etliche Pflanzen wie zum Beispiel Lavendel, Vanille oder Nelken erhalten ihre Aromen über Monate hinweg. Deswegen werden sie ja so gern für Potpourri verwendet.« Geistesabwesend strich Lucien über mein Bein. »Wenn man sie in geschlossenen Gefäßen konserviert, sogar über Jahre. Für meine Zwecke ist das also völlig ausreichend, und wenn ich zu den unmöglichsten Zeiten eine Idee habe, kann ich so wenigstens gleich ausprobieren, ob die Kombination funktioniert. Schließlich will ich bereit sein, wenn ich im neuen Jahr endlich in die Entwicklungsabteilung bei Noélle wechsle.«

Schmunzelnd sah ich auf ihn hinab. »Du kannst es kaum erwarten, oder?«

Lucien senkte die Stimme, als würde er mir gleich ein ungeheuerliches Geheimnis anvertrauen. »Ehrlich gesagt freue ich mich darauf noch mehr als auf Weihnachten, und das ist eigentlich mein Jahreshighlight.«

Ich grinste. »Irgendwie bin ich nicht überrascht.«

»Findest du das seltsam?«, fragte er und schaute mit herzzerreißender Besorgnis zu mir auf.

»Überhaupt nicht.« Zärtlich strich ich ihm ein paar dunkle Locken aus der Stirn. Die Bewegung fühlte sich vertraut und völlig natürlich an. »Davon abgesehen gibt es eine Menge Leute, die Weihnachten nicht mögen.«

Entgeistert riss Lucien die Augen auf. »Das meinst du nicht ernst!«

»Doch, natürlich.« Ich zuckte mit den Schultern. »Es ist stressig, nervig, erdrückend und kapitalistisch.«

Und manchmal war es auch verdammt einsam.

Meine Argumente beeindruckten Lucien trotzdem herzlich wenig. »Ich gebe zu, die Feiertage können ab und zu ganz schön anstrengend sein. Aber nenn mir eine Person, die Weihnachten wirklich aus tiefster Seele verabscheut.«

»Der Grinch.«

Lucien lachte. »Also erstens ist das eine fiktive Romanfigur, und zweitens wird selbst der am Ende bekehrt.« Lucien drehte den Kopf und küsste mich auf die Handinnenfläche, ehe er mich viel zu aufmerksam musterte. »Nenn mir eine Person aus dem echten Leben.«

Ich wich seinem Blick aus, da mir spontan nur eine in den Sinn kam.

»Das ist nicht wahr«, sagte Lucien sanft, als hätte er meine Gedanken gelesen. »Wenn du Weihnachten nicht mögen würdest, hättest du den Baum nicht auf diese Weise angesehen.«

Ich verdrehte die Augen. »Er hat in unendlich vielen Farben geglitzert. Das war reiner Reflex.«

»Reflex, ja?«, erwiderte Lucien, während er erneut über mein nacktes Bein strich. Seine Hand schlüpfte unter das Handtuch und glitt quälend langsam weiter hinauf.

Mir stockte der Atem, und ich war innerhalb von Sekunden bereit, mir das Handtuch an Ort und Stelle vom Leib zu reißen und Luciens Selbstbeherrschung damit ins Wanken zu bringen.

»Ich würde dir gern etwas zeigen«, murmelte er und ließ einen begehrlichen Blick über mich wandern.

Freude erfasste mich. »Du hast meine volle Aufmerksamkeit.«

Spöttisch hob er eine Braue. »Du denkst schon wieder an grottenschlechten Sex, nicht wahr?«

»Ich kann nichts dafür. Wenn man einmal etwas derart Mieses erlebt hat, wird man die Erinnerung daran nicht so schnell wieder los.« Ich schaffte es nur knapp, nicht zu lachen. »Aber keine Sorge! Ich stehe auf dieses trashige Zeug.«

Schon war Lucien auf den Beinen und zog mich an sich. Hitze strahlte in Wellen von seinem Körper ab, als er den Kopf senkte, bis unsere Lippen nur noch Millimeter voneinander entfernt waren. »Dann sollte ich dir wohl bald neues Material liefern.«

O ja! Definitiv.

»Aber erst mal will ich dir etwas zeigen.«

Meine Mundwinkel, die inzwischen doch nach oben gewandet waren, sanken herab. »Jetzt?«

Anstelle einer Antwort hob Lucien mich auf den Schreibtisch, rückte meine Knie zusammen und zupfte das Handtuch so zurecht, dass es möglichst viel von mir bedeckte. Als er mich wieder ansah, war sein Verlangen dieser nerdigen Aufgeregtheit gewichen. »Mach die Augen zu, ja?«

»Dabei hattest du so gut angefangen«, murrte ich, bevor ich die Lider senkte.

Sein Glucksen begleitete ein leises Klirren, als er irgendwas in dem Regal neben mir zusammensuchte. Dann traf mich vollkommen unvorbereitet ein süßer, angenehmer Duft.

»Woran denkst du?«, fragte Lucien.

»Ich denke, dass das Vanille ist«, erwiderte ich trocken, weil das ziemlich offensichtlich war.

»Komm schon, Barbeau. Das kannst du besser. Zähl einfach auf, was dir zuerst in den Sinn kommt.«

»Okay.« Ich atmete tief ein. »Ich denke an diese Duftkerze, die Chloe auf das Fensterbrett in unserem Wohnzimmer gestellt hat, und an den Pudding, den ich als Kind oft gegessen habe, und an die Handlotion, die Bethany gern benutzt, weshalb manchmal der ganze Store danach riecht.«

»Also verbindest du mit Vanille in erster Linie Positives?«, hakte Lucien nach.

Ich überlegte kurz. »Ja, ich glaube schon.«

Der Duft verschwand und wurde durch eine wesentlich bittere Zitrusnote ersetzt. »Und jetzt?«

»Ist das Grapefruit?«

»Ja. Wie sieht es damit aus?«

»Ich denke an die Sommer-Smoothies und Beachpartys und an die Lufterfrischer im Fitnessstudio, die den Geruch nach Schweiß übertünchen sollen, und an Ken Li, meinen Selbstverteidigungscoach.«

»Du machst Kampfsport?«, fragte Lucien verblüfft, während auch dieser Duft verschwand.

»Früher ein bisschen.«

»Also empfindest du diesen Duft positiv oder negativ?«

»Ich weiß nicht genau. Eigentlich keins von beidem.« Allerdings verband ich mit Ken Li die Tricks, die er mir beigebracht hatte, was mich zwangsläufig an die Begegnung denken ließ, bei der ich sie hatte anwenden müssen. Unschöne Erinnerungen krochen mehr und mehr an die Oberfläche, und ich versteifte mich. »Bist du fertig mit deiner Demonstration?«

»Noch nicht ganz. Warte einen Moment.«

Diesmal werkelte Lucien etwas länger herum, ehe ein süßlich-pikanter Duft in meine Nase drang. Es roch nach Zimt, Anis, Nelken, Orange und auch nach Holz und Stechpalmen. Sofort verflog mein Unmut, und eine ganze Flut an Assoziationen stürzte auf mich ein.

»Ich denke an den Punsch, den wir am Lighting Day getrunken haben, und an heiße Schokolade mit Marshmallows und an die Kekse, die Mom früher gebacken hat, und an die Hütte, zu der wir früher oft gefahren sind.« Schmerz zog meinen Brustkorb zusammen. Bis eben hatte ich die idyllische Hütte in Aspen vollkommen vergessen. Dafür sah ich sie plötzlich umso deutlicher vor mir. Ich atmete zittrig ein. »Ich denke an die Wälder in den Rocky Mountains, an Schneeballschlachten, an Geschichten vor dem Kamin, an die weiche Stimme meiner Mutter, die sie mir vorliest. Da sind Wärme und Behaglichkeit …«

Ich unterbrach mich selbst und hob blinzelnd die Lider, nur um Luciens wissendem Blick zu begegnen.

»Was noch?«, fragte er sanft. »Was fühlst du?«

Hilflos hob ich die Schultern. »Freude? Glück?«

»Genau.« Ohne mich aus den Augen zu lassen, stellte Lucien die Schale beiseite, in der er die unterschiedlichen Gewürze und Früchte zusammengemischt hatte. Dann strich er mir zärtlich eine Haarsträhne hinters Ohr. »Weißt du, was ich glaube?«

Skeptisch sah ich ihn an. »Ich bin mir gerade nicht sicher, ob ich es wissen will.«

Natürlich hielt ihn das nicht ab. »Wenn du Weihnachten wirklich nicht ausstehen könntest, hättest du genauso abwertend wie bei Patschuli oder gleichmütig wie bei Grapefruit reagiert. Aber das hast du nicht. Stattdessen hast du gelächelt. Ich denke also, dass du Weihnachten durchaus noch etwas abgewinnen kannst.«

Tief, sehr tief in meinem Herzen mochte das vielleicht stimmen. Allerdings hatte sich meine Begeisterung für das Fest inzwischen stark getrübt.

»Das war *früher*«, stellte ich klar und suchte nach den richtigen Worten, weil ich nicht wollte, dass Lucien mich für eine verwöhnte Upper-East-Side-Prinzessin hielt. »In den letzten Jahren liefen die Feiertage eher nicht so toll. Mein Vater ist jeden Morgen in aller Frühe aus dem Haus geflohen und hat den ganzen Tag gearbeitet. Mittags stürmten dann wildfremde Leute das Penthouse, um seine traditionelle Christmas Soiree am 25. Dezember vorzubereiten. Streng genommen ging es mir gut. Ich meine, ich war gesund, hatte ein Dach über dem Kopf, lauter Delikatessen auf dem Teller, und Dads Assistentin hat jedes Jahr ein Vermögen für Geschenke ausgegeben. Aber er war nie da, verstehst du? Ich war immer … allein.«

Mitgefühl huschte über Luciens Züge. »Und deine Freunde?«

»Die waren im Urlaub oder mit sich selbst beschäftigt.«

Lucien dachte einen Moment nach. »Du hast schlechte Erfahrungen gemacht«, räumte er schließlich ein, legte die Hand auf meine Wange und streichelte mit dem Daumen sanft über meine Haut. »Aber die schönen Gefühle sind immer noch fest in deinem Unterbewusstsein verankert. Das hat dein Duftgedächtnis bewiesen.«

Ich lachte humorlos auf. »Und wie kriege ich sie wieder an die Oberfläche?« Es war ja schließlich nicht so, dass ich gern als verbitterter Grinch durch die Feiertage grummelte.

Langsam kam Lucien näher und tupfte lauter unschuldige Küsse auf meinen Mund. »Indem du die schlechten Erinnerungen durch schönere ersetzt.«

Ich schnaubte. »Grundsätzlich keine üble Idee. Nur bin ich leider keine Festplatte, die man einfach überspeichern kann.«

Ein geheimnisvolles, äußerst entschlossenes Funkeln trat in Luciens Augen, ehe er mich dichter zu sich zog. »Wir werden sehen.«

Kapitel 23

»Chloe«, sagte ich, während ich den Blick lächelnd über die Kundschaft im Store schweifen ließ. Wie befürchtet war der Laden voll mit Leuten, die auf der Suche nach einem Geschenk waren, und dieser Moment war die erste Verschnaufpause, die ich seit meiner Ankunft vor zwei Stunden hatte.

Meine Freundin stand neben mir hinter dem Tresen und sortierte geschäftig ein paar türkisfarbene Geschenktüten, die mit dezenten Sternchen verziert waren. »Ja?«

»Ich bin mir ziemlich sicher, dass ich mich in Lucien verliebt habe«, gestand ich, ohne sie anzusehen. Aus dem Augenwinkel bekam ich jedoch mit, wie sie innehielt und langsam den Kopf zu mir drehte.

Ein Lachen platzte aus ihr heraus. »Ich weiß.«

Vermutlich hätte ich an dieser Stelle breit grinsen sollen. Stattdessen geriet mein strahlendes Verkäuferinnenlächeln bedrohlich ins Wackeln. »Wahrscheinlich drehe ich gleich durch.«

Im Ernst!

Ich war kurz davon, eine Panikattacke zu kriegen. Die Gefühle, die Lucien in mir geweckt hatte, jagten mir eine Scheißangst ein. Seine Gegenwart hatte sie einigermaßen in Schach gehalten. Aber kaum hatte ich mich auf den Weg zur Arbeit gemacht, waren sie über mich hereingebrochen wie ein verdammter Tsunami, und seither fiel es mir schwer, mich auf etwas anderes zu konzentrieren als auf die Frage, wohin das mit uns führen würde.

Chloe seufzte leise. »Ich wünschte, ich könnte jetzt so was Lässiges sagen wie: Hey, das ist doch kein Grund auszuflippen.«

»Und warum tust du das nicht?«, fragte ich entgeistert. »Du bist doch sonst so optimistisch.«

Meine Freundin verzog das Gesicht. »Ich bin mir ziemlich sicher, dass ich mich in Jesse verliebt habe.«

Ein paar Sekunden lang starrte ich sie an. Dann konnte ich ein Lachen nicht mehr unterdrücken. Als ich mich wieder eingekriegt hatte, beschloss ich, meine Freundin zu zitieren: »Ich weiß.«

Chloe grinste gequält. »Schätze, wir sitzen gerade im selben Boot.«

Ich seufzte. »Dabei hatte ich so auf deinen Zuspruch gehofft.«

»Welche Worte hätte ich denn gewählt?«, erkundigte sie sich neugierig.

»Wahrscheinlich hättest du etwas total Kitschiges rausgehauen.« Ich zuckte mit den Schultern, während mein Blick an Jesse hängen blieb, der uns mit einem verklärten Lächeln beobachtete. »So was wie: Sei nicht albern. Er ist völlig verrückt nach dir. Allein, wie er dich ansieht. Als gäbe es nur dich auf der Welt.«

»Das macht Lucien wirklich«, stimmte Chloe mir zu. »Ich hab es ja bei der Lighting Show selbst erlebt.«

Vielsagend nickte ich mit dem Kinn in Jesses Richtung. »Er macht das auch.«

»Dann sollten wir uns vielleicht doch freuen, dass wir zwei anständige Kerle an Land gezogen haben, anstatt sinnlos Panik zu schieben.«

»Das will ich ja«, gab ich mit gesenkter Stimme zurück. »Aber was, wenn es schiefgeht?«

Chloe überlegte einen Moment – oder sie war zu sehr von Jesse abgelenkt, der sie mit Blicken praktisch vor allen Leuten auszog. »Keine Ahnung«, gestand sie schließlich leise. »Allerdings wäre es vermutlich eine gute Strategie, es drauf ankommen zu lassen. So muss man sich später wenigstens nicht fragen, was hätte sein können, wenn man nur mutig genug gewesen wäre.«

Ich wollte ja mutig sein. Das Problem war nur, dass mit all den schönen Gefühlen auch Zweifel einhergingen, die nun dabei waren, mich innerlich zu zerfressen. »Und was, wenn er erkennt, dass ich doch nicht so toll bin, wie er glaubt?«

»Das habe ich mich auch schon gefragt«, erwiderte Chloe, während sie unverwandt zu Jesse sah. »Ich habe mir überlegt, dass es wohl das Klügste wäre, mich nur von meiner besten Seite zu zeigen.«

»Aber das ergibt keinen Sinn«, widersprach ich. »Wenn er dich nicht mag, wie du bist – mit all deinen Macken und Spleens –, die nebenbei bemerkt total süß sind, dann wird das mit euch nicht funktionieren, weil er gar nicht weiß, wie du wirklich tickst.«

Chloes Mundwinkel begannen zu zucken, ehe sie sich mir zuwandte. »Dann weißt du doch, was du zu tun hast.«

Skeptisch kniff ich die Lider zusammen. »Du kriegst gar nicht die Krise, oder?«

»Eher nicht«, erwiderte Chloe leichthin.

»Aber warum hast du dann so getan?«, fragte ich fassungslos, und offen gestanden fühlte ich mich auch ein bisschen verraten.

Chloes unsicherer Gesichtsausdruck wechselte innerhalb eines Wimpernschlages zu purer Euphorie. Sie strahlte mich an. »Weil ich dachte, dass du deinen eigenen Worten mehr glaubst als einer Frau, die praktisch bis unter die Schädeldecke vollgepumpt ist mit Glückshormonen.«

Na toll. »Also fühlst du dich nicht … gehemmt?«

»Machst du Witze?« Chloe kicherte. »Jesse und ich haben die ganze Nacht geredet und … na ja … unverschämt guten Sex gehabt. Das war die beste Nacht meines Lebens. Ich könnte vor Glück die ganze Welt umarmen. Und das hätte ich gestern Abend wirklich nicht mehr für möglich gehalten.«

»Verräterin«, murrte ich, als auch schon der nächste Kunde an den Tresen trat.

Kichernd überließ Chloe mich dem älteren Mann, und für die nächsten Stunden war ich wieder vollauf damit beschäftigt, den schönsten Schmuck der Welt in fremde Hände zu vergeben.

Die Ablenkung tat gut. Ich spürte, wie sich mein aufgewühlter Geist allmählich beruhigte und wie mein Lächeln an Aufrichtigkeit gewann, wann immer jemand voller Stolz mit funkelnden Colliers, Ringen oder Uhren den Store verließ.

Ich hatte noch eine weitere Stunde vor mir und war gerade dabei, einer eleganten Dame in den Vierzigern eine zauberhafte, diamantbesetzte Libellenbrosche in Roségold zu präsentieren, als die Tür aufging und mir der Magen in die Kniekehlen sackte.

Tristan kam in den Store marschiert. In seinem maßgeschneiderten Anzug sah er aus wie der Inbegriff eines erfolgreichen Geschäftsmannes, der nebenbei mühelos Modeljobs an Land zog. Nicht wenige Kundinnen musterten verzückt seine markanten Gesichtszüge und die perfekte Frisur. Er schenkte ihnen jedoch keine Beachtung, sondern hielt direkt auf mich zu. Diesmal lag kein selbstgefälliges Lächeln auf seinen Lippen. Stattdessen maß er mich mit unverhohlener Missbilligung.

»Ich muss mir dir reden«, knurrte er mich an.

Meine Kundin war eine der wenigen, die seinen Auftritt nicht bemerkt hatte, weil sie zu sehr mit der Brosche beschäftigt war. Nun warf sie ihm einen irritierten Blick zu. Offenbar war sie es nicht gewohnt, unterbrochen zu werden.

Mit zitternden Händen deutete ich auf meine Kundin. »Ich bin gerade beschäftigt und …«

»Jetzt, Allison«, blaffte Tristan.

Sein Ton sorgte dafür, dass ich zusammenzuckte, und brachte zugleich Bewegung in meine Kundin. Sie machte sich empört größer. »Ich muss doch sehr bitten! Ich war zuerst hier. Hätten Sie die Güte, sich an eine andere Kundenberaterin zu wenden?«

Tristan schmälerte die Lider, ließ sich jedoch nicht dazu herab, ihr zu antworten. Stattdessen sah er mich durchdringend an.

Meine Wangen wurden heiß. Am liebsten hätte ich ihn angeschrien, dass er auf der Stelle verschwinden sollte. Aber ich konnte mir hier keine Szene leisten. Die Leute beobachteten uns ohnehin schon. Also setzte ich ein freundliches Lächeln auf. »Einen Moment bitte.«

»Du hast exakt zehn Sekunden, Allison.«

Ich biss die Zähne zusammen, während mein Blick suchend durch den Verkaufsraum glitt. Bethany hatte gerade eine Kundin verabschiedet und war zum Glück schon auf dem Weg zu mir, da ihr Tristans Auftritt natürlich nicht entgangen war.

Bei uns angekommen, musterte sie beiläufig das Schmuckstück auf dem Samtkissen, dann strahlte sie die Kundin an. »Diese Brosche ist wunderschön, nicht wahr?«

Die Dame war noch immer sichtlich unzufrieden über die Störung, nickte aber immerhin.

Bethany ließ sich von ihrem Schweigen nicht verunsichern. »Wenn Sie noch nicht ganz überzeugt sind, hätte ich auch noch eine zauberhafte Alternative in einer Platinfassung mit runden Saphiren und Diamanten im Brillantschliff. Möchten Sie sie gern sehen?«

Nun blitzte Interesse im Gesicht der Frau auf. Leider suchte Tristan sich genau diesen Moment aus, um einen bedeutsamen Blick auf seine Armbanduhr zu werfen. Meine zehn Sekunden waren um.

»Nein danke«, erwiderte die Dame kühl und wich vor Tristan zurück, der viel zu weit in ihre Komfortzone eingedrungen war.

»Es tut mir leid«, sagte ich schnell.

Gebieterisch hob die Frau die Hand. »Sparen Sie sich den Atem, junge Dame. Ich denke, ich werde mich bei einem Juwelier umsehen, der seine Kundschaft mit dem gebührenden Respekt behandelt.«

Scham überwältigte mich. Mir war klar, dass es keinen Sinn hatte, ihr zu erklären, dass wir Kundenberaterinnen durchaus respektvoll gewesen waren. Sie hatte ohnehin bereits auf dem Absatz kehrtgemacht, und damit waren zehntausend Dollar Umsatz futsch.

»Gehen wir«, sagte Tristan schroff.

Ich stieß ein leicht hysterisches Lachen aus. »Ganz sicher nicht.«

Etwas Gefährliches blitzte in seinen eisblauen Augen auf. »Wenn du nicht freiwillig mitkommst, werde ich eigenhändig dafür sorgen. Willst du es wirklich drauf anlegen?«

Das wollte ich ganz gewiss nicht. »Verlass auf der Stelle diesen Store.«

Ich wünschte, ich hätte lauter oder wenigstens entschlossener geklungen. Aber ausgerechnet jetzt bekam ich keinen Zugang zu der alten, selbstbewussten Allison. Stattdessen schrumpfte ich unter den neugierigen Blicken der restlichen Anwesenden immer weiter zusammen.

Entschieden schüttelte Tristan den Kopf und trat noch näher an den Tresen heran. Er musste nur den Arm ausstrecken, schon könnte er mich erreichen. »Nicht ohne dich.«

Neben mir stieß Bethany ein ungläubiges Schnaufen aus. »Meine Kollegin hat doch gerade deutlich gemacht, dass sie nirgendwo mit Ihnen hingeht. Also wenn Sie nichts kaufen möchten, machen Sie bitte Platz für weitere Kunden.«

Die Verachtung in Tristans Miene suchte ihresgleichen, als er Bethanys Worte vernahm. Dennoch hielt er seinen Blick starr auf mich gerichtet. »Ich mache keine leeren Drohungen.«

Endlich schaffte ich es, meine Beklommenheit niederzuringen. »Ich auch nicht. Wenn du nicht sofort gehst, lasse ich dich von der Security rauswerfen.«

Chloe trat ebenfalls an meine Seite, sodass ich nun von zwei Seiten flankiert wurde. Sie und Bethany gaben mir Rückhalt und erinnerten mich daran, dass ich nicht mehr allein war. Ich war jetzt Teil eines Teams.

Vanita hatte heute frei. Aber sogar Madison, James und Yuna, die heute ebenfalls Dienst hatten, schienen sich zu wappnen, obwohl ich sonst nicht sonderlich mit viel mit ihnen zu tun hatte.

Stolz überwältigte mich, aber natürlich ließ Tristan sich von meiner

Ansage nicht beeindrucken, sondern verdrehte lediglich die Augen, weil er dachte, ich würde bloß bluffen.

Da hatte er mich aber unterschätzt. Ich reckte den Kopf und schaute an Tristan vorbei zu Ed, der uns bereits aufmerksam beobachtete. Als hätten er und Jesse nur auf mein Zeichen gewartet, setzten sie sich in Bewegung.

»Gibt es hier ein Problem?«, fragte Ed mit seiner tiefsten Autoritätsstimme und starrte auf Tristan herab, der gut einen Kopf kleiner war als die Securitys und trotz seines durchtrainierten Körpers im Vergleich zu den beiden regelrecht schmächtig wirkte.

Tristan hasste es zu verlieren. Aber er war nicht dämlich. Ihm war klar, dass er keine Chance gegen die zwei hatte.

»Nein.« Fuchsteufelswild wandte er sich wieder mir zu. »Diese Unterhaltung ist noch nicht vorbei.«

Jesse verschränkte die Arme, woraufhin seine riesigen Oberarme noch stärker hervortraten. »Hier wirst du sie jedenfalls nicht fortsetzen, Kumpel.«

Ed nickte, behielt aber einen professionellen Ton bei. »Sie haben mit sofortiger Wirkung Hausverbot.«

Tristan schnaubte. »Glaubt ihr Muskelprotze wirklich, das hält mich davon ab, mit ihr zu reden, wenn ich will?«

Amüsiert legte Jesse den Kopf schief. »Ich bin mit Allys Mitbewohnerin zusammen, und da die beiden praktisch unzertrennlich sind, bin ich rund um die Uhr auch in Allys Nähe. Du kannst das gern überprüfen, wenn du willst. Zuvor allerdings eine kleine Warnung: Ich habe Freunde beim NYPD, die ganz empfindlich sind, was Stalking betrifft. An deiner Stelle würde ich mich also besser mäßigen, wenn eine Frau sagt, dass du sie in Ruhe lassen sollst.«

Ich war ein bisschen fassungslos über Jesses Pokerface. Kein Wunder, dass Chloe ihm seine überschwängliche Begeisterung für die neue Kollegin absolut abgekauft hatte.

Herausfordernd schaute Jesse mich an. »Du hast ihm doch gesagt, dass er dich in Ruhe lassen soll, oder, Ally?«

Ich nickte. »Ja.«

»Laut und deutlich«, bestätigte Bethany.

Chloe verschränkte die Arme vor der Brust. »Ich hab's auch gehört, Babe.«

Mit Furcht einflößendem Killerblick starrte Jesse Tristan nieder. »Dann wäre das ja geklärt.«

»Wenn Sie jetzt bitte den Store verlassen würden«, sagte Ed höflich, aber bestimmt. Er trat einen Schritt beiseite und wies Tristan den Vortritt.

Abrupt wandte Tristan sich ab und verließ den Store, während Ed ihm hinterherschlenderte und wieder am Eingang Position bezog. Jesse zwinkerte erst mir zu, ehe er Chloe ein herzzerreißend sanftes Lächeln schenkte. Dann kehrte er ebenfalls auf seinen Stammplatz zurück.

Bethany räusperte sich vernehmlich und wandte sich sichtlich überrascht an Chloe. »Du und Jesse?«

Kleine Herzchen glitzerten in den Augen meiner Freundin. »Ist noch ganz frisch«, erklärte sie und seufzte verzückt. »War das nicht der Hammer?«

»Allerdings«, erwiderte Bethany trocken, bevor sie den Blick über uns beide wandern ließ. »Ich verlange einen Mädelsabend. Was macht ihr später noch?«

Sofort war Chloe Feuer und Flamme. »Mädelsabend klingt super. Aber heute geht leider nicht. Jesse und ich wollen noch zu seinem Kumpel beim NYPD. Er will mir ein paar Fotos potenzieller Trickbetrüger zeigen.«

»Wieso das denn?«, fragte Bethany entgeistert.

Chloe errötete. »Lange Geschichte. Erzähle ich dir dann.«

Sichtlich unzufrieden runzelte Bethany die Stirn. »Wie sieht's bei dir aus, Ally?«

»Tut mir leid. Ich bin schon mit Lucien verabredet«, erwiderte ich, und obwohl ich es kaum erwarten konnte, ihn zu sehen, spürte ich auch ein schlechtes Gewissen, dass ich Bethany nun absagte, nachdem sie mir sofort zu Hilfe geeilt war. »Bitte sei nicht böse.«

Bethany winkte ab. »Ach, was. Wir finden schon einen anderen Termin. Vanita wird die Storys ohnehin auch hören wollen.«

Wir verteilten uns wieder, um unserer wartenden Kundschaft gebührend gerecht zu werden.

Diesmal bediente ich einen jungen Mann, der einen süßen Anhänger für das Armband seiner Freundin suchte. Dabei war er jedoch so unentschlossen, dass er fast bis Ladenschluss brauchte, um sich für eine kleine Krone zu entscheiden. Obwohl mein Umsatz damit nicht mehr signifikant in die Höhe schnellte, war ich froh über die Ablenkung.

Die Begegnung mit Tristan saß mir immer noch in den Knochen. Ich fragte mich nicht, warum er aufgetaucht war, denn das konnte ich mir bereits denken, nachdem ich seine Kontaktversuche abgeblockt hatte und ihn auch bei Ondines Geburtstagsfeier hatte auflaufen lassen. Zwar hoffte ich inständig, dass das Hausverbot und Jesses Drohung ihm jetzt endlich klargemacht hatten, dass er sich von mir fernhalten musste. Aber ich befürchtete, dass Tristan Sterling sich selbst davon nicht mehr aufhalten ließ.

Kapitel 24

Lichterketten hingen in den Bäumen vor dem Museum of Modern Art. Auch im Foyer standen prächtig geschmückte Tannenbäume und sorgten bei den Besuchern für Weihnachtsstimmung. Die meisten waren hier, um die Werke von van Gogh, Picasso oder Dalí zu bewundern. Aber mich zog es jedes Mal sofort in die fünfte Etage, die sich fast ausschließlich der modernen Architektur widmete.

Eine tiefe Ruhe durchströmte mich, als ich an Luciens Hand in den ersten Ausstellungsraum trat. Die hellgrauen Wände waren gesäumt mit gerahmten Skizzen, Konzeptzeichnungen und Fotografien, und im Zentrum waren mehrere Miniaturmodelle auf Podesten geschickt in Szene gesetzt. Am liebsten hätte ich Lucien sofort zu der Lederbank gezogen, die meinen persönlichen Lieblingsplatz in diesem Museum darstellte. Aber ich war zu fasziniert von der Neugier, mit der er die Exponate betrachtete. Vor Entwürfen für das ursprüngliche Museumsgebäude von Howe & Lescaze aus den Dreißigern blieb er schließlich stehen.

»Hat das MoMA so früher einmal ausgesehen?«, fragte er.

»Die beiden Architekten erhielten damals den Auftrag, ein Gebäude zu designen, das die Galerien mit möglichst viel Licht ausstattet.« Ich zog Lucien von den Skizzen weg zu dem Miniaturmodell, das ein Stück entfernt stand, und positionierte ihn vor der geplanten Südseite. »Die Idee war, in jeder Galerie auf jeder Etage künstliches Licht mit natürlichem Tageslicht in einer Lichtmischkammer unter dem Dach zu kombinieren, um eine optimale Ausleuchtung zu erzielen. Um zu verhindern, dass Sonnenlicht die Werke beschädigt, sollte die Außenfassade mit weißen Marmorziegeln verblendet werden.«

Lucien ging ein Stück in die Knie und inspizierte das Konzeptmodell genauer. Dann runzelte er die Stirn. »Aber wenn alles versiegelt ist, kann man ja gar nicht rausgucken.«

Lächelnd deutete ich auf die verglasten Treppenaufgänge. »Theoretisch wäre das hier schon möglich gewesen. Allerdings wurde das Gebäude nie gebaut, weil Howe und Lescaze ihre Partnerschaft vorher beendeten.«

Mit einem belustigten Kopfschütteln richtete Lucien sich wieder auf und betrachtete das Modell. »Findest du es gut?«

Ich musste gar nicht genau hinsehen, um diese Frage zu beantworten. Schließlich hatte ich das Modell schon stundenlang betrachtet. »Für damalige Verhältnisse schon.«

»Hmm«, machte er und sah mich herausfordernd an. »Und heute?«

»Bei diesem Entwurf ging es ausschließlich darum, optimale Lichtverhältnisse in offenen Räumen zu schaffen«, erklärte ich. »Funktionalität und Design sollten miteinander in Einklang stehen. Im Mittelpunkt stand immer die Frage, welchem Zweck ein Gebäude diente. Aber das ist nicht mehr zeitgemäß. Heute sollten Gebäude in ihrer Gesamtheit autark und nachhaltig sein. Studien belegen, dass fast vierzig Prozent der CO_2-Emissionen durch den Bau und die Instandhaltung von Gebäuden verursacht werden. Dabei gibt es unendlich viele Möglichkeiten, die Umweltbelastung zu reduzieren, und damit meine ich nicht nur eine simple Photovoltaikanlage auf dem Dach. Das geht schon bei der Verwendung der Rohstoffe los. Zum Beispiel besteht das Energieforschungszentrum in Riad zu einem Drittel aus recycelten Rohstoffen. Ist das nicht irre?«

Weil ich mich in meiner Begeisterung absolut nicht bremsen konnte, zog ich Lucien zu einer Wand, an der Fotografien verschiedener Projekte der Architektin hingen. Allen gemein war, dass kaum natürliche Elemente in den Entwürfen zu finden waren. »Die Arbeiten von Zaha Hadid sind sehr fließend und puristisch. Das werfen ihr vor allem die Verfechter der *Grünen Revolution* vor, denen zufolge die Gebäude viel mehr ›grüne‹ Elemente enthalten sollten.«

Ich deutete auf einige 3D-Visualisierungen, die Hadids Werken gegenübergestellt regelrecht farbenfroh erschienen. »Sieh dir das an! Diese Architekten haben die Natur in die Gebäude geholt. Die Begrünungspläne umfassen mehrstöckige Parkanlagen und bepflanzte Fassaden, die mit gesammeltem Regenwasser gespeist werden. Hinzu kommt die Nutzung von Sonnen- und Windenergie.«

»Wahnsinn«, murmelte Lucien und drehte den Kopf, um mich anzusehen. In seinem Blick lag pure Ungläubigkeit. »Und du willst mit ernsthaft weismachen, du hast deine Passion noch nicht gefunden?«

Mein Lächeln verblasste ein wenig. »Ich bin die Tochter eines Immobilienmoguls. Natürlich kenne ich mich mit Architektur aus.«

»Und ich bin der Sohn einer Feinschmeckerin. Trotzdem könnte ich nie solche Speisen zubereiten wie Maman, und ich kann dir erst recht keine Sterneköche nennen.«

»Das sind doch bloß Namen, die ich in irgendwelchen Zeitschriften aufgeschnappt habe«, erwiderte ich verlegen und schlenderte zu einer Bank, die unweit von uns entfernt war. Ich ließ mich darauf sinken und starrte auf das Modell des Solomon R. Guggenheim Museums von Frank Llyod Wright, das mit grafischen Skizzen präsentiert wurde.

Schweigend setzte Lucien sich neben mich und sah sich um. »Das hier ist *dein* Heiligtum, nicht wahr?«

Da ich plötzlich kein Wort mehr herausbrachte, nickte ich nur. Vielleicht hätte ich mich nicht derart hinreißen lassen dürfen.

»Ich verstehe das nicht«, sagte Lucien schließlich. »Warum studierst du Betriebswirtschaft und nicht Architektur? Dir wurde die Welt der Immobilien praktisch in die Wiege gelegt.«

Ein freudloses Schnaufen brach aus mir heraus. »Ich glaube, ich war ungefähr fünfzehn, als ich meinem Vater erzählt habe, dass ich mir gut vorstellen könnte, irgendwann Gebäude zu designen. Ich dachte, er würde es gutheißen …« Meine Kehle schnürte sich zu. »Und dass er vielleicht sogar ein bisschen stolz wäre.«

»Aber das war er nicht«, stellte Lucien fest.

»Nein.« Mein Lächeln wurde bitter. »Er sagte: Architektur ist Kunst, und Kunst bringt kein Geld. Es sei denn, man ist außergewöhnlich begabt, was ich nicht bin. Deshalb sollte ich mir diese Idee aus dem Kopf schlagen und mich auf den wirtschaftlichen Aspekt konzentrieren.«

Lucien sog scharf Luft ein. »Er hat einfach so deine Träume zerschmettert?«

Ich wich seinem Blick aus. »Meine Kunstnoten waren sowieso nur durchschnittlich.«

»Aber dein Abschluss ist trotzdem erstklassig, oder?«, widersprach Lucien, beantwortete seine Frage aber gleich selbst. »Sonst wärst du doch nicht an der Wirtschaftsfakultät der Columbia angenommen worden. Es gibt sicher Wege, das Hauptfach zu wechseln.«

»Ich habe nichts vorzuweisen, was einen Wechsel rechtfertigen würde. Keine herausragenden Arbeiten, keine Empfehlungen.« Ich zuckte mit den Schultern, obwohl es mir keineswegs gleichgültig war. »Es würde nicht funktionieren.« Davon abgesehen fehlte mir jetzt schon das Geld, um ein weiteres Semester dranzuhängen, wenn ich bei den Prüfungen am Ende des Semesters versagte. Da konnte ich mir sicher keinen Studienplatzwechsel leisten.

Lucien blieb hartnäckig. »Hast du mal mit jemandem von der Studentenberatung gesprochen? Vielleicht gibt es ja doch eine Lösung.«

Da war sie wieder, die leise Hoffnung, die sich einen Weg in mein Herz bahnen wollte. Und plötzlich sah ich mich selbst wieder vor mir: jung, voller Ideen und entsetzlich naiv.

Kopfschüttelnd stand ich auf und streckte Lucien mit einem milden Lächeln die Hand entgegen. »Das wäre sowieso bloß Zeitverschwendung. Betriebswirtschaft ist gar nicht so übel. Außerdem brauchen gute Architekturbüros auch Leute, die sich mit Zahlen auskennen.

Vielleicht schaffe ich es eines Tages bis dahin. Aber jetzt habe ich Hunger.«

Als Lucien meine Hand ergriff und sich erhob, konnte ich das kämpferische Blitzen in seinen Augen deutlich erkennen. Spätestens da hätte mir klar sein müssen, dass er das Thema nicht so einfach auf sich beruhen lassen würde. Allerdings dachte er sich äußerst interessante Methoden aus, mich an meine geheimen Sehnsüchte zu erinnern.

In den folgenden Tagen holte Lucien mich immer nach der Arbeit ab und entführte mich zu den schönsten Weihnachtsmärkten der Stadt.

Montagabend bummelten wir über den Columbus Circle, naschten uns durch einen Berg aus Pralinen und suchten eine wunderschöne Duftkerze für Chloe aus. Dabei achtete Lucien genau darauf, wie ich meine Sinne nutzte. Er gab mir das Gefühl, die spannendste Frau zu sein, der er je begegnet war, und ich genoss das in vollen Zügen. Später nahmen wir auf einer Bank direkt vor dem Time Warner Building Center Platz. Dort legte Lucien den Kopf in den Nacken und betrachtete fasziniert die verglaste Fassade, in der sich die Lichter der Nacht spiegelten.

»Wusstest du, dass der Architekt dieses Gebäudes auch das One World Trade Center und den JFK entworfen hat?«, fragte er sichtlich begeistert. »Wie hieß der noch mal?«

»David Childs«, antwortete ich, bevor mir auffiel, wie seltsam es war, dass Lucien sich plötzlich so gut auskannte.

Er legte den Kopf noch weiter in den Nacken. »Ich mag die Zwillingstürme. Aber ich glaube, diese weniger starren Designs gefallen mir besser. Was meinst du?«

Und schon hatte er mich an der Angel.

Am Dienstag entführte Lucien mich zu einem kleinen Künstlermarkt in Lower Manhattan. Wir bewunderten handgefertigte Christbaumkugeln, Holzschnitzereien mit Weihnachtsmotiven und unglaubliche Stickarbeiten, bevor wir rein zufällig vor Frank Gehrys berühmtem Wolkenkratzer landeten. Es war das erste jemals konzipierte Wohngebäude dieser Größenordnung, und natürlich wusste ich nicht nur den Namen des Architekten. Daher konnte ich nicht verhindern, dass zahlreiche Fakten zu dem Gebäude aus mir heraussprudelten.

Als Lucien mich am Mittwoch von der Arbeit abholte, war ich fest entschlossen, mich nicht noch einmal hinreißen zu lassen. Ich hielt es genau so lange durch, bis er mich auf dem Weg zum Bryant Park beiläufig auf das Chrysler Building hinwies.

Manchmal war ich mir nicht sicher, wie ich mit all der Begeisterung umgehen sollte, die Lucien in mir zum Leben erweckte. Damit meinte ich nicht nur die zurückgekehrte Leidenschaft für die unglaublichen Bauwerke dieser Stadt, die plötzlich lichterloh in mir brannte, sondern auch die Weihnachtsstimmung, die zunehmend von mir Besitz ergriff. Plötzlich freute ich mich wieder über Weihnachtsgebäck, betrachtete voller Verzückung die Lichtinstallationen, die die ganze Stadt in eine märchenhafte Kulisse verwandelten, und ich begann, Weihnachtslieder zu singen.

Beim ersten Mal fiel es mir nicht mal auf. Stattdessen war es Chloe, die in haltloses Lachen ausbrach, als ich mich am Sonntag endlich mal wieder länger als ein paar Stunden in unserer Wohnung aufhielt – und das auch nur, weil Lucien mit seiner Familie zum Abendessen verabredet war und ich an meinem freien Tag einen Berg an Unikram erledigen musste.

»Meine Güte! Dich hat es ja richtig erwischt«, bemerkte meine Freundin und betrachtete mich voller Stolz von ihrem Arbeitsplatz aus, an dem sie neuen Schmuck entwarf, während ich in der Küche stand und ein paar Gingerbread Cookies auf einen Teller lud.

Mein erster Impuls war, die Sache herunterzuspielen. »Quatsch! Ich habe einfach mal wieder länger als ein paar Stunden geschlafen.«

In Luciens Armen. Nach stundenlangem Wahnsinnssex.

Offenbar standen mir meine Gedanken ins Gesicht geschrieben, denn Chloe grinste von einem Ohr zum anderen. »Du singst Mariah Carey in voller Lautstärke, und es stört dich nicht im Geringsten, dass du keinen Ton halten kannst.«

Lachend streckte ich ihr die Zunge raus. »Du solltest mal Lucien singen hören. Dann wüsstest du, was schief ist.«

Chloe seufzte verzückt. »Jesse hat eine tolle Stimme.«

Ich grinste, ehe ich zu ihr ging und ihr den Teller hinhielt. Sie schnappte sich sofort einen Cookie und biss hinein, während ich mich auf das Sofa setzte und die Beine zum Schneidersitz anzog. »Geht ihr zwei später noch aus?«

»Warum fragst du?« Chloe klimperte mit den Wimpern. »Brauchst du die Wohnung für dich?«

Ich kicherte. »Ja, genau! Ich will in Ruhe meine Hausarbeit schreiben. Dein Gestöhne lenkt mich sonst nur ab.«

Anstelle einer Antwort warf sie ein Keksstück nach mir, und ich musste noch lauter lachen.

»Jesse und ich wollen ins Kino gehen«, erklärte sie mir dann und stopfte sich den Rest in den Mund, damit sie ihren Arbeitsplatz nicht vollkrümelte.

»Was steht auf dem Programm?«

»Irgendein Actionkracher.« Chloe verzog das Gesicht. »Er steht genauso sehr auf diesen Kram wie du.«

Belustigt raffte ich meine Haare zusammen, drehte sie zu einem Dutt auf und fixierte sie mit einem Haargummi von meinem Handgelenk. »Auch Helden brauchen schließlich Inspiration.«

»Wenn man bedenkt, dass du auf dieses Crime-Zeug noch mehr abfährst, wirft das reichlich Fragen auf, Süße.«

»Keine Sorge! Ich plane in absehbarer Zeit kein Kapitalverbrechen.«

»Freut mich, zu hören«, gab Chloe schmunzelnd zurück. »Kommt Lucien eigentlich später vorbei?«

Mit aufrichtigem Bedauern schüttelte ich den Kopf. »Wir haben uns diese Woche etwas hinreißen lassen. Bei mir ist ein Haufen Uni-Kram liegen geblieben, und er ist keinen Schritt mit seinem Parfüm vorangekommen. Deshalb haben wir beschlossen, heute mal eine Pause einzulegen.«

Was ich jetzt schon bereute.

Reichlich lustlos zog ich meinen Laptop heran. Einiges hatte ich an den Vormittagen während der Vorlesungen erledigen können. Trotzdem war der Berg an Aufgaben nicht wesentlich kleiner geworden, und nun blieb mir nur noch dieser Abend, um alles nachzuarbeiten. Ich war nicht sehr optimistisch, dass ich es schaffen würde. Nichtsdestotrotz warf ich meinen Mediaplayer an und ackerte mich mit akustischer Unterstützung von Adele durch meine To-do-Liste, während Chloe sich wieder ihrem Schmuck widmete.

Gegen sieben Uhr drückte sie mir einen Kuss auf die Wange, ermahnte mich, etwas zu essen, und machte sich auf den Weg zu ihrem Date mit Jesse.

»Viel Spaß«, wünschte ich ihr, bevor ich mich wieder auf meinen Uni-Kram konzentrierte.

Zwei Stunden später waren sowohl das Sofa als auch der Couchtisch mit meinen Unterlagen übersät, mein Rücken schmerzte und mir rauchte der Kopf. Aber wenigstens hatte ich den Großteil der Aufgaben erledigt. Übrig blieben noch drei Arbeitsblätter mit wirtschaftsmathematischen Textaufgaben. Stöhnend rieb ich mir über die Schläfe und versuchte, Ordnung in das Chaos aus Tabellen, Matrizen und Vektoren zu bringen, ehe ich mich mühsam durch die erste Seite kämpfte. Ich hatte den ersten Aufgabenblock zur Preisberechnung von irgendeinem blödsinnigen Produkt P_x gerade gelöst, als mich das Klingeln an der Haustür heftig zusammenfahren ließ.

Erschrocken drehte ich mich um und fragte mich, wer Sonntagabend unangekündigt hier vorbeischneien würde. Natürlich dachte ich im ersten Moment an Lucien, aber er hatte mir vor einer halben Stunde getextet, dass er heute einen kreativen Lauf hatte und wahrscheinlich in seinem Kämmerlein übernachten würde. Daraufhin hatte ich ihm ein Foto von dem ganzen Papierkram geschickt, der mich umgab, aber abgesehen von einem mitfühlenden Smiley nichts weiter von ihm gehört.

Als es erneut klingelte, erhob ich mich doch aus meinem Blättermeer und ging zur Tür. Wahrscheinlich waren es bloß Chloes Freundinnen, denen heute Abend spontan langweilig geworden war. Keine große Sache. Ich würde ihnen einfach über die Sprechanlage erklären, dass sie unterwegs war und dann …

Bumm, bumm, bumm!

Ich machte einen Satz zurück, als unmittelbar vor mir jemand heftig gegen die Wohnungstür klopfte. Ich war sicherlich keine Expertin auf dem Gebiet. Aber dem dumpfen, kräftigen Ton nach handelte es sich bei der Faust, die gegen das Holz schlug, nicht um eine zierliche Frauenhand.

Mein Herz begann zu rasen. Was, wenn Tristan herausgefunden hatte, wo ich wohnte und dass ich diesen Abend allein war? Er hatte sich seit Jesses Drohung tatsächlich von mir ferngehalten. Allerdings konnte ich nicht mit Gewissheit sagen, ob er endlich auch seine wahnwitzige Vorstellung von uns aufgegeben hatte. Schließlich war die Blockierungs-App nach wie vor aktiv. Was, wenn er bloß auf einen günstigen Zeitpunkt gewartet hatte?

Wieder klopfte es, während ich wie festgefroren zwei Meter hinter der Tür stand und das blanke Holz fixierte. Mir war nie aufgefallen, wie unpraktisch es war, dass die Tür nicht über ein Guckloch verfügte. War das nicht eigentlich Standard heutzutage?

»Barbeau?«

Sämtliche Muskeln in meinem Körper entspannten sich, sobald ich Luciens Stimme erkannte. Trotzdem musste ich mich kurz sammeln, ehe ich es schaffte, die Tür zu öffnen.

Sein breites Grinsen fiel in sich zusammen, als er meinen Gesichtsausdruck sah. »Mon dieu! Was ist los? Du bist ja weiß wie eine Wand.«

»Nichts.« Mit einem zittrigen Lächeln schüttelte ich den Kopf. »Mir geht's gut. Ich hab nur zu lange gesessen.«

Erleichtert trat er ein, schloss die Tür hinter sich und zog mich in seine Arme.

Ich quietschte. »Du bist ja eiskalt.«

»Wir haben unter null Grad.« Natürlich ließ er mich nicht los, sondern drückte stattdessen seine frostigen Lippen auf meinen Hals. »Ich muss mich aufwärmen.«

Sein vertrauter Duft ließ die Kälte, die ihn umgab, in den Hintergrund rücken und linderte meine aufgewühlte Seele. Lächelnd schmiegte ich mich an ihn und genoss das Gefühl seiner Lippen auf meiner Haut. »Was tust du hier?«

Lucien seufzte. »Ich weiß, du hast Unmengen zu tun und wir wollten uns heute nicht mehr treffen. Aber erstens habe ich dich vermisst und zweitens brauche ich deinen Rat.«

Erfreut über sein Geständnis zog ich den Kopf zurück und sah ihn an. »Wobei?«

In seine Augen trat ein Funkeln, als er in seine Jackentasche griff und die kleine Schatulle herausholte, die ich ihm zum Geburtstag geschenkt hatte. »Es geht um zwei Aromen, bei denen ich mir nicht sicher bin.«

»Okay.« Neugierig führte ich ihn ins Wohnzimmer, wo er postwendend innehielt und das Papierchaos musterte.

»Interessante Deko.«

Ich lachte und ging zum Sofa, um etwas Ordnung zu schaffen, während Lucien seine Jacke auszog und über den Barhocker am Küchentresen warf. Anschließend kam er zu mir. »Soll ich dir helfen?«

»Nein, nicht nötig, ich …«

Ich verstummte, als Luciens Aufmerksamkeit auf meinem Schreibblock haften blieb. Auf dem oberen Blatt standen Mitschriften aus meinem Rechtswissenschaftskurs. Der rechte Rand war allerdings übersät mit architektonischen Skizzen, die mich wesentlich mehr interessiert hatten, während Professor Donahue irgendwelche Paragrafen runterratterte.

Ich wollte den Block gerade unter meinen Ordner schieben, doch Lucien war schneller. Neugierig blätterte er durch die Seiten, die über und über mit weiteren Zeichnungen versehen waren.

»Lucien, gib das her«, sagte ich streng, um meine Verlegenheit zu verstecken.

Doch er bekam davon gar nichts mit. Stattdessen wanderte sein entgeisterter Blick zu mir. »Du nimmst mich auf den Arm.«

»Was?«, fragte ich irritiert.

Er hielt eine Seite hoch, auf dem nur ein Modell zu sehen war, ein stromlinienförmiges, zwanzigstöckiges Wohnhaus mit bepflanzten Plateaus und Solartechnik. »Hattest du nicht gesagt, deine Kunstnoten waren nur durchschnittlich?«

Beklommen wich ich seinem Blick aus. »Das waren sie auch.«

»Incroyable!« Kopfschüttelnd tippte er auf die Zeichnung. »Das hier ist definitiv kein Durchschnitt. Ich verstehe das nicht. Wie zum Henker konntest du mit so einem Talent keine Top-Noten kriegen? Das ergibt keinen Sinn …« Plötzlich sog Lucien scharf Luft ein. »Das war dein Vater, oder?«

Ich konnte ihn nicht länger ansehen. Das Ganze war einfach so beschämend. Noch heute spürte ich diese allumfassende Hilflosigkeit, als meine Kunstnoten plötzlich immer schlechter wurden. Erst hatte ich mir nichts dabei gedacht. Aber als meine Lehrerin drei Arbeiten in Folge mit deinem D bewertet hatte, wusste ich Bescheid. Da war sogar Bedauern in ihrem Blick gewesen, aber uns war beiden klar gewesen, dass ihr die Hände gebunden waren.

»Hat dein Vater die Benotung sabotiert?«, hakte Lucien in gefährlich ruhigem Ton nach.

Ich schluckte schwer. »Mit einem Anruf.«

Lucien stieß eine Reihe französischer Verwünschungen aus, während er den Block beiseitelegte. Dann zog er mich in eine weitere Umarmung. »Das tut mir so leid.«

Ungeweinte Tränen brannten in meinen Augen, als ich sein Mitgefühl spürte. »Es ist okay.«

Er stieß ein hartes Lachen aus. »Nein, das ist es nicht, und das weißt du auch. Du solltest ihn nicht gewinnen lassen.«

Genau darum kämpfte ich jeden Tag. Ich hauchte ihm einen beschwichtigenden Kuss auf die Lippen. »Lass es gut sein, ja? Ich will nicht mehr darüber nachdenken. Zeig mir lieber deine neuen Proben.«

Lucien zögerte kurz, als wäre er nicht sicher, ob er mir den Themenwechsel durchgehen lassen sollte. Aber dann tat er mir den Gefallen und holte das Etui wieder aus seiner Jackentasche, während ich die restlichen Unterlagen auf einen Stapel zusammenschob, damit wir uns setzen konnten.

Diesmal hatte er etwas Neues versucht. Kornblumen in Kombination mit eher herben Aromen. Ich mochte beide Varianten auf Anhieb.

»Und welche gefällt dir besser?«, fragte Lucien.

Ich nahm mir Zeit, darüber nachzudenken. Dann tippte ich auf die erste Phiole.

Seine Augen leuchteten auf. »Langsam kommen wir der Sache näher.«

»Sieht so aus.« Weil ich einfach nicht widerstehen konnte, lehnte ich mich vor und küsste ihn.

Sowie sich unsere Lippen berührten, rauschte ein Adrenalinschub durch meine Adern, und mein ganzer Körper begann zu kribbeln. Lucien schob die Finger in mein Haar und vertiefte unseren Kuss. Inzwischen waren seine Lippen ganz warm, und mir wurde schlagartig heiß. Die Versuchung war groß, ihn sofort in mein Schlafzimmer zu schleifen. Aber in dem Fall konnte ich meine Hausaufgaben definitiv vergessen, und das war schlichtweg nicht mehr drin.

Seufzend lehnte ich mich zurück und suchte nach einem möglichst unerotischen Thema. »Wie war eigentlich dein Nachmittag mit deiner Mom und deiner Schwester?«

Lucien blinzelte. Es war süß, wie er Mühe hatte, sich auf meine Frage zu konzentrieren. Er leckte sich über die Unterlippe. »Es war ... interessant.«

»Warum?«, fragte ich geistesabwesend, während ich seinen Mund anstarrte.

»Meine Schwester hat endlich den Mut aufgebracht, Maman von ihrer Verlobung zu erzählen.«

Jetzt hatte er meine Aufmerksamkeit. »Das klingt fast so, als hätte Ondine Angst vor ihrer Reaktion gehabt.«

»Oh, das hatte sie auch.« Lucien legte einen Arm um mich und zog mit der anderen meine Beine auf seinen Schoß. »Du musst wissen, dass Maman nach ihrer Scheidung eine ziemlich kritische Einstellung zum Thema Heirat hat. Vor allem, wenn man so jung ist.«

»Und wie hat sie reagiert?«

Lucien schnitt eine Grimasse. »Sie ist ein bisschen ausgeflippt. Dann hat sie Donnie in die Arme genommen und ihr gesagt, dass sie nur hoffen kann, dass sich diese Entscheidung nicht als Fehler erweisen wird.« Seine Mundwinkel zuckten. »Es war sehr dramatisch.«

Ich lachte leise. »Aber es ist alles gut gegangen?«

»Na klar.« Zärtlich zupfte er an einer Haarsträhne herum, die sich aus meinem Dutt gelöst hatte. »Die beiden sind ständig unterschiedlicher Meinung. Das ist manchmal etwas anstrengend. Aber sie halten es nie lange aus, sich zu streiten. Wir alle nicht.«

So paradox es auch klang, ich beneidete Lucien um diese temperamentvolle Familie. Dad und ich, wir hatten uns nie angeschrien. Da war immer nur kalte Gleichgültigkeit gewesen.

Lucien drückte mir einen liebevollen Kuss auf die Stirn. »Wie sehen denn deine Pläne für Weihnachten aus?«

Ich versteifte mich in seiner Umarmung. »Warum fragst du?«

»Weil ich mir überlegt habe, dass das ein guter Zeitpunkt wäre, um meine verrückten Weiber kennenzulernen.«

Ein ungläubiges Lachen platzte aus mir heraus. »Ausgerechnet an Weihnachten?«

»Wieso nicht? Maman schmeißt einen Haufen Delikatessen auf den Tisch. Wir spielen Scharade und sehen kitschige Filme. Könnte doch lustig werden.«

Nun ja, viel wahrscheinlicher war es, dass Ondine mir die Augen auskratzte, wenn ich es wagte, mich an Luciens Seite im Haus ihrer Mutter blicken zu lassen. Deshalb schüttelte ich den Kopf. »Ein anderes Mal, okay? Wenn ein bisschen Gras über die Sache mit Gideon gewachsen ist.«

Lucien verzog das Gesicht. »Es tut mir leid, wie sie sich benommen hat.«

»Sie hatte jedes Recht, wütend auf mich zu sein«, gab ich zurück, legte den Kopf auf seiner Schulter ab und labte mich an seiner Nähe. Ich kam mir immer noch blöd vor, dass ich mich in Ondines Beziehung eingemischt hatte. Sicher hatte ich meine Gründe dafür gehabt. Aber ich wusste viel zu wenig über die Ereignisse in den letzten Monaten, als dass ich sie wirklich hätte beurteilen können.

»Also willst du die Weihnachtsfeiertage einfach hier verbringen?«, hakte Lucien nach und klang dabei nicht gerade glücklich.

Ich dachte daran, wie die vergangenen Weihnachtsfeste für mich abgelaufen waren, und rang mich zu einem kleinen Lächeln durch. »In den letzten Jahren habe ich mich immer um Punkt zehn von der Soiree weggeschlichen und bin bis zum Rockefeller Center spaziert. Es war meine eigene kleine Tradition. Deshalb habe ich mir überlegt, es in diesem Jahr einfach wieder zu tun.«

Nachdenklich spielte Lucien mit meiner Haarsträhne. »Ich weiß nicht recht, Barbeau. Die Vorstellung, wie du dir dort mutterseelenallein deinen hübschen Hintern abfrierst, finde ich ziemlich deprimierend.«

Ich verstand seine mangelnde Begeisterung. Aber für mich war dieser Spaziergang jedes Mal befreiend gewesen. Ich streckte die Hand aus und fuhr mit der Fingerspitze sanft über die Stoppeln an seinem Kinn. »Es ist anders an diesem Abend, weißt du? Obwohl immer noch viele Leute unterwegs sind, fühlt sich alles ruhiger an, stiller. Ich mag das irgendwie.«

Lucien dachte einen Moment nach. »Dann lass mich dich begleiten.« Er senkte den Kopf und fuhr mit den Lippen über meine Stirn. »Ich könnte dich wärmen.«

Seine Worte zauberten mir ein breites Lächeln ins Gesicht. »Was für ein verlockendes Angebot. Dafür würde ich glatt meine Thermostrumpfhose zu Hause lassen.«

»Dann kann ich sie dir später aber nicht ausziehen.«

Ich seufzte schwer. »Auch wieder wahr.«

»Also ist es abgemacht?«, fragte Lucien.

Ich zog den Kopf zurück, um ihn anzusehen, und mein Herz flatterte in meiner Brust. »Abgemacht.«

Seine Hand wanderte von meinem Haar in meinen Nacken und weiter meinen Rücken hinab und verursachte mir eine Gänsehaut. Unsere Lippen fanden sich erneut zu einem sanften, hingebungsvollen Kuss, der schnell unsere Leidenschaft weckte. Bevor ich wusste, wie mir geschah, hatte Lucien mich rittlings auf seinen Schoß gezogen und die Hände unter meinen Pullover geschoben. Unendlich sanft streichelte er meinen nackten Rücken und stieß ein raues Stöhnen aus, als er bemerkte, dass ich keinen BH trug.

Verdammt! Ich wollte ihm wirklich gern die Kleider vom Leib reißen, und mich in unserer Lust verlieren. Aber das hatte ich schon die ganze Woche getan, und noch einmal konnte ich mir derlei Zerstreuung nicht erlauben. Sonst würde ich es spätestens morgen im Matheseminar bereuen, wenn ich nicht die erforderlichen Punkte für die Prüfungszulassung zusammenbekam.

Die Vorstellung reichte aus, um mein Verlangen zu killen. Schwer atmend beendete ich unseren Kuss, doch Lucien wollte offenbar nicht von mir ablassen. Mit verschleiertem Blick beugte er sich einfach vor und fing meine Lippen erneut ein.

Ich stieß ein atemloses Lachen aus und schubste ihn zurück. »Tut mir leid, aber ich muss wirklich lernen, Babe.«

Ein unglaubliches Lächeln erhellte sein Gesicht, als er den Spitznamen vernahm, der mir in meiner ekstatischen Verwirrung entschlüpft war. »Hatte ich schon mal erwähnt, dass ich Chemie studiere?«

Sein Themenwechsel irritierte mich. »Hin und wieder.«

Ohne mich aus den Augen zu lassen, spannte er die Bauchmuskeln an und beugte sich wieder vor, um mit seinen Lippen hauchzart über meinen Mund zu streichen. »Und was tun Chemiker am liebsten?«

»Etwas in die Luft jagen?«

Glucksend küsste er mich auf die Nasenspitze. »Sie rechnen, Barbeau.«

Skeptisch zog ich eine Braue in die Höhe. »Du willst mir bei hochkomplexen, wirtschaftswissenschaftlichen Berechnungen helfen?«

Kein bisschen eingeschüchtert von meiner äußerst theatralischen Beschreibung grinste er mich an. »Ich könnte mir keine schönere Beschäftigung vorstellen.«

Mein Mundwinkel zuckte, während ich sein zerzaustes Haar, seine geröteten Wangen und seinen verhangenen Blick musterte. »Ach, wirklich?«

Übermut blitzte in seinen Augen auf, als er mich wieder zu sich zog. »Abgesehen von dem grauenhaften Sex, den wir unmittelbar danach haben werden, natürlich.«

Kapitel 25

Die neue Woche begann, wie die alte geendet hatte: in Luciens Armen. Was wundervoll und ein bisschen beängstigend zugleich war. Ich war es nicht gewohnt, dass sich jemand derart um mich bemühte. Dass sich jemand mit mir zusammen durch einen Berg von Matheaufgaben kämpfte und meine Meinung hören wollte über Kurkuma und Jasmin. Dass mir jemand das Gefühl gab, es nicht erwarten zu können, bis wir uns wiedersahen.

Aber Lucien tat all diese Dinge, und ich merkte, wie die harte Schale, die ich im Laufe der letzten Jahre um mein Herz errichtet hatte, mehr und mehr Risse bekam. Vielleicht spürte ich den Stich deshalb so deutlich, als ich am Dienstagabend vor Tiffany's auf Ondine traf.

Ich hatte nicht damit gerechnet, dass Luciens Schwester noch einmal hier auftauchen würde. Sie trug einen Papphalter mit zwei Starbucks-Bechern in der Hand, weshalb ich kurz versucht war, mir einzureden, dass unsere Begegnung reiner Zufall war. Andererseits hatte sie mich gewarnt, mich von Lucien fernzuhalten – und daran hatte ich mich nicht gehalten. Wahrscheinlich war sie eher hier, um mir endgültig den Krieg zu erklären.

Ihre Miene war jedenfalls äußerst entschlossen, als sie langsam auf mich zukam. In einem hübschen Trenchcoat und mit einer pinken Pudelmütze auf dem Kopf, die man in vielerlei Hinsicht als Stilbruch bezeichnen könnte, blieb sie vor mir stehen.

Übelkeit braute sich in meinem Magen zusammen, und am liebsten wäre ich zurück in den Store geflüchtet, den Ed gerade hinter mir abgeschlossen hatte. Nun bereute ich es, dass ich Chloe und Jesse schon vorausgeschickt hatte, um mit den anderen etwas trinken zu gehen. Da Lucien länger bei Noélle zu tun hatte, wollte ich die Gelegenheit nutzen, nach ein paar Geschenken für meine Freunde zu suchen, bis er fertig war und wir uns den anderen anschlossen. Bethany hatte von diesem königsblauen Nagellack geschwärmt, und für Vanita hatte ich ein buntes Tuch im Sinn. Auch für Jesse, Ed und die anderen wollte ich eine Kleinigkeit besorgen. Aber das würde wohl warten müssen.

»Hallo, Ally«, sagte Ondine in angespanntem Ton.

Ich suchte in ihrer Miene nach der Ähnlichkeit mit ihrem Zwillingsbruder. Nach irgendetwas Vertrautem, das meine Beklommenheit linderte. Aber da war nichts. Die junge Frau, die vor mir stand, war mir vollkommen fremd.

Rational gesehen wusste ich, dass ich nicht viel zu befürchten hatte. Schließlich waren wir alle erwachsen. Lucien konnte tun und lassen, was er wollte. Und er wollte *mich*, sogar nachdem ich ihm einen Großteil meiner Vergangenheit offenbart hatte. Andererseits war die Verbindung zwischen den Geschwistern stark. Insofern war es ebenfalls denkbar, dass Ondine mir gleich den heißen Kaffee über den Kopf kippte.

Nervös befeuchtete ich meine Lippen. »Hallo, Ondine.«

Zu meiner eigenen Erleichterung klang ich weder verängstigt noch herablassend. Dennoch verzog Ondine das Gesicht, als hätte ich ihr eine Beleidigung entgegengeschleudert.

»Es tut mir leid«, sagte ich, nur für alle Fälle.

Nun erschien eine kleine Falte auf ihrer Stirn, und plötzlich sah sie ihrem Bruder viel ähnlicher. »Warum entschuldigst du dich?«

»Weil ich mich in Dinge eingemischt habe, die mich nichts angehen«, erklärte ich betont sachlich. »Herzlichen Glückwunsch zur Verlobung übrigens.«

Ich machte mir nicht die Mühe, zu erklären, woher ich wusste, wie ihr Antrag ausgegangen war. Sehr wahrscheinlich hatte Lucien seiner Schwester bei ihrem letzten Treffen von unseren Ausflügen erzählt. Sie wusste also garantiert Bescheid, und es gab keinen Grund, irgendetwas vorzuspielen oder um den heißen Brei herumzureden.

Ich wappnete mich innerlich bereits gegen weitere Drohungen, dass ich ihren Bruder in Ruhe lassen solle. Doch da erhellte ein Strahlen Ondines Gesicht.

»Danke.« Sie klang aufrichtig, aber meine Skepsis blieb, was sie mir offenbar ansah, denn sie zog ihre hübsche Stupsnase kraus. »Hör mal, was ich letzte Woche alles zu dir gesagt habe, war hässlich und gemein. So bin ich eigentlich gar nicht. Zu meiner Verteidigung: Ich war ein nervliches Wrack. Aber das hätte ich nicht an dir auslassen dürfen. Mir ist inzwischen klar, dass du es wirklich nur gut gemeint hast.« Sie stieß ein zittriges Lachen aus. »Gideon hat sich da sehr klar ausgedrückt, und mein Bruder noch klarer.« Sie holte tief Luft. »Also, es tut mir auch leid, dass ich mich wie ein blödes Miststück verhalten habe.« Mit einer ruppigen Bewegung zog sie einen Becher aus dem Halter, woraufhin heißer Kaffee durch das Trinkloch schwappte und sich über ihre Hand ergoss. »Au! Scheiße! Sorry.«

Entgeistert starrte ich auf den Becher, den sie mir entgegenhielt. Ich musste diesen Wortschwall erst mal verarbeiten.

»Frieden?«, fragte sie, als ich nicht reagierte. »Das ist Zimtmocca. Lucien hat mir gesagt, dass du da nicht widerstehen kannst. Vielleicht könntest du …?« Sie zischte leise. »Das ist wirklich heiß.«

Ups. Schnell nahm ich ihr den Becher ab, und sie schüttelte erleichtert ihre Hand aus.

»Lucien weiß, dass du hier bist?«

Sie nickte. »Ich habe ihn darum gebeten, weil es mir wirklich wichtig ist, die Sache aus der Welt zu schaffen. Er wirkt so glücklich in letzter Zeit, und ich weiß, dass das an dir liegt. Deshalb hoffe ich, du gibst mir noch eine Chance.« Sie warf mir ein unsicheres Lächeln zu. »Ich bin nett. Ehrlich!«

Beinahe wäre ich in hysterisches Lachen ausgebrochen. Natürlich war Ondine nett. Ich hatte sie schon sympathisch gefunden, als sie den Verlobungsring für Gideon gekauft hatte. Ein bisschen aufgekratzt vielleicht. Aber angesichts ihres Vorhabens fand ich das durchaus verständlich.

»Also?«, hakte sie nach, als ich vor lauter Überraschung immer noch kein Wort herausbrachte. »Fangen wir noch einmal ganz von vorn an?«

Konnte es wirklich so einfach sein?

Ein Teil von mir – die alte, misstrauische Allison, die bei jeder neuen Begegnung eine Falle witterte – weigerte sich, das zu glauben. Immerhin hatte ich oft genug erlebt, wie sich Leute an mich ranmachten, weil sie von meinem Ruf, meinem Geld oder meinen Verbindungen profitieren wollten. Aber all das stand mir jetzt nicht mehr zur Verfügung. Wollte Ondine mir vielleicht bloß eine Freundschaft vorgaukeln, um sich bei Lucien einzuschmeicheln und so unsere Beziehung zu sabotieren?

Nein! Das war doch Schwachsinn. Die Hoffnung, mit der Ondine mich ansah, konnte unmöglich gespielt sein. Hinzu kam, dass Lucien mir mal erzählt hatte, dass sie stets an das Gute im Menschen glaubte. Wenn sie es geschafft hatte, einen Mann wie Gideon Sterling dazu zu bringen, vor der piekfeinen Gesellschaft vor ihr auf die Knie zu fallen, dann nur deshalb, weil sie sein Herz wirklich und wahrhaftig berührt hatte. So etwas konnte unmöglich jemand bewerkstelligen, der aus purer Berechnung agierte. Es waren nur meine blöden Zweifel, die schon wieder meine Gedanken vergifteten und meine Unsicherheit schürten.

Entschlossen reckte ich das Kinn und sah Ondine in die Augen. »Ich bin Allison Harford. Aber meine Freunde nennen mich Ally. Ich studiere an der Columbia und arbeite nebenbei bei Tiffany's, wo es den schönsten Schmuck der Welt gibt. Ich bin verrückt nach Zimtmocca, Architektur und deinem Zwillingsbruder.«

Das Strahlen, das nun auf ihrem Gesicht erschien, konnte es locker mit der Nordischen Fichte hinter uns aufnehmen – was mir ehrlich schmeichelte. »Ich bin Ondine Collins und seit Kurzem mit einem Kerl verlobt, den ich – nur um ihn in den Wahnsinn zu treiben – nach dem irischen Fischer aus meinem Lieblingsfilm benannt habe. Trotzdem ist er genauso verrückt nach mir wie mein Zwillingsbruder nach dir.«

Ich streckte ihr die freie Hand entgegen. »Nett, dich kennenzulernen.«

»Das finde ich auch.«

Wir schüttelten uns mit einem bescheuerten, breiten Grinsen die Hände, ehe Ondine erleichtert den Atem ausstieß. Sie warf einen Blick auf ihre Armbanduhr. »Lucien hat mir eine Stunde gegeben, um mich bei dir zu entschuldigen. Wir haben also noch ein wenig Zeit, bis er hier aufschlägt. Lust, solange noch einen kleinen Schaufensterbummel zu machen, damit wir hier nicht festfrieren?«

»Gern.« Ich nippte an meinem Kaffee, der aufgrund der Eiseskälte schnell abgekühlt war.

Wir schlenderten in gemächlichem Tempo an den kleinen Boutiquen vorbei, die sich entlang der Channel Gardens erstreckten.

Ich warf ihr einen neugierigen Blick zu. »Also, du und Gid, wie habt ihr euch kennengelernt?«

»Richtig.« Ondine kicherte. »Ich vergesse immer, dass ihr euch schon seit Ewigkeiten kennt. Er war eine Klassenstufe über dir, oder?«

»Ja, aber mein Vater und seine Eltern sind auch eng befreundet.«

»Die Welt ist ziemlich klein in der High Society, was?«, stellte Ondine schmunzelnd fest.

Tja, das konnte ich nicht leugnen.

Sie warf mir einen seltsamen Blick zu. »Du warst der Grund dafür, weißt du?«

Ich runzelte die Stirn. »Was meinst du?«

»Ich war mit Freunden im Valerie's, und er saß dort an dieser Bar und hat Löcher in die Luft gestarrt. Da habe ich ihn gefragt, wo der Schuh drückt. Aber anstatt mir zu antworten, wollte er wissen, was eine Frau dazu bewegt, einfach abzuhauen und alles hinter sich zu lassen. Ich hatte natürlich keine Ahnung, dass er von dir sprach. Das hat er mir erst erzählt, nachdem du mit Lucien auf meiner Geburtstagsparty aufgetaucht bist. Er hatte dich an jenem Tag durch das Schaufenster im Tiffany's gesehen, und das hat ihn ziemlich aus der Bahn geworfen.«

Es fiel mir schwer, keine zynische Grimasse zu schneiden. »Für ihn war es sicher schwer nachvollziehbar, warum ich mein Luxusleben aufgegeben habe, um ausgerechnet als Verkäuferin zu arbeiten.«

Ondine lachte. »Oh, Ally. Du liegst total falsch. Es ging ihm nicht darum.«

»Ach, nein?«, hakte ich skeptisch nach.

Langsam schüttelte Ondine den Kopf. »Ihr wart befreundet, und es hat ihn verletzt, dass du einfach untergetaucht bist. Auch wenn er sich eher die Zunge abbeißen würde, als das zuzugeben.«

Ich hatte keinen Schimmer, was ich davon halten sollte. Gideon war nie besonders herzlich gewesen, aber er war immer dabei, wenn unsere Clique gemeinsam unterwegs war. Nicht im Traum wäre ich auf die Idee gekommen, dass er mich vermissen könnte. Andererseits hatte Kristen etwas Ähnliches angedeutet, als wir uns wiedergesehen hatten.

Wir blieben am Rockefeller Plaza stehen und schauten zum Ice Rink, auf dem die Leute vergnügt umherschlitterten. Dort erzählte Ondine mir, wie sie den ganzen Abend mit dem mürrischen Kerl an der Bar gesessen und über das Leben philosophiert hatte.

»Es war genau wie bei dir und Lucien«, schloss sie schließlich und strahlte mich an. »Ein Abend und – Boom! – war es um mich geschehen.« Sie grinste frech. »Allerdings habe ich ihn nicht so lange zappeln lassen wie du meinen Bruder.«

Meine Wangen wurden heiß. »Lucien hat mich in einer ziemlich schwierigen Phase erwischt.«

»Ich weiß«, erwiderte Ondine und legte mir sanft die Hand auf den Unterarm. »Aber jetzt seid ihr beide doch glücklich, oder nicht?«

Ich lächelte, während ein Kribbeln durch meinen Körper rauschte. »Ja, das sind wir.«

Kapitel 26

New York war fest im Weihnachtsfieber, und die ganze Woche über war bei Tiffany's die Hölle los gewesen. Man hätte meinen können, dass es sich bei dem edlen Juwelier um einen Discounter handelte. Die Leute strömten in Scharen herbei, um sich oder ihren Liebsten einen Hauch Luxus zu gönnen. Wir hatten alle Hände voll zu tun, und ich konnte es kaum erwarten, den Tag hinter mich zu bringen, um mit Lucien einen langweiligen, gemütlichen Freitagabend auf dem Sofa zu verbringen. Das klang so herrlich normal und entspannend, dass ich den älteren Herrn, der gerade ein Collier im Wert von mehreren Tausend Dollar erstanden hatte, anstrahlte, als hätte er vor, es mir zu schenken.

»Vielen Dank! Haben Sie noch einen schönen Tag und ein frohes Fest, Sir.«

Sichtlich geschmeichelt rückte er seine graue Schirmmütze zurecht, wünschte mir ebenfalls einen guten Tag und wurde umgehend von der Menschentraube hinter sich verschluckt.

Ich wollte mich gerade der nächsten Kundin zuwenden, als Maurine meinen Namen rief. Sie winkte mich vom Separee aus zu sich und sah mich mit leicht geröteten Wangen an. »Wir haben einen Kunden hinten, der nach einem besonderen Ring sucht. Könntest du das bitte übernehmen?«

»Natürlich.«

Sie nickte zufrieden, und ich folgte ihr in den Teil des Stores, der nicht für die Durchlaufkundschaft bestimmt war. Ich war lange nicht mehr hier hinten gewesen, weil Maurine für gewöhnlich die hohen Tiere übernahm, die Wert auf Diskretion legten und das nötige Kleingeld besaßen.

»Schauspieler oder Politiker?«, fragte ich neugierig und spürte einen Anflug von Nervosität. Ich war schon vielen Prominenten begegnet und wusste, wie ich mit ihnen umzugehen hatte. Aber es war mir wichtig, sie auch durch mein Fachwissen zu beeindrucken.

»Weder noch«, antwortete meine Chefin und blieb vor der Tür stehen. »Er hat heute Morgen angerufen, und wenn ich ihn richtig verstanden habe, hat er vor, ein Vermögen auszugeben. Nimm dir alle Zeit der Welt.« Sie zwinkerte mir verschmitzt zu. »Wenn die Sache gut läuft, ist für uns alle ein kleiner Weihnachtsbonus drin.«

Das klang doch schon mal sehr vielversprechend. Ich knipste mein schönstes Lächeln an, als Maurine die Tür aufzog.

Und dann erstarrte ich.

Ich erkannte den Mann, der dort mit dem Rücken zu uns stand, auf den ersten Blick. Seine schlanke Gestalt war in einen schwarzen, maßgeschneiderten Anzug gehüllt. Er hatte die Arme hinter dem Rücken verschränkt und begutachtete mit geheucheltem Interesse die Ausstellungsstücke.

»Da wären wir, Mr Sterling«, flötete Maurine, legte mir die Hand auf den Rücken und schob mich sachte weiter.

Langsam wie der Teufel persönlich, der seinen Auftritt mehr als genoss, drehte Tristan sich um und lächelte mich mit kaltem Triumph an. »Hallo, Allison.«

Seine Stimme war sanft, vollkommen arglos und löste in mir blankes Entsetzen aus, während Maurine erfreut in die Hände klatschte. »Ach, Sie kennen sich?«

Tristan nickte knapp. »Wir sind alte Freunde.«

Maurines Blick zuckte zurück zu mir, und ich konnte ihr ansehen, dass sich Tausende Fragen in ihrem Kopf bildeten. Doch sie sprach keine einzige aus. Dazu war sie viel zu professionell, und die Aussicht, so kurz vor dem Jahresabschluss einen Megadeal zu landen, trug sicher ihr Übriges bei.

Ich überlegte, mich mit einer Ausrede zu entschuldigen. Aber erstens war ich mir sicher, dass Tristan mich nicht so ohne Weiteres vom Haken lassen würde, und zweitens konnte ich nicht jedes Mal um Hilfe bitten, wenn er mir auf die Pelle rückte. Dieses Theater musste endlich ein Ende haben.

»Das wäre dann alles, Maurine«, sagte Tristan kühl, woraufhin meine Chefin sich mit einem höflichen Lächeln zurückzog.

Diesmal verspürte ich keine Furcht, mit diesem Mistkerl allein zu sein. Denn falls er mich noch einmal anrührte, würde ich ganz andere Tricks aus dem Hut zaubern, die Ken Li mir noch beigebracht hatte.

Ich wich nicht zurück, als Tristan sich in Bewegung setzte und auf dem Sofa Platz nahm, auf dem ich im Frühling gesessen und Chloe angefleht hatte, meinen Schmuck zurückzunehmen. Er knöpfte sein Jackett auf, schlug die Beine übereinander und breitete die Arme auf der Rückenlehne aus, bevor er mir auffordernd zunickte.

Demonstrativ verschränkte ich die Arme und schaute auf ihn herab. Der Höhenunterschied hätte mir ein Gefühl der Überlegenheit geben sollen. Doch ich spürte nichts dergleichen. Stattdessen begann ein schreckliches Gefühl in meinem Bauch zu rumoren. »Was zur Hölle soll das, Tristan?«

Er schenkte mir dieses selbstgefällige Lächeln, bei dem die Frauen sonst reihenweise in Ohnmacht fielen. »Ich dachte, es wäre eine gute Idee, wenn du den Ring selbst aussuchst, den du trägst, wenn wir gemeinsam bei der Soiree deines Vaters erscheinen.«

Ich stieß ein ungläubiges Lachen aus. »Du musst völlig den Verstand verloren haben, wenn du glaubst, dass ich mit dir dort hingehen werde.«

Sein Lächeln gefror. »Vermutlich hast du recht. Jeder andere Mann hätte dir vermutlich keine Wahl gelassen. Aber ich will unsere gemeinsame Zukunft nicht mit einem Zwist beginnen. Deshalb überlasse ich dir die Entscheidung.«

»Ich habe mich bereits entschieden«, fauchte ich und begann vor Wut zu zittern. »Das mit uns wird niemals passieren. Begreif es endlich.«

Ein Schatten trübte seine blassblauen Augen, doch sein Ton blieb gelangweilt. »Ich rate dir, das noch einmal zu überdenken.«

»Sonst was?«, spie ich ihm entgegen. »Wir leben im 21. Jahrhundert. Du kannst mich nicht zwingen, eine Beziehung mit dir einzugehen. Das ist absolut lächerlich.«

»Lächerlich?« Er schnalzte abfällig mit der Zunge. »Lächerlich ist dein kleiner Aufstand, den du seit Monaten probst. Dein Vater und ich haben versucht, geduldig zu sein und dir etwas Freiraum zu geben. Aber wir sind einer Meinung, dass das ein Ende haben muss. Du wirst diesen albernen Job noch heute kündigen und zurück ins Penthouse ziehen.« Hass blitzte in seiner Miene auf. »Und natürlich wirst du deinem Schnüffler den Laufpass geben.«

Allein die Vorstellung, Lucien zu verlassen und in mein altes Leben zurückzukehren, sorgte dafür, dass ich am liebsten schreien wollte. Aber ich schaffte es, ganz ruhig zu bleiben. »Nein.«

»Wenn nicht, sorge ich dafür«, erwiderte Tristan wenig überrascht von meiner Reaktion. Herausfordernd sah er mich an. »Ich werde dir und deinen Freunden alles nehmen, was euch wichtig ist. Und ich mache so lange weiter, bis du endlich nachgibst.«

In diesem Moment wurde mir klar, dass ich auf Gideon hätte hören sollen. Er hatte mich vor seinem Bruder gewarnt, obwohl Lucien und ich zu diesem Zeitpunkt noch kein Paar gewesen waren. Aber meine Zweifel an Gideons Aufrichtigkeit hatten dazu geführt, dass ich diese Warnung schlichtweg ignoriert hatte.

»Letzte Chance«, knurrte Tristan, der allmählich die Geduld verlor.

Angespannt schüttelte ich den Kopf. »Du bluffst.«

Ein Lächeln erhellte Tristans Miene. Er schien fast glücklich darüber zu sein, dass ich ihm nicht glaubte. Mit einer lässigen Geste zog er sein Handy hervor, tippte darauf herum und hielt es sich ans Ohr. »Graham, mein Freund«, sagte er, ohne mich dabei aus den Augen zu lassen. »Wie geht es dir?«

Wer zur Hölle war Graham? Der Name kam mir vage bekannt vor, aber ich konnte ihn nicht einordnen.

»Das freut mich. Und was macht deine bezaubernde Frau? Schon wieder auf Barbados? Du Glücklicher.« Tristan lachte leise, bevor er zum Grund seines Anrufes kam. »Ich hätte eine kleine Bitte.« Er legte eine Kunstpause ein, ehe er seine Lippen zu einem dreckigen Grinsen hob. »Ich habe gehört, ihr beschäftigt einen Praktikanten namens Lucien Millet. Könntest du ihn auf die Straße setzen?«

Ich keuchte auf und stolperte einen Schritt nach vorn. Instinktiv streckte ich die Hand aus, um ihm das Telefon zu entreißen. Aber Tristan schüttelte nur warnend den Kopf. »Ich weiß, dass es nur drei Tage bis Weihnachten sind, Graham. Allerdings liegt mir wirklich viel daran, dass dieser Typ keine Zukunft bei Noélle hat. Denk dir ruhig selbst einen Kündigungsgrund aus, und sei gern ein bisschen kreativ dabei, um es ihm nicht allzu leicht bei der Konkurrenz zu machen.«

»Tristan«, krächzte ich, während meine Sicht verschwamm.

»Moment, Graham. Bleib kurz dran.« Er drückte die Stummtaste auf seinem Display und zog eine Braue hoch. »Ja, Allison?«

Meine Gedanken überschlugen sich. Dieses Praktikum war ein elementarer Bestandteil von Luciens Studium. Es jetzt zu verlieren, würde ihn ein ganzes Semester zurückwerfen, und er hätte auch keine Gelegenheit mehr, hinter die Kulissen der Produktionsabteilung zu schauen. Er hatte Monate auf diese Chance hingearbeitet, und jetzt rann sie ihm einfach durch die Finger wie Sand.

Meinetwegen.

Ich schluckte, doch meine Kehle blieb staubtrocken. »Das kannst du nicht machen.«

»Wie du unschwer erkennen kannst, bin ich gerade dabei, es zu tun.« Tristan legte den Kopf schief. »Es sei denn, du tust, was ich sage.«

Beschwichtigend hob ich die Hände. »Lass uns in Ruhe reden.«

»Nur zu«, erwiderte er gedehnt, obwohl Graham immer noch in der Leitung hing.

Scheiße! Was sollte ich jetzt machen? Ich könnte Tristan das Blaue vom Himmel versprechen, damit er seinen Gefallen von Graham zurücknahm. Aber spätestens morgen, wenn er feststellte, dass ich keineswegs beabsichtigte, mein neues Leben wegzuschmeißen, brauchte er nur auf Wahlwiederholung zu drücken und ich stünde vor demselben Problem. Andererseits war es auch keine Option, mich erpressbar zu machen. Was ich brauchte, war Zeit, um mir in Ruhe zu überlegen, welche Möglichkeiten mir blieben.

»Wenn du das durchziehst, kannst du unsere gemeinsame Zukunft vergessen«, knurrte ich und stemmte die Hände in die Hüften, während ich mich um die eiskalte Miene bemühte, die ich jahrelang zur Schau getragen hatte. Er durfte nicht sehen, wie sehr er mich in der Mangel hatte.

Tristan schürzte die Lippen. Dann nickte er, als hätte er eingesehen, wie ernst es mir damit war.

Erleichterung machte sich in mir breit, und ich hielt mit klopfendem Herzen den Atem an, als Tristan sein Gespräch fortsetzte.

»Da bin ich wieder, Graham.« Tristans Aufmerksamkeit wanderte zurück zu mir, und die mir allzu vertraute Grausamkeit blitzte wieder in seinen Augen auf. »Also?«, hakte er nach. »Könntest du mir diesen winzig kleinen Gefallen tun?«

Nein!

Voller Unglauben schüttelte ich den Kopf, während Tristan sich überschwänglich bedankte und ankündigte, sich bald wieder zu melden. Dann beendete er den Anruf und schob sein Handy lässig zurück in die Innentasche seines Jacketts. »Dein Pokerface war auch schon mal besser, Prinzessin.«

Am liebsten hätte ich mich auf ihn gestürzt und seine Nase zu Brei geschlagen. Doch Hilflosigkeit, Wut und Angst lähmten mich. Ich konnte nur stocksteif dastehen.

Tristan stieß ein genervtes Seufzen aus. »Nun sieh mich nicht so hasserfüllt an. Glaubst du, mir macht das Spaß?« Sein Mundwinkel zuckte. »Na gut, ich gebe es zu. Das war lustig. Dein kleiner Schnüffler ist mir schon viel zu lange ein Dorn im Auge. Der Gedanke, dass er berührt hat, was mir gehört, widert mich an.«

Ich wollte einwenden, dass ich keineswegs ihm gehörte. Aber das wäre genauso, als würde man einen Soziopathen davon überzeugen wollen, dass jeder Mensch einen freien Willen besaß.

Mit einer eleganten Bewegung stand Tristan auf und kam auf mich zu. Ich befahl meiner Hand, sich zu regen und ihm wenigstens eine Ohrfeige zu verpassen, um meiner Wut gebührend Ausdruck zu verleihen. Doch mein Arm hing schlaff und nutzlos herab.

»Damit wir uns richtig verstehen, Allison«, sagte Tristan und musterte mich wie ein Raubtier seine Beute. »Dieser Wichser wird in ganz New York keine Zukunft haben, wenn du ihn nicht abservierst. Ich werde seine Karriere zerstören, bevor sie überhaupt begonnen hat. Und wenn ich mit ihm fertig bin, nehme ich mir deine Mitbewohnerin vor. Sie will Schmuckdesignerin werden, nicht wahr? Ein großer Traum für so einen kleinen Niemand. Als meine Frau könntest du sie unterstützen und ihr zum Durchbruch verhelfen. Ein Hobby braucht schließlich jeder. Aber als unbedeutende Verkäuferin würdest du ihr nur im Weg stehen.« Unmittelbar vor mir blieb Tristan stehen. »Und was diesen Muskelprotz angeht, der es gewagt hat, *mir* zu drohen: Er ist nicht der Einzige, der über Verbindungen zum NYPD verfügt. Ein paar Dollar hier, ein paar Connections da – und schon kann er seine Karriere als Security vergessen und sich im Gefängnis neue Freunde anlachen. Wie findest du das?«

Was für eine bescheuerte Frage. »Ich verachte dich.«

Die Worte schmeckten zu schwach, zu fade auf meinen Lippen. Sie wurden dem Sturm in meinem Inneren nicht gerecht.

Tristan lachte leise. Er hob die Hand und strich mir federleicht über die Wange. Ich ließ es geschehen, da ich zu schockiert und machtlos war, mich länger zu widersetzen. »Genau deshalb passen wir ja so perfekt zueinander.«

Angewidert zog ich den Kopf weg. »Wieso tust du das?«

Für einen Moment sah er ehrlich verwirrt aus. »Weil wir zwei zusammengehören, Allison. Das war schon immer so. Hast du dich nie gefragt, warum die meisten Kerle klug genug waren, Abstand zu dir zu halten?« Eifersucht, wie ich sie nie zuvor gesehen hatte, flackerte in seinen Augen auf. »Ich habe deine kleinen Affären lediglich geduldet, weil ich selbst noch nicht bereit für den nächsten Schritt war. Aber jetzt bin ich es. Ich kann es kaum erwarten, unsere gemeinsame Zukunft zu beginnen.«

»Indem du mich erpresst?«

Er schnalzte mit der Zunge. »Was für ein hässliches Wort. Du siehst das alles viel zu negativ. Wir beide werden Großes in dieser Stadt bewirken. Gemeinsam.«

Die absolute Zuversicht, mit der er diese Worte aussprach, killte auch den letzten Funken Hoffnung, dass selbst seine Skrupellosigkeit Grenzen hatte.

Etwas in mir starb.

Eine einzelne Träne quoll aus meinem Auge und rollte über meine Wange. »Du kannst mich zwingen, vor anderen das glückliche Paar zu mimen und mich von meinen Freunden fernzuhalten«, brachte ich mit leerer Stimme hervor. »Aber du wirst mich niemals wieder anrühren, Tristan. Das schwöre ich dir.«

Neben meiner Wange ballte er die erhobene Hand zur Faust, als müsste er sich mit aller Macht davon abhalten, nach mir zu greifen. »Du wirst deine Meinung ändern«, informierte er mich selbstgefällig und ließ die Hand langsam sinken. »Aber zuerst verschwindest du aus diesem Loch in West Harlem. Nimm dir von mir aus ein Zimmer im Four Seasons, bis du etwas mit mehr Klasse gefunden hast.« Er zog eine schwarze Kreditkarte aus seiner Hosentasche und schob sie in den Bund meines Rockes, als wäre ich eine billige Stripperin.

Empörung wallte in mir auf. Aber ich stand immer noch zu sehr unter Schock, um ihr gebührend Ausdruck zu verleihen.

Beiläufig wies er zu der Glasvitrine. »Und such dir einen Klunker aus, mit dem wir vor deinem alten Herrn Eindruck schinden. Verstanden?«

Mein Mund klappte auf. Aber da waren keine Worte, nur blinder, verzehrender Hass. Und Reue.

Gott! Wie sehr ich es bereute, dass ich zugelassen hatte, dass mir jemand ans Herz wuchs und dass diese Leute nun den Konsequenzen meiner Entscheidungen ausgesetzt waren. Es gab nichts, was ich für sie tun konnte. Keine Intrige, die ich mal eben aus dem Hut zaubern konnte, um die zu beschützen, die ich liebte.

Ich war vollkommen machtlos.

Und Tristan wusste das. Er lächelte mir mit all seiner Überlegenheit ins Gesicht. »Ob du mich verstanden hast, Allison?«

Ich nickte.

»Hervorragend.« Zufrieden wandte er sich ab. »Dann wäre das ja geklärt.«

Kaum hatte er das Separee verlassen, verließ sämtliche Luft meine Lunge. Der Raum begann sich zu drehen, und ich schaffte es nur knapp zum Sofa, ehe mir meine Beine endgültig den Dienst versagten. Ich schlang die Arme um meinen Oberkörper und biss mir so fest auf die Lippe, bis ich Blut schmecken konnte. Aber der körperliche Schmerz linderte meine seelische Qual nicht im Geringsten.

Lucien. Chloe. Jesse. Das waren nur die, die mir am nächsten standen, deren Leben Tristan mit ein paar Anrufen zerstören konnte. Aber sie waren nicht die einzigen. Auch Bethany, Vanita und Ed waren längst nicht mehr nur Kollegen für mich. Wenn Tristan es darauf anlegte, konnte er ihnen allen das Leben zur Hölle machen. Schließlich besaß er das Geld und die Mittel dazu. Der Anruf bei Graham war nur eine kleine Kostprobe gewesen.

Ein Schluchzen brach aus mir hervor, als ich mir vorstellte, wie Lucien in diesem Augenblick vor die Tür von Noélle gesetzt wurde. Ohne zu ahnen, dass ich der Grund dafür war. Wie sollte ich ihm jemals wieder in die Augen sehen? Wie sollte ich das Unrecht wiedergutmachen, das ihm widerfahren war?

»Ally!« Chloes Stimme drang wie durch dichten Nebel zu mir durch. »Scheiße! Was ist passiert?«

Ich zuckte zusammen, als sie sich neben mich setzte und mich ohne weitere Fragen in ihre Arme zog. Sie war so gut zu mir gewesen, und ich brachte ihr nichts als geplatzte Träume. Ich wollte mich in ihre Arme werfen und all meinen Schmerz in ihrer tröstenden Umarmung rauslassen. Aber mir war klar, dass das rein gar nichts bringen würde. Tränen hatten mir noch nie geholfen.

»Ich muss gehen«, murmelte ich und löste mich von ihr.

»Was?«, fragte Chloe verwirrt. »Wieso? Bist du krank?«

Ich wollte schon den Kopf schütteln, beschloss aber dann, dass mir die Ausrede ganz gelegen kam. Zumal es ja auch stimmte. Mir war vor Ekel und Selbsthass ganz schlecht. Ich konnte nicht in ihrer Nähe bleiben. Schließlich hatte ich schon genug angerichtet. »Ich fühle mich nicht gut. Könntest du mich bitte bei Maurine entschuldigen?«

»Natürlich.«

Mit zitternden Knien stand ich auf. Dabei rutschte Tristans Kreditkarte aus meinem Rockbund und fiel uns vor die Füße.

»Was ist das?« Chloe bückte sich und schnappte nach Luft. »O mein Gott! Er war der Kunde, wegen dem Maurine so aus dem Häuschen war, oder? Scheiße! Wie ist er denn an Jesse vorbeigekommen?«

»Keine Ahnung«, krächzte ich. Letztlich spielte es sowieso keine Rolle. Er war da gewesen und hatte mir deutlich zu verstehen gegeben, dass er nicht nur mein Leben, sondern auch das meiner Freunde in

Schutt und Asche legen konnte, wenn ich mich nicht endlich seinem Willen beugte.

»Was wollte er von dir?«, fragte Chloe scharf und hielt mich fest, als ich erneut schwankte. Ich fühlte mich so elend. »Ally?«

Kraftlos schüttelte ich den Kopf.

Aber meine Freundin ließ natürlich nicht locker, sondern stellte sich mir in den Weg. »Rede doch mit mir! Was ist passiert? Ich kann dir sicher helfen.«

Nein, das konnte sie nicht. Niemand konnte das.

Ein bitteres Lachen entrang sich meiner Kehle. Ich hatte gehofft, Tristan würde nach einer Weile begreifen, dass er die Sache mit uns vergessen konnte, und sich einer anderen zuwenden. So, wie er es immer getan hatte. Aber unsere Begegnung bei der Release-Gala und Ondines Geburtstagsfeier schien etwas bei ihm in Gang gesetzt zu haben, das nicht mehr aufzuhalten war. Und nun überrollte es mich wie ein Tsunami und riss mich einfach mit sich fort.

Kapitel 27

»Barbeau?«

Das Klopfen an der Wohnungstür riss mich unsanft aus der Starre, in der ich mich befand, seit ich vor einer Stunde nach Hause gekommen war. Ich saß auf dem Sofa, und obwohl ich es nicht geschafft hatte, meinen Mantel auszuziehen, war mir eiskalt.

Die Tatsache, dass Lucien hier war, obwohl er erst in einer Stunde offiziell Feierabend hatte, bestätigte, was ich ohnehin längst wusste. Graham Sinclair hatte keine Zeit vergeudet, und nun würde ich Lucien den nächsten Tiefschlag versetzen. Oder ich machte es wie ein Opossum und stellte mich einfach tot. Wenn wir nicht miteinander redeten, konnte ich mir vielleicht weiter einbilden, dass ich wie durch ein Wunder doch noch einen Weg fand, mich gegen Tristan zur Wehr zu setzen.

»Ally?«, rief Lucien durch die Tür. »Ich komme jetzt rein.«

Bevor ich reagieren konnte, wurde ein Schlüssel in das Türschloss gesteckt. Ich sprang auf und wischte mir hektisch über die Wangen, um meine verräterischen Tränen loszuwerden.

Als ich gerade die Hände sinken ließ, erschien Lucien im Türrahmen. In der Hand hielt er eine Tüte von Soup Spot, einem kleinen Takeaway-Imbiss in der Nähe. Mit einer Mischung aus Besorgnis und Verwirrung musterte er meinen Mantel. »Hey, was ist los? Chloe hat gesagt, du wärst krank.«

Ich senkte den Kopf. »Nur eine kleine Migräneattacke.«

Er stellte die Suppe auf den Tresen und kam auf mich zu. »Na, dann ab ins Bett mit dir.«

Seine Fürsorglichkeit gab mir den Rest. »Mir geht es gut, Lucien.«

Mein scharfer Ton ließ ihn innehalten.

Angespannt öffnete ich meinen Mantel, weil mir plötzlich viel zu heiß war. »Warum bist du hier?«

Er stieß ein verwirrtes Lachen aus. »Ich war im Store, weil ich dir etwas erzählen wollte. Aber dort habe ich von Chloe erfahren, dass du nach Hause gegangen bist, weil es dir nicht gut geht.«

Dieses *Etwas* war zweifellos seine Kündigung, und so, wie ich Lucien kannte, erzählte er mir nur deshalb nichts davon, weil er mich nicht stressen wollte. Er konnte ja nicht ahnen, dass ich der Grund dafür war.

»Mehr hat Chloe nicht gesagt?«, fragte ich und betete, dass sie in Bezug auf Tristan ihr Wort gehalten und nichts über seinen Besuch verraten hatte. Denn das hätte alles nur noch schlimmer gemacht.

Lucien schüttelte den Kopf. »Nein. Sie meinte nur, ich solle lieber mal nach dir sehen, und hat mir einen Zweitschlüssel gegeben. Sie war sehr besorgt um dich.«

Ich verschränkte die Arme. »Es ist alles gut. Ich hatte bloß Kopfschmerzen, aber ich habe vorhin eine Tablette genommen. Sie wirkt bereits.«

Langsam, als wollte er mich nicht erschrecken, kam Lucien auf mich zu. Ich konnte seinen forschenden Blick auf mir fühlen wie eine sanfte Liebkosung.

Es war zu viel.

»Was wolltest du mir denn erzählen?«, fragte ich, um ihn von mir abzulenken.

Er sagte nichts, doch ihm war deutlich anzusehen, wie sehr er darum rang, seinen Ärger für sich zu behalten. Aber schließlich verlor er den Kampf und ließ seine Maske fallen. Aufgewühlt fuhr er sich durch die Haare. »Sinclair ist heute Nachmittag in unser Meeting geplatzt und hat mich rausgeschmissen. Er hat behauptet, ich hätte die Rezeptur von *Hiver* geklaut. Was totaler Bullshit ist. Ich brauchte die Zusammensetzung nur, um meine Formel zu überprüfen. Aber irgendwie hat dieser

Drecksack es geschafft, mich wie einen verdammten Industriespion hinzustellen. Ich wurde sogar vom Sicherheitspersonal nach draußen eskortiert.«

Beschämt senkte ich den Blick. »Es tut mir so leid, Lucien.«

»Das ist doch nicht deine Schuld.«

Mir war klar, dass ich das richtigstellen sollte. Aber mein egoistisches Herz gewann. Es wollte nicht von dem Mann gehasst werden, den ich liebte. Also schwieg ich.

Unterdessen begann Lucien, vor mir auf und ab zu tigern. »Was soll ich jetzt machen, Barbeau? Ich kann doch nicht einfach akzeptieren, dass dieser Scheißkerl mir die Chance versaut, endlich ins Labor zu kommen.« Er stieß ein bitteres Lachen aus. »Und etwas Neues kann ich mir auch nicht suchen, weil Praktikumsplätze in diesem Metier so verdammt rar sind. Habe ich dir je erzählt, dass ich bei Noélle über ein Jahr auf der Warteliste stand?«

Bestürzt schüttelte ich den Kopf. Ich schaffte es nicht, auch nur das kleinste Wort zu erwidern.

Lucien verstand mein Schweigen natürlich falsch und zügelte seinen Zorn. Seufzend stemmte er die Hände in die Hüften. »Selbst wenn ich so kurzfristig ein anderes Unternehmen finde, das bereit wäre, mir ein Praktikum anzubieten, wollen die Leute in der Chefetage sicher den Grund für meine fristlose Kündigung erfahren. Die geben mir nie im Leben eine Chance, wenn das Wort *Spionage* fällt, was bedeutet, dass ich meine Pläne vergessen kann. Kein perfekter Duft. Keine Masterthesis. Kein Abschluss.« Frustriert rieb er sich über das Gesicht. »Kein verdammtes Garnichts.«

Er sah so verloren aus, wie er vor mir stand, dass ich es nicht über mich brachte, ihn länger auf Abstand zu halten. Mit zwei langen Schritten hatte ich die Distanz zwischen uns überwunden und meine Arme um ihn gelegt.

Wir zitterten beide, aber aus unterschiedlichen Gründen.

Erneut stiegen mir Tränen in die Augen, während ich mit meinen Schuldgefühlen rang. Hätte ich mich nicht auf Lucien eingelassen, wäre das alles nicht passiert. Und nun hatte er meinetwegen jede Perspektive verloren. Es gab nur einen Weg, wie ich dieses Unrecht wiedergutmachen konnte – und dazu musste ich uns beiden das Herz brechen.

Ich hasste die Vorstellung, Lucien noch mehr wehzutun. Aber es musste sein. Mit einem traurigen Lächeln legte ich den Kopf in den Nacken und sah Lucien an. Frust und Hilflosigkeit schimmerten in seinen braunen Augen. Ich reckte mich auf die Zehenspitzen und küsste zärtlich seine Lider, bevor ich meine Lippen in stummer Verzweiflung auf seinen Mund presste.

Ohne zu zögern, erwiderte Lucien meinen Kuss. Weil er mir vertraute und sich im Traum nicht vorstellen konnte, dass ich für sein Unglück verantwortlich war.

Im Stillen bat ich ihn um Vergebung dafür, dass ich ihn in diesen Strudel aus Intrigen hineingezogen hatte, und für das, was ich ihm noch antun würde. Ich vertiefte unseren Kuss, bis Lucien mich irgendwann hochhob. Er trug mich in mein Zimmer, legte mich aufs Bett und blickte atemlos auf mich herab.

»Und du bist ganz sicher, dass es dir besser geht?«, fragte er.

Ich nickte. Weil das in diesem Moment sogar stimmte. Mit Lucien war meine triste Welt schlagartig ein bisschen heller geworden. Deshalb wollte ich mich einfach nur darin verlieren.

Lucien ging es offenbar ähnlich. Denn nun überließen wir es unseren Körpern, einander Trost zu spenden und alles Ätzende um uns herum zu vergessen.

Später lagen wir eng aneinander geschmiegt da und hielten uns an den Händen, obwohl unsere Gedanken weit weg in unterschiedliche Richtungen drifteten. In meinem Kopf ging ich wieder und wieder die Möglichkeiten durch, die mir noch blieben, schmiedete Pläne, verwarf sie und begann von vorn.

Ich hörte, wie Chloe nach Hause kam und nach mir rief, und gab vor, zu schlafen, als Lucien sich regte. Eine weitere Träne stahl sich aus meinem Augenwinkel, als er sich über mich beugte und mir einen zärtlichen Kuss auf die Schulter drückte, bevor er sich leise anzog und hinausging.

Irgendwann musste ich tatsächlich eingeschlafen sein, denn als ich erwachte, war es bereits nach zehn Uhr abends. Lucien war nicht wieder ins Bett zurückgekommen. Allerdings hatte er mir eine Nachricht geschrieben, dass er Zeit zum Nachdenken brauchte und nach Hause gefahren war.

Ich antwortete ihm nicht.

Stattdessen rief ich die Blockierungsapp auf, die ich vor ein paar Wochen installiert hatte. Mittlerweile hatten sich fünfzehn verschiedene Nummern darin angesammelt und unzählige Nachrichten. Bis auf eine SMS von Noélle, in der mir mitgeteilt wurde, dass ich leider nicht beim Gewinnspiel gewonnen hatte, waren sie allesamt von Tristan.

Ich keuchte leise, als ich mich durch die vielen Texte scrollte.

Ruf mich zurück.

Wo bist du?

Ich will dich sehen.

Melde dich!

Lieber Himmel! Das waren Hunderte von Nachrichten, Dutzende täglich. Einerseits war ich froh, dass ich diesen ganzen Terror nicht mitbekommen hatte. Andererseits zeigte es mir deutlich, wie weit Tristans Besessenheit inzwischen vorangeschritten war.

Die ganze Nacht lag ich wach, mein Handy fest umklammert, während ich überlegte, die Polizei einzuschalten. Aber Tristan hatte bereits klargemacht, dass er über gute Kontakte beim NYPD verfügte. Wobei das eigentlich nicht ganz stimmte. Tristan stand noch zu weit unten in der Nahrungskette, um die einflussreichen Leute schmieren zu können. Demnach baute er auf die Unterstützung meines Vaters, was bedeutete, dass ich nicht nur gegen meinen irren Scheinverlobten, sondern auch gegen meinen korrupten Erzeuger antrat.

Ziemlich miese Aussichten.

Irgendwann erklang im Badezimmer das Rauschen der Dusche. Kurz darauf verließ Chloe die Wohnung, um zur Arbeit zu gehen, und ich kramte Block und Stift hervor, um ihr einen Brief zu schreiben. Wenn sie zurückkehrte, würde sie die Wohnung verlassen vorfinden. Aber mir blieb keine andere Wahl. Als ich fertig war, packte ich meine Sachen zusammen und verließ mit dem Rollkoffer in der Hand mein Schlafzimmer.

Dann erstarrte ich auf halbem Weg.

Lucien stand in der Küche und war gerade dabei, ein paar frische Croissants auf einen Teller zu laden. Das Knistern der Tüte war das einzige Geräusch im Raum, als sein Blick von mir zu meinem Koffer und wieder zurück in mein Gesicht zuckte.

Shit!

Langsam ließ Lucien die Tüte sinken. »Möchtest du mir sagen, wo du so eilig hinwillst?«

O Gott! Ich konnte das nicht.

Der Wunsch, mich in Luciens Arme zu werfen, war so gewaltig, dass ein Beben durch meinen Körper ging. Aber wenn ich es jetzt nicht durchzog, würde ich es endgültig versauen.

Lucien würde mich niemals gehen lassen, wenn ich ihm die Wahrheit sagte. Er würde behaupten, dass wir gemeinsam eine Lösung fanden. Weil er nicht begriff, dass für Tristan andere Regeln galten. Ich musste diesen Mistkerl mit seinen eigenen Waffen schlagen. Allein.

Mit eiserner Entschlossenheit verbannte ich jedes Gefühl. »Nein.«

»Was?« Lucien lachte unsicher auf. »Ich darf also nicht erfahren, wo meine Freundin in aller Frühe hinwill? Noch dazu mit gepacktem Koffer.«

Anstelle einer Antwort schob ich das Kinn vor.

Lucien stieß einen wüsten Fluch auf Französisch aus, ehe er sich in Bewegung setzte und sich mir in den Weg stellte. »Was ist hier los, Barbeau?«

Ich biss die Zähne zusammen. »Ich habe etwas zu erledigen, und das muss ich allein tun.«

Ein verletzter Zug huschte über seine Miene. Dann schüttelte er resigniert den Kopf. »Du hast dich wirklich kein bisschen verändert. Wenn es drauf ankommt, bist du verschlossen wie eh und je.«

Ich wollte ihm sagen, dass das nicht stimmte. Dass er so weit in meine Seele vorgedrungen war wie niemand sonst. Aber wenn ich das tat, würde ich es niemals schaffen, diese Wohnung zu verlassen.

Mit brutaler Härte rieb Lucien sich über das Gesicht. Er verbarg nichts von seinem Schmerz. »Ich habe keine Kraft für diesen Mist, Ally. Mir fliegt gerade meine Zukunft um die Ohren. Ich brauche dich an meiner Seite.«

Ich konnte ihn nicht länger ansehen. Also senkte ich den Blick und schüttelte langsam den Kopf. »Es tut mir leid.«

»Es tut dir leid?« Ein Lachen, so bitter, wie ich es noch nie von ihm gehört hatte, platzte aus ihm heraus. »Na, das ist ja toll, Barbeau. Wirklich! Einfach großartig.«

Bevor ich noch etwas sagen konnte, drehte er sich auf dem Absatz um, schnappte sich seine Jacke, die über der Stuhllehne hing, und stapfte hinaus. Die Tür fiel krachend hinter ihm ins Schloss.

Kapitel 28

Nachdem ich bei einem Pfandleiher eine wunderschöne Armbanduhr aus meinem Sicherheitsnetz für einen lächerlich niedrigen Preis hinterlegt hatte, checkte ich über Tristans Kreditkarte im Four Seasons ein, wie von ihm verlangt. Danach ließ ich über den Concierge einen Kurier kommen, der Tristans Kreditkarte und den Brief für Chloe bei Tiffany's abgab.

Es überraschte mich nicht, dass meine Freundin keine halbe Stunde später anrief. Ich ignorierte sie. Genauso wie ich die Anrufe und Nachrichten von Lucien ignorierte, die ab Nachmittag bei mir eintrudelten.

Es kostete mich all meine Selbstbeherrschung, ihn abzuweisen, und es zerriss mir jedes Mal fast das Herz, wenn ich sein freches Grinsen auf dem Display aufleuchten sah. Ich vermisste ihn so sehr, dass ich körperliche Schmerzen empfand. Ich wollte seine Stimme hören und mich im Schutz seiner Arme verkriechen. Aber um Tristan zu überzeugen, der ebenso wie ich äußerst misstrauisch war, musste ich harte Geschütze auffahren.

Natürlich wusste er durch seine Kreditkartenabrechnung, wo ich mich befand, und er rief jeden Abend an der Rezeption an, um sich zu versichern, dass ich brav in meinem Hotelzimmer hockte und mir niemand einen Besuch abstattete.

Woher ich das wusste? Er hatte den Concierge bestochen. Und ich hatte wiederum ihn mit etwas Geld vom Pfandleiher bestochen, damit er Tristan genau die Informationen lieferte, die er kriegen sollte. Außerdem hatte er mir geholfen, ein Treffen mit einem alten Bekannten von der Trinity School einzufädeln.

Victorio de Córdoba y Mondegas, kurz Vic, entstammte dem spanischen Adelsgeschlecht und hatte direkt nach dem Schulabschluss eine leitende Funktion im Unternehmen seines Vaters übernommen. Er war in Gideons Jahrgang gewesen, und wir hatten nie viel miteinander zu tun gehabt. Aber er wusste, wer ich war, weshalb er zum Glück meiner Einladung ins Kaminzimmer des Four Seasons folgte.

Wir sprachen drei Stunden miteinander, ließen Erinnerungen an alte Partys wieder aufleben, amüsierten uns und verhandelten. Schließlich wurden wir uns einig.

Als ich vollkommen erschöpft nach oben auf mein Zimmer zurückkehrte, erwartete mich eine türkisblaue Tüte, die ein Kurier wie bestellt gebracht hatte. Ich ließ sie liegen, kroch unter die Decke und schlief sofort ein.

Den 24. Dezember verbrachte ich allein in meinem Hotelzimmer und zog mir alle möglichen Kitschfilme rein, die Chloe mir empfohlen hatte. Mittlerweile war sie fuchsteufelswild, weil ich einfach abgehauen war. Sie schrieb mir, dass Lucien nach unserem Streit todunglücklich in unserem Apartment aufgetaucht war, um noch mal mit mir zu reden, und jetzt davon ausging, dass ich unsere Beziehung beendet hatte.

Schluss, Ally! Er denkt, du hast Schluss gemacht. Tu endlich was!

Ich verstand ihre Wut. Schließlich hatte sie meinem kryptischen Brief nicht viele Informationen entnehmen können. Aber je weniger sie wusste, umso besser. Es war nicht so, dass ich ihr nicht vertraute. Aber sie lebte die Romantik, und sie wollte mir nur helfen. Ich kannte sie inzwischen gut genug, um zu wissen, dass sie bei Luciens traurigem Blick sofort einknicken und ihm alles erzählen würde. Allerdings half mir das gerade nicht weiter.

Zum wiederholten Mal schaute ich angespannt auf mein Handy. Nichts.

Nervös tigerte ich weiter auf und ab. Die Sterlings waren wie jedes Jahr am Weihnachtsabend im Merea und ließen sich dort ein opulentes Festmenü kredenzen. Ich nahm an, dass Ondine als Gideons Verlobte diesmal mit von der Partie war, weshalb ich regelrecht eine Schneise in den Teppich lief, bis endlich die erlösende Nachricht eintraf:

Ich habe nur eine Frage: Warum glaubt Tristan, dass ihr morgen zusammen zur Soiree deines Vaters kommen werdet?

Natürlich hatte Tristan seinen Triumph nicht für sich behalten können. Am liebsten hätte ich mich übergeben, als ich die Antwort tippte:

Weil es stimmt.

Diesmal dauerte es maximal eine Minute, bis mein Handy klingelte. Genau die Zeit, die sie vom Tisch bis zur Toilette brauchte, um in Ruhe zu telefonieren. Ich drückte ihren Anruf trotzdem weg, schaltete den Apparat aus und zog mir die Decke über den Kopf, während ich mir vorstellte, wie Ondine zurück zum Tisch ging.

Genau wie ihr Bruder war sie nicht besonders gut darin, ihre Emotionen in Schach zu halten. Wahrscheinlich zitterte sie vor Wut, weil ihr in diesem Moment klar wurde, wie sehr ich Lucien verletzt hatte. Vielleicht wollte sie aber auch Tristan das selbstgefällige Grinsen aus dem Gesicht kratzen.

Mann, das würde ich wirklich gern sehen. Temperamentvoll genug war sie jedenfalls.

Die Vorstellung ließ mich lächeln, aber nur so lange, bis mich meine Unsicherheit wieder einholte. Was, wenn ich doch recht gehabt hatte, was ihre Motive betraf? Vielleicht stieß sie in diesem Moment mit den Sterling-Brüdern an, insgeheim froh darüber, dass die Beziehung zwischen Lucien und mir nicht gehalten hatte.

Meine Gedanken flogen zurück zu unserer Unterhaltung, und die Bilder in meinem Kopf besänftigten mich, obwohl es unterm Strich keine Rolle spielte. Denn so oder so war Ondines Reaktion genau das, was noch fehlte, um Tristan endgültig von seinem Sieg zu überzeugen.

Ich zählte bereits die Sekunden, bis ich diesem Spuk endlich ein Ende bereiten konnte, und kämpfte unermüdlich gegen die Zweifel an, die mich zu überwältigen drohten. Diese ganze Aktion brachte so viel Leid und Zorn. Ich konnte nur hoffen, dass Lucien mir vergeben würde – und Chloe ebenfalls.

Am nächsten Tag, sechs Stunden vor Beginn der Soiree, klopfte es erneut an meiner Zimmertür. Erst befürchtete ich, dass Tristan zu früh dran war, um seinen Preis einzufordern. Doch zum Glück war es nur der Concierge, der mir feierlich einen riesigen Karton überreichte.

»Mit Empfehlung von Mr Sterling«, sagte er, verbeugte sich und verschwand wieder, während ich den Monsterkarton auf dem Bett ablegte. Ich sah nicht hinein. Das elegant eingeprägte Label verriet mir ohnehin, worum es sich handelte: um ein atemberaubendes Kleid von Versace. Das ich definitiv nicht tragen würde.

Ich nahm ein langes Bad, um meine angespannten Nerven zu beruhigen. Anschließend schickte ich Tristan eine Nachricht, dass wir uns pünktlich um acht Uhr bei meinem Vater treffen würden.

Natürlich kümmerte ihn das nicht. Er antwortete, dass er mich um halb acht in der Lobby erwarten und mich persönlich im Hotelzimmer abholen würde, sollte ich nicht erscheinen. Dann würden wir uns allerdings garantiert verspäten.

Genervt bat ich den Concierge nach oben, drückte ihm einen weiteren Hunderter in die Hand und bat ihn, Tristan abzuwimmeln und mir Bescheid zu sagen, sobald er wieder weg war.

Der alte Mann verneigte sich erneut. »Sehr wohl, Miss«, sagte er, und die Sache war geritzt. Zehn vor acht saß ich noch immer im Bademantel bekleidet auf dem Hotelzimmerbett und kaute auf meiner Unterlippe, bis der Concierge mich endlich erlöste. Tristan war auf dem Weg zu Dads Penthouse, und ich begann in aller Ruhe, mich für den Showdown aufzubrezeln.

Ich ließ mir Zeit mit dem Make-up und trug diesmal mehr auf als gewöhnlich, um meine Augenringe zu kaschieren. Anschließend schlüpfte ich in das kornblumenblaue Etuikleid, das ich auch bei der Release-Gala von *Hiver* getragen hatte, und trat vor den Nachttisch. Dort stand immer noch die türkisblaue Papiertüte, die mir der Kurier aus dem Store gebracht hatte. Ich lugte hinein und fand Tristans Kreditkarte in einem Briefumschlag sowie eine samtene Schmuckschatulle.

Vorsichtig hob ich den Deckel und lächelte, als ich sah, wofür Chloe sich entschieden hatte. Ein atemberaubender Verlobungsring aus der *Soleste*-Kollektion strahlte mir entgegen. Er war aus Platin gefertigt und mit einem funkelnden Kranz lupenreiner Diamanten besetzt, die nur von dem großen Edelstein in der Mitte überblendet wurden.

Im Deckel klebte ein Post-it mit Chloes Handschrift: Ich hoffe, du weißt, was du tust. Fröhliche Weihnachten!

Wenn ich ehrlich war, war ich mir überhaupt nicht sicher. Aber zumindest hatte der Kauf dieses exorbitant teuren Ringes einen fetten Weihnachtsbonus in die Taschen meiner Kollegen gespült, und Tristan hatte meinen Wunsch nach Abstand respektiert, weil er glaubte, seinen Willen zu bekommen.

Ich atmete tief durch, schob mir den Ring über den Finger und machte mich nach einem kurzen Abstecher zur Rezeption auf den Weg. Mit klopfendem Herzen erreichte ich schließlich das Hochhaus, in dem sich das Penthouse meines Vaters befand.

Norton, der gutmütige Portier, grüßte mich hocherfreut. »Miss Allison, wie schön Sie zu sehen!«

»Hallo, Norton.« Ich lächelte ihn freundlich an und ärgerte mich, dass ich nicht daran gedacht hatte, eine Kleinigkeit für ihn zu besorgen. Mein Vater und die meisten hochkarätigen Bewohner übersahen ihn gern, obwohl er praktisch hinter dem Tresen lebte.

Sorge glomm in seinen trüben Augen auf. »Wo haben Sie bloß gesteckt, Miss Allison?«

»Ach, da und dort«, antwortete ich vage und zog einen Schein aus meiner Clutch. Das war besser als nichts.

Norton strahlte mich an. »Oh, vielen Dank. Wie großzügig von Ihnen.« Er legte mir zuvorkommend die Hand auf den Rücken, während er mich zum Fahrstuhl führte. »Kommen Sie! Ihr Vater erwartet Sie sicher schon ungeduldig. Die Feierlichkeiten haben vor über einer Stunde begonnen.«

Und ich war die Letzte. Wie respektlos von mir.

Die Türen des Fahrstuhls öffneten sich, und obwohl ich absolut entschlossen war, meinen Plan durchzuziehen, hatte ich plötzlich Hemmungen, in die Kabine einzusteigen.

»Alles in Ordnung, Miss Allison?«, fragte Norton, dem mein Zögern nicht entging.

Ich straffte die Schultern und trat in den Aufzug, ehe ich dem Portier ein beruhigendes Lächeln zuwarf. »Alles in Ordnung.«

Er nickte und murmelte etwas, das verdächtig nach *Viel Glück* klang. Aber bevor ich nachhaken konnte, glitten die Fahrstuhltüren geräuschlos zu.

Showtime!

Kapitel 29

Ich musste zugeben, dass mein Plan denkbar einfach war. Oben hatte sich die gesamte Hautevolee zusammengefunden, und nichts schätzten die ehrenwerten Mitglieder der High Society mehr als einen handfesten Skandal. Ich würde also in das Penthouse rauschen und Tristan mit einem fiktiven Seitensprung konfrontieren – vor all den Leuten, vor denen er in der letzten Stunde geprahlt hatte, dass er beabsichtigte, mit der Familie Harford zu fusionieren.

Nur die Vorstellung, ihm diesen schweineteuren Ring an den Kopf zu werfen, hatte mich in den letzten Tagen nicht durchdrehen lassen. Im Geiste sah ich es bereits vor mir, während ich in der kleinen Kabine nach oben sauste.

Nach dieser Bloßstellung würde ich in einer dramatischen Showeinlage die Hilfe meines Vaters ersuchen, der die Demütigung seiner Prinzessin vor so vielen Zeugen unmöglich hinnehmen konnte. Er würde Tristan seine Unterstützung versagen, was im Grunde bedeutete, dass sich auch die anderen in Zukunft zurückhalten würden, wenn Tristan einen *Gefallen* einforderte.

Und dann war ich frei.

Tristan konnte weder mich noch die Menschen, die ich liebte, weiterhin bedrohen. Ich würde diese Soiree hoch erhobenen Hauptes verlassen.

Soweit der Plan.

Dass dieser absolut scheiße war, wurde mir in dem Moment klar, in dem die Fahrstuhltüren aufglitten und ich mich ausgerechnet dem Mann gegenübersah, der meine Show allein mit seiner Anwesenheit crashen konnte.

»Lucien?«, stieß ich hervor und stolperte vor Schreck zurück, bis ich gegen die Fahrstuhlwand in meinem Rücken prallte.

Verdammt noch mal. Was machte er hier? Er sollte nicht hier sein, sondern am Rockefeller Center auf mich warten. So wie wir es vereinbart hatten. Weil er mich liebte und trotz seines Schmerzes an der Hoffnung festhielt, dass wir immer noch eine Chance hatten.

In meiner Vorstellung schauten wir uns in die Augen, rannten in Slow Motion aufeinander zu und schlossen uns zu guter Letzt in die Arme.

Okay, ich hatte wirklich ziemlich viele Schnulzen in den letzten Tagen gesehen, aber genauso funktionierte das.

Ohne Worte. Ohne ausschweifende Erklärung.

Irgendwann würde ich ihm natürlich trotzdem alles erzählen: wie sehr Tristan mir zugesetzt hatte, wie schuldig ich mich wegen seiner Kündigung bei Noélle fühlte und dass ich diese Funkstille dringend gebraucht hatte, um Tristan in falscher Sicherheit zu wiegen, damit er nicht noch weitere Intrigen gegen ihn und meine Freunde spann.

Und Lucien würde das verstehen. Er würde mir vergeben.

Nur leider besagte sein Gesichtsausdruck gerade deutlich, dass ich das so was von vergessen konnte. Purer Schmerz schimmerte in seinen Augen, und in meiner Brust brannte es, während ich Lucien anstarrte wie ein Reh im Scheinwerferlicht.

Er sah schrecklich aus. Seine Haare waren zerwühlt, tiefe Schatten lagen unter seinen Augen und auf seinem karierten Hemd war ein dunkelroter Weinfleck.

Ein spöttisches Grinsen zupfte an seinen Mundwinkeln. »Hallo, Barbeau.«

Ich war so verdattert, dass ich keinen Ton herausbrachte. Langsam glitten die Fahrstuhltüren wieder zu.

Luciens Hand schnellte vor und blockierte die Lichtschranke. »Willst du nicht hereinkommen und deinen *Verlobten* begrüßen?«, fragte er und trat einen Schritt beiseite. »Er ist so glücklich, dass du zu ihm zurückgekehrt bist.«

Oh, lieber Gott, was hatte ich getan?

»Lucien«, krächzte ich und streckte die Hand nach ihm aus.

Doch er schüttelte warnend den Kopf. »Ich hätte mich niemals in dich verlieben dürfen. Ihr verdient einander.«

Mein Herz zog sich zusammen, als Lucien sich abwandte und davonging. Ich lief ihm ein paar Schritte nach, wollte ihm alles erklären. Aber dann blieb ich mitten in dem hell erleuchteten Korridor stehen. Wenn ich das tat, würde Tristan ihn fertigmachen. Er würde den Spieß einfach umdrehen, indem er mich als diejenige hinstellte, die *ihn* betrogen hatte, und der er nun großzügig diesen unbedeutenden Fehltritt verzieh. Um unserer gemeinsamen Zukunft willen.

Mir drehte sich der Magen um. Tränen verschleierten meine Sicht. Ich hatte keinen Schimmer, was ich jetzt tun sollte. Plötzlich fühlte ich mich genauso einsam und hilflos wie früher. Ich wollte umkehren, fliehen. Einfach nur raus aus diesem goldenen Käfig, der mir die Luft zum Atmen raubte.

Ich war dieser Sache hier nicht gewachsen. Kein bisschen. Die skrupellose Upper-East-Side-Prinzessin gab es nicht mehr.

Ein hysterisches Lachen platzte aus mir heraus. Unter anderen Umständen hätte ich mich sicher darüber gefreut, dass es mir endlich gelungen war, diesen Teil von mir abzulegen, der sich immer falsch und unecht angefühlt hatte. Leider war das ein denkbar ungünstiger Zeitpunkt für diese Erkenntnis.

»Du bist zu spät.« Tristan kam auf mich zu. Sein Blick wanderte über mein Kleid, und seine Lippen verzogen sich vor Missbilligung. Er ergriff meine Hand, um sie zu überprüfen. Als er sah, dass ich den Ring trug, entspannten sich seine Schultern. Doch der Druck auf meiner Hand erhöhte sich.

»Eine kleine Vorwarnung, Prinzessin«, sagte er und zog mich mit einem Ruck zu sich, bis er sein Mund ganz nah an meinem Ohr schwebte. »Dein kleiner Schnüffler ist hier.«

Das kam ein bisschen spät. Vielen Dank auch!

»Warum?«, keuchte ich.

»Ich habe ihn eingeladen«, erklärte Tristan selbstzufrieden. »Um euch beide daran zu erinnern, wo euer Platz ist.« Sein raues Lachen verursachte mir eine Gänsehaut. »Und als kleine Versicherung. Nicht dass du noch auf die Idee kommst, vor all den Gästen eine Szene zu machen. Glaub mir, die Konsequenzen würden dir nicht gefallen, und jetzt komm mit.«

Ich versuchte noch, zu verarbeiten, dass Tristan meine Pläne bereits durchschaut hatte, als er mich auch schon hinter sich her zerrte. »Lächle, Allison. Es ist Weihnachten, und wir haben allen Grund zu feiern!«

Resigniert folgte ich ihm in den Salon, der aussah wie jedes Jahr. Klinisch weiße Wände und Fliesen. Weiße Möbel. Und ganz hinten vor der Fensterfront eine drei Meter hohe Tanne, geschmückt mit – Überraschung! – weißen Hochglanzkugeln.

Mehr als achtzig Gäste in Abendgarderobe verteilten sich in dem großzügigen Raum. Politiker, CEOs, Manager – eben die einflussreichsten Leute an der Upper East Side. Und dazu meine alte Clique: Soraya, Kristen und Felice. Sie alle plauderten, amüsierten sich, genossen ihre elitäre Existenz. Einige der Älteren nickten mir höflich zu, musterten aber mit sichtlicher Irritation mein billiges Kleid. Senator Higgins, der mir seit zehn Jahren einen Schokoladenweihnachtsmann am Stil mitbrachte, klopfte vielsagend auf seine Jacketttasche und zwinkerte mir zu.

Vor dem bodentiefen Fenster entdeckte ich meinen Vater in einem schwarzen Smoking. Er unterhielt sich gerade mit Tristans Eltern. Im Geiste hatte ich sie früher immer Fischköpfe genannt, weil sie kalt und schleimig waren und diesen leblosen Blick besaßen.

Neben ihnen wirkte mein Vater regelrecht herzlich, als er sich zu uns umdrehte. Auch er bemerkte mein Outfit, breitete jedoch wohlwollend die Arme aus, weil ich an Tristans Seite erschien. »Allison.«

»Vater«, sagte ich bloß, doch Tristan stieß mich kaum merklich mit der Schulter an, ein stummer Befehl, auch seine Eltern angemessen zu begrüßen. Wie paralysiert folgte ich seiner Aufforderung und ließ die Luftküsse über mich ergehen.

Der Geruch von Patschuli stieg mir in die Nase, und mir fiel wieder ein, dass mein ehemaliges Kindermädchen und Tristans Mutter immer schon recht ähnlich gerochen hatten, wobei ich ziemlich sicher war, dass sich ihre Parfüms nicht in derselben Preisklasse befanden.

»Wie geht es dir, Schätzchen?«, fragte Tristans Vater. »Mein Sohn hat mir erzählt, dass du mit dem Gedanken spielst, ins Juweliergeschäft einzusteigen.«

»Das war nur eine Idee«, antwortete Tristan an meiner statt. »Erst einmal wird Allison ihr Studium abschließen, und danach werden wir sehen.«

Sein Blick wanderte derart lüstern über meinen Körper, dass allen Beteiligten klar sein dürfte, wohin seine Gedanken schwebten. Ob er auch schon festgelegt hatte, wie viele seiner Kinder ich ausbrüten durfte?

Vermutlich.

Da meine Meinung zu meiner Zukunft ohnehin nicht von Belang war, konnte ich der Versuchung nicht widerstehen, einen Blick über die Schulter zu werfen. Mein Magen verkrampfte sich, als ich sah, dass Soraya und Kristen auf Lucien zugingen, der sich soeben ein neues Weinglas von einem Kellner reichen ließ. Sie umkreisten ihn kichernd, rückten immer dichter an ihn heran.

Meine Muskeln spannten sich an, weil ich zu ihm gehen und diese beiden Schlangen von ihm wegschubsen wollte. Doch da bohrten sich Tristans Finger in meinen Arm. Für Außenstehende mochte diese Geste zärtlich erscheinen. Aber das war sie nicht. Stattdessen war sie eine schmerzhafte Warnung, auf die prompt noch schmerzhaftere Worte folgten.

»Denk nicht mal dran, Prinzessin«, raunte Tristan mir so leise ins Ohr, dass nur ich ihn hören konnte. »Es kostet mich einen einzigen Anruf, und dein kleiner Schnüffler kann seine neue Freizeit nutzen, um sich einen guten Anwalt zu suchen. Ich habe mir sagen lassen, dass Noélle bei Industriespionage keinen Spaß versteht.«

Dieser verdammte Mistkerl!

»Entschuldigt mich«, stieß ich hervor, wand mich aus Tristans Griff und eilte zu der Terassentür, die soeben von den Eheleuten Gadget geöffnet wurde. Eigentlich waren sie Freunde von Mom, aber sie waren auch nach ihrem Tod jedes Jahr zur Soiree gekommen, um zu schauen, wie es uns ging.

»Allison, Liebes«, sagte Mrs Gadget. »Zieh dir besser etwas über. Es ist furchtbar kalt draußen.«

Mir war das egal. Ich brauchte dringend frische Luft. Mit einem unverbindlichen Lächeln schlüpfte ich an den beiden vorbei und trat nach draußen, nur um gegen eine wahre Eiswand zu rennen.

Eine Gänsehaut überzog meinen Körper, und ich verschränkte die Arme vor der Brust, um mich gegen den Wind zu schützen, der über das hüfthohe Geländer heranwehte und fette Schneeflocken mit sich brachte. Zitternd ging ich ein paar Schritte zu der Ecke, in der Mom früher ihren Rosengarten hatte. Jetzt standen dort keine großen Kübel mehr. Auch das Rattan-Sofa, auf dem wir uns in lauen Sommernächten immer zusammengekuschelt und Geschichten gelesen hatten, fehlte. Nichts erinnerte mehr daran, dass hier mal eine Frau gelebt hatte, die voller Sanftmut und Güte war. Stattdessen starrte ich auf reichlich unbequem aussehende Designerstühle aus Draht und Plastik.

Ich stieß ein bitteres Lachen aus, als ich mir der Ironie dieser Szenerie bewusst wurde.

»Ally!«

Überrascht drehte ich mich um und entdeckte Ondine, die dicht gefolgt von Gideon auf mich zurauschte. Mit jedem Schritt umwehte ihr leuchtend rotes Haar ihren Kopf, und ihr Blick war schlichtweg mörderisch. Sie sah aus wie eine moderne Rachegöttin in einem wunderschönen Chiffonkleid.

Sie blieb vor mir stehen und maß mich mit zusammengekniffenen Augen. »Was zur Hölle ist los mit dir?«

Tja, ich hatte einen Plan gehabt. Nicht den besten der Welt, aber gut genug, um mein Ziel zu erreichen. Drei Tage lang hatte ich mir die Worte zurechtgelegt, die ich Tristan an den Kopf werfen wollte, und vor dem Spiegel im Hotelzimmer geprobt, um einen möglichst dramatischen Auftritt hinzulegen. Aber nun konnte ich sie nicht aussprechen. Und ich konnte es Ondine auch nicht erklären.

Also schwieg ich.

Das war natürlich nicht die Reaktion, die Ondine erwartet hatte. Ihre Wangen wurden tiefrot. Mit einer ausladenden Geste deutete sie in Tristans Richtung, der durch die Fensterscheibe in dem hell erleuchteten Wohnzimmer gut zu erkennen war. Dabei traf sie versehentlich ihren Verlobten, der jedoch keine Miene verzog. Sein Blick war frei von Vorwurf. Stattdessen musterte er mich wie ein komplexes Rätsel.

»Tristan?«, fauchte Ondine. »Ist das dein verdammter Ernst?«

Ein irres Lachen kitzelte in meiner Kehle, weil allein die Frage absurd war. Aber ich konnte schlecht abstreiten, was derart offensichtlich war. Dafür hatte Tristan gesorgt. »Sieht so aus.«

»Wie konntest du meinen Bruder derart verletzen, Ally?« Ondine schüttelte den Kopf. »Ich kann nicht fassen, dass du ihn einfach im Stich gelassen hast, nachdem er aus heiterem Himmel seinen Traumjob verloren hat und …«

Sie stutzte, und mir wurde klar, dass ich im falschen Moment die Kontrolle über meine Gesichtszüge verloren hatte.

»Oh! Ce putain d'enfoiré«, fluchte sie.

Gideon schien es ebenfalls zu begreifen. Seine Miene wurde finster. »Er hat dafür gesorgt, dass Lucien rausfliegt, oder?«

Ondine fasste mich bei den Schultern und schüttelte mich. »Das kannst du doch nicht zulassen, Ally.«

Tja, das klärte wohl, auf wessen Seite sie standen. Dummerweise löste das meine Probleme auch nicht.

»Und was soll ich eurer Meinung nach machen?«, stieß ich hervor und sah Gideon an. Zum ersten Mal in meinem Leben verbarg ich meine Gefühle nicht hinter einer Maske der Gleichgültigkeit, sondern ließ die Verzweiflung zu. »Du weißt am besten, wozu er fähig ist. Das kann ich Lucien nicht antun.«

»Sag ihm die Wahrheit!«, forderte Ondine.

Mit einem verbitterten Schnauben schüttelte ich den Kopf. »Was würde das ändern? Tristan würde seine Karriere einfach weiter sabotieren, und irgendwann würde Lucien mich dafür hassen.«

»Das stimmt nicht«, widersprach Ondine im Brustton der Überzeugung. »Er liebt dich. Er würde es verstehen.«

Vielleicht hätte er es tatsächlich verstanden, wenn ich einen Weg aus diesem Schlamassel gefunden hätte. Aber so?

Niedergeschlagen wandte ich mich ab und betrachtete das Lichtermeer, das sich vor mir ausbreitete. Wie oft hatte ich genau an dieser Stelle gestanden und auf die Welt hinabgeblickt? Von hier oben sahen die Leute dort unten so klein und unbedeutend aus, und obwohl ich Allison Jane Harford war, die über hervorragende Verbindungen verfügte und zeit ihres Lebens niemals Geldsorgen haben würde, hatte ich mir nichts sehnlicher gewünscht, als eine von ihnen zu sein.

Und dann hatte ich es einfach getan.

Für ein paar Monate war ich dieser falschen, schillernden Welt entflohen, hatte mich tapfer durch den Alltag gekämpft, Freunde gefunden, mich verliebt … Ich war frei gewesen – und nun hatte Tristan mich erneut in den goldenen Käfig gesperrt.

»Ich werde mich Tristan niemals kampflos geschlagen geben«, versprach ich, als mein Herz wie von Sinnen gegen die Gitterstäbe trommelte. »Aber lieber verzichte ich auf Lucien, als ihn in diesen verdammten Sumpf aus Machtspielen und Intrigen hineinzuziehen.«

»Wie du meinst«, sagte Gideon in seinem typisch gelangweilten Ton. »Wobei es dafür ein bisschen zu spät sein könnte. Aber *wir* werden uns sicher nicht in die Wette einmischen, die da drinnen läuft.«

Mein Kopf schnellte herum. »Welche Wette?«

Ondine riss die Augen auf und starrte entsetzt zu Gideon. Der jedoch konzentrierte sich nur auf mich. In seinem hübschen Gesicht erschien wieder dieses grausame Grinsen, das mir nur allzu vertraut war und das mich zutiefst erschreckte. »Dein Verlobter hat mit den Mädels gewettet, wer Lucien zuerst ins Bett kriegt. Ich denke, Soraya hat die besten Karten. Was meinst du, Ally?«

Es war seltsam, diesen Namen aus Gideons Mund zu hören. Allerdings konnte *Ally* diese Frage leider nicht beantworten, denn *Ally* sah gerade ein klitzekleines bisschen rot.

Meine Verzweiflung wurde zu Eifersucht, meine Hilflosigkeit zu rasender Wut. Und sie sprengten den Käfig, in dem ich mich befand, in Schutt und Asche.

Ohne ein weiteres Wort schob ich mich an Ondine und Gideon vorbei und marschierte zurück ins Innere. Dort zog Soraya Lucien gerade nach draußen, und er ging einfach mit. Als wäre ihm das alles vollkommen egal.

Schmerz tobte in meiner Brust. Ich wollte ihn aufhalten. Doch da versperrte Tristan mir den Weg. Triumph schimmerte in seinen Augen, und mir wurde klar, dass er gelogen hatte. Lucien war keineswegs hier, um als Versicherung zu dienen, sondern weil Tristan wollte, dass ich zusah, wie der Mann, den ich liebte, mit einer anderen Frau verschwand. Es reichte ihm nicht, dass er mich mit meinen Gefühlen für Lucien erpresst hatte.

Nein, er wollte mich auch noch brechen.

»Du bist du ja, Prinzess…«

Ich holte aus und verpasste ihm eine schallende Ohrfeige. Sein Kopf flog zur Seite, und überall im Raum verstummten die Gespräche. Die Hautevolee hielt eifrig inne.

Ehrlich gesagt musste ich kurz dem Impuls widerstehen, mir die Hand auszuschütteln, weil meine ganze Handfläche wie Feuer brannte. In Filmen sah das immer so lässig aus. Aber es tat verflucht weh. Tristans feuerrote Wange tröstete mich allerdings schnell über den Schmerz hinweg.

»Allison!«, blaffte mein Vater und kam mit eiligen Schritten auf uns zu. »Entschuldige dich auf der Stelle.«

Ich sah ihn scharf an. »Wofür genau soll ich mich entschuldigen, *Dad*? Dafür, dass er mich gezwungen hat, bei dieser Farce hier mitzuspielen?«

»Du hast dir den Ring selbst ausgesucht«, sagte Tristan kalt.

Ich ignorierte ihn und hielt meine Aufmerksamkeit auf meinen Vater gerichtet. »Oder dafür, dass ich versucht habe, meinen eigenen Weg zu gehen?«

Verärgert kniff mein Vater die Lider zusammen. »Davon hat dich nie jemand abgehalten.«

Ein tränenersticktes Lachen brach aus mir hervor. »Oder dafür, dass ich es gewagt habe, dich um Hilfe zu bitten, nachdem Tristan mein *Nein* nicht akzeptieren wollte?«

Zu meiner Überraschung war es ausgerechnet Mrs Sterling, die bestürzt nach Luft schnappte. »Tristan? Sag mir, dass du das nicht getan hast.«

Tristan wurde blass. »Natürlich nicht, Mutter. Allison hat sich bloß unglücklich ausgedrückt.«

Mein Herz donnerte in meiner Brust, während sich die Blicke aller Anwesenden auf mich richteten. Sie warteten auf meine Antwort. Gleichzeitig registrierte ich in Tristans Miene die Warnung und die wilde

Entschlossenheit, mich für diese Anschuldigung büßen zu lassen, wenn ich sie nicht zurücknahm. Mich und Lucien und alle anderen, die mir wichtig waren.

Das Publikum wurde unruhig, und der Raum begann sich zu drehen, als ich versuchte, eine Entscheidung zu treffen. Und dann erkannte ich meinen Denkfehler.

Ich hatte immer geglaubt, wenn ich der Upper East Side den Rücken kehrte und mich neu erfand, ließ ich auch alles andere hinter mir. Aber so war es gar nicht. Die Leute, die uns umringten, waren nicht nur gesichtslose Zeugen eines Skandals. Sie kannten mich seit Jahren, hatten mich aufwachsen sehen. Wir hatten eine gemeinsame Geschichte, eine Verbindung.

An diese Hoffnung klammerte ich mich, als ich mich an meinen erpresserischen Scheinverlobten wandte. »Nein, Tristan. Ich habe mich nicht unglücklich ausgedrückt. Ich habe dich nie gewollt. Andernfalls hätte ich auf einen deiner zweihundertdreiundsiebzig Anrufe oder vierhundertfünfundachtzig Nachrichten reagiert, die sich nach wie vor auf meinem Handy befinden. Wir waren Freunde, und jetzt sind wir es nicht mehr.«

Stille breitete sich aus, während die Leute diese exorbitanten Zahlen verarbeiteten. Vielleicht hatte ich sie ein bisschen nach oben korrigiert. Aber ich wollte deutlich machen, dass es entschieden zu viele waren und dass ich das auch beweisen konnte.

Wenig überraschend blieb die Miene meines Vaters vollkommen ausdruckslos, und ich bezweifelte, dass ich wirklich zu ihm durchdrang. Aber ich sprach auch ihm gegenüber aus, was mir seit Monaten auf der Seele lag: »Ich hätte dich gebraucht.«

Natürlich hoffte ein Teil von mir, dass dieses Eingeständnis endlich dazu führte, dass er reumütig um Verzeihung bat. Aber das Leben war eben kein Wunschkonzert, und Winston Harford war zu festgefahren, um zu begreifen, was er mit seinem Verhalten anrichtete.

Dafür verstand es Senator Higgins durchaus. »Sie ist deine *Tochter*, Winston.«

Wenigstens reichte die Missbilligung des Senators aus, um meinen Vater zum Einlenken zu bewegen, auch wenn es ihm sicher nicht gefiel.

»Tristan«, sagte er tonlos, während seine Stimme vor unterdrücktem Zorn vibrierte. »Du solltest gehen.«

Mittlerweile war Tristan käseweiß im Gesicht. Schweiß glitzerte auf seiner Stirn. »Aber, Winston …«

In dem Moment tauchte Gideon neben seinem Bruder auf und schlug ihm kräftig auf die Schulter. Eine deutliche Warnung. »Du hast gehört, was Mr Harford gesagt hat.«

Tristan biss die Zähne zusammen. Er war fuchsteufelswild. Aber er wusste, dass er auf verlorenem Posten kämpfte. Die Leute starrten ihn nun voller Fassungslosigkeit und Verachtung an. Sogar seine eigenen Eltern wandten beschämt den Blick ab.

Er sah mich an. »Das wirst du bereuen«, wisperte er.

»Das bezweifle ich.« Obwohl sich mein Körper entschieden dagegen sträubte, machte ich einen Schritt auf ihn zu. Gideons Hand auf Tristans Schulter gab mir die Sicherheit, die ich brauchte. Auch eine interessante Entwicklung. Ich lächelte kalt. »Du wirst die Sache mit Noélle klären und mich und meine Freunde künftig in Ruhe lassen. Andernfalls werde ich dafür sorgen, dass die gesamte Upper East Side von deinen Machenschaften erfährt. Und dann bist *du* ruiniert.«

Als ich diesen Satz vor dem Spiegel geübt hatte, hatte ich mir vorgestellt, wie Tristan winselnd und mit eingezogenem Schwanz aus dem Penthouse schlich. Vermutlich war das ein bisschen zu optimistisch gewesen. Ich hätte wissen müssen, dass ein Sterling niemals mit gesenktem Kopf ging, egal wie viele Risse seine Krone bekommen hatte.

Aber letztlich spielte das auch keine Rolle. Als Tristan von Gideon zum Fahrstuhl eskortiert wurde, sagte niemand ein Wort. Das Flüstern begann erst, nachdem die beiden verschwunden waren.

»Bist du jetzt zufrieden?«, fragte mein Vater leise und maß mich mit einem Ausdruck im Gesicht, als wäre ich ein ungezogenes Kind.

Resigniert schüttelte ich den Kopf. Er würde sich niemals ändern. Trotzdem wollte ich einen Weg finden, mit ihm auszukommen. Immerhin war er mein Vater, und … na ja … es war Weihnachten.

Also tat ich etwas, womit wir beide wohl überhaupt nicht rechneten. Ich trat auf ihn zu, stellte mich auf die Zehenspitzen und gab ihm einen Kuss auf die Wange. »Danke, Dad.«

Er versteifte sich von Kopf bis Fuß, aber meine Aktion verfehlte ihre Wirkung nicht.

»Auf die Familie«, rief Mrs Gadget, und die anderen stimmten mit ein.

Senator Higgins klopfte meinem Vater versöhnlich auf den Rücken. »Gut gemacht, Winston. Wurde auch Zeit, dass jemand den Sterling-Burschen in seine Schranken verweist.«

Natürlich fand sich mein Vater schnell in seine neue Rolle ein und nickte zustimmend. »Jemand sollte ihm dringend ein paar Manieren beibringen.«

Glucksend deutete der Senator auf Tristans Eltern, die sichtlich angepisst miteinander diskutierten. »Ich bin mir sicher, die beiden werden das mit Freude übernehmen. Hast du gewusst, dass Tristan den Deal mit Ashcroft in den Sand gesetzt hat?«

Sofort wurde mein Vater hellhörig. »Was ist passiert?«

Der Senator zuckte mit den Schultern. »Man munkelt, er hätte sich im letzten Meeting derart danebenbenommen, dass Ashcroft beschlossen hat, sich nach Alternativen für das Grundstück am Lincoln Square umzusehen. Vielleicht solltest du mal eine Runde mit ihm golfen gehen.« Und schon waren die beiden in ihr Business vertieft.

Ich wandte mich ab, um endlich nach Lucien zu suchen. Mein Blick huschte über die Menge, und mein Herz verkrampfte sich, als ich feststellte, dass Lucien und Soraya nicht zurückgekehrt waren. Dafür stand Ondine bei Kristen und Felice.

Es kostete mich Überwindung, zu ihnen zu gehen. Aber da sie sicher wussten, wohin Soraya und Lucien verschwunden waren, setzte ich mich trotzdem in Bewegung.

Sobald ich sie erreicht hatte, zog Ondine mich in eine Umarmung. »Oh, Ally. Es tut mir so leid.«

Zu meiner Überraschung warf Kristen mir ebenfalls einen betroffenen Blick zu. »Bist du deshalb verschwunden?«

»Zum Teil«, erwiderte ich ehrlich.

Kristen seufzte. »Du hättest uns sagen sollen, was passiert ist.«

Verlegen zuckte ich mit den Schultern. »Ich wusste nicht, wie.«

»Ernsthaft?«, knurrte Felice und verschränkte die Arme. »Ja, wir können Bitches sein. Aber du warst eine von uns.«

»Das bist du immer noch«, fügte Kristen schnell hinzu.

Obwohl mir gerade wirklich nicht zum Lachen war, spürte ich, wie ein Lächeln an meinen Mundwinkeln zupfte. »Danke. Wisst ihr, wo Soraya und Lucien hin sind?«

Felice zog eine Braue hoch. »Du hast gerade erst eine Riesenshow veranstaltet, um Tristan abzuservieren. Reicht das nicht an Drama für einen Abend?«

»Halt die Klappe!«, fauchte Kristen sie an, ehe sie sich wesentlich freundlicher an mich wandte. »Die beiden sind vor einer Viertelstunde gegangen.«

Ondine machte ein Gesicht, als hätte sie in eine Zitrone gebissen. »Lucien hat nichts von der Auseinandersetzung mitgekriegt.«

Darüber war ich einerseits froh, denn so hatte ich wenigstens die Möglichkeit, ihm die Wahrheit mit meinen eigenen Worten zu erklären. Andererseits war es nicht gerade ermutigend zu hören, dass es Soraya tatsächlich gelungen war, Lucien abzuschleppen.

»Ally, hör mir zu«, bat Ondine eindringlich. »Lucien ist verletzt. Aber ich denke nicht, dass Soraya eine Chance hat, diese dämliche Wette zu gewinnen.«

Felice runzelte die Stirn. »Wovon sprichst du?«

Ondine warf ihr einen mörderischen Blick zu. »Tut nicht so, als wüsstet ihr nichts davon, dass Tristan gewettet hat, wer von euch meinen Bruder flachlegt.«

Kristen und Felice sahen sich verwirrt an. Dann schüttelte Kristen den Kopf. »Da läuft keine Wette.«

Felice nickte bestätigend. »Wir wüssten davon, wenn es so wäre.«

»Das verstehe ich nicht.« Ondine rieb sich über die Stirn. »Gideon hat es uns doch selbst erzählt.«

Mein Magen verkrampfte sich, weil ich es durchaus verstand. »Das war seine Version eines freundschaftlichen Arschtritts.«

Genau das, was ich gebraucht hatte, um aus meinem Schneckenhaus herauszukriechen. Nur hatte Gideon sicher nicht damit gerechnet, dass sich Soraya trotzdem an Lucien ranschmeißen würde.

Ich fragte mich, ob sie Erfolg gehabt hatte. Dann wurde mir klar, dass es nur einen Weg gab, das herauszufinden.

Kapitel 30

Ich hatte New York immer geliebt. Diese Stadt war eine pulsierende Weltmetropole voller kultureller Vielfalt, architektonischer Prachtbauten und Wunder. Und man bekam zu jeder Zeit ein Taxi.

Die Fahrt zum Rockefeller Center zählte mit zu den längsten meines bisherigen Lebens. Zehn Minuten, in denen ich ununterbrochen zwischen Hoffnung und Angst hin- und hergeschleudert wurde.

Ich redete mir ein, dass Lucien sich niemals auf eine Frau wie Soraya einlassen würde, auch wenn ich ihn nicht so sehr verletzt hätte. Sie war kalt, gefühllos und berechnend. Andererseits war sie eine Meisterin darin, sich gut zu verkaufen. Das hatten wir alle drauf. Es war, als wäre uns diese Fähigkeit in die Wiege gelegt worden. Hinzu kam, dass sie traumhaft schön war. Vielleicht hatte Lucien sich also doch von ihrem Charme mitreißen lassen. Immerhin ging er davon aus, dass ich ihm das Herz gebrochen hatte.

Ab diesem Punkt machte sich Panik in mir breit. So hätte das alles nicht laufen sollen.

Klar, mein Plan war nicht perfekt gewesen. Aber nachdem ich kurz meine Entschlossenheit eingebüßt hatte, war der Abend in Bezug auf Tristan und meinen Vater so verlaufen, wie ich es gewollt hatte.

Mehr oder weniger jedenfalls.

Mein Blick fiel auf den Ring, der noch immer an meinem Finger funkelte. Den hatte ich vollkommen vergessen. Ich würde ihn Tristan zurückgeben müssen – oder aber ich verkaufte ihn und nutzte das Kapital, um Chloe finanziell bei der Etablierung ihres Schmucks zu unterstützen. Sozusagen als kleine Entschädigung für die psychische Tortur, die er mich hatte durchleiden lassen. Aber das konnte ich später noch entscheiden. An meine Hand gehörte dieser edle Klunker jedenfalls nicht, auch wenn er noch so hübsch anzusehen war.

Ich zog ihn mir vom Finger und ließ ihn in meine Handtasche fallen, ehe ich nun schon zum dritten Mal Luciens Nummer wählte.

»Geh ran«, beschwor ich ihn leise. Aber auch dieses Mal wurde ich enttäuscht, und mir sank der Mut noch ein wenig mehr.

Ich versuchte, mir nicht auszumalen, warum Lucien meinen Anruf überhören könnte. Doch natürlich sah ich es dennoch in all seinen grausamen Details vor mir, und fast jede Variante zeigte eine nackte Soraya im Zentrum.

Als das Taxi endlich hielt, war mein Herz kurz davor, vor Anspannung zu explodieren. Ich sprang aus dem Wagen und rannte auf die gewaltige Fichte zu, während ich im Stillen betete, dass Lucien trotz allem gekommen war.

Aus der Entfernung überwältigte der geschmückte Baum mit seiner schillernden Farbenpracht. Am Fuße jedoch fühlte man sich klein wie eine Maus. Die tiefsten Zweige streckten sich gut drei Meter über mir in alle Richtungen aus. Das funkelnde Spektakel war hier kaum zu sehen.

Securitys standen um einen geschmückten Metallzaun und stellten sicher, dass sich niemand dem New Yorker Wahrzeichen näherte. Es hatte nämlich schon Idioten gegeben, die den Baum anzünden wollten.

Grinches!

Abgesehen von den Wachmännern waren nur wenige Leute auf dem Platz. Keiner davon war Lucien. Ich verlangsamte meine Schritte, drehte mich um die eigene Achse und suchte weiter.

Aber er war nicht hier.

Ein Schluchzen brach aus mir hervor, und Tränen raubten mir die Sicht, als mir klar wurde, dass er nicht gekommen war.

Kein Happy End für Ally.

In meiner Verzweiflung wählte ich ein weiteres Mal seine Nummer, während ich auf das Geländer der Empore zutrat. Es klingelte und klingelte. Doch Lucien hob nicht ab. Stattdessen sprang die Mailbox an.

Niedergeschlagen ließ ich das Handy wieder sinken und starrte hinab auf den Ice Rink, der sich ein paar Meter unter mir erstreckte. Er war leer, und auch die Flutlichtstrahler waren ausgeschaltet. Das einzige Licht kam von den Lichterketten, die in den umliegenden Bäumen hingen, und von den Straßenlaternen, die den Platz säumten. In der Ferne leuchteten die Engel in den Channel Gardens.

Moment!

Wir hatten nur darüber geredet, dass ich um diese Zeit am Rockefeller Center sein würde. Wir hatten nie konkret vom Weihnachtsbaum gesprochen. Vielleicht wartete Lucien ja dort, wo wir uns zum ersten Mal begegnet waren oder gemeinsam gepicknickt hatten?

Hoffnung trug mich zu den Stufen an der Seite. Ich rannte hinab und auf die Channel Gardens zu. Einige Leute, die durch die idyllische Kulisse spazierten, drehten sich irritiert nach mir um. Doch ich schenkte ihnen keine Beachtung, sondern lief einfach weiter. Erst bei den Engeln verlangsamte ich meine Schritte und musterte die Menschen, die meinen Weg kreuzten. Bei jeder einsamen Gestalt setzte mein Herz einen Schlag aus. Aber keine von ihnen war der Mann, den ich suchte.

Inzwischen liefen mir die Tränen übers Gesicht, während Kummer und Verzweiflung ihre Krallen in mein Herz schlugen.

Er war nicht da.

Er hatte uns aufgegeben.

Und ich war schuld daran.

Reue peitschte durch meine Adern, und ich ging auf der anderen Seite des stillgelegten Brunnens zurück zum Rockefeller Plaza, nur langsamer diesmal.

Hoffnungsloser.

Meine Lunge brannte, und ich zitterte vor Kälte. Aber das spürte ich kaum. Da war zu viel Chaos in meinem Inneren. Zu viel Schmerz.

Schmerz, den ich selbst verursacht hatte, weil ich bei diesem dämlichen Spiel um meine Freiheit leichtsinnig genug war, anzunehmen, dass Lucien mir vergeben würde. Nur funktionierte Liebe so nicht. Entschuldigungen konnten nicht unbegrenzt ausgesprochen werden. Irgendwann war das erträgliche Maß an Zurückweisung einfach voll – und ich hatte ihn sehr oft zurückgewiesen …

Schniefend wischte ich mir über die nassen Wangen. Lucien hatte mich gebraucht, und ich hatte ihn ohne Erklärung im Stich gelassen. Wie hatte ich ernsthaft glauben können, dass er mir einfach so verzieh?

Ich hatte dieses Glück gar nicht verdient, so schäbig wie ich mich ihm gegenüber benommen hatte. Zwar hatte ich nur mit den besten Absichten gehandelt, aber dennoch war der einfachste Weg eben nicht immer der beste. Ich hätte ihn nicht im Dunkeln lassen dürfen, ich hätte für ihn da sein müssen. Weil es das war, was zwei Menschen eben taten, die sich liebten und eine Beziehung miteinander führten. Sie lösten *gemeinsam* Probleme. Stattdessen hatte ich mit meiner egoistischen Herangehensweise sein Vertrauen zerstört und ihn obendrein vermutlich in die Arme einer anderen Frau getrieben.

Super gemacht, Ally. Wirklich! Ganz großes Weihnachtskino!

An der Stelle, an der wir uns vor Wochen zum ersten Mal begegnet waren, blieb ich stehen und wählte erneut seine Nummer. Es widerstrebte mir, ihm eine Nachricht auf der Mailbox zu hinterlassen. Aber er sollte wissen, wie leid es mir tat und wie sehr ich bedauerte, was passiert war. Ich wollte gerade das Handy an mein Ohr heben, da hörte ich hinter mir die Stimme von Mariah Carey.

Lucien hatte sich kaputtgelacht, als ich vergangene Woche in meiner Weihnachtseuphorie auf seinem Handy die erste Strophe von *All I Want For Christmas Is You* als meinen Klingelton eingestellt hatte. Aber zu meiner Verteidigung: Die Frau sang darüber, dass sie keine Geschenke unterm Weihnachtsbaum haben wollte, sondern nur ihren Liebsten. Ich fand das durchaus passend.

Und obwohl ich es bis vor einer Minute nicht mehr für möglich gehalten hatte, schien mein Wunsch nun doch wahr zu werden.

Oder war das nur Zufall?

Hoffnungsvoll drehte ich mich um – und da stand er. Drei Meter hinter mir. Mit dem Handy in der Hand. Genauso atemlos wie ich. Schmerz ließ seine braunen Augen dunkler erscheinen, und ein harter Zug lag um seine Lippen.

Wir starrten einander an, während in meinem Kopf Tausende Worte durcheinanderwirbelten. Da gab es so viel, was ich ihm sagen wollte. So viel, was ich ihm erklären musste …

Mariah verstummte.

»Ich liebe dich.« Meine Stimme klang kratzig und nasal vom Weinen, und ich musste mir eingestehen, dass das die grauenvollste Erklärung überhaupt war. So stand es auch nicht im Drehbuch. Aber es war das Einzige, was für mich gerade zählte.

»Ich bin so verdammt wütend auf dich«, stieß Lucien nur mühsam beherrscht hervor.

»Ich weiß.« Weitere Tränen benetzten mein Gesicht. Ich konnte einfach nicht aufhören zu weinen, obwohl mein Make-up in meiner Vorstellung perfekt gesessen hatte. Und da hatte ich auch keinen Schluckauf. Ich hickste. »Es tut mir leid.«

Lucien atmete zittrig ein. Jegliche Anspannung wich aus seinem Körper. »Ich weiß.«

Und dann liefen wir wirklich aufeinander zu. Nicht in Zeitlupe, die in einer zärtlichen Umarmung mündete, sondern mit rasender, verzweifelter Ungeduld, die mit zwei ineinander verschlungenen Körpern endete.

Das Leben folgte eben keinem bestimmten Plan, egal, wie akribisch man ihn ausgearbeitet hatte. Aber soweit es mich betraf, war das vollkommen in Ordnung.

Zumindest, solange ich den Mann, den ich liebte, zu Weihnachten bekam.

Epilog

Auf dem Times Square war wie jedes Jahr die Hölle los, während ich das Spektakel von der Dachterrasse des Marriott Marquis aus sicherer Entfernung verfolgte. Auch hinter mir war die Silvesterparty in vollem Gange.

Gedankenversunken sah ich über die Schulter und wurde beinahe geblendet von dem funkelnden Farbenmeer. Überall hingen illuminierte Sterne von der Decke, deren Licht sich in kunstvollen Eisskulpturen brach, die überall verteilt standen. Darüber hinaus schickten Bodenspots warmes, indirektes Licht in den Raum. Die Frauen waren in kostspielige Kleider gehüllt, die wie ihr zauberhafter Schmuck funkelte und glitzerte. Die Männer trugen lässige Anzüge. Die ganze Szene war der Inbegriff der Upper Class, und noch vor einem Jahr hatte ich nichts als Leere empfunden, als ich an genau derselben Stelle wie heute gestanden hatte.

Nun aber lächelte ich und spürte das Glück bis in meine kalten Zehenspitzen, die in hübschen Riemchensandalen steckten. Mein Blick fiel auf meine Freunde, die gerade die Tanzfläche aufmischten. Chloe schmiegte sich selig an Jesse, während Bethany und Vanita neben ihnen herumalberten. Gleich dahinter schlemmten sich Donnie und Gideon durch das Büfett, indem sie sich gegenseitig fütterten. Und Lucien kam geradewegs auf mich zu.

Seine dunklen Augen nahmen mich regelrecht gefangen, und wie üblich zog ein Schwarm Schmetterlinge durch meinen Magen. Ein lässiges Grinsen trat auf seine sinnlichen Lippen. »Na, schöne Frau. So ganz allein hier draußen?«

Belustigt deutete ich auf die Leute, die etwas abseits auf diversen Loungemöbeln unter Heizpilzen saßen und sich unterhielten. »So allein nun auch wieder nicht.«

Lucien musterte mein dunkelblaues Cocktailkleid von Prada. »Ist dir nicht kalt?«

Nicht, wenn er mich auf diese Weise ansah. »Kein bisschen.«

Trotzdem öffnete Lucien sein Jackett und breitete die Arme aus. Nachdem ich mit unter sein Jackett geschlüpft war und der Stoff meine nackten Schultern bedeckte, nickte Lucien amüsiert in Richtung Tanzfläche. »Ich denke, Chloe hat dir ebenfalls vergeben.«

Ich schmunzelte. »Das war der Plan.«

Tatsächlich hatte mir meine Freundin gehörig die Hölle heißgemacht, nachdem ich in unser Apartment zurückgekehrt war, und ich hatte ihre Schimpftirade reumütig über mich ergehen lassen, weil ich es wirklich nicht anders verdiente. Ich hatte mit meinem Alleingang uns allen unnötig das Leben schwer gemacht. Am meisten tat mir jedoch leid, wie sehr ich Lucien verletzt hatte.

Nachdenklich legte ich den Kopf in den Nacken und sah zu ihm hoch. Ich war in einer Welt aufgewachsen, die überwiegend von Stolz und Eitelkeit geprägt war. Die meisten Leute, die ich kannte, waren nachtragend und rachsüchtig.

Lucien war das nicht.

Oh, er hatte seiner Wut durchaus Luft gemacht, nachdem wir uns in den Channel Gardens gefunden hatten und ich eine umfangreiche Beichte abgelegt hatte. Doch er war auch bereit gewesen, mir zu verzeihen und uns noch eine Chance zu geben.

Weil er mich ebenfalls liebte.

Was nicht hieß, dass ich mich darauf ausruhte.

»Also«, meinte ich gedehnt und strich zärtlich über seine Brust. Die Hitze, die von ihm ausging, wärmte meine kalten Finger. »Erzählst du mir freiwillig, wie es gelaufen ist, oder muss ich dich zwingen?«

Lucien lachte leise. »Ich denke, es war gut. Vic ist echt cool. Es war wirklich nett von ihm, dass er sich ausgerechnet heute Zeit für mich genommen hat.«

Ja, Vic war nett. Aber er war auch ein verdammt guter Geschäftsmann, der bei meiner euphorischen Schilderung von Luciens Qualitäten und seiner Formel sofort angebissen hatte. Er war so scharf darauf, Lucien kennenzulernen, dass er sich extra heute Abend eine Stunde in seinem überfüllten Terminkalender freigeschaufelt hatte. Ich hatte angenommen, die beiden wären sich sofort einig geworden. Aber Lucien schien unsicher zu sein.

Ich runzelte die Stirn. »Du wirkst nicht sehr begeistert.«

»Ehrlich gesagt bin ich noch ein bisschen überwältigt«, erwiderte er und grinste schief. »Letzte Woche lag mein Leben in Scherben. Ich war überzeugt, dass ich meinen Abschluss vergessen kann – und plötzlich steht es mir offen, ob ich zurück in die Produktentwicklung von Noélle gehe oder bei Vic einsteige. Das ist schon ziemlich verrückt, n'est-ce pas?«

»Ja«, erwiderte ich lächelnd.

Ich hatte nicht damit gerechnet, dass Sinclair zwei Tage nach Weihnachten bei Lucien anrufen, sich für das »Missverständnis« entschuldigen und ihn um seine Rückkehr in das Unternehmen bitten würde.

Natürlich war dieses Angebot nicht Tristan zu verdanken, obwohl ich ihm bei der Soiree nahegelegt hatte, die Sache mit Noélle aus der Welt zu schaffen. Stattdessen hatte sich Gideon eingeschaltet. Zumindest vermutete ich das. Zugegeben hatte er es nämlich nicht, als ich ihn unter vier Augen darauf angesprochen hatte. Stattdessen hatte er bloß mit der üblichen Gleichmut reagiert. Vielleicht, weil er nicht wollte, dass Lucien sich ihm gegenüber schuldig fühlte.

Ich hatte Gideon trotzdem umarmt und mich bedankt, bevor ich ihn gebeten hatte, seinem Bruder den Ring zurückzugeben. So verlockend es auch gewesen war, ich hatte ihn nicht verschachert. Der Ring war einfach zu schön, um derartig mies behandelt zu werden, und eines Tages würde er eine andere Frau bestimmt sehr, sehr glücklich machen. Da war ich mir sicher.

Und dann war vor zwei Tagen ein Kurier vor meiner Tür aufgetaucht. Er hatte mir kommentarlos ein Kuvert überreicht und war gleich wieder verschwunden.

Erst hatte ich befürchtet, es wäre eine weitere Botschaft von Tristan. Doch der Brief kam von Dad. Er hatte mir all meine Kreditkarten geschickt. Dabei lag auch eine geprägte Compliment Card, die er persönlich beschrieben hatte:

Geh deinen Weg, Allison.
Mit den besten Wünschen.
Winston J. Harford

Bestimmt eine Stunde lang hatte ich geschockt auf die Karte geschaut. Dads Worte kamen nicht unbedingt einer Liebeserklärung gleich, aber die Handlung dahinter durchaus. Immerhin symbolisierten die Kreditkarten seine finanzielle Unterstützung, auch wenn ich einen Lebensweg einschlug, der nicht seinen Vorstellungen entsprach.

Wie ein Architekturstudium zum Beispiel.

Oder eine stille Teilhaberschaft im Unternehmen einer gewissen aufstrebenden Schmuckdesignerin.

Ich könnte sogar meinen Job bei Tiffany's an den Nagel hängen. Das hatte ich zwar nicht vor, weil ich inzwischen gern dort arbeitete und viel fürs Leben lernte. Aber zumindest hatte ich die Wahl.

Und Lucien ebenfalls.

Noélle war ein etabliertes Label, das sich weltweit großer Beliebtheit erfreute. Hier wäre Lucien Teil eines Entwicklungsteams, das Sinclair unterstand.

Córdoba, das Unternehmen von Vics Familie, war wesentlich kleiner.

Dafür hatte Vic mir versichert, dass seine Labore perfekt ausgestattet waren. Dort warteten die erlesensten Duftstoffe nur darauf, zu einem revolutionären Parfüm zusammengestellt zu werden. Er würde Lucien komplett freie Hand bei der Kreation eines eigenen Parfüms lassen.

»Tja«, sagte ich und drückte Lucien einen Kuss auf die Lippen, was mein Körper mit einem zufriedenen Summen quittierte. »Nun hast du die Qual der Wahl.«

Dieser besondere Glanz trat in seine Augen. »Vic meinte, du hättest wie ein Rottweiler mit ihm verhandelt, und dass Allison Harford dermaßen überzeugt von jemandem ist, habe ihn so tief beeindruckt, dass er gar nicht anders konnte, als deinen Bedingungen nachzugeben.«

Meine Wangen wurden heiß. »Ich dachte mir einfach, meine Chancen, dass du mir verzeihst, stehen deutlich besser, wenn ich dir ein eigenes Entwicklungsteam organisiere. Mir ist klar, dass Córdoba nicht so breit im Markt aufgestellt ist wie Noélle, trotzdem hat das Label einen ausgezeichneten Ruf. Wenn du aber lieber wieder zu Noélle willst, dann verstehe ich das, und …«

Ich hielt inne, als Lucien seine warme Hand auf meine Wange legte. »Ich habe mich längst entschieden, Barbeau.«

»Ach ja?«

Er nickte schmunzelnd. »Ich wäre ziemlich dumm, wenn ich Vics Angebot ausschlagen würde, wo du doch so gnadenlos für mich verhandelt hast. Außerdem ist Sinclair ein Idiot, und ich will nicht unter einem Mann arbeiten, der sich so leicht manipulieren lässt.«

Ich musste zugeben, dass ich erleichtert war, denn ich hegte den Verdacht, dass Sinclair meinem Freund noch einige Nerven gekostet hätte. Aufgeregt schlang ich die Arme um seinen Nacken. »Das ist großartig. Herzlichen Glückwunsch.«

Luciens Lachen rumpelte an meiner Brust, während seine Nase über meine nackte Halsbeugte streifte. Er schnupperte an mir, und schon rieselte eine Gänsehaut meinen Körper hinab.

Ich keuchte leise. »Hey«, murmelte ich, als mir eine Idee kam, »du könntest dein neues Parfüm groß rausbringen.«

Sichtlich überrascht zog Lucien den Kopf zurück und sah mich an. »Du willst, dass ich dein Weihnachtsgeschenk in Serie gebe?«

Lucien hatte mir nicht verraten, wie er es bewerkstelligt hatte, aber trotz seiner Wut und Enttäuschung hatte er in meiner Abwesenheit ein Parfüm erschaffen, das aus meiner Sicht absolut perfekt war: Kornblume, Rose, Stechpalme, ein Hauch Zimt und Schokolade. Der Duft war leicht und dezent, besaß aber auch eine gewisse Raffinesse, die ihm etwas Geheimnisvolles verlieh.

Ich liebte die Kombination. Aber mehr noch liebte ich Lucien. »Na ja, es ist ein perfekter Duft. Der Beweis dafür, dass deine Formel funktioniert.«

»Richtig«, erwiderte Lucien langsam. »Aber wie ich dir schon sagte, gibt es nicht nur einen perfekten Duft, sondern unendlich viele.« Zärtlich strich er mit dem Zeigefinger über die Stelle an meinen Hals, wo ich vorhin das Parfüm aufgetragen hatte. »Ich werde ein neues Parfüm kreieren. Aber dieser Duft gehört ganz allein dir, Barbeau.«

Wärme breitete sich in mir aus, während ich an den Glasflakon dachte, der in meinem Zimmer stand. Das Design war schlicht und elegant, genau wie ich es am liebsten mochte. Darauf stand in einer fein geschwungenen Schrift mein Name.

Nicht Allison, die Frau, die ich längst nicht mehr war.

Auch nicht Barbeau, wie nur Lucien mich nannte.

Sondern ganz einfach:

Ally

Vielen Dank!

Weihnachten ist für mich der Duft von Zimt und Mandarinen, Plätzchen backen, funkelnde Lichter am Tannenbaum, gemütliche Abende bei Kerzenschein – und vor allem laut, chaotisch und wundervoll. Was besonders an den Menschen liegt, mit denen ich die Feiertage verbringen darf.

Mika, Wumi und Bel – ihr seid mein ganzes Glück, nicht nur an Weihnachten, sondern jeden einzelnen Tag. Ich bin so glücklich, dass ich euch habe. Danke für die viele Geduld, die ihr mit mir hattet, während ich im Geiste ins verschneite New York gereist bin.

Ganz herzlich danke ich auch meiner restlichen Familie, ohne die Weihnachten doof und unvollständig wäre: Mama und Mopi; Sanni, Rähne, Eddie und Gerda – ihr alle inspiriert mich mit eurer Selbstlosigkeit, eurer inneren Stärke und eurer Lebensfreude. Ich kann es kaum erwarten, das nächste Geschenkegemetzel mit euch zu starten.

Mein herzlichster Dank gilt auch dem gesamten Ravensburger-Team, das von Anfang an voller Begeisterung für dieses Projekt war. Vor allem dir, liebe Nadja, möchte ich für all die wertvollen Impulse danken, die du mir schon vor dem Schreiben – und natürlich auch danach – gegeben hast. Auch dir, liebe Tamara, danke ich sehr für deine hilfreiche und konstruktive Kritik bei der Überarbeitung des Textes.

Natürlich möchte ich auch euch Leser*innen danken, dass ihr Zeit mit Ally und Lucien verbracht habt. Ich hoffe, ihr hattet eine tolle Zeit beim Lesen, und wünsche euch alles Liebe für das nächste Jahr!

Eure Greta

HINWEIS
(Achtung: Spoiler)

Liebe Leser*in,
in diesem Roman werden folgende Inhalte thematisiert, die dich unter Umständen emotional belasten können.
Diese sind: sexuelle Übergriffigkeit, Stalking und Mobbing.